NORBERT HORST

Blutskizzen

Buch

Kriminalhauptkommissar Konstantin Kirchenberg freut sich auf einen Nachmittag mit seinem Neffen Dominik im Fußballstadion. Aber daraus wird nichts. In einem Müllcontainer wurde ein Toter gefunden: ein alter Mann, der dort nackt und gefesselt zwischen dem Unrat liegt. Weil kein Kollege greifbar ist, muss Kirchenberg zum Tatort. Kirchenbergs Kollegin Ulla Wiesing leitet zur gleichen Zeit eine Mordkommission; auch ihr Toter ist ein älterer Mann, der nackt und geknebelt in einem Container lag. Da die Morde eine ähnliche Handschrift tragen, legen Kirchenberg und Ulla die beiden Fälle in einer MK zusammen.

Die Ermittlungen führen Kirchenberg und sein Team zu einem Mann, der als Achtzehnjähriger seinen Sporttrainer erdrosselt hatte und zu einer Jugendstrafe verurteilt wurde. Ein ehemaliger Kollege Kirchenbergs, der jetzt bei der Operativen Fallanalyse arbeitet, recherchiert zwei weitere Taten aus früheren Jahren, die die gleichen Merkmale aufweisen. Auch hier führen die Spuren zum selben mutmaßlichen Täter. Der heute Vierzigjährige lebt nun gutbürgerlich, hat eine Frau und ein kleines Kind und engagiert sich in einer freikirchlichen Gemeinde. Aufgrund der Indizienlage wird der Verdächtige festgenommen. Aber trotz fieberhafter Arbeit gelingt es den Polizisten zunächst nicht, den entscheidenden Beweis für die Schuld des Mannes zu liefern…

Autor

Norbert Horst ist im Hauptberuf Kriminalhauptkommissar. Er hat in zahlreichen Mordkommissionen ermittelt. Heute arbeitet er als Verhaltenstrainer beim Polizeifortbildungsinstitut. Der Autor ist verheiratet und hat zwei Kinder. Für seinen ersten Roman mit KHK Kirchenberg, »Leichensache«, erhielt er den Friedrich-Glauser-Preis 2004 und für seinen zweiten, »Todesmuster«, den Deutschen Krimipreis 2006.

Von Norbert Horst außerdem bei Goldmann lieferbar:

Leichensache. Roman (45230)
Todesmuster. Roman (45912)

Norbert Horst

Blutskizzen

Roman

GOLDMANN

Umwelthinweis:
Alle bedruckten Materialien dieses Taschenbuches
sind chlorfrei und umweltschonend.

1. Auflage
Originalausgabe November 2006

Umschlaggestaltung: Design Team München
Umschlagfoto: Plainpicture/Johner
BH · Herstellung: Str.
Satz: Uhl + Massopust, Aalen
Druck und Bindung: GGP Media GmbH, Pößneck
Printed in Germany
ISBN-10: 3-442-46305-X
ISBN-13: 978-3-442-46305-3

www.goldmann-verlag.de

Für meine Frau Elke

Wenn wir die Blutspur eines Täters verfolgen
und uns ein Bild von ihm machen,
dann handelt es sich immer nur um Konturen, Skizzen.

MITTWOCH

10 Uhr 22

Dieses Schreien.

Der Flur ist leer. Die Tür. Drei Schritte. Thorsten hält Kontakt, seine Schulter schabt am Rücken, heiß, feucht. Durchatmen, zweimal, schneller Blick ins Zimmer. Leer. Nächster Raum, stopp, Konzentration. Na denn. Quick Pic, auch leer. Weiter zum Treppenhaus, fünf Meter. Dieses Schreien. Vorsicht. Thorsten hält weiter Körperkontakt, hat nach hinten alles im Blick, hoffentlich. Vier Schritte, er bleibt dran. Das Schreien wird lauter, furchtbar. Beschlagenes Visier, feuchte Hände, die Waffe rutscht, nachgreifen. Fünf Stufen, der erste Treppenabsatz ist leer. Langsam die nächsten, bloß nicht stolpern. Blick nach oben, der Puls hämmert. Thorsten bleibt mit der Schulter dran, hat kein Problem beim Rückwärtsgehen. Der Putz ist abgeplatzt, schneller Atem. Auf dem nächsten Absatz liegt der Schreier, brüllt um Hilfe, hält sich den Bauch, es tropft rot von seinen Fingern. Die Tür zum ersten Stock steht auf. Vorsicht. Aufpassen, aufpassen. Noch eine, die letzte, ganz langsam. Der Schreier hebt die Hand, flehend, es tropft rot, er krallt ins Hosenbein. Aufpassen. Lass los, verdammt. Er zerrt weiter, reißt, schreit. Vor seinem Bauch eine Lache. Thorsten drückt von hinten, weiter. Nicht so stark, Mann, pass auf! Kurzes Stolpern, Verdammt. Oben ein Schatten, der Täter. Blitzschnell übers Geländer. Nein, nicht. Er schießt zweimal, die Geschosse klatschen auf, Thorsten schreit. Noch ein Schuss, stechender Schmerz zwischen Helm und Kragen, Brennen.

Aus.

Der Schreier richtet sich auf, nimmt ein Papiertuch, wischt die Hände ab. Walter kommt die Treppe hoch, winkt ab, schmunzelt.

»In Wirklichkeit wärst du jetzt tot.«

Er hilft beim Helmabnehmen, lacht. Der Täter kommt mit dem Videomann von oben, trinkt Mineralwasser, entschuldigender Schulterklaps im Vorbeigehen. Der Videomann übergibt Walter das Band, sie sagen was von Frühstück, verschwinden mit dem Schwerverletzten im Erdgeschoss. Er steckt die Kassette in die Oberschenkeltasche vom Kampfanzug.

»Üblicher Fehler. Die meisten lassen sich durchs Schreien ablenken.« Walter nimmt die FX-Waffen, überprüft kurz. Thorstens Haare kleben an der Stirn, er reibt sich die Schulter, verzieht das Gesicht. Keine Scheiben in den Fenstern, es zieht, Kälte im Nacken.

»Wollen wir es uns sofort ansehen oder braucht ihr erst 'nen Kaffee.«

»Ne, ist eh schon so spät. Kaffee kann ich hinterher im Büro trinken.«

Thorsten stimmt zu.

Walter geht vor. Im Erdgeschoss hallen die Schritte durch die Leere, Tapetenreste an den Wänden. In der Eingangstür fehlen auch Scheiben, draußen raut der Nieselregen die Oberflächen der Pfützen auf. Zwei Tauben picken auf dem

Boden, fliehen beim Näherkommen zielstrebig durch ein Fenster im dritten Stock. Der Rest der Mannschaft sitzt im Grukw, trinkt Kaffee aus Metallbechern, die Standheizung heult leise. Walter schließt den Videowagen auf, Thorsten quetscht sich in den Sitz. Der Recorder verschluckt die Kassette, rewind.

»So, dann wollen wir mal.« Play.

Von links ins Bild, Rücken an Rücken, wie ein verkehrtes Tanzpaar. Der Helm sieht ja Furcht erregend aus. Der Täter am rechten Bildrand, steht im Treppenhaus, an die Wand gelehnt, vorsichtiger Blick, lauert. Da war der schon ganz in der Nähe. Er schleicht die Treppe hoch, wartet ab, Waffe im Anschlag. Kameraschwenk. Kontrolle der beiden Räume, Thorstens Kopf bewegt sich ständig von links nach rechts. Das Schreien klingt wie aus der Dose.

»Bis dahin läuft alles prima, ihr habt 'ne volle 360-Grad-Sicherung. Da kann er eigentlich nichts machen.« Walter zeigt auf den Bildschirm.

Der Kameramann geht ins Treppenhaus vor, kurze, wirre Bilder, dann wieder das Tanzpaar, fast im Gleichschritt die ersten Stufen. Schwenk auf den Täter, er geht am Schreier vorbei, weiter die Treppe nach oben.

»Der war ja nur eine Treppe über uns, zwei Meter.« Thorsten schüttelt den Kopf, ungläubig.

»Alles eine Frage der Perspektive«, Walter, den Blick weiter auf dem Bildschirm.

Das Treppenhaus gleitet von hinten ins Bild, wackelt hin und her. Der Schreier verschwindet am unteren Bildrand. Das Tanzpaar schiebt sich an der Wand lang die Treppe hoch, hektische Kopfbewegungen. Der Schreier erscheint wieder, Blick von oben, er greift ans Bein. Schwenk. Kurz, der Täter, hebt die Waffe, nickt ins Bild. Schwenk. Der Schreier reißt am Hosenbein. So heftig hat der gezerrt, gar nicht gemerkt. Schwenk, wieder der Täter, gibt Zeichen. Jetzt. Zwei schnelle Schritte, er schießt sofort, Thorsten schreit, wendet den Kopf, zu spät. Noch ein Schuss, die Farbe spritzt kurz am Helmrand auf.

»Das war der Moment, eine Sekunde unaufmerksam, das reicht.« Walter fährt zurück, das Ganze in Zeitlupe. Reißen am Hosenbein, Blick in den Flur, auf den Schreier, Schuss.

»An der Stelle reichen eben 360 Grad nicht aus, die 90 nach oben kommen noch dazu. Außerdem muss man sich natürlich dazu zwingen, so einen Schwerverletzten nicht zu beachten. Schon schwer.«

»Was soll's, Walter, aber ich werde in meinem Alter wohl eh nicht mehr in eine Amoksituation kommen, Thorsten auch nicht.« Thorsten grunzt zustimmend.

»Aber ihr könntet trotzdem mal öfter zum Schießen kommen. Ihr K-Leute schlabbert das nämlich ganz schön. Du warst das letzte Mal ...«, er nimmt eine Liste, blättert, »... vor vier Jahren da.« Hochgezogene Augenbrauen.

»Walter, wir Tintenpisser von K sind doch Geistesarbeiter. Arbeit mit Köpfchen.« Kurzes Tippen an die Stirn.

Er klappt den Ordner zu, verständiges Grinsen. »Ach ja, ihr seid ja die Weltmeister und ihr vom KK 11 erst recht, ganz vergessen.« Verstaut das Ding wieder im Fach.

»Außerdem, man muss ja nicht immer gleich alle erschießen.« Stille. Thorsten stößt unterm Tisch ans Knie, Walter hantiert am Recorder. Ach ja! Idiot. Riesenidiot.

»Tut mir leid, Walter, ich wollte nicht, also, ich meine ...«

»Schon gut. Ist lange her.« Klarer Blick, ohne Peinlichkeit.

»Ja, trotzdem. War'n blöder Spruch. Hatte ich nicht mehr auf dem Schirm.«

»Ist okay, Konni, wirklich. Wie gesagt, ist lange her. Lange her und wirklich kein Problem mehr. Sonst könnte ich diesen Job hier gar nicht machen.« Er boxt zart auf den Oberarm. Wirklich okay.

»Gut. Ich muss jetzt auch.«

Er macht die Schiebetür auf, kommt mit nach draußen. »Ich hoffe, wir sehen uns nicht erst in vier Jahren wieder.«

»Ich werde mich bemühen. Und noch mal sorry wegen eben.«

»Mach dir keinen Kopp, Junge. Du weißt doch: alles eine Frage der Perspektive.« Gruß, er geht zu den anderen in den Wagen.

Thorsten hat kein Auto dabei, will mitfahren.

Der Regen ist stärker geworden.

12 Uhr 08

Dieser Geruch.

Ulla telefoniert, nickt stumm, sieht dabei aus dem Fenster. Sie greift nach hinten, holt sich den Spurenordner, blättert.

»47. Meier hieß der.« Wieder nickendes Zuhören.

Edda steht an den Aktenschrank gelehnt, Altenkamp sitzt vor dem Bildschirm, taucht seinen Teebeutel ständig in die Tasse. Dieser Geruch. Ulla legt auf, notiert etwas, legt es in ein Körbchen.

»Wir fahren nachher noch mal zur Wohnung des Opfers«,

Altenkamp, ohne den Blick vom Teebeutel zu nehmen. »Die Nachbarin aus der Dachgeschosswohnung hat eben angerufen, sie will uns was zeigen.«

»Gut«, sie nickt, »dann könnt ihr noch den Umschlag hier mitnehmen und beim Staatsanwalt abgeben. Liegt ja auf dem Weg.« Sie steckt den Falz mit einer Büroklammer fest, reicht den Umschlag rüber. »Jetzt zu dir: Danke, dass du gekommen bist, Konni, ich hab nur ’ne kurze Frage. Du hattest doch im Frühling den Mord an dem Rentner im Südpark? Wo hatte der Täter damals das Opfer getroffen?«

»Den ungeklärten Raubmord? Getroffen hat der den wahrscheinlich im Park, aber nach allem, was wir ermitteln konnten, hat er den wahrscheinlich schon seit der Sparkasse verfolgt und ihn dann bei günstiger Gelegenheit angesprochen. Aber, sag mal, was riecht hier so?«

Edda am Fenster kichert hell. »Das ist Heinz’ Gebräu. Der fastet schon fünf Tage und quält uns die ganze Zeit mit diesen gesunden Tees. Was ist es denn heute, Heinz?«

»Wermut-Bärlauch, selbst gemischt. Abführend, blutreinigend und gut für die Nieren.« Er wringt den Beutel mit den Fingern aus, wirft ihn in den Papierkorb neben Ullas Schreibtisch.

»Aber sofort da raus!« Ulla mit funkelnden Augen. »Die Putzfrau war schon da, und wenn der die ganze Nacht hier drin liegt, halte ich es hier morgen früh nicht mehr aus.«

»Dann hast du wenigstens keine Fliegen in der Bude«, Edda mit Kichern.

»Soll ich die Akte mit dem Rentner für dich raussuchen?«

»Ne, erst mal nicht.« Ulla winkt ab. »War nur so eine Idee. Wir machen noch ein paar andere Sachen zu Ende, wenn die nichts bringen, müssen wir vielleicht darauf zurückgreifen. Ich wollte es nur erst mal wissen.«

»Du musst es wissen. Wenn, dann jetzt, ich bin nämlich gleich weg.«

»Wie weg?«

»Ich habe Fußballkarten. Geschenk für meinen Neffen, und da müssen wir pünktlich los.«

»Na, dann mal viel Spaß!«

»Hängt stark vom Ergebnis ab. Aber ich will pünktlich los und muss vorher noch ein bisschen Wegzehrung besorgen.«

Sie grüßen, Heinz mit einem Schlürfen.

»Zieht euch man warm an, bei dem Wetter.« Ulla ruft hinterher.

Stimmt. Könnte kalt werden.

Colorado. Zwei Tüten. Und Yoghurtgums, das müsste reichen.

»Nein, Alexander, nein, das gibt es nicht. Oma wird gleich böse.« Alexander reckt sich aus dem Einkaufswagen, grabscht sich eine Tüte Lakritzschnecken. Oma legt sie zurück, Alexander nörgelt, stummelige Milchzähne. »Wenn du das immer machst, wird Oma ganz traurig, und wenn Oma immer traurig ist, wird sie krank.«

Das ist ja nicht zum Aushalten.

Alexander gnarzt, greift sich die nächste Tüte.

»Alexander ist ein ganz böses Kind, Alexander macht Omi ganz traurig und böse. Und wenn Omi immer traurig ist, wird sie ganz krank und stirbt.«

Wenn er Glück hat. Schnell weg.

Am Getränkeregal Riesenauswahl. Mein Gott, was trinkt

man denn mit zwölf. Cola? Muss nicht sein. Eistee. Eistee Pfirsich hört sich zumindest gesund an. Und ein Wasser.

Das Handy.

»Kirchenberg.«

»Hier ist Helmut. Wo bist du gerade?«

»Ich bin im Supermarkt, wollte gleich zum Fußball fahren, hatte ich dir doch gestern gesagt.«

»Ja, ich weiß. Ganz großer Notfall, Konni, wir haben einen Toten, wieder im Müll. Die MK-Bereitschaft ist zum Asylantenheim, da gab es eine Messerstecherei mit einem Toten, Ullas Leute sind alle unterwegs, und sonst habe ich nur noch Hansi. Aber der kann noch nicht so einen Tatort machen.«

»Helmut, ich habe die Karten seit acht Wochen, das kann doch wohl nicht wahr sein. Das ist ein Geschenk für meinen Neffen. Was ist denn mit Klaus Glowatzki, frag doch mal bei den Zwölfern nach. Der kann das auch.«

»Klaus war bis vorgestern drei Wochen in Ullas MK. Wenn ich Kurt anrufe und frage, ob Klaus uns einen Tatort macht, frisst der mich auf. Du siehst, ich habe mir schon meine Gedanken gemacht. Ich weiß, dass es blöd ist, aber es ist wirklich niemand anderes da.«

»Mann, Mann, Mann, ich komme.« Das kann doch wohl nicht wahr sein. Hat man einmal was vor, einmal im halben Jahr. Verdammte Scheiße. Maurer hätte man werden sollen, das wär'n anständiger Beruf gewesen. Und Dominik, der wird völlig fertig sein. Der hat sich gefreut wie ein Schneekönig. Dann muss Gerda mit ihm dahinfahren, einmal kann die das machen. Wohin jetzt mit dem Zeug? Mitnehmen. Ein Toter im Müll, wahrscheinlich wieder am Ende der Welt. Wer weiß, wann es da wieder was gibt.

An der Sieben Teile-Kasse Oma mit Alexander. Das hat gerade noch gefehlt. Scheint ja ein Glückstag zu werden. Der Kleine fingert sich einen Lutscher.

»Nein, Alexander, das darfst du nicht.« Oma legt das Ding zurück, Alex fängt an zu krähen, macht das Rumpelstilzchen.

»Du musst jetzt aber mal lieb sein. Oma muss gleich auch weinen, wenn du so böse bist. Und wenn Oma immer weinen muss, wird sie ganz krank.« Alex gibt weiter Gas, Oma zahlt nebenbei. »Und wenn der Weihnachtsmann das hört, dann kommt der mit seiner ganz großen Rute und ist ganz böse und enttäuscht, und dann hat der gar keine Lust mehr, den Kindern was zu bringen. Dann sind alle Kinder traurig, nur weil Alexander so böse ist.« Sie schiebt den Wagen weiter, packt den Rest ein. Alex schreit.

Dass so was frei rumlaufen darf. Die Kassiererin gibt das Wechselgeld. Bloß weg. Oder? Nein. Zurück.

»Weißt du was, Alexander?« Der Kleine hört auf zu schreien, glotzt aus nächster Nähe. »Wenn du mal groß bist, dann verkleidest du dich als Weihnachtsmann, steckst Oma in einen Sack, machst den zu und wirfst sie in den See, okay?« Offener Mund, die Tränen glänzen auf seiner Wange, Oma braucht ein paar Sekunden.

»Wer sind Sie…, also was reden Sie da, was machen Sie denn mit dem Kind?«

»Ich hab ihm nur einen Tipp gegeben, Lebenshilfe.«

»Unverschämtheit!« Sie kommt langsam in Fahrt, die Kassiererin grient. »Man sollte die Polizei holen.«

»Wenn alle Kinder so erzogen würden, hätten wir wahrscheinlich nur noch Massenmörder.«

»Dass man sich das bieten lassen muss, ich werde Sie anzeigen«, hinterhergerufen mit erhobenem Zeigefinger. An den anderen Kassen drehen sich einige um.

Draußen Nieselregen.

Ein Toter im Müll. Scheint ja Mode zu werden.

13 Uhr 03

Die gelbe Rundumleuchte blinkt, das Rolltor gleitet zur Seite, eine der Rollen quietscht.

Beckmann rollt vom Hof, auf dem Beifahrersitz der junge Binz. Sie halten kurz, die Scheibe fährt nach unten.

»Wir fahren schon mal los. Helmut hat gesagt, du machst den Tatort.«

»Sprich mich bloß nicht drauf an. Eigentlich habe ich Fußballkarten für heute Abend.«

»Schon gehört. Der Fotograf ist auch unterwegs.«

»Wo ist es überhaupt?«

»Auf einem Parkplatz an der Bundesstraße, einen Kilometer hinter ’ner Kneipe, Weidenkrug. In einem Müllcontainer.« Binz funkt, Beckmann fährt die Scheibe hoch, gibt Gas.

Auf dem Flur in der sechsten Etage gedämpfte Hektik. Was ist denn los hier? Ulla kommt aus ihrem Büro, eine Rotakte unterm Arm.

»Konni!? Helmut sagt, du machst den Tatort. Ich dachte, du wärst weg?«

»Das dachte ich auch.«

Petra im Vorzimmer tippt, lächelt im Vorbeigehen, Helmut redet mit dem DGL der Kriminalwache.

»Konni, da bist du ja.« Er presst die Lippen aufeinander, teilnehmender Blick. »Hatte ich dir ja schon erklärt, wir haben keinen anderen. Und es könnte auf den ersten Blick was mit Ullas Sache zu tun haben. Nur Hansi wäre noch da…«

»Schon gut. Ist bestimmt nicht das letzte Mal. Es ist an der Bundesstraße?«

Der DGL K-Wache reicht einen Zettel. »Parkplatz Weidengrund. Fünfhundert Meter hinter dem Lokal. Das ist dieser umgebaute Fachwerkhof.«

»Ein Auto habe ich dir schon besorgt, liegt bei dir im Zimmer. Ulla trommelt ein paar Leute zusammen und kommt nach. Sie macht erst mal den ersten Angriff. Wie wir dann weitermachen, müssen wir mal sehen.« Helmut hebt noch mal die Schultern. Schon gut. Du kannst auch nichts dran machen.

Auf dem Flur Stille, die Tasche mit den Fahrzeugpapieren liegt mitten auf dem Schreibtisch. Grad noch Gerda anrufen.

»Gerda Borchert?«

»Hallo, Schwesterchen, hier ist Konni.«

»Hallo. Wann kommst du, Dominik wartet schon.«

Einmal tief durchatmen. »Ich mag es gar nicht sagen, Gerda, aber ich komme gar nicht. Du musst fahren, du oder meinetwegen auch Kurt. Ich war schon auf dem Weg, aber wir haben einen Tatort, und ich bin der Einzige, der den zurzeit machen kann. Saublöd, ich weiß, aber ich kann es wirklich nicht ändern.«

»Was, das gibt es doch gar nicht. Dominik hat sich so gefreut…«

»Ja, ist mir schon klar, darum gibt es zwei Möglichkeiten:

Entweder du fährst mit ihm dahin oder meinetwegen auch dein Kurt. Der ist doch arbeitslos und müsste Zeit haben.«

Stille am anderen Ende.

»Und wie soll ich das machen?«, nach zehn Sekunden. »Ich hatte heute eigentlich was anderes vor.«

»Wie ihr das für euch regelt, müsst ihr sehen. Die Karten stecken bei mir in der Küche an der Pinnwand. Ihr klingelt bei Frau Gierth, die hat einen Schlüssel.«

»Ich überleg mal, was sich machen lässt, irgendwas fällt mir schon ein. Blöd ist nur, dass wir so früh fahren müssen.«

»Du kriegst das schon hin. Ich muss jetzt los, okay. Grüß Dominik von mir, ich melde mich, sobald ich Zeit habe.«

Gruß, sie legt auf.

So, Wagen, Tatortkoffer, Diktiergerät, alles dabei.

Und noch Frau Gierth. Fast vergessen.

13 Uhr 56

Der Fahrtwind schiebt die Regentropfen die Scheibe hoch, der Intervallschalter reicht nicht mehr. Ist ja genau das richtige Tatortwetter. Der Platz vor dem Weidenkrug ist leer, eine Katze gleitet durch den Jägerzaun. So, noch fünfhundert Meter. Der Streifenwagen ist schon von weitem zu sehen, blockiert die Einfahrt zum Parkplatz. Tom winkt weiter, erkennende Handbewegung, er kommt ans Fenster, der Kragenrand schabt über die Bartstoppeln.

»Mahlzeit, Konstantin, hättest auch besseres Wetter mitbringen können. Die Leute vom ED sind ganz schön am Fluchen.«

»Mahlzeit, Tom. Muss sich bei euch der DGL persönlich in den Regen stellen?«

»Na ja, wenn 'ne Leiche im Müllcontainer keine DGL-Lage ist, was dann?« Von seinem Mützenschirm tropft es, er klopft mit der flachen Hand aufs Dach.

Müller steht auf der anderen Straßenseite, schon in Weiß, fotografiert. Auf dem Parkplatz neben dem Transit vom ED ein Streifenwagen, hinten Müllers Wagen quer in der Ausfahrt, davor ein kleiner Transporter, auf der Ladefläche Maurergeschirr. Der Fahrer steht neben der Fahrertür, gelbe Regenjacke, raucht, unterhält sich mit dem Beifahrer.

Beckmann und Binz ziehen die Plane über das Gestänge, kletten sie fest, stellen den Pavillon über den Müllcontainer. Einer von der zweiten Streifenwagenbesatzung fasst mit an. Sie gehen zum Transit, öffnen die Schiebetür, ziehen sich die Overalls an. Der Regen macht helle Geräusche auf dem Zeltdach. Saukälte. Die Leichenhandschuhe verstärken das Gefühl noch, Gänsehaut.

»Kann ich schon dran?«

»Sei drinnen vorsichtig, auch oben am Rand, fass am besten nichts an, aber davor ist nur Asphalt, da kannst du nichts mehr kaputtmachen.«

Der Schiebedeckel des Containers steht auf, ist zur Hälfte mit Müll gefüllt, darauf die Leiche, nackt, Seitenlage. Kräftiger Bursche für das Alter, aber nicht mehr der Jüngste. Die Arme auf dem Rücken, die Hände durch einen zusammengeknüllten Müllsack verdeckt. Wahrscheinlich gefesselt. Die Beine vor dem Bauch angezogen. Sieht aus wie ein Kind im Mutterleib. Obendrauf weiße Plastiktüten, loses Papier, rosa, Pommesreste, eine Bonbontüte, »Nimm 2«. Auf den Unterschenkeln Eierschalen, Kippenreste und Asche. Sein Kopf liegt auf einer leeren Plastikflasche, Eistee Pfirsich. Auf dem Ohr ein halbes belegtes Brötchen, daneben ein angebissener Apfel. In der Restmülltonne, die Leute lernen's einfach nicht.

Seine Augen sind leicht geöffnet, der Mund auch, grauer Drei-Tage-Bart. Könnte 'ne Strangulationsspur sein, da am Hals. Ja, ist stranguliert worden. Sieht aus, als hätte er noch Schmerzen. Wollen wir mal nicht für dich hoffen. Die Haut lilagrau, am Rücken und an der Hinterseite der Beine dunkelrote Totenflecke.

»Die Totenflecke sind nicht lagegerecht.«

»Hab ich auch schon gesehen, ist aber nicht verwunderlich.« Beckmann zieht die Handschuhstulpen über die Ärmel, kommt mit langsamen Schritten. Er drückt drei Sekunden auf den hinteren Beckenknochen, nimmt den Daumen weg, die Stelle bleibt dunkel.

»War klar, aber nur zur Sicherheit. Außer der Strangulationsspur kann ich auf den ersten Blick keine Verletzungen erkennen, höchstens vorne am Hals, das könnte ein Hämatom sein. Kommt wahrscheinlich vom Strangulationswerkzeug.« Er zeigt auf den Adamsapfel. Schon möglich. »Sind die Obduzenten schon unterwegs?«

Die Uhr zeigt 14.19. »Die müssten so in einer Stunde da sein. Wenn sie gut durchkommen.«

»Na toll. Diese Hektiker im Rücken. Die ziehen dir hinterher wieder die Leiche unter der Folie weg. Komm, Uwe, wir fangen an.« Binz nickt, kommt mit einer kleinen Stehleiter. Er sucht noch mal intensiv den Bereich vor dem Container ab, stellt die Leiter auf.

»Also, ich hab mir das folgendermaßen gedacht: Wegen

des Sauwetters machen wir hier nur das Nötigste, ist nämlich alles nass. Wir nehmen den oberen Müll runter, kleben die Leiche in der Auffindesituation ab, nehmen sie raus, kleben die Rückseite ab und lassen sie abfahren. Möglicherweise kann man sie vor der Obduktion, wenn sie etwas trockener ist, noch ein zweites Mal abkleben. Dann bringen wir den Container, so wie er ist, zu uns und lassen den auch trocknen. Dann können wir hier erst mal die Umgebung machen.«

»Wenn du meinst, nichts dagegen.«

»Ich halte das wirklich für das Beste.« Er geht zum Container, steigt auf die Leiter, Binz holt Tüten aus dem Tatortwagen.

Die Kollegin steht an der Beifahrertür des Streifenwagens, funkt im Stehen, das Kabel durchs offene Fenster. Sie ist fertig.

»Mahlzeit, Konstantin Kirchenberg, KK 11. Ihr wart erstes Fahrzeug?«

Sie nickt. »Ja, wir haben 12 Uhr 32 von der Leitstelle den Einsatz bekommen, waren auch ganz in der Nähe. Um 42 waren wir hier, na ja, und dann haben wir eigentlich nicht mehr viel gemacht. Den Anrufer notiert, kurz befragt, er dahinten«, sie zeigt auf den Bauwagen, »die Leitstelle informiert, abgesperrt. Mit Fahndung war ja nichts mehr.«

»Schon klar. Ist euch irgendwas aufgefallen? Wahrscheinlich nicht. Der liegt nämlich mindestens ein paar Stunden da drin, wahrscheinlich länger.«

»Ne«, sie schüttelt den Kopf, pustet in die Hände, reibt sie. »Hier war weit und breit kein anderes Fahrzeug außer dem des Zeugen.«

»Okay, danke. Unsere Leute kommen gleich. Ihr schreibt kurz was dazu?«

Sie nickt, na klar.

Der Transporter steht kurz vor der Ausfahrt, der Motor läuft, das Gebläse heult. Der Fahrer stellt beim Näherkommen den Motor ab, steigt aus.

»Tag. Mein Name ist Konstantin Kirchenberg, ich bin von der Kripo. Sie haben den Toten gefunden, Herr …?«

»Tarik Öztürk.« Er wirft die Kippe auf den Boden, tritt sie aus. »Ja, wir haben Mittag gemacht und wollten den Müll da reinwerfen. Ich hab den erst gar nicht gesehen.« Kein Akzent.

»Sie haben den Container ganz aufgeschoben oder war der auf?«

»Ne, wir hatten die Pommesschachteln und das ganze Papier und die Flaschen in eine Plastiktüte getan, die passte oben nicht durch den Schlitz, da musste ich das aufmachen.«

»Hm. Und da haben Sie die Leiche gesehen.«

»Ja«, mit Nachdruck. »Ich hatte mich fast schon umgedreht, dann ist mir das erst aufgefallen, dass das ein Gesicht ist.« Er schüttelt den Kopf, sieht ins Leere.

»Warum haben Sie hier gehalten, ich meine auf diesem Parkplatz?«

»Weil es grad passte.« Wirklich kein Akzent. »Wir hatten uns an der Bude vor 'n paar Kilometern was geholt, aber da kann man schlecht parken. Da sind wir einfach weitergefahren bis zum nächsten Parkplatz, das war dieser hier.«

»Gut, Herr Öztürk, erst mal reicht mir das. Wir müssen Ihre Aussage natürlich kurz aufnehmen. Haben Sie noch einen Augenblick Zeit? Meine Kollegen sind schon unterwegs?«

»Wie lange dauert das denn? Wir sind auf dem Weg zur Baustelle, die warten auf uns, und wir sind eh schon spät dran.« Er zieht die Schultern hoch.

»Die müssten in ein paar Minuten da sein. Wo ist denn die Baustelle?«

»Das neue Zementwerk, so zwanzig Kilometer weiter.«

»Da müssen Sie heute arbeiten, bei dem Regen? Gab es früher nicht mal so was wie Schlechtwetter?«

»Nicht bei Terminarbeiten.« Müdes Lachen.

Bei der Kälte auf den Bau. Doch keine Alternative.

»Sonst alles okay?«

Er wiegelt ab, ja, ja, alles klar. Ach, ja.

»Macht's Ihnen was aus, die Kippe aufzuheben? Ich weiß noch nicht, in welchem Umkreis wir die Spuren sichern, aber zur Vorsicht?« Er hebt sie auf, schlanke Hände, steigt wieder ein, der Diesel nagelt beim Anlassen.

Beckmann und Binz haben die oberste Schicht Müll eingetütet, kleben die Leiche ab. Der blaue Passat rollt auf den Parkplatz, Ulla, Ernst auf dem Beifahrersitz. Dahinter Edda und Altenkamp im Vectra. Ulla steigt aus mit fragendem Blick.

»Da drin?« Sie geht zum Container, stützt sich an Beckmanns Oberschenkel ab, schaut vorsichtig hinein. Kreisender Blick, leises Nicken. Sie kommt zurück. »Die Hände sind mit Kabelbinder gefesselt.«

»Wie bei Kunz?«

»Wie bei Kunz. Hat auch sonst Ähnlichkeit. Wer hat ihn gefunden?«

»Er dahinten. Ich hab ihn kurz angehört, müsste sich bald einer drum kümmern, weil die auf dem Weg zur Baustelle sind.«

Sie reckt den Hals, sieht zu den Türken. »Machst du das?« Ernst geht wortlos.

»Übrigens, Konni. Ernst kam überraschend früher zurück. Er hat schon den Tatort im Industriegebiet gemacht. Er kann auch diesen machen, wenn's dir noch hilft.«

Na, klasse. »Vergiss es. Jetzt bin ich hier. Schon alles anders eingestielt.«

Sie klopft ihm mitleidig auf die Schulter.

Die Autos auf der Bundesstraße bremsen ab, die Fahrer verdrehen die Hälse, schauen rüber.

»Was glaubst du, wie lange liegt er schon?« Ulla zieht die Schultern hoch, friert.

»Nach der Leichenstarre und der Totenflecke mindestens seit heute Nacht.« Beckmann reicht Binz einen Klebestreifen. »Könnte aber auch vorher woanders gelegen haben, irgendwo draußen oder in 'nem Kofferraum, und ist erst vor kurzem hierher gebracht worden.«

Ulla schüttelt den Kopf, denkt nach. »Eher unwahrscheinlich. Ich glaube, den haben sie bei Dunkelheit da reingelegt. Am Tag traut sich das keiner.«

»Lag er so frei?«

»Es lag schon einiges an Müll auf der Leiche, aber der kann auch hinterher drauf verteilt worden sein, künstlich, als Dekoration.« Beckmann von oben.

»Wie ist er gestorben?«

»Sieht so aus, als wäre er erdrosselt worden.«

»So, das war die letzte Folie, wir könnten ihn jetzt rausnehmen.« Er steigt von der Leiter, sieht zur Straße, verzieht den Mund. »Wir sollten die Autos davor fahren. Presse ist zwar noch nicht da, aber es kommt doch das ein oder andere

Auto vorbei. Muss ja nicht jeder sehen.« Binz geht zum Transit, fährt ihn davor. Altenkamp fragt die Kollegin im Streifenwagen. Sie steigt ein, setzt den Passat rückwärts an das Heck des Transit. Binz hat Schwierigkeiten beim Ausbreiten der Folie, sperriges Ding, an den nassen Auflageflächen scheint der Asphalt durch. Er geht ans Fußende, Beckmann auf der Leiter fasst in den Container.

»Zugleich!«

Sie heben ihn heraus wie ein Möbelstück, kurze, schleifende Schritte unter Belastung, scheint ganz schön schwer zu sein. Ob man den da allein reinkriegt? Ganz sachtes Ablegen, Schnaufen, Beckmann richtet sich auf, drückt sich mit der Rechten ins Kreuz.

Binz tastet noch mal den Kiefer ab, zerrt sacht an den Armen, den Oberschenkeln.

»Die Beine lassen sich ein bisschen bewegen, der Rest ist noch völlig starr. Eigenartig.«

»Könnte sein, dass die Beine nach Einsetzen der Totenstarre noch mal bewegt wurden.«

Beckmann überprüft selber, richtet sich wieder auf. »Vielleicht haben sie ihn erst nachträglich in diese Embryostellung gebracht.«

»Damit er in den Container passt?« Ulla mit Blick auf die Leiche.

»In den Container oder erst mal in einen Kofferraum oder so.«

»Könnt ihr schon irgendwelche Verletzungen sehen?« Wieder Ulla.

Binz kniet nieder, geht ganz dicht an den Hals heran. »Vorne am Hals, das ist mit Sicherheit ein Bluterguss, und hinten an der Strangulationsfurche ist auch noch ’ne kleine Wunde. Sieht nach ’nem Tuch aus oder so was Ähnliches.«

»Könnte ’n Deutscher sein. Auf jeden Fall kein Südländer, so vom Typ her.«

»Okay«, Beckmann sieht auf. »Wie dem auch sei. Ich würde ihn jetzt gern umdrehen und abkleben, bevor die Obduzenten kommen, die machen immer so viel Druck.«

Sie drehen ihn, die Steifheit gibt ihm etwas Leichtes, Künstliches. Wie eine Plastik.

»Er hat länger auf dem Rücken gelegen.« Ulla schüttelt ihren Schirm, faltet ihn zusammen, schiebt ihn in die Manteltasche.

»Mindestens zehn Stunden«, Beckmann hantiert nebenbei mit den Klebestreifen. »Dabei können wir die Kälte noch nicht einschätzen.«

»Das passt auch zu den Beinen. Die könnten später in die Position gebracht worden sein, vielleicht nach vier, fünf Stunden. Wenn die Starre voll ausgeprägt ist, wird’s schwer. Na ja, und das mit der Kälte ist wirklich schwierig.«

»Warten wir auf die Gerichtsmediziner. Da kann Frau Dr. Richter vielleicht mehr zu sagen.«

Ulla sucht sich eine Ecke unter dem Pavillon, nimmt ihren Block aus der Tasche. »So, Konni, du machst den Tatort. Wir können hier erst mal wenig tun. Nach den Todeszeichen und auch sonst ist es wahrscheinlich, dass er im Dunkeln hier abgelegt worden ist. Darum schlage ich vor, dass die andern drei jetzt hier die Häuser im Umkreis abgrasen. Vielleicht war ja heute Nacht einer mit ’nem Hund unterwegs oder hat sonst was gesehen. So viele Häuser sind’s ja nicht.«

Wortlose Zustimmung, Ernst geht zum Auto.

»Wenn wir hier nichts mehr finden, was auf seine Identität hinweist, wovon ich ausgehe, Edda, kannst du ja hinterher schauen, was bei den Vermissten zu machen ist.« Edda nickt, alles klar. »Ich fahr dann wieder rein und bespreche mit Helmut, wie wir weiter damit umgehen. Noch Fragen?« Keine Fragen, alle gehen auseinander.

Binz und Beckmann ziehen die Folien ab, kleben sie auf den Träger. Dieses Geräusch beim Abziehen von der Haut. Nicht vergleichbar. So, mal langsam in die Gänge kommen, sonst wird das heute nichts mehr. Der Speicher ist leer, Batteriestatus steht auf voll.

»Auffinden einer männlichen Leiche, Datum von heute, Absatz, Tatortbefundbericht. Absatz, eingerückt, objektiver Befund, Absatz. Am heutigen Tage ...«

»Konni.« Ulla kommt mit zügigen Schritten, es tropft von ihrem Schirm. »Kannst du bei der Obduktion dabei sein?«

»Was soll ich denn noch alles machen? Wer weiß, wann ich hier fertig bin?«

»Ja, könnte sein, aber Beckmann sagt, dass sie den Container sowieso erst in die Garage bringen wollen.« Sie entfaltet einhändig ein Taschentuch, schnäuzt sich.

Blick auf die Uhr. 15 Uhr 11. »Die Obduzenten müssten spätestens in ’ner drei viertel Stunde hier sein. Dann haben die hier noch ’ne Zeit zu tun, schätze mal, die Obduktion fängt in zwei Stunden an. Mal sehen, ob das klappt.«

Sie trötet noch zweimal laut. »Ruf an, wenn es nicht klappen sollte, dann müssen wir uns was überlegen. Du musst ja auch nicht von Anfang an dabei sein.« Kurzer fragender Blick. Wird schon irgendwie gehen. Knopfdruck, sie spannt den Schirm wieder auf.

An der Parkplatzeinfahrt spricht der DGL mit dem Fahrer des Leichenwagens, winkt ihn durch. Wer hat den denn schon angerufen? Muss er halt warten. Die anderen stehen am Vectra, machen eine kurze Konferenz im Regen. Edda versucht, ein Stück von Ullas Schirm zu ergattern. Sollten wir grundsätzlich einführen, Konferenzen im Stehen, dann würde weniger dummes Zeug geredet. Auf der Straße kommt ein dritter Streifenwagen, der DGL weist ihn ein, sie stellen sich an die Ausfahrt des Parkplatzes. Die Regentropfen ploppen auf die Kapuze. Wo waren wir denn? Play. »Objektiver Befund, Absatz.« Schnarrende Stimme aus dem kleinen Speaker. Fremd.

»Am heutigen Tage teilte die Einsatzleitstelle telefonisch mit, dass …«

»Konni!« Ulla. Meine Güte, was ist denn jetzt noch? Sie hat die Scheibe einen Spalt auf. »Zu deiner Information: Atze macht den Aktenführer. Halt uns zwischendurch auf dem Laufenden.« Machen wir. Sie rollt ab.

Binz ruft, zeigt bei der Leiche auf eine Stelle im Nacken. Ja, sieht aus, als sei es eine Schnur gewesen. Er zieht noch eine Folie ab. Dieses Geräusch. Jetzt muss es aber langsam losgehen. Play. „… teilte die Einsatzleitstelle telefonisch mit,…»

»… dass auf einem Parkplatz an der Bundesstraße …«

Ein dunkler Audi rollt auf den Parkplatz. Frau Dr. Richter steigt aus, Knopfdruck, der Schirm springt auf, Blumenmuster.

»Tag, Herr Kirchenberg.«

19 Uhr 12

Roland macht den letzten Stich mit der Rundnadel, zieht das Garn stramm, schneidet den Rest ab. Er drückt die Naht leicht gerade, streicht mit dem Daumen übers Gesicht. Letzte Zärtlichkeiten. Mit dem Zeigefinger von oben hinter die Stirnhaut, er zieht sie ein wenig glatt, versucht ihm sein altes Aussehen zu modellieren. Noch ein prüfender Blick, »so, mehr können wir nicht mehr für dich tun«, dann packt er die Sachen zusammen. Frau Dr. Richter steckt das Diktiergerät in ihren Aktenkoffer, im Vorraum hängen die Mäntel. Die Sohlen ihrer Stiefel quietschen auf den Fliesen. Sie zieht den Mantel über den ausgestreckten rechten Arm.

»Jetzt muss ich aber erst mal was essen. Seit heute Morgen hatte ich nur ein halbes Käsebrötchen. Gibt's noch diesen Italiener an der einen Kirche, wo wir schon mal gemeinsam waren?«

»Da Renato? Den gibt es noch. Heißt auch noch so, obwohl Renato jetzt durch Willi ersetzt wurde.«

»Kommen Sie noch mit, Herr Kirchenberg?« Aufforderung mit warmem Lächeln. Aber müde Augen.

»Verlockendes Angebot, aber ich muss den Bericht heute noch diktieren und mal schauen, ob unsere Spurensicherer aus dem Müllcontainer noch was Brauchbares geholt haben. Der müsste mittlerweile schon zum Trocknen in unserer Garage stehen. Außerdem ist noch nicht klar, ob wir diese Tat mit der MK Container zusammenlegen. Wäre schon gut, wenn das heute noch entschieden würde.«

Die Ärmel ihres Nylonmantels schaben sirrend im Takt ihrer Schritte, dazwischen das Quietschen der Sohlen.

»Die Leiche hatte ich auch und es gibt schon ein paar Parallelen.« Sie zieht die Augenbrauen hoch, kurzer Seitenblick. »Wobei dieser hier sehr wahrscheinlich mit einer Schnur erwürgt wurde und der letzte aus dem Müll eindeutig mit den Händen. Und dieser hatte keine Schädelverletzung.«

»Außerdem sind beide ältere Männer und in ähnlicher Auffindesituation, das ist schon auffallend. Gut möglich, dass wir die Fälle zusammenlegen.«

Draußen hat es aufgehört zu regnen, über den Dächern ist ein Stern zu sehen, zwei. Roland hat links die Tasche, fingert sich mit der Rechten einhändig eine Kippe aus der Schachtel, orange, Ernte 23. Er bietet eine an. Beckmann und Binz sind schon weg, sonst auch keiner mehr von unseren da.

»Eigentlich hab ich's ja aufgegeben. Aber so auf den Stress…«

Das Feuerzeug tut es nicht, drei Versuche, er schüttelt kräftig, jetzt. Mit der kalten Luft ganz tief, leichtes Brennen in den Bronchien, das Nikotin wuchtet sich nach drei Sekunden sanft ins Gehirn.

»Gut, dann werden wir unseren Salat mal alleine essen.« Sie reicht die Hand.

»Salat?« Roland, die Kippe im Mundwinkel. »Höchstens vor der Pizza.«

Die Blinker des Audi leuchten kurz auf. A6, Riesenwalzen. Ist das eigentlich ein Dienstwagen, oder fahren die ihre privaten Karren? Roland verstaut die Taschen, schlägt die Klappe zu. Sattes Geräusch, satt und teuer. Sie startet den Motor, grüßt kurz, blitzendes Lächeln, sie rollen vom Hof.

Das Schloss hakt. Im Radio Einheitspop, auch egal. Fußball fängt erst in einer Stunde an. Wo Dominik jetzt wohl ist. 'ne Stunde vorher sollte man schon im Stadion sein, bisschen Atmosphäre schnuppern. Gleich vom Büro aus mal anrufen. Die Straßen trocknen langsam ab, letzte Feuchtigkeit, glänzen matt. Soviel über null haben wir nicht mehr, könnte schon glatt werden.

Drei Versuche beim Sesam-öffne-Dich, das Tastenfeld ist schon ganz schön ausgelutscht. Die Hauswände reflektieren das gelbe Blinklicht, flirrende Schatten, Ornamente. Ist eigentlich gar nicht richtig hell geworden heute. Durch das Lichtband im Tor zur Garage fällt ein heller Streifen auf das Hofpflaster. Beim Türöffnen drückt die Wärme dumpfen Müllgeruch nach draußen, der Heizlüfter bullert. Mitten im Raum der Container, Beckmann auf einer der beiden Leitern. Auf den Fliesen ausgebreitet Plastikfolie mit Müll. Beuys hätte seine Freude gehabt. Beckmanns Oberkörper verschwindet bis zum Bauch im Container, Binz auf den Knien, friemelt etwas auseinander, lässt sich dabei nicht stören. Flüchtiger Seitenblick.

»Wir haben schon mal versucht, etwas zu systematisieren«, Beckmann erscheint wieder aus der Tiefe. »Zum einen von oben nach unten wegen der Liegezeit, und dann nach Wichtigkeit. Zuerst die möglichen Spurenträger, also Kippen und so'n Zeug, dann die völlig wertlosen Sachen und dann Dinge, die vielleicht für Hinweise gut sind. Da hinten ist zum Beispiel 'ne Zeitung von vorvorgestern mit Namen drauf.«

»Und da vorne noch ein Falkplan von Köln«, Binz zeigt auf

die hintere Ecke. »Wenn der trocken ist, kann man ihn mal auseinanderblättern, vielleicht steht was drin, Markierungen oder Telefonnummern oder so.«

Der Muff liegt im Raum wie ein Kissen.

»Dann noch drei Behältnisse, die zusammengehören.« Er steigt von der Leiter, legt zwei Plastikflaschen auf eine der Folien. »Einmal die Pommestüte von den Arbeitern, dann ein Beutel mit alten Malersachen, Pinsel und so weiter, und dann einen echten Hausmüllbeutel. War zu Hause wohl der Mülleimer voll, kenn ich.«

»'n Ausweis oder was Ähnliches war nicht zufällig dabei?«

Gequältes Grinsen. »Ne, nur zwei Reisepässe. Aber die haben wir entsorgt. Sind ja wertlos, stehen ja keine Adressen drin.«

Ja, ja. War nicht so gut. »Okay, macht man. Ich gehe hoch, mal hören, was Ulla so zu erzählen hat.«

Bei der Sechs im Fahrstuhl ist der linke untere Querbalken kaputt. Die Sechs ist eine Fünf. Etwas viel Schwung beim Öffnen, die Fahrstuhltür schlägt an die Wand, es hallt durchs Treppenhaus. Im Flur der Geruch von Reinigungsmitteln, Ullas Raum ist leer.

»Wir sind hier.« Aus dem MK-Raum.

Die Uhr an der Wand zeigt zwanzig nach, in fünfundzwanzig Minuten ist Anstoß. Altenkamp am Terminal, tippt, Ulla und Atze sortieren Blätter im Stehen, kurzer Gruß.

»Na, wie war es noch?«

»Hat sich nach unserem Telefonat nichts Weiteres mehr ergeben. Er ist erdrosselt worden mit einem Werkzeug, sonst nur noch eine kleine Verletzung am Kopf. Nicht sehr schlimm, vielleicht von einem Sturz. Außerdem noch ein paar Abwehrverletzungen an den Armen.«

Edda kommt träge, keine passenden Vermissten. Dann Ernst, wirft einen Stapel Blätter auf den Tisch.

»Na, was Neues?«

»Nichts Neues.«

Er fährt sich mit den Fingern durchs Haar, reibt sich die Augen. Wird auch immer grauer, unser Ernst. Schon wesentlich mehr Grau als Schwarz. Aber immer noch schlank. Und jugendliche Bewegungen. Er nimmt sich die Jacke. »Kommst du?« Altenkamp nickt mit Blick auf den Bildschirm, schließt die Datei, trinkt seine Tasse leer, steht auf. »Wir fahren noch mal raus zu denen, die wir nicht angetroffen haben. Einer davon ist ein Bauer, der gestern Abend spät noch ein paar Schritte gegangen ist, sagt seine Frau. Vielleicht hat er was gesehen.« Die beiden verschwinden, Edda hinterher, hat noch einiges am Rechner zu tun. Kann das besser an ihrem Bildschirm.

Ulla stützt sich mit beiden Händen auf dem Tisch ab, dunkler Nagellack, atmet einmal tief durch.

»Ich habe mit Helmut gesprochen, ob wir die Sachen zusammenlegen. Sind doch sehr viele Gemeinsamkeiten. Wir wissen zwar noch nicht, wer unser Opfer hier ist, können also zum Motiv nichts sagen. Aber in der anderen MK sind wir mit den Spuren auch so langsam am Ende. Wir werden uns morgen früh zusammensetzen und entscheiden. Ich möchte, dass du auch dabei bist.«

»Wird das nicht ’n bisschen viel vom Spurenaufwand und von der Aktenführung her?«

Sie wiegt den Kopf. »Es geht. Atze würde das schon hinkriegen.« Atze schnauft mit hochgezogenen Brauen, wortlos. »Helmut müsste uns noch ein paar Teams besorgen, dann könnten wir hier morgen voll angreifen.«

Telefon.

»Mordkommission, Wiesing.« Nicken, zweimal. »Es kommt jemand runter.« Auflegen. »Unten steht ein Lkw-Fahrer aus Litauen, will eine Aussage zu einem Fahrzeug in der Sache im Industriegebiet machen. Ich bin hier grad so mittendrin…« Hundegesicht, Klimpern.

»Ja, ja, ja, schwache Persönlichkeiten kann man ausnutzen, immer dasselbe.«

»Dauert auch nicht lange, hörte sich jedenfalls so an.«

Paul hinterm Wachtisch macht eine Kopfbewegung Richtung Tresen. Um die fünfzig, grauer Sechstagebart, Lederkappe. Er stützt sich auf den Ellbogen, aus dem karierten Hemdärmel lugt am Handgelenk eine Tätowierung.

»Guten Abend. Mein Name ist Kirchenberg, ich bin von der Mordkommission.«

»Nabend«, deutlicher Akzent. »Ich bin Jonas Aleksa.«

»Sie können Angaben zu dem Mord im Industriegebiet machen?«

»Ja, vielleicht.« Er richtet sich auf, unsicheres Nicken. Möglich.

»Das ist fast sechs Wochen her, warum kommen Sie jetzt, wenn ich fragen darf?«

Er zieht einen gefalteten Zettel aus der Hemdtasche: »Habe ich heute gefunden in Autoverwertung.« Er legt ihn auf den Tresen, bügelt mit den Händen glatt. Das Flugblatt. »War seit 20. 10.«, er tippt auf das Datum, »nicht mehr hier.

Bin sehr gut durchgekommen den Tag und war schon Mitternacht da. Wollte schlafen bis morgens. Musste aber pinkeln, da habe ich an Müllcontainer Auto gesehen.«

»An dem Müllcontainer, in dem die Leiche gefunden wurde.«

»Ja.« Versichernde Geste.

»Woher wissen Sie, in welchem Container die Leiche war?«

»Wusste ich damals nicht. Heiner von Autoverwertung hat mir heute gezeigt, weil, als ich Datum auf Zettel sah, hab ich gedacht, da warst du letzte Mal hier.«

»Und was haben Sie gesehen?«

»Na, Auto. Helle VW-Transporter. Hat was ausgeladen, ist dann weggefahren.«

»Daran können Sie sich nach sechs Wochen noch erinnern?« Eigenartig.

»Ja, weil…« Er lacht wie ein Junge. »Ist zügig gefahren und hat Licht erst angemacht, als er von Hof war. Konnte man gut sehen, dass eine Bremslicht kaputt war.«

»Ein Bremslicht war kaputt? Wissen Sie noch welches?«

Er sieht nach rechts oben. »Ne, schwer zu sagen. Aber kaputt war eins, hab ich noch gedacht, als er bremste.«

»Was für ein Auto war das?«

»Helle VW-Transporter.«

»Ein VW-Transporter? Ein heller? Da sind Sie so sicher?«

»Ja, bin sicher. Mit Autos weiß ich Bescheid, gut.«

»Haben Sie das Kennzeichen gesehen?«

»Ne«, Kopfschütteln, »hab ich nicht drauf geachtet.«

»War sonst was am Fahrzeug?«

»An der Seite war Schrift, glaub ich, helle Schrift.«

»Konnten Sie erkennen, was da stand?«

Er schüttelt den Kopf. »War dunkel. Und ich müde, wollte eigentlich nur pinkeln.«

Klingt doch ganz plausibel. Hat ganz wache Augen, der Bursche.

»Haben Sie zwanzig Minuten Zeit, Herr Aleksa, wir müssten das natürlich aufschreiben.« Hat er. »Dann kommen Sie mal mit.« Durch die Schwingtür, er trottet hinterher. »Und Sie sind nur alle sechs Wochen hier?«

»Nein, eigentlich jede Woche. Bin jetzt aber für Kollegen andere Tour gefahren, Hamburg.«

Schade.

Er setzt sich, der Bildschirm springt an.

23 Uhr 36

Zu eng. Oder? Weiter. Da hinten unter der Platane. Steht ein Roller drin. Mitdenker. Kann der sich nicht auf den Bürgersteig stellen? Wieder zurück. Schon sehr eng hier, vorsichtig probieren. Bisschen knapp, geht aber. Beim Öffnen schlägt die Tür an, dunkelblauer Volvo. Shit. Nichts zu sehen. Zum Glück.

Der Nebel gibt den Straßenlaternen einen blassen Hof, bei Sener nur die Notbeleuchtung. In der Tür das »Geschlossen«-Schild. Wo ist der? Schon zwei Tage, hat nichts gesagt. In der Wohnung im ersten Stock auch alles dunkel. Martha war auch nicht zu erreichen vorhin, morgen noch mal probieren.

Zwischen den parkenden Autos durch schlängelt sich eine

Fußgängerin, geht voraus, zügig. Kleine Schritte, Handtasche, heller Hut. Frau Gierth. Um diese Zeit. Nach Spaziergang sieht das nicht aus. Wo war die denn? Etwas schneller hinterher, sie sieht sich nicht um, fast auf gleicher Höhe, kein Blick.

»Nabend, Frau Gierth.«

»Mein Gott, Herr Kirchenberg«, sie bleibt stehen, schlägt sich die Hand vor die Brust. »Ich hab Sie gar nicht erkannt.«

»Ich wollte Sie nicht erschrecken, tut mir leid. Wofür haben Sie mich denn gehalten, für einen Meuchelmörder?«

»Man weiß ja nie…« Sie geht weiter, langsamer, lockerer, kann schon wieder lachen. »So spät bin ich in meinem Alter ja auch selten vor der Tür.« Sie umkurvt wortlos eine Tellermine, Fußballgröße.

»Na, ja, ich hab schon mit dem Gedanken gespielt, Ihnen leise meine Hand auf die Schulter zu legen…«

»Wenn Sie den Tod einer alten Frau verantworten können.« Unbeschwertes Lachen. »Gerade heute Abend. Ich war im Kino. Im Programmkino am Bahnhof zeigen sie diese Woche Gerichtsfilme. Herrlich, leider alle so spät. Heute war ›Zeugin der Anklage‹, hab ich in meiner Jugend schon mal gesehen.«

»Das kann ich mir vorstellen, dass das Ihr Thema ist.«

»Natürlich.« Pause. »Ich wäre schrecklich gern Staatsanwältin geworden, oder halt zur Polizei.« Sie bleibt stehen, Blick in den Himmel, zwei Sekunden ganz weit zurück. »Aber nach dem Krieg war zu Hause halt kein Geld da fürs Studium.« Sie sieht herüber, an ihrem Lächeln klebt letzte Traurigkeit. »Und bei der Polizei hatten Frauen damals noch nichts verloren. Aber Schneiderin war ja auch ein anständiger Beruf.« Sie zieht ihren Schlüsselbund aus der Handtasche, schließt auf, Knopfdruck, Licht.

»Ich glaube, Frau Gierth«, sie bleibt stehen, wendet den Kopf, »wir hätten Sie ziemlich gut bei uns gebrauchen können.«

»Ja, ja, Sie Schmeichler.« Ihre Hand auf dem Unterarm, zärtliches Streicheln. «Danke, dass Sie eine alte Frau glücklich ins Bett schicken wollen...«

»... alte Frau ...?«

»... nur nicht übertreiben!« Sie steht auf den ersten Stufen.

»Mit Ihrer Schwester vorhin ist übrigens alles glatt gegangen. Sie hatten grad angerufen, da war sie schon da.«

»Prima.« Ach, ja, Fußball. Ganz vergessen anzurufen. Kurz vor zwölf. Müssten jetzt auf dem Heimweg sein.

Im Briefkasten Werbung.

»Gute Nacht.« Sie hat gewartet, neugierig verschmitzter Blick.

»Was gibt es denn morgen? Im Kino meine ich.«

Sie kramt in ihrer Handtasche, sieht aufs Programm. »›Zwielicht‹. Kenn ich gar nicht.«

»Ich glaub, der ist ganz gut, könnte Ihnen gefallen. Ist mit Richard Gere, 'n schöner Mann.«

»Na, dann.« Letztes Winken, sie geht nach oben.

Hat gar nicht nach dem aktuellen Fall gefragt. Vergisst sie eigentlich nie.

»Ach, Herr Kirchenberg ...«

DONNERSTAG

07 Uhr 46

Starkes Bremsen, die Schlaufe zieht am Handgelenk, es brennt. Ein Rentner mit Hut kann sich grad noch bei seiner Vorderfrau abstützen. Pferdeschwanz, Trenchcoat, Pumps, Sekretärin. Er murmelt was Entschuldigendes ohne Blickkontakt. Anfahren. Es riecht nach nassen Klamotten, filzig. Kaum Gerede. Von hinten quäkiges Ohrstöpselgedudel, HipHop. Zwei Teenies malen Figuren an die beschlagenen Scheiben, stehen auf, schieben sich zum Ausstieg. Halten, Tür auf, raus.

Schirm wär nicht schlecht. Nah an den Häusern lang, die Markisen vor den Geschäften geben Schutz, alle paar Meter. Ein hagerer Langer mit Kapuzenshirt kommt entgegen, noch ein Meter, er weicht aus in den Regen. Verloren.

Im Präsidium sind fast alle Fenster erleuchtet, zwei Streifenwagen rollen vom Hof. Schon wieder Licht in der Asservatengarage, wirklich früh dran, die beiden.

Die Wärme wälzt noch die gleiche Mufflawine zur Tür raus, bis in die Nebenhöhlen. Beckmann sitzt mit ausgestreckten Beinen, alter Stuhl, den Kopf im Nacken. Ein Riss an der Schulter, rotes Dreieck im Weiß. Er blinzelt aus den Augenwinkeln ohne jede Bewegung.

»Warum hat mein Alter bloß vergessen, reich zu werden?«

»Denk mal an die fünf Millionen Arbeitslosen oder die Leprakranken in Indien …«

»… oder die Kinder in Afrika, ja, ja, ich weiß: Mir geht es gut.« Ganz vorsichtig die Kaffeetasse zum Mund, langsam wieder zurück auf den Bauch. »Aber da hätt ich wenigstens mehr als vier Stunden Schlaf. Und wer braucht schon alle zehn Finger?«

Binz kommt durch die Tür, kurzer Gruß, in der Linken auch einen Kaffee. Er geht zum Tisch in der Ecke, steigt in den Overall.

»Habt ihr noch was Spannendes gefunden?«

»Soll Uwe dir erklären.« Die Augen bleiben zu.

Binz lächelt mitleidig, kommt aus der Ecke. »Wir sind ziemlich sicher, dass die Leiche in diesem Müllsack war. Genaues erst nach der DNA-Untersuchung. In der Rille unten an der Schweißnaht haben sich, wahrscheinlich durch statische Aufladung, vier ganz kleine Styroporkügelchen festgesetzt. Könnte sein, dass die vom Tatort sind, wir haben nämlich im ganzen Container kein Styropor gefunden.«

Styropor? »Und der Müllsack ist normal?«

Beckmann springt auf wie gestochen. »Ganz normales Ding aus dem Baumarkt, nur die stabile Version.«

Könnte vorher was anderes drin gewesen sein. Was Verpacktes. Oder wofür nimmt man sonst Styropor? Einfach nur Müll? Auch möglich.

Lagerhalle. Neonlicht, kriechende Kälte. Er zieht ihm die Hose von den Beinen, die Waden klatschen auf den Estrich. Grau, rissig, versifft. Die restlichen Klamotten noch, fesseln. Mit Mühe in den Müllsack. Beine anziehen, Keuchen vor Anstrengung, in den Kissen Dreck, Holzfasern, Reste von Styropor. Könnte sein.

»Saßen die außen oder innen?«

»Außen.«

»Schade, innen wäre besser. Ist aber auch so ganz interessant.«

Beide stehen breitbeinig, Kaffeetassen vor der Brust, sehen auf den Boden, müdes Schweigen. Das Gebläse ist leiser als gestern, kleinere Stufe. Immer noch ganz schön warm hier drin.

»Hat sich was aus dem Stadtplan ergeben?«

Binz pustet in seine Tasse, nimmt einen Schluck. »Müssen wir noch sehen. Ist noch nicht ganz trocken.«

»Gut. Ich bin oben. Wenn noch was ist …«

Sie schlurfen wieder zum Tisch, besprechen was Technisches.

Die Neonröhre springt mit einem kehligen Brummen an, flackert, das Brummen wird leiser. Ist zu hell heute Morgen, Schreibtischlampe. Alte Luft, Fenster auf kipp. Die Kälte zieht Schlieren durch den Raum, die Straßengeräusche von unten klingen heller. Ach, ja, Markt. Ist ja Donnerstag. Schon einiges los. Vermummte Gestalten, Taschen in den Armbeugen, schnell unter den nächsten Stand, manche rennen. Nur die Schirme bewegen sich langsam.

Die Tür wird leise geöffnet, Atze lehnt sich rücklings rein.

»Da bist du ja endlich.«

»Ja, meine Karre ist nicht angesprungen. Bei dem feuchten Wetter zickt der Verteiler immer rum.«

»Du solltest dir vielleicht mal ’n Auto kaufen, was nach

1980 gebaut worden ist. Wir wollten uns um halb neun zusammensetzen. Wir hätten dich gern dabei.« Von hinten weiche Wellen kalter Luft.

»Halb neun geht klar.«

Er zieht die Tür leise zu. In der Bank gegenüber etwa die Hälfte der Fenster beleuchtet. Innerhalb der nächsten zehn Sekunden geht irgendwo ein Licht an. Einundzwanzig, zweiundzwanzig, dreiundzwanzig, vierund ... In der dritten Etage rechts wird es hell. Gewonnen.

Hinter den Marktständen sucht eine Alte im gelben Friesennerz die abgestellten Kartons durch. Gebückte Haltung, die Wirbelsäule fast im rechten Winkel geknickt. Sie findet was, stopft es in die Plastiktüte, geht. Sie bleibt stehen, gestikuliert, spricht mit jemandem unter dem Zeltdach. Wahrscheinlich. Sie wartet. Es erscheint ein Arm mit einer Tüte. Sie nimmt sie, bedankt sich, geht.

Ulla am Kopfende, sortiert hektisch Akten, sieht kurz zu Atze und Helmut. »Bin gleich so weit. Kann sich nur noch um Stunden handeln.«

Atze kommt von der Seite, will helfen, fängt sich einen giftigen Blick ein. Er lässt es.

»Mach man, ich bin eh nur informatorisch hier.« Helmut lässt die Hände gefaltet auf dem kleinen Kugelbauch.

»Einer was dagegen?« Ernst hält einen Zigarillo hoch. Keiner was dagegen. Er zieht den Aschenbecher zu sich, Atze steckt sich auch eine Kippe an, hält die Schachtel hin. Ne, ne, ich nicht mehr.

»Ne, ne, ich nicht mehr, davon bin ich ab.«

Ulla sortiert weiter, wissendes Nicken. Ihre blonden

Stoppeln wirr verklebt, wie gemeißelt. Die war sonst doch immer rot. Jetzt schon länger nicht mehr. Ende der roten Phase. Nur noch die Kleidung. Das rote T-Shirt passt zu ihren Lippen, spannt auf den Oberarmen. Sieht man, dass sie kilomäßig im Plus ist. Kriegt sie sonst besser hin mit ihrer Kleidung.

»So!« Sie trimmt einen Stapel Blätter auf gerade, legt ihn weg. »Ich will mal die Fakten vorlegen und hätte gern eure Meinung dazu gehört. Ich glaube, es stimmt viel überein bei den beiden Taten. Erstens die Auffindesituation. Bei der MK Container ist die Leiche in einem Müllcontainer im Industriegebiet gefunden worden, bei der MK Weidengrund in einem Container auf einem Bundesstraßenrastplatz. Beides Orte, die man relativ gefahrlos erreichen und verlassen kann. Zweitens sind beide Opfer ältere Männer…« Helmut murrt leise. »… okay, Männer mittleren Alters, jedenfalls der eine.« Kurzes theatralisches Grinsen. »Drittens waren beide nackt und gefesselt und lagen ähnlich in den Containern. Viertens sind beide gewürgt worden, wobei Kunz noch eine heftigere Schädelverletzung hat.«

»Und der Letzte ist mit einer Schnur oder einem Tuch gewürgt worden, der Erste mit den Händen.« Atze, hebt kurz den Kugelschreiber.

»Ja, das ist auch ein Unterschied.« Ulla lehnt sich zurück, das Neonlicht schimmert matt auf ihrem Make-up. »Also, was meint ihr?« Stille, sie blickt von einem zum anderen.

Liegt doch fast auf der Hand bei den Parallelen. Aber genau nachdenken. Gibt's auch was, was dagegen spricht?

»Konni, was sagst du?«

»Auf den ersten Blick gibt es fast keinen Zweifel. Was ist

denn mit den Opfern? Kann man schon irgendwas zu den Motiven sagen, warum die beiden?«

Sie seufzt, presst die Lippen aufeinander, blättert eine Seite um. »Beim Opfer vom Weidengrund wissen wir noch gar nicht, wer es ist. Bei Walter Kunz, der aus dem Container am Supermarkt, ist es schwierig. Sexualmord können wir wahrscheinlich ausschließen. War 'n einsamer, alter Mann, der sehr zurückgezogen lebte. Kaum Außenkontakte, auch keine Verwandtschaft. Daher wissen wir nicht sicher, ob was aus seinem Umfeld fehlt. Die Wohnung ist sehr wahrscheinlich nicht angetastet. Nach den Abhebungen auf der Bank über die letzten zwei Jahre könnte bei dem Lebensstil zu Hause durchaus ein größerer Betrag Geld gewesen sein, wir haben aber nichts gefunden. Also, Raubmord könnte sein, ist aber nur 'ne Vermutung. Ein anderes Motiv haben wir nicht.«

»Der ganze Hintergrund von dem ist unheimlich dünn. Wir ermitteln da seit Wochen rum, kriegen aber nicht wirklich was raus. Der hat fast wie ein Eremit gelebt. Obwohl er eigentlich genug Geld hatte, ist er ab und zu mal zu einer Sozialküche essen gegangen, mal spazieren, aber nichts, wo er groß Geld hätte ausgeben müssen.« Atze von der Seite, setzt seine Brille ab, kratzt sich die kurzen Löckchen. Dass er sich das immer noch machen lässt. Wird aber kaum grau, der Alte. Oder färbt der?

»Na ja, und dann sind da noch die Haare.« Ulla noch mal. Alle wissen Bescheid. Was war denn mit den Haaren?

»Sag noch mal für mich, was genau damit war.«

»Das Opfer hatte eine dünne, kurze Strähne, sieben Haare, unter dem Nagel vom rechten Mittelfinger. Die Spurensicherung war sowieso schwierig, weil durch die Lage im Müll unheimlich viel Material an dem klebte. Das meiste wahrscheinlich vom Ablageort. War schwierig, das auseinanderzuhalten. Könnte sogar sein, dass alles aus dem Container war, denn die Leiche machte fast den Eindruck, als wenn sie vorher gewaschen worden wäre. Wir gehen bis jetzt noch davon aus, dass es Täterhaare sind. Nach der DNA stammen sie von einem Mann, sind fast grau, aber leicht getönt.«

»Es gab verschiedene Müllbeutel aus den Toiletten in dem Container, in denen Haare waren.» Endlich sagt Ernst mal was. »Außerdem lag ein Staubsaugerbeutel von den Putzfrauen relativ dicht unter der Leiche. Solche Haare haben wir darin zwar nicht gefunden, aber reichlich andere, wahrscheinlich auch zusammengefegte aus dem Supermarkt. Wir können es halt nicht mit Sicherheit sagen, aber ich glaube, das sind Täterhaare.«

»Was spräche noch dagegen, sie zusammenzulegen? Der Umfang des ganzen Materials?« Helmut, sieht Atze an, dann Ulla.

»Zwei Taten, das ist nicht ohne. Aber mit der ersten sind wir, wenn wir ehrlich sind, mit den Spuren schon ziemlich am Ende. Wir haben nicht umsonst vor einer Woche die Teams reduziert. Von daher müsste es also machbar sein.« Sie sieht Atze an, der nickt auf Bestellung.

»Absolut machbar.«

Klar. Akten werden Atze nie zu viel. Der ist wirklich der beste Aktenwurm, den wir haben. Aber manchmal kann er auch unglaublich nerven mit seiner Genauigkeit. Müde sieht er aus heute Morgen. Wahrscheinlich wieder zwei Stunden länger gelesen als alle anderen.

»Sonst noch Gründe dagegen?«

»Also, ich finde, es spricht mehr dafür, dass wir es hier mit dem- oder denselben Tätern zu tun haben.« Sie rührt nebenbei in ihrem Kaffee. »Ich habe übrigens gestern noch beim LKA angerufen, mal überprüfen, ob unser alter Kollege Oliver nach gut 'nem Jahr bei den Fallanalytikern schon was gelernt hat. Die haben doch Erfahrungen mit Mehrfachtätern. Ich hatte so was nämlich noch nie. Oliver sagt, so am Telefon könnte man nichts Sicheres dazu sagen, da bräuchte er die Akte und die Auswertung. Ich hab ihm erst mal eine Kopie der Akte ›Container‹ geschickt.«

»Oliver. Wie geht's dem denn?«

»Und? Hat er schon Karriere gemacht?« Helmut, bisschen spitz. Hat ihm nicht gepasst, dass der damals seinen Laden verlassen hat, nachdem er ihm so 'ne Traumbeurteilung geschrieben hatte. »Zurück zum Thema. Ich muss ja gleich wieder den Heldenklau spielen und mir von den anderen Kommissariatsleitern 'ne blutige Nase holen. Aber wenn wir es als eine Kommission laufen ließen, bekämen wir es mit etwas weniger Leuten hin.«

Stilles Verständnis in der Runde.

»Gut, eine Kommission, abgemacht. Dann werde ich mal dem Gruppenleiter und dem Leiter ZKB Bescheid geben.« Er steht auf, geht.

»Helmut«, Ulla holt ihn zurück. »Wenn wir um elf die erste Besprechung mit der MK machen könnten, kämen wir noch ganz gut in den Tag.«

Kurze Bestätigung, er zieht die Tür hinter sich zu.

Ulla sammelt ihre Blätter ein, ein freundlicher Blick für jeden, alle erheben sich.

Elf Uhr.

11 Uhr 27

Ganz schön großer Haufen. Ulla am Kopfende, erzählt mit Händen und Füßen, Atze daneben.

Hans und VG von den Wirtschaftskriminellen schreiben mit. Zwei Mann von WIKRI, auch selten. Aus Kriminalgruppe zwei noch Thorsten, Regina und Paul dabei, sonst nur Einser und unsere Leute. Wie es Paul wohl geht? Sieht ganz gut aus, eigentlich. Gar nicht nach einem Jahr Scheidungskampf. Soll ja furchtbar gewesen sein, Kindesentzug, Verklagen, das ganze Programm. Die beiden Jungen am Fenster sind wahrscheinlich Fachhochschüler. Bei uns sind die aber noch nicht durchgelaufen, noch nie gesehen. Der eine braun gebrannt mit Igelfrisur und weitem Sweatshirt. Ganz schön dicke Arme, ist mit Sicherheit Eisenbieger. Oder von den Spezialeinheiten. Der andere ist ja knapp die Hälfte von dem, aber 'n Riese. Die Blonde neben Paul ist auch unbekannt. Könnte die Neue vom KK 13 sein, letztens irgendwo gelesen. Jung sieht die aus. Mit Hornbrille. Hat was, 'ne Brille. Hat wirklich was Erotisches.

Atze ist dran. Bei zwei Taten Besonderheiten in der Aktenführung, sollen die Kollegen drauf achten. Die Spuren kriegen neben der Nummer noch einen Kennbuchstaben. C für Container, W für Weidengrund. Die meisten notieren nebenbei.

Achtzehn Leute. Und Edda und Heinz fehlen noch, also zwanzig. Neun Teams. Zwei mehr wären nicht schlecht. Wenn die Tatortspuren weniger werden, könnte man mit Ernst noch ein Team aufmachen. Hat Atze aber bestimmt schon auf der Rechnung. Er übergibt wieder an Ulla, steckt sich eine an, von oben in den Pullover, verstaut die Schachtel in der Hemdtasche. Ärmelloser Pullover in Braun, da ist Atze auch nicht ganz auf der Höhe der Zeit.

Edda kommt rein, winkt mit einem Papier zu Ulla, bleibt am Kopfende stehen. Ulla sieht zu Edda, auffordernder Blick.

»Tut mir leid, dass ich störe, aber ich habe eben von der PI-Süd eine Vermisstenmeldung bekommen, dass aus dem Altenheim an der Marthastraße der vierundsiebzigjährige Berthold Grams seit vorgestern Nachmittag abgängig ist, das heißt, abgängig ist nicht so ganz richtig, weil, das hört sich mehr so nach einer Appartementanlage an. Ich hab eben mit einer der Leiterinnen gesprochen, und nach der ersten Beschreibung könnte das unser Toter sein. Sie sagt, der ist eigentlich noch ziemlich fit und aktiv und hätte einiges an Aktivitäten außerhalb des Wohnheims unternommen, darum sei das nicht sofort aufgefallen. Heinz und ich fahren jetzt mal hin, nehmen ein Foto von unserer Leiche mit und legen das denen mal vor. Sollten sie ihn erkennen, versuchen wir noch, an DNA-Material zu kommen.« Kurzer Blick zu Ulla und Atze, sie klemmt ihre Mappe unter den Arm.

»Wenn es unser Opfer ist, müssen wir sowieso da rein.« Ulla blickt von einem zum andern. »Wo ist das Heim?«

Edda sieht auf den Zettel. »Marthastraße 47. Das müsste eine der Straßen hinterm Park am neuen Krankenhaus sein, genau weiß ich's noch nicht.« Bestätigung aus der Runde, sie schwirrt ab, Gebrabbel.

»Ich brauche noch drei Minuten eure Aufmerksamkeit«, etwas energischere Stimme, »wenn es unser Opfer sein sollte, wäre das natürlich sehr hilfreich, so früh, aber genauer wissen wir das erst in einer Stunde, nehm ich mal an. Im Augenblick hat das auf unsere Arbeit keinerlei Auswirkungen, wir fangen in den Teams, wie Atze sie zusammengestellt hat, an zu arbeiten. In den Körbchen liegen schon Spuren.« Atze bestätigt, bläst den Rauch nach unten. »Sollte sich durch Eddas Ermittlungen was ergeben, teilen wir euch das mit, bleibt also erreichbar.«

Blick von einem zum anderen, alles klar. Sie klappt die Mappe zu, Aufbruch.

Der Bodybuilder macht ein Fenster auf.

»Ach, Ernst, Konni«, Ulla winkt noch einmal zurück in den Raum, Atze kommt auch mit, »Atze meinte, ob ihr zwei nicht ein Team bilden könntet, da hätten wir die Tatortleute von beiden TOs beieinander. Ich hatte noch keinen Mehrfachtäter und könnte mir einfach vorstellen, dass das günstig ist.«

»Spricht einiges dafür, finde ich auch.« Atze, drückt nebenbei seine Kippe aus. »Wir erkennen die Parallelen eher und verhindern eventuell, dass wir einige unnütze Untersuchungen machen, oder doppelte.«

»Außerdem könnte ich euch im Notfall auch als zusätzliches Team für die ein oder andere Spur einsetzen, so üppig sind wir ja nicht besetzt.«

»Liegt nahe.« Ernst sieht rüber, bejahender Blick.

»Können wir gerne machen, hab ich auch schon drüber nachgedacht. Ich bin aber in dem alten Verfahren überhaupt nicht drin. Mehr als die Gespräche beim Kaffee habe ich nicht mitgekriegt.«

»Ich habe jetzt erst noch 'ne Stunde zu tun.« Ernst schaut

auf seine Uhr. »Wir können uns ja gegen zwei zusammensetzen und die grobe Richtung besprechen.«

Können wir machen.

Mit Ernst in ein Team. Mal sehen.

»Ach, Konni.« Ulla steht noch am Tisch, winkt zurück. Was ist denn jetzt noch?

Sie schließt die Tür, fasst an den Oberarm.

»Ich freue mich, dass du dabei bist. Ich kann doch auf deine Unterstützung hoffen.«

»Wie meinst du das? Klar hast du meine Unterstützung, wie immer. Ist doch nicht unsere erste gemeinsame MK.«

»Ja, schon. Aber das hier scheint was anderes zu werden. Ich hatte noch keinen Mehrfachtäter, und die MK Container ist bis jetzt auch nicht so toll gelaufen. Wir stochern da noch ziemlich im Trüben.«

»Ich hatte bisher auch erst einmal eine Serie, die länger lief, und den Dreifachmord vor fünf Jahren. Außerdem hast du mit Atze einen ganz erfahrenen für die Akten.«

»Kann ja sein.« Sie winkt ab. »Aber du kennst ihn ja. Ich habe das Gefühl, der wird immer schlimmer. Wir sind einfach völlig unterschiedlich, zweimal am Tag rasseln wir mindestens aneinander.«

»Lieblingsulla«, sie lässt sich den Arm um die Schulter legen. »Unter dir diene ich am liebsten.«

Sie stößt den Ellbogen sacht in die Rippen. »Danke!«

»Keine Ursache. Ich kriege ja Geld dafür.«

Noch ein Stoß, stärker.

12 Uhr 47

Johannes von den Technikern kommt mit einem Bildschirm auf dem Arm den Flur lang, bemüht sich umständlich, mit dem Ellenbogen die Tür zum MK-Raum zu öffnen. Er quittiert die Hilfe mit flüchtigem Dank.

»Wohin? Dahin, wo ich sie vorgestern abgebaut habe?«

Ulla nickt.

»Stell den mal ganz hinten ans Fenster, dann haben wir hier vorne ein bisschen mehr Platz zum Ablegen.« Atze steht auf, räumt auf dem langen Tisch Papierkram weg.

Johannes setzt den Bildschirm vorsichtig ab, sortiert die Kabel. »Aufbauen, wieder abbauen, wieder aufbauen. Ihr wisst auch nicht, was ihr wollt.« Schelmisches Grienen.

»Kannst du mal mit dem stinkenden Zeug hier abhauen, Konni?« Altenkamp sitzt vorm Terminal, schlägt an die Plastiktüte mit dem Gyros.

»Du redest von Stinken, mit deiner Brühe. Kriegst wohl langsam Kohldampf? Was trinkst du denn heute für 'ne Todesmischung?«

Er nimmt einen Schluck aus der Tasse, genießt demonstrativ. »Indischer Kräutergarten.«

»Ist wahrscheinlich auch gegen Achselnässe.«

»Wenigstens verliert er seine gute Laune nicht dabei. Ich wär nur giftig, wenn ich fünf Tage nichts gegessen hätte.« Ulla, ohne das Tippen zu unterbrechen.

»Du kannst es dir aber auch wirklich leisten, Ulla.«

»Du meinst wohl, Konni, du kannst ungestraft 'ne alte Frau verarschen, was?« Ihre Giftigkeit löst sich in Resignation auf.

»Zehn Kilo weniger wär’n schon nicht schlecht, aber da sind wir wieder bei der Sache mit dem Geist und dem Fleisch.«

»Ich nehme mir mal die Zweitakte der MK Container, ’n bisschen einlesen. Ihr wisst Bescheid.«

Die Ordner stehen hinter Ulla auf dem Aktenbock. Pressemappe, mal schauen.

Größere Artikel, Schlagzeilen, Der Tote im Müll. Blättern. Fotos. Die Leiche im Großformat, gefesselt, das Gesicht eingetrübt.

»Sind die jetzt völlig bescheuert? Solche Fotos zu veröffentlichen? Wie sind die denn darangekommen?«

»Da muss ein Pressefritze zufällig vor Ort gewesen sein. Kann ja nur von einer Zeitung kommen. Unsere Pressestelle hat auch ’ne Beschwerde geschrieben, da gibt es irgend so einen Presserat.«

»Einfach unglaublich.«

Dahinter noch ein Artikel eines Fachmannes für Spurensicherung, Dr. Sowieso. Ja, ja, Fachmann. Wegstellen, die Hauptakte steht daneben.

»Ich bin bei mir, sonst wird Heinz noch schwach mit seinem indischen Blütengarten …«

»…Kräutergarten.«

»Ja, irgendein Grünzeug eben.«

»Aber keine Fettflecken. Auf Akten hasse ich das.« Sie droht mit dem Stift, zeigt auf die Tüte.

Im Büro ist es kalt, Fenster zu. Die Mineralwasserflasche sprudelt beim Öffnen über, tropft auf die Akte. Schnell wischen, drei dunkle Flecken bleiben. Die hat doch den ganzen Tag gestanden. Beim Entfalten des rosa Papiers steigt der Zwiebelduft auf wie eine Wolke.

Bericht, 19.10.05

Am heutigen Tag, gegen 07.48 Uhr, erhielt der 14/33 (Lautenschläger/Wessenkamp) von der Leitstelle den Einsatz zur Straße
»Im Industriegebiet 12«,
im Hinterhof des dortigen Verbrauchermarktes gebe es in einem Müllcontainer einen Leichenfund. Ansprechpartner sei...

Weiter. Der Zaziki ist scharf. Ein Stück Gyros fällt von der Gabel auf die Akte, das Fett lässt die Schrift zerfließen. Scheiße. Tupfen, es bleibt verschmiert.

...etwa 20 Personen, deren Personalien nicht genau festgestellt werden konnten, da nach der ersten Überprüfung, ob es sich in dem Müllcontainer tatsächlich um eine männliche Leiche handelte, der Auffindeort weiträumig abgesperrt wurde. Obwohl die in dem Container liegende Person auch nach dem optischen Eindruck nicht mehr lebte, wurde die Bewegungsfähigkeit der Unterschenkel geprüft, wobei festgestellt werden konnte, dass die Leichenstarre ausgeprägt war.
Bei den anwesenden Personen handelte es sich nach optischem Eindruck in erster Linie um Angestellte des Marktes bzw. der anliegenden Geschäfte und Firmen, Reinigungspersonal sowie mindestens einen Pressevertreter, der vermutlich auch fotografiert hatte.
Die Leitstelle wurde umgehend in Kenntnis gesetzt. Die nach Absperrung des Hofteiles mit Flatterband durchge-

führte Personalienfeststellung ergab, dass sich noch folgende Personen auf dem Gelände des Verbrauchermarktes befanden.

1. Herr Stefan Müller, 02.01.63...

Nicht so wichtig. Weiter. Vermerk des DGL, Bericht von der K-Wache. Warum sind die denn noch rausgefahren, unsere Leute müssen doch schon im Haus gewesen sein? Läuft da um die Zeit schon einer von der Presse rum. Mit Kamera. Sind da denn irgendwo in der Zeitung Fotos erschienen von der Leiche? Ulla fragen. Tatortbefundbericht. Was hat der Ernst denn so geschrieben?

Heute, ... Industriegebiet, ... nasser Asphalt, ... kein Regen, ...6 Grad Celsius, ... Parkplatz, ... ca. 4000 qm, ... Eintreffen 08.43 Uhr, ... weiterer Tatort, ... engerer Tatort...

Die Müllcontainer stehen an der westlichen Seite des Gebäudes und sind zum Kundenparkplatz hin lediglich mit drei Holzzaunelementen à 180 cm bei einer Höhe von 175 cm abgetrennt. An dieser Gebäudeseite befindet sich noch ein mit einer doppelflügeligen Stahltür versehener Lieferanteneingang. Im hinteren Teil dieses Hofabschnittes, etwa 20 m von den Holzelementen entfernt, ist der an das Gebäude anschließende Verschlag für das Leergut, welcher aus verzinkten Gitterelementen besteht und verschließbar ist.

Eine Videoüberwachung des Gebäudes existiert ebenso wenig wie eine mit einem Bewegungsmelder verbundene Beleuchtungsquelle.

Ist da noch nie eingebrochen worden? Eigentlich verlangen die Versicherungen das schon.

Die drei Müllcontainer stehen nebeneinander direkt hinter den o. g. Zaunelementen, welche eine direkte Verlängerung der Frontfassade darstellen. Es handelt sich um handelsübliche sog. Müllgroßbehälter aus verzinktem Stahl. Sie sind mit einem Schiebedeckel ausgestattet und fassen etwa 1100 Liter. Die Behälter waren nicht verschlossen und werden für die Entsorgung des Restmülls benutzt.

Die Leiche liegt im mittleren der drei Behältnisse. Beim Eintreffen ist das Schiebeelement zum Verschließen etwa 30 cm aufgeschoben. Zur besseren Sicht wird der Deckel des Behälters weitere 30 cm geöffnet. Dazu wird die seitliche rechte Strebe des Deckels mit dem Handballen an der vorderen Kante nach hinten gedrückt. Der Container ist nach erster Einschätzung zu etwa zwei Dritteln mit Müll gefüllt, sodass die Leiche ca. 50 cm unterhalb der Öffnung liegt, in der Weise, dass der Kopf an der linken Seite liegt und das Gesicht nach vorne weist.

Das Opfer ist männlich, fortgeschrittenen Alters, und es ist kein Kleidungsstück an der Leiche oder daneben wahrzunehmen. Die Farbe der Haut ist durchgehend blassbläulich, die Augen sind geschlossen, der Mund leicht geöffnet. Die Figur ist hager. Die Leiche liegt auf der rechten Seite, sodass der rechte Arm nicht zu sehen ist, der linke ist auf den Rücken gebogen und nur bis zur Mitte des Unterarms sichtbar. Die Beine sind vor der Brust angezogen. Der Kopf ist leicht nach hinten gekippt, am Hals sind im vorderen Bereich, jedoch auch seitlich bis in den Nacken übergehend verschiedene Hämatome unterschiedlicher Größe zu erkennen, die sich um den gesamten Hals ziehen. Eine weitere Verletzung kann auf dem linken, hinteren Schädelbereich wahrgenommen werden. Es handelt sich hierbei um eine deutliche, ca. 5 x 3 cm große Eindellung. Die Wunde ist sauber, Blut ist weder an der Leiche noch im Bereich des Auffindeortes zu erkennen

Also doch eine blutende Tat. Zwar nur wenig, aber immerhin. Könnte wichtig sein.

Die Peperoni riecht mild. Probieren? Beim Reinbeißen eine fadige Fontäne über die Akte bis vor den Schreibtisch. Mann. Eine Tuschespur quer über das Blatt. Tupfen. Wird nur noch schlimmer. Wäre mit 'ner Schreibmaschine nicht passiert. Aber mild, das Ding.

Auf der Leiche ist verschiedener Müll verteilt. Im Bereich des Torsos, genauer der Brust und der Schulter, liegen organische Abfälle in Form von vier etwa 1 cm breiten und 10 cm langen Fettstreifen. Außerdem sind hier korkenzieherähnlich aufgerollte Wurstpellen zu erkennen. Auf dem linken Oberschenkel liegen drei Kippen von Filterzigaretten und Aschereste.
Die Füße sind durch einen zusammengeknüllten, blauen Müllsack halb verdeckt.
Um bzw. an der Leiche ist verschiedener Müll zu erkennen. Die Schilderung beginnt in der vorderen rechten Ecke des Containers und bewegt sich von hier im Uhrzeigersinn bzw. …

Nicht so interessant. Weiter.

... Plastikflaschen, ... Kehricht, ... spurensichernde Maßnahmen, ... Müll, ... auf der Leiche befindlich, ... Abkleben ...
... wird die Leiche aus dem Container gehoben.
Nach der Ablage ist erkennbar, dass die Arme auf dem Rücken an den Handgelenken mit so genannten Kabelbindern aus weißem Kunststoff gefesselt sind. Die Haut auf dem Rücken ist ebenfalls blassbläulich und weist keine weiteren Verletzungen auf. Die Leiche hat graue, etwa fünf Zentimeter lange Haare mit starken Geheimratsecken. Im rechten Scheitelbereich am Hinterkopf ist eine etwa 5 x 3 cm große braunrote Verletzung. Auf vorsichtigem Druck mit dem Zeigefinger gibt das Schädeldach an dieser Stelle leicht nach.

Der Schlag ist wahrscheinlich vor dem Würgen geschehen. Oder? Klar. Vielleicht aber auch nach dem Würgen aus Wut. Aber dann wär's wahrscheinlich nicht bei einem Schlag geblieben. Erst betäubt und dann getötet? Auch möglich.

Was sagt denn der Obduktionsbericht?

Subjektiver Befund, ... Vernehmungen, ... Obduktionsbericht.

Beim Zusammenknüllen der Alufolie tropft restliches Öl vom Krautsalat auf das Papier. Wenn Ulla das sieht, wird sie wahnsinnig.

14 Uhr 09

Die Füße rutschen leicht in die Stiefel, kaum Kontakt. Das ist ja, als wenn man in 'nem Eimer geht. Riesendinger. Beckmann sollte doch 44 raussuchen. Was soll's, für die Stunde geht das. Ernst kommt von der anderen Seite des Autos, steckt sich einen Hosenbeinzipfel in den Stiefel. Seine scheinen zu passen. Das Wischerfeld auf der Autoscheibe ist tropfenfrei, kein Regen, vielleicht haben wir ja Glück. Am Himmel graues Gemisch, im Westen wird es dunkler. Das kriegen wir bestimmt noch mit.

Der Bodybuilder hat dienstlich gelieferte Schnürstiefel an, ist wahrscheinlich doch bei den Spezialeinheiten gewesen, oder wer hat sonst noch diese Dinger? Er schließt den Wagen ab, Thorsten auf der Beifahrerseite protestiert, muss noch was von der Rückbank haben.

Nichts los auf dem Parkplatz, nur hinten vor der Ausfahrt ein Pritschenwagen. Gut. Den Müllcontainer haben sie auch schon ausgewechselt.

Die anderen beiden sind auch fertig, ziehen ihre Reißverschlüsse bis unters Kinn, kommen rüber. Sieht wirklich jung aus, die neue Kollegin. Was hat sie gesagt, achtunddreißig? Sieht jünger aus. Und war neun Jahre im Sauerland, irgendeine OKD-Behörde. Dann müsste sie eigentlich alles können. Sonja? Oder Susanne? Ne, Sonja. Diese Hornbrille.

»Kurze Einweisung, Leute. Hatte ich ja schon im Büro gesagt, wir gehen zu neunundneunzig Prozent davon aus, dass die Leiche mit 'nem Fahrzeug hierhergebracht worden ist und dass der oder die Täter sich dabei in Acht genommen haben. Wir wollen dieses eine Prozent aber auch noch abdecken, und es ist nun mal so, dass auch Täter nie die totale Kontrolle haben, zu unserem Glück. Sollte also irgendeine Spur von diesem Fundort weggehen, die nichts mit der Bundesstraße zu tun hat, wollen wir diese Chance nicht sausen lassen. Darum gehen wir folgendermaßen vor: Thorsten und Mark, ihr nehmt die Gräben auf beiden Seiten der Bundesstraße. Geht die mal in beiden Richtungen zwei-, dreihundert Meter ab, das müsste reichen. Auf keinen Fall bis zum Lokal, das wäre mir viel zu weit. Ernst und ich gehen hier über die Wiese bis zum Krähenfeld dahinten, das ist die kleine Straße, die drüben aus der Siedlung kommt. Theoretisch ist es möglich, dass man da hält, zum Beispiel an dem kleinen Wäldchen, und dann hier rübergeht. Wäre zwar 'ne richtige Schlepperei, aber wie gesagt, ein Prozent.«

»Von der anderen Richtung kommt man noch unbemerkter an die Stelle, über die Bundesstraße und die Landstraße. Ich kenne mich hier ganz gut aus, ist nämlich mein alter Schutzbereich.« Mark, zeigt Richtung Gaststätte. »Wir machen hier manchmal Radar, das heißt, wir messen auf dem Parkplatz der Kneipe und halten hier an.«

»Das war dein Schutzbereich, sehr gut. Die Ortskenntnis können wir bestimmt noch gebrauchen. Susanne …«

»Sonja …«

»Sonja, 'tschuldigung, und, dein Name war Sebastian, nicht?« Der hagere Durchläufer nickt. »Ihr zwei geht über die Straße und nehmt die andere Richtung. Laut Karte ist dahinten ein Feldweg, den kann man auch sehen. Den würde ich als Grenze nehmen. Auch da wäre es möglich, dass einer vom Feldweg aus in der Dunkelheit das Opfer hierhergebracht hat. Alles sehr unwahrscheinlich, unser Opfer wog dreiundachtzig Kilo, aber trotzdem …«

»Sind wir nicht mit sechsen zu wenig?« Sonja, zieht die Finger ihrer Handschuhe lang.

»Hierfür 'ne Hundertschaft zu holen war mir zu viel Aufwand, und ich halte es auch nicht für nötig. Wir beiden Zweierteams über die Wiese und das Feld gehen den Weg eben ein paar Mal ab, so weit ist es ja nicht. Noch Fragen?«

»Wir achten auf Reifen- oder Fußspuren und ob der Täter was verloren haben könnte?« Der Hagere, ganz helle Stimme.

»Klar, alles was ihr an Spuren seht, wird fotografiert und gesichert. Viel wird da vermutlich nicht mehr zu finden sein, hat gestern schließlich den ganzen Morgen geregnet. Solltet ihr anderes Zeug finden, was offensichtlich noch nicht so lange liegt, habe ich Sicherstellungstüten vom ED im Kofferraum.«

Ernst will gleich ein paar Tüten mitnehmen, muss er hinterher nicht extra zurückgehen. Gute Idee. Er klappt den Kofferraum auf, die anderen beiden Teams wollen auch.

Von Westen ist die schwarze Wolke nähergekommen, in den Pfützen die ersten Kringel.

16 Uhr 02

Noch zwei kurze Stöße auf die Fersen, sauber. Ernst reicht den Hochdruckreiniger, der Griff ist nass und kalt. Die Erde löst sich leicht von seinen Stiefeln. Er dreht sich, hebt den Fuß an, aus dem Profil fallen braune Erdzacken.

»Dass ihr mir die Dinger ja wieder sauber in den Schrank stellt!« Beckmann, quer über den Hof, verschwindet in der Garage. Ein großes Maul hat der, schon immer. Die anderen beiden Teams sind noch nicht da. Sind die außenrum gefahren?

Ein Streifenwagen kommt auf den Hof gerollt, am Steuer Egon, daneben eine junge Kollegin.

Sie parken vor der Eingangstür, bugsieren einen aus dem Fond. Die Hände mit der Acht auf dem Rücken, gelb-blaue Uniform mit Postabzeichen. Ernst geht vor, gibt den Code ein, hält den dreien die Tür auf. Die Kollegin führt den Gefesselten am Arm, Ernst mustert ihn im Vorbeigehen von oben bis unten.

»Der große Postraub, Teil zwei?« Die Tür fällt zu.

»Von wegen Postraub«, Egon, amüsierter Unterton. »Wir haben im Park unser kleines Postglied gezeigt«, mit süßem Lächeln, den Festgenommenen im Blick. »Und zwar Leuten, die das gar nicht sehen wollten.« Der sieht ins Leere, seine Kiefermuskulatur arbeitet rhythmisch.

»Ein Exi! Der Exi von der Post. Was wird denn der Minister dazu sagen?« Ernst, mit besorgtem Staunen. Was ist denn mit dem los? Ist ja ein alter Zyniker, aber solche Sprüche, gegenüber Straftätern, macht der doch sonst nicht. »Oder er hat das mit der Rohrpost falsch verstanden?« Ernst! Ist ja unglaublich.

Die Kollegin muss kichern. Er sieht den überraschten Blick, zuckt mit den Schultern.

»Und Post ist auch nicht.« Egon zieht ihn am Arm weiter. »Nur ein kleines Täuschungsmanöver, die Klamotten.« Sie verschwinden in der Glastür zur Wache.

Ernst drückt die Sechs, die Anzeige ist immer noch kaputt. Im Fahrstuhl riecht es nach herbem Rasierwasser, die Stiefelsohlen hinterlassen gezackte Muster auf dem Boden.

»Was ist denn mit dir los? So kenne ich dich ja gar nicht.«

»Was soll schon los sein? Kleiner Scherz am Rande.« Er zieht die Schuhe aus der Plastiktüte, reicht sie rüber. »Ich kann deine Stiefel gleich mit nach unten nehmen, wenn du willst. Ich weiß, in welchen Schrank sie gehören.« Okay.

Im MK-Raum nur Ulla und Atze.

»Na, da seid ihr ja richtig nass geworden, was. Noch was gefunden?« Ulla, locht nebenbei, heftet ab.

»Ein Handschuh im Straßengraben, eine blaue Faserspur am Stacheldraht und eine Reifenspur, allerdings alles ohne akut erkennbaren Tatzusammenhang. Ich bin bei mir, Schuhe …«

»Ne, bleibt mal hier, ich habe ein Attentat auf euch vor.« Ulla steht auf, Ernst kommt auch zurück. »Ihr zwei seid zwar eigentlich mit den Tatorten betraut, aber, Konni, du hast doch diese Spur mit dem hellen Transporter aufgenommen. Das ist zurzeit ohne Zweifel unsere wichtigste Spur in der Sache. Ich würde die gerne in kompetente Hände legen …« Dackelblick von einer zum andern. Ernst kennt die Spur nicht.

»'ne Fahrzeugfahndung? Ulla, weißt du, was dahinter hängt? Und dann noch ein heller VW-Transporter?«

»Ja, ich weiß, kann 'ne Menge Arbeit sein, hat Atze auch gemeint«, kurzer Blick zu Atze, »aber ich, wir haben uns gedacht, ihr macht das federführend, arbeitet aber zusammen mit den beiden anderen Teams von eben. Thorsten ist da weniger das Problem, aber den beiden Durchläufern müsste eh ein bisschen auf die Finger geschaut werden. Und Sonja ist zwar 'ne Erfahrene, aber eben auch erst seit vier Wochen hier, und wir kennen sie noch nicht.«

»Also, bei meinen Tatortspuren ist nicht mehr viel zu tun, meinetwegen können wir das so regeln«, Ernst, zieht die Schultern hoch, die Tüte mit den Schuhen schlenkert.

»Dann gib schon her, müssen wir halt die Prioritäten anders setzen. Wo kämen wir hin, wenn wir mal einen Tag planen könnten?«

Sie reicht die Blätter. »Die KBA-Anfrage für unseren Bereich ist schon raus, der Ausdruck dahinter. Die schicken uns 'ne CD mit den Daten per Kurier, müsste morgen früh hier sein.«

»Ich bin bei mir. Wenn die vier anderen kommen, schick sie rüber. Du kommst auch?«

Ernst mit Zustimmung. »Aber erst mal die Schuhe wechseln und trocken rubbeln. Fünf Minuten.«

Er stiefelt den Flur lang wie ein Bauer.

Im Büro Gyrosgeruch, hätte die Plastiktüte doch nach unten bringen sollen. Fenster auf.

Das Handy.

»Kirchenberg.«

»Hi, Konni, hier ist Bruno.«

»Bruno, mit dir hab ich jetzt überhaupt nicht gerechnet. Hatten wir uns nicht erst nächste Woche auf ein Bier verabredet?«

»Hatten wir, aber, also, wenn wir uns vorher… Ich bräuchte einfach mal einen Rat oder müsste es mal jemandem erzählen, und da du einer meiner ältesten Freunde bist…«

Wie klingt der denn? »Mein Gott, Bruno, was ist los, du hörst dich ja an.«

»Ach, ich will kein Drama daraus machen, aber ich brauchte mal deine Einschätzung, ob ich so falsch liege.« Kann doch nur was mit Doris sein.

»Bisschen ungünstig, Bruno, ich bin ganz aktuell in einer MK, und am Anfang ist das immer schwierig. Heute geht's nicht mehr.«

»Ich weiß, ist ja immer schwierig bei dir, ich will dir auch nicht auf den Geist gehen.«

Kleiner Vorwurf?

»Wenn dir das früh genug ist, versuche ich es morgen dazwischenzukriegen. Ist das okay?«

»Völlig okay. Danke, Konni.«

»Ich melde mich, sobald ich absehen kann, wie es morgen läuft, ja?«

Wie lange sind die jetzt verheiratet? Acht Jahre? Oder länger? War 'ne tolle Feier damals.

Sonja kommt rein, dahinter die anderen vier. Ihre Haare sind vorne nass, eine Strähne klebt an der Stirn, sieht aus wie ein Angelhaken. Mark legt die Spurentüten auf den Schreibtisch, immer noch in Springerstiefeln.

Ernst ist auch da.

18 Uhr 45

Sie sieht auf die Uhr, legt die Hände auf die Oberschenkel, setzt sich aufrecht hin.

»Ich wollte dir eigentlich nur sagen, dass Opa Grams nicht

unsere Leiche ist, jetzt sitz ich schon zwanzig Minuten hier.« Sie steht auf. »Ist jedenfalls überhaupt nicht mehr so, wie man sich ein Altersheim vorstellt, wo sich nach Pisse stinkende Halbtote im Rollstuhl gegenseitig über die Flure schieben. Die haben da ihre Appartements, können an der Gemeinschaftsverpflegung teilnehmen, wenn sie wollen, haben immer einen zum Reden, und wenn sie noch in der Lage sind, so wie Opa Grams, draußen viel zu machen, geht das auch. Dann wohnen die da eigentlich nur.« Ihre Hand liegt auf der Klinke.

»Vielleicht brauchte er nur mal 'ne kleine Regulierung des Hormonhaushalts. In Zeiten von Viagra verhindert das Können ja nicht mehr das Wollen.«

»Ich glaube, auch dafür brauchte man das nicht zu verlassen, wenn man's wollte. Machte einen völlig freien Eindruck. Ist bestimmt auch nicht billig, da zu wohnen.« Mit der Linken durch den blonden Bubikopf, am Scheitel scheint ihre braune Wahrheit durch. »Ist mir auch egal, jedenfalls ist er nicht unser Toter und wird hoffentlich die nächsten Tage wieder auftauchen. Ich bin jetzt weg, mein Sohn schreibt morgen Latein, da braucht er noch ein, zwei Übungseinheiten und eine Portion Selbstvertrauen.« Dreimal Klopfen an den Türrahmen, sie geht.

Vielleicht ist der gar nicht von hier. Wenn die Totenflecke nicht lagegerecht sind, kann der auch ein paar Stunden im Auto gelegen haben. Wobei Kunz hier am Ort gewohnt hat. Und das waren dieselben Täter, dafür lass ich mir die Hand abhacken. Erdrosselt, gefesselt, im Müll. Alt, männlich, nackt. Dann diese Embryostellung, wie gekommen so gegangen. Mit den Händen vorne hätten sie ausgesehen wie in 'nem germanischen Kriegergrab, fehlten nur noch die Waffen. Alte Männer. Warum bringt man alte Männer um? Alleinstehende alte Kerle, der eine zumindest. Und wenn der andere Familie hätte, wäre es bestimmt schon aufgefallen, dass er weg ist. Möglicherweise. Und beide auf dieselbe Art getötet, annähernd dieselbe. Aber ist wahrscheinlich doch noch mal ein Unterschied, ob man jemandem von hinten die Schlinge zuzieht und nur das Zucken spürt, oder Auge in Auge die Daumen auf den Kehlkopf drückt, bis es knackt. Vielleicht brauchen die dieses Gefühl, das Leben aus einem rauszupressen. Warum bringt man alte Männer um? Keine weiteren Verletzungen, nur die Würgemale und der Schädelbruch bei Kunz. Das kann sich nur um Kohle handeln. Rache? 'ne alte Rechnung? Affekt? Wenn's einer wäre, vielleicht, aber nicht bei zweien. Sind ja auch leichte Opfer. Körperlich schwach, oft allein, haben Geld. Bestens geeignet. Das machen die Alten doch immer wieder, misstrauisch gegen die Bank, und dann das Gesparte in der Wohnung deponieren. Damals in der Ausbildung, diese Glas-Wasser-Trick-Nummer, wo Oma einunddreißigtausend Mark in der Plastiktüte hinter den Strümpfen versteckt hatte. Alles weg. Und in der Frühbesprechung haben sie doch letztens auch wieder so was erzählt. Wohnungseinbruch mit vierzigtausend Euro Schaden, Bargeld. Es geht um Kohle. Es geht mit Sicherheit um Kohle. Wenn das einmal geklappt hat, einfach, ohne Mühe, könnte man es ja noch mal versuchen. Aus dem Containermüll…

Telefon.

»Mordkommission, Kirchenberg.«

»Kroneberger, Lukrativ-Markt. Wir hatten vorhin wegen

der Liste unserer Lieferanten gesprochen, Sie wollten die haben.«

»Richtig, Herr Kroneberger, die Lieferantenliste.«

»Also, wenn sich mein Computer nicht irrt, müssten das eigentlich alle derzeitigen sein und die ehemaligen bis etwas vor einem Jahr. Weiter zurück wird schwierig.«

»Fürs Erste reicht das, Herr Kroneberger. Haben Sie es als Datei?«

»Als Datei oder als Liste, wie Sie es wollen.«

»Als Datei geht es schneller. Ich habe von Herrn Funk Ihre Karte und schicke Ihnen kurz eine Mail, dann haben Sie meine Adresse.«

»So können wir es machen. Schönen Abend noch.«

»Ach, Herr Kroneberger. Eine Frage habe ich noch. Welche Firma ist bei Ihnen für die Gebäudereinigung zuständig?«

»Die Firma ›Wiper‹, englische Schreibweise«, wie damals der alte Otto-Waalkes-Scherz, lange her, »die haben wir schon seit Jahren.«

»Okay, Wiper, dann hab ich alles.« Noch mal schönen Abend, er legt auf.

I am the wiper, I've come to wipe your windows.

War die erste Platte.

22 Uhr 37

Licht. Bei Sener brennt Licht, endlich. Ist er wieder da. Parkplatz direkt davor. Die kaputte Neonröhre vom Coca-Cola-Schild hat er immer noch nicht repariert, wollte er schon seit

Wochen. Am Tisch in der Ecke gabeln zwei Rentner Gyros mit Pommes, stumm, vor der Theke wartet ein blonder Jugendlicher in Outdoorjacke. Irgendwas fällt runter in der Küche, ein Messer, dann Zischen und Geklapper.

Die Saloontür öffnet sich. Adrenalinexplosion. Das Kribbeln jagt vom Nacken bis in die Fingerspitzen.

»Hallo.« Das Lächeln, die Stimme. Hitze im Kopf.

Ayse.

Sie reicht dem Blonden den Döner, ihre braunen Finger zupfen die Alufolie zurecht. Drei Euro fünfzig. Er zahlt, für eine Zehntelsekunde aus den Augenwinkeln, wieder Adrenalin. Ihr Zopf fällt wie ein schwarzes Schiffstau über die Schulter, hellgrünes Gummi. Sie stellt sich direkt gegenüber, rosa Bluse, die Hände umfassen die Kante der Theke. Spitzbübische Herausforderung, wer wird schwach?

»Nabend Ayse.« Verloren.

»Nabend, Herr Kommissar«, mit leichter Verzögerung. »Lange nicht gesehen.«

»Ja, länger nicht gesehen, warst ja auch länger nicht hier.«

»Zwischendurch mal ganz kurz, aber immer nur für einen Tag, so auf der Durchreise. Müssen wir uns wohl verpasst haben.« Kleiner Seufzer. »War nicht mal irgendwann die Rede von einem Besuch in Berlin?« Sie zieht die Brauen hoch, direkter Blick.

Stimmt, Berlin. Besuch in Berlin. Ist irgendwie nicht dazu gekommen. Keine Ahnung, warum nicht.

»Ja, äh, ich …«

»Schon gut.« Sie schließt kurz die Augen, nimmt einen Schwamm, ein Wischer über die Platte. »Jetzt wohne ich eh bald nicht mehr da.« Ausspülen, das Wasser lässt ihre Haut schimmern, die hellen Innenhände leuchten. »Schön, dich mal wiederzusehen.« Sie hält inne, lächelt.

»Ja, sehr schön. Ich habe öfter mal an dich gedacht.« Scheiße. Öfter mal. Klingt bescheuert. »Also, schon häufig, ich meine, ich bin halt völlig überrascht.« Sie sagt nichts. »Freudig. Freudig überrascht, sehr.« Sie lacht zurückhaltend amüsiert. Was für ein Gelalle, am besten jetzt das Maul halten. »Ich freu mich eben, dich wiederzusehen.« War jetzt sehr ehrlich. Sie hält inne, kriegt es mit. »Was machst du überhaupt hier, wo ist Sener?«

»In Izmir. Ein Großonkel von mir, sein Cousin, ist gestorben. Der hatte keine Kinder, aber zwei Häuser und ein bisschen Besitz, da waren einige Erbschaftsdinge zu regeln. Die beiden hatten sich zwar zwanzig Jahre nicht gesehen, seit Onkel Sener nach Deutschland gegangen ist, waren aber gute Freunde. Der Kontakt ist nie abgerissen.«

»Und jetzt hältst du den Laden hier am Laufen?«

»Ja, das passte ganz gut, so zwischen Examen und neuer Stelle.«

»Neue Stelle? Auch in Berlin.«

»Ne, leider nicht. Ganz woanders, in Stuttgart.«

»Stuttgart?«

»Richtig. Kenne ich auch noch nicht, aber als Anfänger darf man mit BWL nicht wählerisch sein. Und ich bin ja ungebunden, also, ruhig mal was Neues kennen lernen.«

Ungebunden. Hat die jetzt anders geguckt, war das ein Hinweis?

»Stuttgart! War ich noch nie.« Mal testen.

»Ich bis zum Vorstellungsgespräch auch nicht.« Sie trocknet Gläser ab, hält sie gegen das Licht, räumt weg. Keine Reaktion. Doch kein Hinweis. »Kann ja mal berichten, wie es da so ist. Denn mit dem Besuchen hat's ja in Berlin auch nicht geklappt.« Am Glas vorbei, für eine Sekunde.

Aha! Vielleicht doch.

Martha kommt aus der Küche, ärmelloser Blümchenkittel, grüßt, gießt sich ein Glas Wasser ein.

»Mit Marthas Hilfe schaffe ich das schon.« Sie lächeln sich zu, Martha verschwindet wieder, die Tür pendelt nach.

»Das heißt, du bist noch eine Zeit lang hier?«

»Klar, bis Onkel Sener wiederkommt. Meinen neuen Job fange ich erst Anfang Januar an. Also, Zeit genug. Ich nehme aber an, dass er nicht länger als eine Woche wegbleibt. Ich werde ihn morgen mal anrufen.«

»Schön, dann werden wir uns ja öfter sehen, die nächste Zeit.«

Ein wortloses Lächeln.

»Ich will dann mal, war ein langer Tag, und morgen wird auch nicht besser. Wir könnten ja mal…«, nein, zu früh, »…ist auch egal. Schönen Abend noch.«

»Gute Nacht. Man sieht sich sicher.« Sie wirft das Handtuch über die Schulter, winkt kurz.

Draußen regnet es Bindfäden.

Ayse ist da.

FREITAG

08 Uhr 35

Er blättert in seinem schwarzen Notizbuch, steht auf, geht zum Wandkalender. Mit dem Zeigefinger fährt er von oben den Oktober ab bis zur Neunzehn, schwarzer Fingernagel.

»Hier ist auch nichts Besonderes eingetragen.« Er dreht sich um. »Dann bin ich an dem Tag wahrscheinlich meine ganz normale Mittwochstour gefahren.«

Ernst notiert, sieht auf. »Und wann sind Sie dann normal zu Hause?«

»Meistens zwischen acht und halb neun abends.«

»Aber genau können Sie nicht mehr sagen, wo Sie an dem Tag gewesen sind?«

Er zieht das Kinn kraus. »Das wird wie jeden Mittwoch gewesen sein, große Abweichungen gibt es da selten. Wenn Sie wollen, kann ich Ihnen die Kunden aufschreiben.«

Ernst sieht rüber, verneinender Blick. Sehe ich auch so.

»Nicht nötig, Herr Griese. Können wir jetzt rausgehen und uns den Wagen ansehen?«

Er nimmt die Schlüssel, geht vor. Der VW steht in einer Parkbucht im Hof, hellgrau, an der Seite dunkle Aufschrift »Griese«.

»Sie müssten einmal kurz das Licht anmachen und die Bremse betätigen.«

Er setzt sich rein, die Zündung. Beide Rücklichter brennen, dreimal auf die Bremse, alles leuchtet.

»Das war's schon, Herr Griese. Vielen Dank. Ach, gab es in letzter Zeit kleinere Reparaturen an dem Wagen?« Gab es nicht.

Ernst schließt auf, Abfahrt.

Es wird hell, durch den Schein der Straßenlaternen schweben kleine Tropfen, oder ist das schon Schnee? Im Asphalt kommt an manchen Stellen das alte Kopfsteinpflaster durch.

»Einen haben wir noch in der Gegend. Müller und Müller, Spedition. Wollen hoffen, dass die Kiste nicht auch schon unterwegs ist wie beim Ersten. Ist nur drei Straßen weiter, fast um die Ecke.«

Ernst trommelt mit den Fingern aufs Lenkrad.

»Da wir schon hier in der Gegend sind, könntest du mir einen Gefallen tun. In meiner alten Wohnung im Heidegrund stehen noch die letzten beiden Umzugskartons. Könnten wir die mit zu meiner neuen nehmen? Liegt fast auf dem Weg«

»Klar geht das. Wir haben dann nur noch zwei Richtung Innenstadt.«

»Gut, erspart mir einen Weg. Wenn du willst, können wir uns auch den Fundort von Kunz ansehen, in dem Container am Supermarkt, das wolltest du doch. Ist auch hier in der Nähe.« Er korrigiert kurz die Sitzposition. »Wo müssen wir denn hin?«

Die Straßenschilder sind nur schlecht zu erkennen. An der Ziegelei, müsste dann die übernächste sein.

»Diese noch nicht, die nächste. Dann Nummer siebzehn.«

Kurze Straße, am Ende ein beleuchtetes Schild »Müller

und Müllers. In zwei Fenstern brennt Licht. Ernst rollt auf den Hof. Vor der Rampe drei Sattelschlepper, kein VW-Transporter zu sehen. Im ersten Auflieger stapeln zwei Arbeiter große Pappkartons, mit Gestöhne.

»Morgen, können Sie uns sagen, wie wir zum Büro kommen?«

Sie setzen kurz ab. »Zu Korte? Durch die Glastür, dann rechts.«

Im Büro alte Luft mit satter Nikotinnote. Fünf Schreibtische, zwei sind unbesetzt, vorne zwei Mädchen, sehen aus wie Azubis, Korte am letzten. Kurzärmeliges Hemd, schwarze Lederkrawatte. Der Kopf wächst halslos aus dem Hemdkragen, wie ein roter Medizinball. Bei Wetten auf Herzinfarkt hätte der ’ne Spitzenquote.

»Herr Korte?«

»Hier bei der Arbeit, was gibt’s denn schon am frühen Morgen, Leute?«

»Konstantin Kirchenberg. Das ist mein Kollege Ernst Funk, wir sind von der hiesigen Kripo und ermitteln in einem Mordfall.«

Die beiden Azubis sehen gleichzeitig auf, ihm entgleisen die Gesichtszüge.

»Kripo? Mordfall!«

»Ist erst mal nicht so dramatisch, wie es sich anhört. Bei einem unserer Verfahren könnte ein heller VW-Transporter eine Rolle spielen, der eine Aufschrift hat. Deshalb überprüfen wir Fahrzeuge dieses Typs. Ihre Firma hat auch so einen. Führen Sie darüber ein Fahrtenbuch?«

»Selbstverständlich, wie für alle unsere Fahrzeuge.« Ist ja gut. Eure Lenkzeiten interessieren heute keinen.

»Prima, dann können Sie uns ja sagen, wer am 19. 10., also vor etwa fünf Wochen, das Fahrzeug gefahren hat.«

Er steht auf, der Bauch schabt an der Schreibtischkante, steckt sich im Gehen eine Filterlose an. Er geht zu einem Schrank, nimmt aus einem der Fächer eine Tasche, sieht nach.

»Hab ich mir fast schon gedacht. Eigentlich fährt den jeder mal, Expressgut oder einzelne Stückware. Meistens aber Bernd, Bernd Michels.«

»Einer Ihrer Fahrer?«

»Ne, ne«, zwei tiefe Züge hintereinander, »ist eigentlich unser Buchhalter, aber wir machen hier alle nicht nur einen Job. Bernd fährt öfter kleinere Touren, wenn Not am Mann ist, macht er auch ganz gerne.«

»Bernd Michels. Ist der zu sprechen?«

»Im Augenblick nicht, der ist unterwegs, sagte ich ja schon, ist der öfter.«

»Wo wohnt der?«

»Müssten wir nachsehen. Claudia, sieh mal im Personalordner nach.« Leicht militärischer Unterton.

Eines der Mädchen steht auf, rollt ein Schrankrollo herauf, nimmt einen Ordner. Sie blättert, geht zum Schreibtisch, er notiert die Adresse, reicht den Zettel.

»Gut, das reicht uns, Herr Korte. Könnten wir uns das Fahrzeug jetzt noch ansehen, die Beleuchtung interessiert uns noch.«

»Macht das jetzt schon die Mordkommission?« Mit amüsiertem Grunzen, Seitenblick zu den beiden Azubis.

»Ja. Wenn man Mist gebaut hat, sind das so die Strafarbeiten.« Lassen wir ihm den Spaß, im Geiste legt er die beiden wahrscheinlich zweimal am Tag übern Schreibtisch.

Er lacht, seine Wampe hüpft. Grauenhaftes Geräusch, klingt wie früher, 'ne Luftpumpe, in die Wasser gekommen ist.

»Aber den Wagen können Sie sich nicht ansehen, genau mit dem ist Michels unterwegs. Der kommt vor Mittag auch nicht wieder, ist Richtung Hannover, ganz eiliges Maschinenteil.«

Klar, die Karren rollen natürlich tagsüber.

»Hatte der Wagen in letzter Zeit kleinere Reparaturen, also auch Lampen und so weiter?«

»Der müsste eigentlich in Ordnung sein, der war nämlich«, er sieht noch mal im Fahrtenbuch nach, »in der letzten Woche beim TÜV.«

»Beim TÜV? Wo lassen Sie das machen?«

»Bei Weber an der Bundesstraße.«

»Gut, Herr Korte, mehr brauchen wir im Augenblick nicht. Sollte es nötig sein, schauen wir noch einmal vorbei.« Er grüßt beflissen, die beiden Azubis wagen einen letzten Blick.

Draußen knechten die beiden Packer immer noch.

Ernst steckt den Schlüssel ins Schloss, startet.

10 Uhr 14

Der Parkplatz ist dünn besetzt, zum Eingang hin stehen die Autos dichter. Eine junge Mutter bugsiert ihren Einkaufswagen mit Mühe zwischen den Autos durch, das Kind zappelt mit Händen und Füßen. Hat was von 'nem Käfer. Die Sachen stapeln sich bis unter den Kindersitz, sie hat Mühe beim Kurvenfahren, kein Wunder. Ein Paket Nudeln fällt herunter, sie hebt es auf, klemmt es zwischen Windeln und Kindersitz fest. Was für ein Berg, das reicht doch mindestens für zwei Monate.

Ernst parkt den Wagen direkt vor dem Holzverschlag. Die Müllcontainer stehen direkt dahinter an der Hauswand, immer noch drei. Um die Griffe eine glänzende Kette, mehrfach geschlungen, mit Vorhängeschloss. Doch was gelernt.

»Ganz brauchbarer Ort zum Leicheablegen, oder? Der Scheinwerfer«, er zeigt nach oben, »mit Bewegungsmelder war damals noch nicht da.«

An der Dachkante ein Strahler, direkt daneben eine Amsel. Ein Flügel der Stahltür öffnet sich, ein Mädchen im weißen Kittel zieht eine Palette mit leeren Bierkisten zum Gitterverschlag, schließt auf. Misstrauischer Blick über die Schulter.

»Wir sind von der Polizei.« Sie hebt kurz die Hand, fährt in den Verschlag.

»Das wollte ich dir auch noch zeigen, komm mal mit.« Ernst geht zur Böschung gegenüber, neben dem Verschlag ein Durchgang zwischen zwei Sträuchern, braune, labbrige Blätter, feuchte Grasbüschel. Er biegt die Zweige zur Seite, geht auf ein paar Tannen zu.

»Was ist eigentlich auf der anderen Seite? Müsste die Industriestraße sein.«

»Richtig, ist der Lärmschutzwall.« Er bleibt stehen, zieht einen Tannenzweig zur Seite. »Hier, das wollte ich dir zeigen.«

Zwischen den Tannen in einem Meter Höhe ein Dach aus Plastikfolie, an Ästen festgezurrt, darunter Pappe und Schaumstoff. Bunte Plastiktüten, leere Flaschen, ein paar Bierdosen.

»Ein Pennernest. Sieht noch bewohnt aus.«

»Finde ich auch.« Er lässt den Ast zurückschnellen. »Für die DNA haben wir ein paar Dosen mitgenommen, und wir haben es ein paar Tage observiert, aber der Bewohner kommt wohl nur sporadisch, vielleicht ist er auch von dem Riesenauflauf nach dem Fund vertrieben worden. Ansonsten habe ich den Kollegen von der PI gesagt, sie sollen im Rahmen der Streife ab und zu mal vorbeifahren. Bis jetzt ohne Erfolg.«

»Sieht auch so aus, als ob hier nur einer wohnt.«

»Gut möglich. Bisschen weit außerhalb, aber sicher, einsam und ungestört. Und mit dem 565er sind es sechs Stationen.«

Er geht wieder zurück, das Mädchen schließt die Gittertür zu, grüßt noch einmal scheu. Die Amsel sitzt immer noch neben dem Scheinwerfer, wippt, hinter dem Wall sind dumpf Autos zu hören. Vom Parkplatz kommt man hier ohne Probleme dran, und hinter den Zaunelementen sieht dich keiner. Die letzen drei Jahre kein Einbruch, sagt Ernst, ein Wunder.

»Idealer Ort. Dunkel, verdeckt, nachts nichts los, problemlos zu erreichen, keine Wohnbebauung, also auch keine Hundehalter oder Spaziergänger.«

»Aber manchmal litauische Lkw-Fahrer.« Er hebt den Zeigefinger.

»Ja, könnte tatsächlich unser Topzeuge werden.«

»Kunz hat nach Aussagen der Reinigungskräfte definitiv am 19.10. noch nicht hier gelegen, muss also in der Nacht zum 20.10. hier abgelegt worden sein. Wenn sich unser Fahrer nicht im Datum vertut und er in der Nacht das hier beobachtet hat, würde ich einiges drauf verwetten …« Er steigt ein. »Jetzt noch grad zu meiner alten Wohnung.«

»So weit draußen hast du gewohnt.«

»Als ich damals aus Berlin kam, war so schnell nichts anderes zu kriegen. Ist auch preiswert, aber näher dran ist schon besser.«

Am Fahrradständer eine junge Türkin, steigt auf, die Haare wehen. Etwas hellere Haut als Ayse. Ayse, Ayse. Sah unglaublich aus, gestern Abend. Die indische Mutter sieht man doch deutlich, gar nicht mehr richtig in Erinnerung gehabt, was sie für eine Schönheit ist. Hat sich kaum verändert, bisschen älter geworden. Könnte jetzt so Ende zwanzig sein. Ende zwanzig, immer noch jung, sehr jung. Dieses Lachen. Aber so kleine Spielchen macht sie gerne, war damals schon so. Hier mal ein bisschen testen, da mal etwas ärgern. Manchmal nicht draus schlau geworden aus der Frau.

Ernst setzt den Blinker, fährt rechts in eine Einfahrt.

»Zweiter Stock. Du kannst auch hier warten, gehe ich zweimal.«

»Ernst ...!«

Helles Treppenhaus, er schließt auf, es klingt leer. Große Fensterfront zum Balkon, dahinter Felder und ein Wald.

»Tolle Aussicht.«

»Ja, die wird mir fehlen.«

Im nächsten Raum zwei Umzugskartons, Ernst nimmt einen. Ganz schön schwer.

»Donnerwetter, was hast du denn ... Scheiße!« Der rechte Griff reißt ein, der Karton kippt, nachgreifen ins Leere, fällt auf die Seite. Der Deckel klappt auf, Videokassetten fallen raus. »War nicht zu halten, tut mir leid.«

Er setzt seinen ab, hilft mit einladen. »Kein Problem, war ein alter Karton.«

»Local Hero«, »Es war einmal in Amerika«, »Der Clou«, »Blade Runner«.

»Sind das alles deine Filme? Ich wusste gar nicht, dass du so ein Filmfan bist.« »Unheimliche Begegnung der dritten Art«, »Zeugin der Anklage«, »Bodyguard«, »Titanic«. »Du siehst dir ›Titanic‹ an?«

»Wundert dich, he?« Er lächelt unsicher. »Häufig sind es gar nicht die ganzen Filme, sondern nur einzelne Szenen.«

Fertig.

»Gib mir den kaputten, ich fasse unten drunter, kannst du meinen nehmen.«

Genauso schwer. Er schafft es, mit Karton im Arm abzuschließen, leises Stöhnen. Draußen wird der Regen wieder stärker.

Ernst guckt »Titanic«.

14 Uhr 04

Das Handy.

»Kirchenberg.« Mit Frosch im Hals.

»Hallo, Konni, hier ist Bruno.« Verdammt, Bruno, den gibt's ja auch noch, völlig vergessen.

»Hi, Bruno, ich hab schon ein paar Mal an dich gedacht, wollte heute Abend anrufen, hab's bis jetzt einfach nicht dazwischen gekriegt. Du weißt ja …« Der hört bestimmt, dass es gekrückt ist.

Sonja kommt rein, will wieder gehen, sieht die Aufforderung, bleibt.

»Ist schon klar, Konni, kenne ich ja. Ich bin halt nur in der

Stadt, hab die Polizei gesehen und dachte, ruf einfach mal an, vielleicht gibt's ja noch 'ne Möglichkeit.«

»Du bist in der Stadt, das passt doch prima. Wenn du etwas Zeit hast, komm doch jetzt auf einen Kaffee hoch.«

»Du, so war das nicht gemeint, ich will dich auch nicht in Schwierigkeiten ...«

»Quatsch nicht rum, Bruno, mir passt es wirklich ganz gut jetzt. Wenn du willst, komm rüber. Melde dich unten bei der Wache, die rufen dann hier oben an.«

Er drückt das Gespräch weg. Da scheint ja echt die Hütte zu brennen. Der Geburtstag, Doris' Geburtstag vor sechs Wochen, das war das letzte Treffen. Machte alles noch einen normalen Eindruck an dem Abend. Sonja zieht hörbar die Nase hoch.

»'tschuldigung, war grad mit meinen Gedanken woanders.«

»Schon gut«, sie winkt ab, »hier sind die Listen von den Transportern, die wir heute schon angetroffen haben, es fehlen natürlich noch einige. Bis jetzt haben wir insgesamt zwei mit defekten Bremslichtern zum jetzigen Zeitpunkt. Wie es damals war, können die nicht mehr sagen, bis auf einen, der angibt, sein Bremslicht vor etwa drei Wochen repariert zu haben.

»Akten?«

»Wir haben von den Fahrern, die wir zuordnen können, zwei mit Erkenntnissen, allerdings hat von denen nur einer ein Auto mit defektem Licht gefahren.«

Akkurat, übersichtlich, fast chic. Die Listen sehen aus wie von 'nem Grafiker.

»Wisst ihr schon, weshalb die Akte haben?«

»Nichts Aufregendes, aber einer«, sie zeigt auf die Liste,

»Bertram, der Dachdecker, ist wegen gefährlicher Körperverletzung vorbestraft, mehrfach. Wohl ein richtiger Schläger.«

»War's das?« Sie nickt. »Wenn noch was ist: Ich bin noch ein, zwei Stunden hier, unsere Fahrer überprüfen und endlich mal den Tatortbericht fertig schreiben, danach fahre ich wahrscheinlich mit Ernst auch noch mal raus. Sechs ist MK-Besprechung, kurz vorher treffen wir drei Teams uns hier.«

Kurze Bestätigung, sie geht. Kühle Schönheit, hat fast ein Glamourgesicht. Warum ist die dann so völlig reizlos? Die Augen? Wie sie sich bewegt? Eigentlich eine Katalogfigur. Vielleicht zu perfekt. Ne, hat was mit dem Wesen zu tun, mit innen. Die umgibt eine eisige Erotik.

Telefon.

»Kirchenberg.«

»Ja, die Wache, Lindner. Hier ist ein Bruno Fedderau, der…«

Einen Hunni darauf, dass es um Doris geht.

Sonja noch mal, hat ihren Stift vergessen, kurzer entschuldigender Blick.

Es klopft, er wartet tatsächlich auf das Herein.

»Hi.« Verlegenes Lächeln mit schief gezogenem Mund. Er nimmt sich einen Stuhl, setzt sich vor den Schreibtisch.

»Na, Alter. Willste 'n Kaffee?«

»Ne, lass man, ich weiß ja, wie es bei 'ner Mordkommission zugeht, will dich auch nicht lange nerven.«

»Red keinen Quatsch, du nervst nicht.«

Dankbares Nicken, er sieht auf den Boden. Die Ellbogen auf den Oberschenkeln, er reibt sich die Hände, tiefer Seufzer. Er sieht auf.

»Es geht um Doris.«

Bingo.

»Was ganz Schwieriges?«

Er zuckt mit den Schultern. »Das isses ja, ich kann dir überhaupt nichts Konkretes sagen. So im Verhalten mir gegenüber ist sie eigentlich wie immer.« Er sucht nach Worten.

»Ist es dir unangenehm, darüber zu sprechen?«

»Ne, eigentlich nicht. Wir kennen uns so lange. Angefangen hat es vor ein paar Monaten, da wollte sie plötzlich, dass wir wieder ein Kondom benutzen. Sie sagte, sie hätte sich einen Pilz eingefangen, und ich sollte mich nicht auch noch anstecken. Damals klang das für mich plausibel, aber so im Nachhinein kommt einem fast alles eigenartig vor.«

»Pilz. Wo will sie sich den geholt haben?«

»Sie sagt, wahrscheinlich in der Sauna.«

»War sie in den Tagen davor in der Sauna?«

»Konni«, mahnender Tonfall, »ich wollte dich als Freund sprechen, nicht als Kriminalist. Ich weiß, dass du sie nicht besonders magst.«

»Schon gut, und dass ich sie nicht mag, stimmt so nicht.« Na ja.

»Und dann war sie eben in den letzten acht Wochen zweimal ein paar Tage in Holland, immer mit ihrer besten Freundin. Wir waren in all den Jahren unserer Ehe nicht einmal in Holland.«

»Und du glaubst, sie hat da was laufen?«

»Ich weiß es nicht, verdammt noch mal. Ich sag ja, zu Hause ist sie wie immer, bis auf die Tatsache, dass sie in letzter Zeit manchmal so was Trauriges hat, irgendwie bedrückt wirkt.«

»Und jetzt willst du von mir wissen, was da los ist?« Du hättest sie nicht heiraten sollen.

»Zumindest eine andere Idee als meine eigenen. Du bist der Erste, mit dem ich darüber spreche.« Er seufzt, lehnt sich zurück, seine Hände liegen im Schoß.

»Ich hol uns erst mal einen Kaffee.«

15 Uhr 23

Unter den Akten? Nichts. Ablage? Auch nicht. Hatte Ernst doch auf den Schreibtisch gelegt. Am Rechner? Verdammt, das war doch hier irgendwo. Runtergeweht? Vielleicht weggeschmissen, aus Versehen. Im Papierkorb ein einsamer kleiner Zettel. Ne, das war ein DIN-A4-Blatt. Gibt es nicht. Unter der Zeitung guckt eine weiße Ecke vor. Nicht zu glauben, da ist es. Autohaus Weber, hat er sogar schon mit Telefonnummer notiert.

»Autohaus Weber, Sie sprechen mit Petra Winges, was kann ich für Sie tun?« Geflötet.

»Konstantin Kirchenberg von der hiesigen Kripo. Ich bräuchte eine Auskunft über ein Fahrzeug eines Ihrer Kunden. Können Sie mich da verbinden?«

»Da stelle ich Sie mal zu unserem Meister, Herrn Gösebrecht, durch.«

Fünf Takte von Mozarts Vierzigster, elektronische Version.

»Gösebrecht.«

»Konstantin Kirchenberg von der Kripo, Herr Gösebrecht, ich bräuchte nur ein paar Informationen von Ihnen.«

»Gott, o Gott, die Kripo.«

»Ja, wir ermitteln zurzeit in einem Mordfall, in dem ein heller VW-Transporter eine Rolle spielen könnte. Wir überprüfen derzeit alle Fahrzeuge dieses Typs, und einer Ihrer Kunden, die Spedition Müller und Müller, fährt so ein Auto. Wie mir Herr Korte von der Spedition mitgeteilt hat, war der Wagen letzte Woche bei Ihnen zur TÜV-Abnahme.«

»Möglich. Können Sie mir das Kennzeichen sagen?«

»MM 601.«

Klappern im Hintergrund, schweres Atmen. Ist bestimmt ein Dicker.

»So, da haben wir ihn. Da haben wir die normale Inspektion gemacht und die TÜV-Abnahme, richtig.«

»Sonst keine Reparaturen?«

»Für den TÜV die normalen Wartungen und ein paar kleinere Sachen.«

»Was waren das für kleinere Sachen?«

»Nichts Dolles, war ja die zweite Abnahme. Ein Reifen war beschädigt, das war noch das Größte, dann ein Bremslicht und ein Scheibenwischerblatt.«

»Ein Bremslicht?«

»Jawoll, sonst, wie gesagt, nur Ölwechsel und so weiter.«

»Wann war das genau?«

»Letzten Mittwoch, das war der 16. 11.«

»Danke, das war es schon. Schönen Tag noch.«

Ein Bremslicht. Mal bei den beiden anderen nachhören, wie es da läuft. Wo war denn der Zettel mit den Handynummern? Zum wahnsinnig werden, heute Morgen. Nicht im Körbchen, nicht unter der Schreibtischauflage. Ist der noch in der Hosentasche? Ganz ruhig, ausatmen. Sollte der … Auf der Rückseite vom Zettel im Papierkorb die Handynummern.

»Mark Benner.«

»Konstantin, hallo. Ich wollte bei euch mal nachfragen, wie es so steht. Schon was erreicht?«

»Läuft ganz gut, manchmal etwas schleppend, weil der ein oder andere mit der Karre unterwegs ist, aber das war ja auch zu erwarten.«

»Und? Ergebnisse?«

»Ein defektes Rücklicht, ein defektes Bremslicht mit Aufschrift am Auto und eins ohne Aufschrift. Beim letzten war aber nicht nur das Bremslicht kaputt, sondern eigentlich alles. Wäre der mir im Streifenwagen übern Weg gefahrn, hätte ich ihm die Kiste stillgelegt.« Ein ganz schön dienstgeiler Bursche, der Mark.

»Habt ihr die Fahrer zur relevanten Zeit?«

»Bei dem einen lässt es sich namentlich nicht mehr ermitteln, die anderen schon.«

»Schauen wir mal. Vergesst nicht, spätestens viertel vor sechs bei mir im Büro, ja? Da können wir vor der MK-Besprechung kurz unsere Ergebnisse sondieren.«

»Haben wir nicht vergessen.«

Teilnehmer hat aufgelegt.

Was sagen die E-Mails? Nichts Neues.

Ob Ayse jetzt schon auf hat? Auf ’nen Salat, jetzt, auf die Schnelle. Zu weit weg, kostet zu viel Zeit. Auf jeden Fall heute Abend. Dann schon auf einen Kaffee einladen? Oder gleich zum Essen? Ganz vorsichtig, auf witzig machen. Könnte zu früh sein. Mal sehen. Oder …

Ulla kommt mit Schwung rein, wedelt mit einer Akte, aus zwei Metern auf den Schreibtisch.

»Das tut den Akten aber gar nicht gut, Ullalla.«

»Gar nicht gut? Ullalla? Komm mir nicht so, du Sauigel. Musste das sein?«

»Was ist denn los?« Die Flecken. Ist aber kein wirklicher Ärger. Sie bleibt stumm. »Ach, du meinst die Flecken auf der Akte? Hab ich mich auch gefragt, welches Schwein das war. Unmöglich.«

»Konni, verarschen kann ich mich alleine.«

»Ist gar nicht so einfach, Ulla, alleine verarschen. Man kennt sich ja schließlich.«

»Die Akte riecht wie ein frischer Gyrosspieß.«

»Früher mal Polizeihündin gewesen?«

»Blödmann.« Sie kann ein Zucken in den Mundwinkeln nicht vermeiden, kommt hinter den Schreibtisch, nimmt die Akte. Mit der Rechten fester Griff ins Genick, der Daumennagel wie ein kleiner Dolch.

»Aua. Du weißt doch, meine Mutter hieß Reinlichkeit und mein Vater Ordnung. Du kannst die Akte übrigens hierlassen, ich wollte noch was nachlesen.«

Im Weggehen über die Schulter den Mittelfinger.

Michels. Bernd Michels hieß der. Wo ist denn der Zettel von Korte?

16 Uhr 22

Die Kaffeemaschine dampft, rotzt laut das letzte Wasser durch den Filter. Klingt fast wie Korte von Müller und Müller.

»... haben heute Morgen die Pressemitteilung gelesen, und beide haben nachts ein Fahrzeug gesehen. Die Zeiten stimmen zwar nicht hundertprozentig überein, aber die Zeugin, eine ältere Frau, konnte eh nicht genau sagen, wann sie aufgestanden ist.« Paul sitzt vor Ulla auf der Tischkante, verschränkte Arme, Hans, VG und Regina im Halbkreis. »Sie hat wegen ihrer Kopfschmerzen fünf Minuten auf dem Balkon gestanden, weil ihr die Luft dann guttut, und man hat von da freien Blick auf die Bundesstraße. Das ist das zweite Haus im Krähenwinkel. Sind zwar zwei-, dreihundert Meter, aber der Wagen auf dem Parkplatz sei ihr eben aufgefallen, weil er dort eine Zeit am Container gestanden und sie mehrfach Türenschlagen gehört habe. Sonst sei nichts los gewesen in der Umgebung, und es hätte auch so einen ganz stillen Nieselregen gegeben, sagt sie.»

»Und der Autofahrer hat zwei Personen gesehen?« Ulla, wippt mit ihrem Stuhl.

»Glaubt er jedenfalls. Aber genau darauf geachtet hat er nicht.«

»Hat nur angehalten, um zu pinkeln, der Mann«, VG, wie immer mit Krawatte. »Er ist sich aber relativ sicher, dass ein heller Pkw vor dem Container parkte und wegfuhr, als er auf den Parkplatz kam. Mindestens eine Person sei eingestiegen, möglicherweise auch zwei.«

»Der Wagen sei jedenfalls mit hoher Geschwindigkeit weggefahren«, wieder Paul. »Wörtlich sprach er von einem Formel-1-Start.«

»Aber kein Kennzeichen.«

»Nein, nichts zum Kennzeichen und auch nichts Genaues

zum Auto, eben nur heller Pkw. Er konnte nicht mal sagen, ob Limousine oder Kombi.«

»Könnte theoretisch also auch ein VW-Transporter gewesen sein?«

Alle wenden die Köpfe.

»Ist zwar ein bisschen abwegig, aber theoretisch könnte auch das sein, Konni.«

»Wann war das?« Atze, macht sich eine Schachtel Ernte 23 auf, ohne hinzusehen, Feuer, tiefer Lungenzug.

»Der Autofahrer ist sich relativ sicher, dass es gegen halb drei war, Frau Senker kann es höchstens zwischen zwei und drei Uhr eingrenzen. Die kann zum Auto übrigens überhaupt nichts sagen, nicht mal zur Farbe. Unsere Idee ist, dass wir uns da nachts mal um die Zeit hinstellen, alle Autofahrer anhalten und Handzettel verteilen, vielleicht haben wir Glück, und jemand fährt die Strecke öfter um die Zeit.«

Ulla nickt, aus den Augenwinkeln prüfender Blick zu Atze. »Gute Idee. Wäre vielleicht sinnvoll, das dann in der Nacht zu Mittwoch zu machen, falls jemand nur einmal die Woche da langfährt.« Alle sind einverstanden. »Ich frag mal nach, welche Tour nächste Woche Nachtdienst hat, und spreche den DGL an. Sieht immer besser aus, wenn die Chefin selbst um Unterstützung bittet.«

Paul steht auf, setzt sich vor ein Terminal, holt sein Notizbuch aus der Tasche. VG und Regina wollen noch eine Spur abklären, gehen.

Im Körbchen ist Kortes Zettel auch nicht, am Terminal vergessen? Nichts zu sehen.

»Habt ihr hier einen Zettel mit Namen und Adresse gefunden?«

»Ich lasse eigentlich immer alles liegen, was ich nicht zuordnen kann, pappt an der Pinnwand.« Atze zeigt mit dem Daumen über die Schulter.

Die Handyliste, eine Handnotiz, der Essensplan der Kantine. Bei Ernst im Büro nachsehen, wo ist der überhaupt die ganze Zeit?

Petra im Geschäftszimmer tippt mit Stöpsel im Ohr.

»Ich brauch einmal den Generalschlüssel, muss kurz bei…«, Ernst kommt ins Zimmer, etwas außer Atem.

»Bin wieder da, hat leider etwas länger gedauert.« Petra quittiert es nebenbei, unterbricht das Tippen kaum.

»Da bist du ja, mein Gott, ich such dich schon die ganze Zeit.«

»Tut mir leid, war ein letzter Termin wegen der neuen Wohnung. Hat länger gedauert, als ich dachte, sonst hätte ich was gesagt.«

»Hast du noch den Zettel mit den Personalien von Michels?«

»Bei mir im Büro.« Er geht vor, schließt auf. Fenster auf kipp, kalter Zigarrengeruch. Er hängt den Mantel an den Nagel, ein zielsicherer Griff, der Zettel.

»Ich bin bei mir. Ach, zu deiner Information: Nach Aussage des Meisters der Autowerkstatt hatte der Wagen von Müller und Müller ein defektes Bremslicht.«

»Interessant.« Er hantiert weiter mit seinen Akten. »Haben die anderen sich mal gemeldet?«

»Vor gut ’ner Stunde habe ich mit denen gesprochen. Der ein oder andere ist wohl dabei, alles weitere besprechen wir um viertel vor sechs.«

Auf dem dunklen Bildschirm ein paar fette Fingerabdrücke, sie verschwinden, als das Bild kommt. Einwohnermeldeamt. Michels, Tab, Bernd, Tab, Geburtsdatum haben wir nicht, genau das brauchen wir ja, Tab, Neues Feld 77, Return. Da ist er. Michels, Bernd, geboren am 30.07.66 in Kaiserslautern. So, dann schauen wir mal, ob wir dich schon kennen. Er braucht drei Sekunden. Aha, wir kennen dich schon. Eine Akte beim PP Nürnberg, soso. Kurz notieren. Mal sehen, ob du für uns interessant bist. PP Nürnberg, da ist die Nummer. In der Aktenhaltung ist jetzt bestimmt keiner mehr. Das ist bei denen auch nicht anders als bei uns.

»Die Polizei in Nürnberg, grüß Gott.« Verhaltener bayerischer Dialekt.

»Konstantin Kirchenberg. Kollegin, wir ermitteln hier in einem Mordfall, und ich brauchte eine Auskunft aus einer Kriminalakte in Nürnberg.«

»Die Aktenhaltung ist jetzt nimmer besetzt, Kollege, ich verbind Sie mal, gell.«

In der Warteschleife Robbie Williams. Hätte eher eine Lederhosenkombo erwartet.

»Göttler, Dauerdienst, grüß Gott.«

»Konstantin Kirchenberg, schönen guten Abend. Wir ermitteln in einer Mordsache, und ich brauchte eine Aktenauskunft.«

»Bitte einmal die Aktennummer und das Passwort. Und die E-Mail-Adresse. Ich bin nämlich im Augenblick allein, und telefonisch kann ich das nicht machen, wird ein paar Minuten dauern.«

Das Passwort, ach ja, das Passwort. Immer dasselbe, vorher dran denken.

»Immer dasselbe mit dem Passwort. Kann ich Ihnen nicht

eine E-Mail schreiben, und Sie schicken es mir dann zurück?«

»Das geht auch, ist mir sogar noch lieber, habe ich ein wenig Zeit. Oder ist es sehr eilig?«

»Ist schon wichtig, aber ich will nicht hetzen.«

»Dann schicken S' mir doch gleich die Aktennummer mit, ich mach's dann umgehend.«

Sie nennt die E-Mail-Adresse, noch ein Ade, legt auf.

Jetzt eine Kippe.

18 Uhr 03

»Gut, es ist jetzt kurz nach sechs, und wir müssen zu Ulla. Halten wir fest: Wir haben etwa knapp die Hälfte der Autos aus dem abgesteckten Bereich überprüft. Auf zwei von denen passen alle Merkmale, zwei weitere mit kaputten Bremslichtern, aber ohne Aufschrift, und drei, bei denen ein Rücklicht nicht brennt. Die Überprüfung der Fahrer sollten wir möglichst heute Abend noch machen. Morgen arbeiten zwei Teams so weiter. Sonja und Sebastian, hier ist die Liste der Lieferanten des Supermarktes, sind 'ne ganze Reihe. Ihr fangt morgen damit an zu überprüfen, ob auf einen von denen ein VW-Transporter zugelassen ist. Die kommen zum Teil sogar aus Hamburg.« Sie nimmt die Liste, zieht sich die Jacke aus, hängt sie über den Stuhl. Enger Rolli, die Brustwarzen zeichnen sich deutlich ab. Sebastian sieht ihr beim Blättern über die Schulter.

»Und wo die Fahrer nicht mehr eindeutig zu ermitteln sind?« Thorsten, heiser, putzt sich die Nase.

»Da müssen wir eben alle durchchecken, die infrage kommen. Bist du erkältet?«

Abwertende Geste, halb so wild.

»Dann lasst uns rübergehen, bevor Ulla meckert.«

Sie stehen auf, Mark fällt der Stuhl um.

Kurz einen Blick auf die E-Mails. Eine Meldung vom Sachgebiet VL 2, nichts aus Nürnberg. Jaja, dauert nur ein paar Minuten. Zu Ulla.

Das Handy piept. Mitteilung empfangen, öffnen.

Hi, Konni,
wollte nicht schon wieder stören, habe aber noch was vergessen. Kannst ja mal anrufen, wenn du Zeit hast.
Bruno.

Ach, Bruno. Heute Abend mal anrufen.

Thomas kommt den Flur lang, bepackt, erschöpfte Miene, Rußflecken auf der Jacke. Er zieht deutlichen Brandgeruch hinter sich her.

»Dich müssen wir aber erst mal auf den Balkon stellen, du riechst ja wie ’ne Brandleiche.«

Kurzer Seitenblick, Räuspern, kein Lächeln, er verschwindet in seinem Büro. Was ist denn mit dem los? Macht keinen guten Eindruck, kurz nachfragen?

Er steht hinterm Schreibtisch, lädt seine Sachen ab, zieht die Jacke aus.

»Alles klar? Sollte nur ein Scherz sein.«

»Hab ich verstanden, schon gut.« Kraftlose Beschwichtigung. Der ist nicht wie sonst.

»Brandsache?« Blöde Frage, was sonst?

Er hört auf zu räumen, setzt sich, wischt mit der rechten durchs Gesicht.

»Wohnungsbrand mit zwei Toten. Kinder. Sechs Monate. Zwillinge.« Direkter Blick, zaghaftes wissendes Nicken. Er steht auf, geht zum Fenster. »Hat ganz schön gefackelt, wahrscheinlich 'ne Kerze.« Leichte Erschütterungen von einer Straßenbahn unten auf der Straße. »Sahen aus wie zwei Briketts. Bisschen zu große Briketts.«

»Was ist mit den Eltern?«

»Beide im Krankenhaus. Die Mutter war bewusstlos, der Vater«, er macht eine Pause, »der Vater sah aus, als wäre er auf dem Weg in 'ne andere Wirklichkeit.« Auf der Straße hupt jemand Sturm. »Eigentlich macht mir das nicht so viel aus, aber bei Kindern brauch ich immer einen Tag länger.« Er dreht sich mit einem Ruck um, geht wieder zum Schreibtisch, sortiert seine Aufzeichnungen.

»Kann ich noch irgendwas für dich tun?«

»Lass man, nett gemeint, einer muss das Alltagsgeschäft ja machen.« Flüchtiges Lächeln. »Ich mach hier nur noch das Nötigste und fahr nach Hause, schreiben kann ich das morgen. Muss dringend duschen, und dann schaffe ich es noch, meine Tochter ins Bett zu bringen.« Noch ein Blick, länger. Verstehe.

Petra kommt aus dem Geschäftszimmer, wedelt mit Papieren über ihrem Kopf, wohl auf dem Weg zum Kopierer. Schon viertel nach, eh zu spät. Noch einen Blick auf die E-Mails werfen. Der Bildschirmschoner verschwindet, Posteingang, PP Nürnberg, Kriminalaktenauszug. Na, also. Öffnen.

Betr.: Kriminalaktenauszug, Michels, Bernd, 30.07.66 in Kaiserslautern.
Bezug: Telefonische Anfrage des KHK Kirchenberg vom 25.11.05.
Der o. g. Michels ist hier wegen Mordes in Erscheinung getreten. Er hat laut Merkblatt vom 08.07.84 am 27.06.84 den 63-jährigen Sportlehrer Franz Xaver Huber in dessen Wohnung getötet, indem er zunächst mit einer massiven Bronzefigur mehrere Schläge auf den Kopf des Opfers ausführte und anschließend den bewusstlosen Mann bis zum Eintritt des Todes würgte.
M. verließ anschließend die Wohnung des Opfers unter Mitnahme der wertvollen Figur und der Brieftasche des Huber, in der sich 450,- DM befanden.
Der Täter, der von dem Opfer in einem Sportverein trainiert wurde, konnte drei Tage nach der Tat festgenommen werden. Ihm wurde der Mord anhand von Blut- und Faserspuren an der Kleidung nachgewiesen.
In den Vernehmungen leugnete M. die Tat bis zuletzt.
Der Beschuldigte wurde als Heranwachsender nach dem Jugendstrafrecht zu 10 Jahren Haft verurteilt.

Leck mich. Drucken.

Petra kommt vom Kopieren zurück. Im MK-Raum erklärt Atze eine Spur. Einige drehen die Köpfe, Atze lässt sich erst nach ein paar Sekunden irritieren, stockt, fragender Blick.

»Ich hab Neuigkeiten.«

20 Uhr 33

»Und keine Vorstrafen?« Atze mit großen Augen.

»Nein, bis zum Mord keine Vorstrafen. Und danach, wenn ich es richtig in Erinnerung habe, auch nicht. Den Auszug aus der Kriminalakte wollten sie heute noch faxen.«

Telefon. Atze verdreht die Augen, Ulla stöhnt.

»Kirchenberg.«

»Fleischerei Grote. Sie waren heute Morgen bei mir und wollten noch wegen des Transporters was wissen. Sie sagten, ich könnte den ganzen Abend anrufen.«

»Ja, Herr Grote, schon okay.«

»Also, am 19. 10. ist den unser Geselle Dietmar Schreiner gefahren.«

»Haben Sie dessen Geburtsdatum?«

»Hab ich. 27.09.63. Und am 22. 10. bin ich den selber gefahren. Hatte ich Ihnen ja schon gesagt, habe jetzt aber noch mal nachgesehen.«

»Gut, Herr Grote, das reicht mir fürs Erste. Vielen Dank für den Anruf!«

Auflegen.

Ernst kommt rein, Ulla rückt, macht Platz, er winkt ab, setzt sich auf den Computertisch, stilles Hallo.

»Und laut Akte war es ein Raubmord.«

»Laut Kriminalakte, die ist aber nicht besonders ergiebig. Die Tatakte wäre natürlich aussagekräftiger, die ist aber beim zuständigen Kommissariat oder der Staatsanwaltschaft. Wenn wir ganz viel Glück haben, kriegen wir die morgen vielleicht noch.«

»Wieso?« Ulla.

»Die haben in Nürnberg zurzeit eine MK laufen, und ich habe von deren KK 11 tatsächlich noch einen Kollegen angetroffen. Ich hab ihm unsere Geschichte geschildert, und er hat versprochen nachzusehen, ob er bei denen noch was findet, sonst geht's erst Montag bei der Staatsanwaltschaft. Wenn er noch was findet, sagt er heute noch Bescheid, macht von den relevanten Teilen Kopien. Und dann, Glück die Zweite, kriegen wir die Kopien vielleicht morgen noch, weil die in ihrer MK morgen eine wichtige Vernehmung in Hamburg haben und ganz früh dahinfahren. Müssten wir uns halt nur irgendwo an der Autobahn…«, Telefon, Atze und Ulla stöhnen im Chor, »… treffen.«

»Kirchenberg, Mordkommission.«

»Guten Tag, Herr Kirchenberg, da habe ich ja Glück. Verzeihen Sie bitte die späte Störung, mein Name ist Johann Müller, und ich bin Inhaber der Spedition Müller und Müller. Sie haben unserer Firma heute einen Besuch abgestattet.«

Die anderen sehen den erhobenen Finger, Lautsprecher an.

»Richtig, Herr Müller. Wir ermitteln derzeit in einem Mordfall und hatten ein paar Dinge abzuklären.«

»Ich habe eben erst davon gehört und Ihre Karte bekommen, Herr Kirchenberg, es ging um meinen Mitarbeiter Bernd Michels?« Sichtbare Überraschung bei den drei anderen.

»Richtig«, schon zum zweiten Mal, »das heißt, eigentlich ging es zunächst um ein Fahrzeug, Herr Michels kam erst zur Sprache, weil er den Wagen an einem bestimmten Tag gefahren hat.«

»Wäre es Ihnen möglich, dass wir uns zu einem Gespräch treffen. Es wäre mir wichtig, Ihnen einiges mitzuteilen beziehungsweise auch Genaueres von Ihnen zu erfahren.«

»Sicher geht das. Am besten so schnell wie möglich. Wie passt es Ihnen morgen früh um neun Uhr?«

»Neun Uhr habe ich schon einen anderen Termin, wie wär's um elf?«

Ernst macht Zeichen, flüstert: in der Firma wegen Unterlagen.

»Elf geht auch. Wo? Herr Müller. Meinethalben können wir uns bei Ihnen in der Firma treffen.«

»Wenn Ihnen das nichts ausmacht, gern. Morgen um elf in der Spedition.«

Auflegen.

»Das war sein Chef, habt ihr gehört. Mal sehen, was das zu bedeuten hat.«

»Wenn dein Scheißtelefon noch einmal klingelt, Konni, gehst du entweder nicht dran oder wir setzen uns in den MK-Raum.« Atze mit funkelnden Augen. »Ist ja nicht zum Aushalten, um diese Zeit.«

»Die Frage ist: Wie gehen wir vor? Michels selber ist dabei nicht das Problem, aber das Auto.«

»Wo steht die Karre denn jetzt? In der Firma?« Ulla.

»Wahrscheinlich.« Ernst von der Seite. »Kommt drauf an, ob der Chef irgendwas von der Vorstrafe weiß, wovon ich nicht ausgehe. Klang ja richtig geheimnisvoll eben.«

»Wir sollten aber nicht zu früh mit der Riesenkeule kommen, das könnte auch was kaputtmachen. Bisher haben wir nur eine Vorstrafe von vor zwanzig Jahren. So selten ist das nicht.« Ulla reibt sich die müden Augen.

»Na ja, Ulla, immerhin. Die Vorstrafe und den Wagen, auf den einiges passt. So ganz ohne ist das nicht.«

»Ich finde auch, so ein bisschen mehr Fleisch an der Sache brauchten wir schon. Aber damit uns am Wagen bis morgen nichts verloren geht, was haltet ihr von folgendem Vorschlag: Das Auto steht auf dem Gelände der Spedition, und wir lassen den durch ein Team bis morgen früh observieren, wobei wir nach sieben Wochen Speditionsbetrieb sowieso 'ne Menge Glück brauchten, um noch was zu finden, wenn es denn das Tatfahrzeug sein sollte.«

Ernst steht auf, stützt sich auf dem Schreibtisch ab. »Und Konni und ich schauen mal, was Meister Müller so zu sagen hat, und fragen ihn, ob er was dagegen hätte, dass sich unser ED den Wagen mal ansieht.« Fragender Blick, genau so, Ernst.

»Und wenn er was dagegen hat?« Atze, spielt mit seinem Kugelschreiber.

»Gut, dann brauchen wir einen Beschluss.«

»Den brauchen wir sowieso. Ich muss den Staatsanwalt gleich ohnehin anrufen, das wird kein Problem sein.« Wieder Ulla.

»Wenn Müller dem Michels steckt, dass wir bei ihm waren und die Karre untersucht haben, ist es auch nicht besonders schädlich. Wenn aber nicht, haben wir zumindest morgen noch, um im Hintergrund was zu erfahren, bevor wir ihn uns mal kaufen. Bis jetzt wissen wir noch nichts, was er uns nicht leicht erklären könnte.«

Telefon, Atze flucht.

»Kirchenberg.«

»Breuer, Kripo Nürnberg. Also, Kollege«, Lautsprecher,

»das kostet mindestens eine Flasche guten Riesling, ich hab noch was gefunden…«

Atze zieht die Augenbrauen hoch.

23 Uhr 08

Vierhundertfünfzig Mark. Man hat schon Leuten für viel weniger einen großzügig angesetzten Luftröhrenschnitt verpasst. Mit einer Statue erschlagen, Pan-Statue. Gegen ein Kilo Bronze hat die Schädeldecke wenig Chancen. Für zehn Jahre in den Jugendknast, von achtzehn bis achtundzwanzig. Da geht man normalerweise in die Disco, kriegt sein erstes Auto und den ersten geblasen. Das kann man allerdings im Knast auch haben, wenn man will. Achtzehn. Ford 12 M gefahren zu der Zeit, Lenkradschaltung und vorne durchgehende Sitzbank. Hatte Vorteile zu der Zeit. Zehn Jahre Knast. Zehn Jahre geregeltes Essen, geregelter Ausgang und immer in guter Gesellschaft. Wenn er hübsch aufgepasst hat und sich von den richtigen Leuten streicheln ließ, hat er viel fürs Leben gelernt in der Zeit.

Ayse steht an der Tanzfläche, langsame Serie, »The Air that I Breathe« oder »Samba Pa Ti«.

Tanzen? Gern. Vorsichtige Umarmung, ab Mitte des Liedes etwas enger, ihre Haare knistern an der Wange, sie riecht aufregend nach neuen Spielen. Nach Hause bringen? Liegt fast auf dem Weg. Gern. Sie sitzt vorne. Gibt hier einen Parkplatz mit toller Aussicht, muss man gesehen haben. Findet es interessant. Auf der Fahrt lockeres Gespräch. Wirklich tolle Aussicht. Näherrücken, sie bleibt sitzen, noch näher, ihr

Lächeln. Durchgehende Sitzbank. »Paradise by the Dashboard Light«, war auf »Bat out of Hell«, Meat Loaf, oder? Die letzte gute Platte, die er gemacht hat, vielleicht sogar die einzige.

Die Bahn hält, draußen treibt der Wind dünnen Sprühregen fast waagerecht zwischen den Häusern hindurch. Wieder keinen Schirm, würde auch nichts nützen. An der Litfasssäule pellen sich die Schichten, in den Papierkörben sucht sich eine Pennerin ein spätes Abendessen, der Handkarren vollgepackt wie ein türkisches Auto auf Heimaturlaub. Sie hält ihre Hand auf, mühsames Sprechen. Auf dem Handteller ein Zwei-Euro-Stück und Kleingeld, sie nimmt es, dankt hinterher. Eine großzügige Gabe eines hochanständigen Bürgers, die gute Tat zum Wochenende.

Bei Sener ist noch Licht. Ayse hinter dem Tresen unterhält sich mit einem jungen Türken, lacht. Schlanker Bursche, modische Klamotten. Er erzählt mit ausladenden Gesten, sie lacht laut. Wieder mit Zopf, heute ist das Gummi rot. Das weiße T-Shirt steckt stramm im Bund hinter der weißen Schürze, lässt ihre Brüste vortreten. Den matten Glanz auf der braunen Haut kann man bis hierher sehen, das Weiß der Augen scheint zu glimmen. Der Typ legt sich immer mehr ins Zeug, sie spült nebenbei Gläser, unterhält sich lebhaft, scheint Spaß zu haben.

Eine Frau mit Hund kommt den Gehweg lang, sieht fragend rüber, misstrauisch. Rumgehen, den Wartenden mimen. Sie geht weiter, dreht sich noch einmal um. Komm, geh schon, Fifi friert.

Ayse bedient eine Familie am Tisch in der Ecke, geht zurück, weicher Gang. Sie trägt Latschen, beim Gehen sind ihre hellen Fußsohlen zu sehen. Der Typ steht an der Theke, nippt an seiner Cola. Kaum ist sie zurück, macht er wieder den Comedian. Sie sagt was, schüttelt dabei den Kopf, kokett. Schade, dass man ihre Stimme nicht hören kann.

Ayse allein im Imbiss. Hallo, Konni, wollte grad abschließen, schon spät. Noch einen Schluck trinken in der Küche, zum Feierabend. Sie macht den Sekt auf, gießt ein, zu viel, es läuft ihr über die Finger, eine Spur kleiner, weißer Perlen auf dem braunen Handrücken, für Sekunden, verfängt sich in den Haaren auf dem Unterarm. Sie lacht weich und warm. Ganz sacht die Hand nehmen, mit der Zunge die Tropfen auflesen, den Arm hoch, gegen den Strich der Haare. Sie lässt es geschehen, geschlossene Augen, hebt den anderen Arm, das T-Shirt aus dem Bund lösen, über den Kopf ziehen. Der Saum gibt ihre Brüste frei wie die Weihnachtsdecke die Geschenke. Das Glas bleibt in einem Ärmel hängen, ein Spritzer Sekt auf ihrer Schulter, rinnt an der Brustwarze vorbei, über den Bauch, wird vom Rand der Schürze aufgesogen. Sie kichert, die Augen immer noch geschlossen. Kurzer Zug an der Schürze, sie fällt herunter, darunter nur ein Slip. Hey, vorher gar nicht gesehen. Die schwarzen Schamhaare schimmern durch die Baumwolle wie ein Schatten. Am oberen Rand des Slips ein kleiner Fleck vom Sekt.

Der superlustige Dressman bestellt sich eine zweite Cola, das kann noch dauern. Die Alte mit dem Hund kommt zurück, lässt ihn an den Mülleimer pinkeln, blickt aus den Augenwinkeln rüber. Fifi ist fertig, sie zieht die Töle weiter.

Dann eben ein Bier zu Hause.

SAMSTAG

06 Uhr 53

Es brennt, etwas zu heiß. Ganz sacht den Hebel nach links, vorsichtig, da müsste allmählich der tote Punkt sein. Auf einen Schlag wird es kalt, Schock, sofort wieder nach rechts, kochend heiß. Raus. Verdammtes Scheißding. Montag unbedingt die Hausverwaltung anrufen, da muss 'ne andere Batterie dran, ist ja lebensgefährlich. Entweder man wird gehäutet wie 'ne tote Sau oder stirbt am Herzinfarkt. Die Schelle. Um diese Zeit, mein Gott, schnell ein Handtuch.

Es tropft im Flur, vor der Tür Frau Gierth.

»Uih, Herr Kirchenberg.« Sie blickt demonstrativ von oben nach unten. »Ich erinnere mich, da war mal was. Ich wollte eigentlich nicht ungelegen kommen, aber wenn Sie in einer MK sind, erwische ich Sie ja so schlecht. Ich habe bei Ihnen schon Licht gesehen und dachte, das könnte Sie interessieren.«

»So wichtig?« Die Zugluft legt sich kühl auf die Haut.

»Sie erinnern sich doch noch an Herrn Siele, der genau über Ihnen gewohnt hat. Ich hatte damals den Eindruck, Sie kannten sich näher.«

»Nun, näher vielleicht nicht, aber wir haben uns ein paar Mal beim Glas Wein unterhalten, waren sehr angenehme Gespräche.«

»Wie dem auch sei. Ich habe gestern seinen Bruder getroffen, die beiden wohnen ja Richtung Ingsen raus im Grünen, und ihm geht es gar nicht gut.«

»Was heißt das? Richtig was Ernstes?«

»Hörte sich so an. Er hat Krebs, und wenn ich den Bruder richtig verstanden habe, besteht nur noch wenig Hoffnung.«

»Du meine Güte.« Wenig Hoffnung. Was bedeutet das? Eine Woche? Einen Monat? »Da fehlen mir ja die Worte so am frühen Morgen, Frau Gierth, klingt ja furchtbar.« Es wird immer kälter.

»Ich will Sie auch nicht länger stören, wie gesagt, ich dachte, Sie wären näher bekannt gewesen. Hier, kleine Entschädigung für die frühe Störung.« Sie greift in die Brötchentüte, holt eins mit Sesam heraus.

»Ach, Frau Gierth, das war schon in Ordnung, will Ihnen ja nicht Ihr Frühstück wegessen.«

»Nun nehmen Sie schon, Sie können es wohl vertragen, kann ich ja jetzt beurteilen.« Jungmädchenlächeln. »Außerdem hab ich noch zwei.« Freihändig die Treppe hoch.

Siele ist todkrank. Waren sehr intensive Gespräche, damals. Aber näher gekannt? Nein. Oder?

10 Uhr 55

Fünf Minuten hat er noch. Ernst sitzt auf der Motorhaube, raucht, starrt in den Regen, bewegungslos. Die grauen Schwaden schweben senkrecht nach oben, kein Wind. Aus den Rillen des Überdaches fließt das Wasser in Fäden auf den Asphalt. Beckmann und Binz kommen angerollt, bleiben auf dem Besucherparkplatz stehen. Beckmann hat auf der Beifahrerseite die Scheibe einen Spalt weit auf. Regnet das bei dem nicht rein?

»Fahrzeuge PI Süd, wer fährt den Unfall Herzogstraße?« Stille. »Fahrzeuge PI Süd von Einsatzleitstelle, wer fährt den Unfall Herzogstraße?« Schon etwas genervter. Stört jetzt, der Funk.

Achtundfünfzig, noch zwei Minuten. Ernst schnippt den Zigarillo weg, der Stummel rollt einen Halbkreis, bleibt eine Handbreit vor der Wassergrenze liegen. Er will einsteigen, um die Ecke biegt ein schwarzer Daimler, fährt bis vor die Rampe. Die Tür öffnet sich, graue Föhnfrisur, Brille, Kamelhaarmantel.

»Guten Morgen, meine Herren, Johann Müller.« Er kommt entgegen, reicht die Hand mit seriöser Freundlichkeit, wärmende Augen.

»Konstantin Kirchenberg.«

»Ernst Funk.«

»Gehören die beiden dort zu Ihnen?« Er zeigt auf den Vectra.

»Richtig, aber im Augenblick brauchen wir die noch nicht.«

»Dann lassen Sie uns bei diesem Wetter doch gleich reingehen.« Er geht vor, schließt auf, langer Flur, die letzte Tür links. Mantel auf den Bügel, er fordert zum Hinsetzen auf, geht hinter den Schreibtisch. Rechts an der Wand ein kleines Kreuz, moderne Fassung, der Heiland sieht aus wie ein Insekt.

»Ja, meine Herren, Sie sehen, es ist heute niemand hier, einen Kaffee kann ich Ihnen deshalb nicht anbieten, sehen Sie mir das bitte nach. Kommt schon mal vor, dass samstags nichts los ist. Ich habe Sie gestern angerufen, weil mir Herr Korte mitgeteilt hat, dass Sie nach Herrn Michels gefragt hatten.«

»Das ist so nicht ganz richtig, Herr Müller, hatte ich am Telefon ja schon angedeutet. Wir sind eigentlich wegen Ihres VW-Transporters hier gewesen, Herr Michels ist deshalb relevant geworden, weil er dieses Fahrzeug häufig fährt und es auch an einem bestimmten Tag gefahren hat. So herum ist es richtig.«

Er schürzt die Lippen, denkt nach. »Sie sagten, Sie sind von der Mordkommission, und ich hatte angenommen, Herrn Michels Vergangenheit habe dabei eine Rolle gespielt.«

Kurzer Blick zu Ernst, kontrollierte Überraschung.

»Herrn Michels Vergangenheit …?«

»Ja, ich vermute, Sie wissen davon, dass Herr Michels wegen Mordes vorbestraft ist?«

»Inzwischen wissen wir davon. Woher wissen Sie von der Sache?«

»Ich weiß davon, weil er es mir erzählt hat. Er hat es seinerzeit sofort bei seinem Vorstellungsgespräch angesprochen, genauer gesagt, nicht beim ersten, aber unserem zweiten Gespräch, welches ein ganz außergewöhnliches war, ich erinnere mich noch daran. Er war unglaublich offen, auch was sein Verhältnis zu Gott angeht. In dieser Firma bin ich allerdings der Einzige, der von seiner Vorstrafe weiß, und mir ist sehr daran gelegen, dass das auch so bleibt. Aus diesem Grunde habe ich Sie übrigens auch angerufen, weil ich schon befürchtet hatte, Sie könnten Herrn Korte davon erzählt haben.«

»Konnten wir nicht, weil wir es zu dem Zeitpunkt noch nicht wussten, und hätten wir natürlich auch nicht.«

»Was hat er Ihnen über die Tat damals erzählt?« Ernst, spielt nebenbei mit seinen Fingern.

»Wenig, ich wollte auch keine Einzelheiten wissen. Mir war und ist der Mensch wichtig, und der ist jetzt ein anderer, nachdem er den Weg zu Gott gefunden hat.«

»Und den hat er jetzt gefunden?« Hey, Ernst! Etwas weniger deutlich, die Skepsis.

»Ich weiß nicht, meine Herren, inwieweit christliche Werte und Jesus Christus in Ihrem Leben eine Rolle spielen, für mich spielen sie eine große Rolle. Ich habe Herrn Michels kennen gelernt, als er über die Familie seiner Frau in unsere Gemeinde kam. Sie wissen sicherlich, dass er verheiratet ist und ein kleines Kind hat.«

Ist bekannt.

»Ich habe mit ihm oft und lange gesprochen, auch über sein Erweckungserlebnis vor einigen Jahren, und er ist für mich eines von vielen Beispielen, dass Gott Menschen errettet und Leben heilt.«

Amen.

»Seit wann arbeitet er für Sie?«

»Etwa seit Sommer 2002. Wir brauchten damals dringend einen neuen Buchhalter, weil unser Herr Meinard plötzlich verstarb. Herr Michels ist nämlich Buchhalter, und ein exzellenter dazu.«

»Er ist Ihr Buchhalter? Wie ist es dann zu erklären, dass er so häufig Fahrten für die Firma unternimmt.«

»Er ist nicht nur ein sehr guter Buchhalter, sondern auch überaus fleißig. Wir haben neben dem normalen Geschäft mit

Möbeln und Elektrogeräten häufig Termin- oder Expresssachen, die schnell zum Kunden müssen, und das machen, wenn kein Fahrer da ist, auch schon mal Leute aus dem Büro. Wobei Herr Michels schon der ist, der am häufigsten fährt.«

»Woran liegt das?« Ernst ist wieder ruhiger.

»In erster Linie liegt es daran, dass er das gerne tut. Und natürlich daran, ich sagte es ja, dass er sehr fleißig ist. Manchmal muss ich ihn schon von mir aus ein wenig bremsen, ein junger Vater gehört schließlich auch zu seiner Familie.«

»Wie weit gehen diese Expresstouren?«

»Sehr unterschiedlich. Manche sind hier im Stadtgebiet, andere bis fast an die Küste, wir hatten sogar schon Kunden in den Niederlanden.«

»Das heißt, er ist auch schon mal den halben Tag unterwegs?«

»Das kommt vor.«

»Und auch nach Feierabend?«

»Auch das haben wir häufiger. Expresssachen zum Beispiel laufen hier tagsüber auf und müssen dann umgehend weitertransportiert werden, auch wenn es schon Nachmittag ist. Aber könnten Sie mich vielleicht darüber informieren, worum es geht.«

»Wir ermitteln in zwei Mordsachen, vielleicht haben Sie darüber gelesen, bei denen die Opfer in Müllcontainern abgelegt worden sind …«

»… an der Bundesstraße …«

»… genau, das war der letzte. Bei einem dieser Fälle könnte ein heller VW-Transporter eine Rolle spielen, nun, und Sie haben so ein Fahrzeug.«

Er denkt kurz nach. »Verzeihen Sie meine Zweifel, meine Herren, aber helle VW-Transporter gibt es doch eine Menge.«

»Das ist richtig. Sie, beziehungsweise Ihre Firma, sind ja auch nicht der einzige Halter, der überprüft wird, sondern unsere Kollegen sind auch woanders unterwegs. Wir gehen halt jeder Spur nach. Und Sie werden verstehen, dass uns ein Fahrer mit einer Vorstrafe wie Herr Michels etwas mehr interessiert.«

»Es sollte keineswegs Kritik an Ihrer Arbeit sein, meine Herren, verstehen Sie das bitte nicht so, mir war nur wichtig, Ihnen mitzuteilen, dass ich Herrn Michels für einen äußerst integren Menschen halte, der mal einen Fehler gemacht hat, aber schon vor langer Zeit mit Gottes Hilfe einen ganz anderen Weg eingeschlagen hat. Darüber hinaus ist er fleißig, hilfsbereit und außerordentlich intelligent. Er ist einfach mein bester Mitarbeiter, was ich jetzt nur Ihnen sage.«

Mein Gott, Michels Superstar.

»Wir nehmen das natürlich zur Kenntnis, Herr Müller. Ein, genauer gesagt zwei Anliegen habe ich noch: Könnten wir uns von dem Fahrtenbuch des VW von den letzten Wochen Fotokopien der Einträge machen? Falls Sie Bedenken wegen etwaiger Lenkzeiten haben, kann ich Ihnen versichern, dass uns das nicht interessiert.«

»Erstens hätte ich diese Bedenken nicht, weil ich sehr darauf achte, dass diese Dinge korrekt ablaufen, und zweitens gibt es bei einem VW-Transporter eh keine Einschränkungen wegen der Lenkzeiten.«

Ernst grient herüber. Lach nicht so blöd, hättest du auch nicht gewusst.

»Das zweite Anliegen: Hätten Sie etwas dagegen, wenn

wir den Wagen mit zu uns nähmen und etwas genauer ansähen?« Mal noch nicht mit dem Beschluss drohen.

Müller überlegt einen Moment, sieht von einem zum anderen. »Ich kann mir zwar nicht vorstellen, weshalb, aber meinetwegen. Ist es möglich, das Fahrzeug Montag wieder zur Verfügung zu haben?«

»Das ist sicherlich möglich.«

Er steht auf. »Und wie lange zurückliegend brauchen Sie die Fahrtenbucheinträge?«

»Die letzten vier Monate würden uns reichen.«

»Kleinen Augenblick.« Er geht ins Vorzimmer, lässt die Tür geöffnet.

Ernst beugt sich vor. »Ob Helmut uns auch so sieht?« Grinsen. Aus dem Nebenzimmer rhythmisches Brummen des Kopierers.

»Sollten wir die Personalakte und die Stundenabrechnung auch mitnehmen?«

Er wiegt den Kopf, zieht den Mund unter die Nase. »Würd ich jetzt noch nicht machen. Wenn es sein muss, kommen wir da sehr schnell dran.«

Müller kommt zurück. »So«, klopft den Stapel auf dem Schreibtisch gerade, heftet ihn an einer Ecke, »das Buch beginnt am ersten August, so weit bin ich zurückgegangen.« Er reicht Ernst die Blätter. Das wär's dann.

»Vielen Dank, Herr Müller, für Ihre Unterstützung. Wegen des Fahrzeugs schicke ich Ihnen die beiden anderen Kollegen rein, mit denen können Sie das weitere Vorgehen besprechen.«

»Ich danke Ihnen, vor allem für Ihre Diskretion.« Klingt mehr wie eine Aufforderung. Er steht auf, kommt mit zur Tür. »Sie finden alleine hinaus?«

Finden wir.

»Ich werd noch ein wenig arbeiten, wenn ich schon mal hier bin.«

Dezenter Händedruck, noch ein Gruß. Auf dem Flur riecht es nach Pappe, an den Wänden Landschaftsbilder.

»Halb zwölf. Ich habe heute erst ein Brötchen gehabt, wollen wir irgendwo einen Happen essen?«

»Jetzt schon?« Er sieht auf die Uhr. »Wir haben doch hier in der Gegend den Bäcker von gestern, den wir nicht angetroffen haben. Lass uns den noch machen, dann können wir ja was essen.«

»Ich weiß da einen guten Türken bei mir um die Ecke.«

»Meinetwegen.« Er geht zu Beckmann und Binz.

Der Regen hat nachgelassen.

13 Uhr 12

Ihre Fußnägel sind kurz, blasses Rosa, wenn sie geht, macht ihr großer Zeh eine Bewegung nach oben. Wieso trägt die im November keine Strümpfe? Sie bringt zwei Teller an den Nebentisch, wieselt zurück hinter den Tresen. Der Rand ihrer Bluse stößt knapp auf den Gürtel, gibt manchmal einen braunen Streifen Haut frei, am Bauch eine kleine Wölbung. Komm, ein Blick. Martha kommt aus der Küche, stellt einen Teller hin, geht sofort zurück. Wenn sie in den nächsten dreißig Sekunden guckt, kommt sie morgen mit, was trinken. Sie zapft das Bier zu Ende, der Ärmel der Bluse rutscht vom Unterarm, mit Bier und Teller zum Tisch in der Ecke. Kurzer Plausch, auf dem Rückweg ein lächelndes Blinzeln. Ja.

Ernst nimmt einen Schluck, verzieht das Gesicht. Stimmt, ziemlich kalt, das Wasser. Er gabelt seinen Salat in kleinen Portionen. Manchmal hat er was Aristokratisches, der Ernst, der kommt bestimmt aus gutem Hause. Haben wir noch nie drüber gesprochen, dabei ist er jetzt schon eine ganze Zeit bei uns. Aber der Kotzbrocken, der er am Anfang war, ist er nicht mehr.

»Ist okay, der Salat?«

Er nickt mit hochgezogenen Brauen. »Kein Fertigdressing, hat man in solchen Imbissen selten.« Er isst weiter.

Ayse hat ein paar Sekunden Pause, lehnt an der Ablage, trinkt aus einem blauen Kaffeepott. Wieder ein Blick, wieder mit Lächeln. Sie tritt einen Schritt vor. »Alles in Ordnung bei euch?« Über die Theke.

»Ja, schmeckt sehr gut, wie gewohnt.«

Ernst sendet auch Zustimmung, stumm, kauend.

Das Handy.

»Kirchenberg.«

»Konni, hier ist Ulla. Wo seid ihr?«

»Wir sind gerade was essen. Was ist denn los.«

»Wir haben sehr wahrscheinlich unser letztes Opfer identifiziert und seine Wohnung gefunden. Wie es aussieht, waren die Täter auch im Haus. Wir müssen also einen Tatort machen. Wann könnt ihr hier sein?«

»In einer viertel Stunde. Ist er auch da getötet worden?«

»Wissen wir noch nicht. Die KTU-Leute sind zwar schon auf dem Weg dahin, aber drinnen war noch keiner.«

»Wir haben unsere Tatortkoffer beide im Büro, sind gleich bei dir, dann alles weitere.«

Ernst mit Fragezeichen in den Augen, kaut weiter.

»Entweder bist du jetzt satt oder du lässt dir den Rest einpacken. Wir haben das letzte Opfer samt Wohnung. Der ED ist schon auf dem Weg dahin.« Kehliges Stöhnen. »Können wir zahlen, bitte.«

Ayse stellt den Kaffee ab, stumme Frage, ja, richtig gehört. Sie nimmt die schwarze Geldtasche, kommt um den Tresen herum.

»War es doch nicht so gut?« Sie steht ganz nah, es riecht nach Kaffee, Parfüm und ihr.

»Ne, hat mit dem Essen nichts zu tun, wir müssen weg, leider.«

»Zusammen?«

»Ja. Ich lad dich ein.«

Ernst ist etwas verwundert.

»Fünfzehn dreißig.«

Siebzehn müssten reichen. Trinkgeld geben ist irgendwie doof. Aber ohne geht auch nicht. Sie gibt drei Euro zurück.

Ernst nimmt seine Jacke von der Stuhllehne, mit der anderen noch ein Radieschen. Und die Einladung, Scheiße. Vielleicht nachher telefonisch. Sie nimmt die Teller, freundlicher Abschied.

In den Pfützen vereinzelte kleine Einschläge, von links rollt langsam ein Z 3 die Straße lang, sucht einen Parkplatz. Am Steuer der Komiker von gestern Abend.

»Ach, Ernst, hol schon mal den Wagen, ich hab drinnen was liegen lassen.«

Ayse ist nicht zu sehen, kommt nach zwei Sekunden aus der Küche, in den Händen ein Papiertuch.

»Das war aber ein schneller Einsatz.«

»Ne, ich hatte schon wieder Hunger.« Sehr witzig.

»Quatsch. Ich wollte dich eigentlich … morgen ist doch geschlossen, oder?«

Sie hebt die Schultern. »Weiß ich noch nicht. Eigentlich wollte ich nichts machen, aber die Fußballer und der Boxclub, die trinken hier sonntags immer was. Haben mich gefragt, ob ich nicht öffnen könnte, nur zwei Stunden, kalte Küche.«

Zwei Stunden? Ist hinterher noch Zeit. Essen oder trinken? Für den Anfang was trinken gehen, nicht mit der Tür … »Wenn du nichts vorhast, wollte ich, also nachher nichts vorhast, könnten wir doch, nur wenn du noch Lust hast, und nichts vorhast«, die Tür geht auf, der Jüngling hat einen Parkplatz gefunden, »was trinken gehen.«

Sie lässt sich Zeit, unterdrückt ein Kichern. »Gern.« Kurz, knapp, unglaublich.

»Wann passt es dir?«

»Ich möchte schon etwas ausschlafen. Ruf einfach an, Seners Nummer hast du?«

»Hab ich. Ich meld mich irgendwann im Laufe des Tages. Tschüss.«

Er setzt sich auf einen Hocker, legt Kippen und Feuerzeug auf den Tresen, Lucky Strike.

Ernst steht mit laufendem Motor auf der anderen Seite.

»Hat etwas länger gedauert.«

Kein Problem.

13 Uhr 57

Im MK-Raum reichlich Leute, Wörtergewirr, Atmosphäre wie auf ’nem Vorstadtbahnhof. Ulla sitzt mit dem Staatsanwalt am langen Tisch über Eck, fordert zum Kommen auf, erzählt weiter, er grüßt beim Zuhören. Hallo, Tom. Atze mit Regina und VG vor einem Bildschirm, er erklärt, zeigt, gestikuliert. Hinten vor der Karte zeigt Paul Edda und Heinz den Weg.

Die Tür geht auf, Mark redet auf Thorsten ein, bewegt die Hände, als wenn er etwas streicheln würde. Edda und Heinz nehmen ihre Jacken, gehen ohne Gruß. Ulla steht auf, Tom geht zur Kaffeemaschine.

»Da seid ihr ja. Könntet eigentlich gleich durchfahren.«

»Nun mal ganz sachte, können wir vielleicht erst mal auf den neuesten Stand gebracht werden.«

»Schon gut, war ’n kleiner Scherz, Konni. Schlecht geschlafen, heute? Also, der Rentner Harald Neumann, sechsundsechzig Jahre alt, wohnt Meyers Busch 47. Der ist seit sechs Jahren Witwer und wohnt da allein in seinem Einfamilienhaus, liegt etwas abseits. Zwei- bis dreimal die Woche kommt die Putzfrau, eine Russlanddeutsche aus der Nachbarschaft, die auch schon mal was zu essen macht, aber selten, wie sie sagt. Die kommt meistens montags, mittwochs und freitags, hat keinen Schüssel, sondern er lässt sie immer rein. Donnerstagmorgen wollte sie ihm Borschtsch bringen, weil er den so gerne mag, und er macht nicht auf. Sie hat sich da noch nichts dabei gedacht, sagt, das käme schon mal vor, dass er um die Zeit nicht da wäre, aber als sie Freitag zum Putzen wieder vor verschlossener Tür steht, kommt ihr das komisch vor, auch weil beide Autos in der Garage standen.«

»Opa hat zwei Autos?« Ernst von der Seite.

»Opa hatte noch viel mehr, der war richtig wohlhabend.

Einer der Wagen soll ein wertvoller Oldtimer sein. Sie hat dann die Schwester angerufen, die hat einen Schlüssel, kam aber erst abends nach Hause, und sie sind dann gemeinsam reingegangen, haben ihn aber nicht gefunden. Obwohl in der Wohnung eine gewisse Unordnung herrschte, waren sie unsicher, wie gesagt, ganz selten kommt es mal vor, dass er irgendwohinfährt, ohne Bescheid zu sagen. Als er heute Morgen immer noch nicht da war, hat die Schwester noch bei einigen Freunden und Bekannten angerufen und ist dann zur Polizei gegangen. In der PI Nord haben sie eine Vermisstenanzeige aufgenommen und dann ziemlich bald hier angerufen.«

»Und er ist unser Toter?«

»Hundertprozentig wissen wir es noch nicht, aber die Kollegen haben von der Schwester ein Bild besorgt, und das sieht unserer Leiche schon sehr ähnlich.«

VG und Regina suchen ihre Klamotten zusammen, noch eine Nachfrage bei Atze, sie gehen.

»Dann wissen wir auch noch nicht, ob er da getötet worden ist?«

»Nein, wissen wir nicht, war von uns ja noch keiner drin. Darum schlage ich vor, dass ihr sofort losfahrt, damit wir mit der Tatortarbeit anfangen können. Die meisten anderen Teams sind auch schon in der Gegend und eingewiesen.«

»Jetzt ist genau der Fall eingetreten, den ich befürchtet habe, Ulla, ist doch Scheiße. Wir haben eine sehr viel versprechende Spur bei der Spedition, die wir unmöglich liegen lassen können. Wenn das ein ganzes Haus ist, bindet uns das mindestens vierundzwanzig Stunden, möglicherweise länger.«

»Dieses Haus ist derzeit unser wichtigster Ansatz, wir müssen da ganz massiv und zeitnah ran, zumindest bis wir ungefähr sagen können, was da abgelaufen ist.« Sie unterstützt die Aussage mit ihren Händen.

»Sehe ich ja ein, Ulla, aber Michels können wir unmöglich ignorieren. Der hat vor gut zwanzig Jahren einen alten Mann umgebracht, erwürgt, und hat zur Tatzeit einen VW-Transporter gefahren, auf den drei Merkmale des Fahrzeugs zutreffen, das der Lkw-Fahrer am Fundort beobachtet hat. Noch Fragen?«

Tiefer Atemzug, ihr Blick wandert über den Tisch, sie kratzt sich mit der Rechten im Genick.

»Wo ist das Problem? Dann mache ich das Haus eben allein, machen wir doch sonst auch.« Ernst setzt sich mit halbem Hintern auf die Tischplatte. »Bei 'nem großen Tatort ist ein zweiter Mann natürlich wünschenswert, aber ist sonst doch auch nicht immer möglich. Ihr macht in den Teams die Spur mit dem VW weiter, vielleicht löst sich die ja ruckzuck in Wohlgefallen auf, wenn wir ihn erst vernommen haben. Ich seh mir die Hütte mal an, und wenn es wirklich zu heftig werden sollte, kann ich dich immer noch dazuholen.« Er sieht einen nach dem anderen an, Ulla kratzt sich immer noch, Thorsten setzt sich mit einem Kaffee dazu.

»Können wir so machen. Einverstanden, Konni?«

»Sehr einverstanden. Unter den gegebenen Umständen die beste Idee. Ich werd mal sehen, was mit den beiden Teams heute noch abzuklären ist, und komme nachher auf jeden Fall vorbei, falls du noch Unterstützung brauchst und um mir ein Bild zu machen.«

Atze hört von gegenüber zu, nickt ebenfalls.

»Haben wir noch ein Auto?« Ernst über den Tisch zu Atze.

»Nimm unseren. Ich bin jetzt erst eine Zeit im Büro, wenn ich einen Wagen brauche, besorge ich mir einen.«

»Gut.« Er nimmt den Schlüssel aus der Tasche, lässt ihn am Ring um den Zeigefinger kreisen.

»Ich müsste nur meine Sachen da rausholen. Wer weiß, wie lange du da zu tun hast.«

Er nickt, geht zur Karte, lässt sich von Atze die Adresse geben. Meyers Busch, müsste in der Gegend vom alten SV-Sportplatz sein. Atze kreist auf der Karte mit dem Kugelschreiber in dem Bereich, recht gehabt. Vor zwei Jahren mal einen Selbstmörder im Wald gehabt.

Ernst hält den Schlüssel hoch, klimpert, fragender Blick. Ja, komme mit runter.

Vor dem Vernehmungszimmer eine junge Mutter. Sie wippt ihr Kind mit abwesendem Blick auf dem Oberschenkel, unter der kleinen Nase eine schmale Rotzlawine.

14 Uhr 17

Sonja und Sebastian kommen den Flur lang, sie wedelt mit einem braunen Umschlag.

»Wir sollten dich noch mal an die Flasche Riesling erinnern.« Verschmitztes Lachen.

»Hat also alles geklappt?«

»Hat es. Wir haben höchstens zwanzig Minuten gewartet. War grad Zeit für einen Kaffee.« Kaffee, gute Idee. Sie gehen vor.

Im MK-Raum in der Ecke am Fenster quirlige Diskussion

über die Anzahl der Täter. Ulla tippt am Terminal mit Telefon am Ohr, Atze spricht mit Edda und Altenkamp, alle drei mit Kaffeetassen in der Hand. Die Kontrollleuchte der Kaffeemaschine leuchtet, beide Kannen im Raum verteilt. Die erste ist leer, in der anderen eine lächerliche Pfütze. Immer dasselbe.

»Habt ihr den letzten Kaffee genommen?« Die drei drehen sich um, gespielte Ahnungslosigkeit. »Egoismus regiert die Welt…«

»Du kannst einen Tee von mir haben.« Altenkamp, offensiv gönnerhaft.

»Was denn? Knoblauch-Kamille oder so was? Verschon mich.« Sie drehen sich wieder zueinander. Das Wasser aus dem Hahn ist leicht trübe, komisch. In der Kaffeetüte nur ein letzter Rest Pulver. Ein echter Glückstag, heute. Edda sieht es, kommt mit einem Zauberlächeln, »Simsalabim…«, holt aus der Schreibtischschublade ein neues Paket. Atze ist mittlerweile allein.

Thorsten verabschiedet sich von Ulla mit Du-weißt-Bescheid-Gesicht, sie winkt wissend. Bis morgen, alles Gute für deine Frau, das Letzte mit weihevoller Betonung. Er geht. Eigenartig.

Der Kaffee ist erst halb durch.

»Ich habe gerade die Kopie der Akte aus Nürnberg bekommen. Ich bin bei mir, lesen.«

Im Radio irgendeine Sinfonie, schwer, düster, das stört jetzt. Die Ruhe tut gut. Was haben die Kollegen uns denn kopiert? Anderthalb Zentimeter Kopien, sauber geheftet. Mit Büroklammer ein lila Notizzettel an der ersten Seite.

Auf die Schnelle alles Wichtige. Können Montag mal Kontakt aufnehmen. Viel Erfolg.
Gruß. Tröger, KHK.

Blättern.

Tatortbefundbericht 27.06.84
Objektiver Befund
Einfamilienhaus, ... Vorort, ... warmes, trockenes Wetter...

Alles nicht so wichtig, weiter.

Wohnzimmer, ... Tisch, ... acht leere Bierflaschen, zwei angebrochene Flaschen Löwenbräubier. Das Opfer...

Gesoffen haben die. Wer ist denn das Opfer, steht das irgendwo? Zurückblättern, da ist die Strafanzeige.

Franz Xaver Huber, 11.01.21 in Augsburg.

Einundzwanzig geboren, dann war der zum Tatzeitpunkt dreiundsechzig, das passt zu unseren.

Das Opfer liegt in Rückenlage schräg vor der dreisitzigen Couch, wobei die Beine bis etwa Mitte der Unterschenkel unter den Couchtisch ragen. Das Opfer ist bekleidet mit einer blauen Adidas-Trainingshose, einem weißen T-Shirt und einer zur Hose passenden Jacke, deren Reißverschluß geöffnet ist. Das Opfer trägt keine Schuhe und Strümpfe. Die Kleidung wirkt geordnet.

Das rechte Bein liegt gerade ausgestreckt, das linke etwa 10 Grad zur senkrechten Körperachse nach links versetzt und zum Boden etwa 20 Grad angestellt, was dadurch hervorgerufen worden ist, daß der linke Fuß an die Querstrebe des Couchtisches stößt.

Der rechte Arm liegt parallel zum Körper, wobei der rechte Daumen abgespreizt ist und vom Gesäß bedeckt wird. Der linke Arm ist nahezu rechtwinklig im Ellbogen gebeugt, der Oberarm ist leicht vom Körper abgewinkelt, und die linke Hand ruht auf dem Bauch des Opfers.

Der Hals ist frei, im vorderen Bereich ist deutlich leicht links versetzt vom Kehlkopf ein etwa fünfmarkstückgroßes Hämatom zu erkennen.

Der Mund ist etwa ½ cm geöffnet, die Zungenspitze ist zwischen den Vorderzähnen des Unter- und Oberkiefers zu sehen. Die Farbe der Gesichtshaut ist gebräunt, weist an den Wangen eine leichte Rötung auf. Das Opfer hat schütteres, graues Haar, im Stirnbereich sind einige etwa pfenniggroße Pigmentierungen erkennbar. Im hinteren linken Quadranten des Kopfes, etwa 10 cm oberhalb des linken Ohres, befinden sich zwei ovale, etwa 7 x 3 cm große blutige Eindellungen, aus denen das Opfer geblutet hat. Links der Auflagestelle des Kopfes ist eine ca. 10 x 10 cm große blutige Verfärbung des Teppichbodens sichtbar. Diese Verfärbung…

Mark kommt rein, wedelt mit ein paar Blättern, Sonja dahinter.

»Hast du einen Augenblick Zeit?«

»Klar.«

Er stellt sich vor den Schreibtisch, breitet die Kopien des Fahrtenbuches aus, dazu noch irgendeine Tabelle. Sonja stellt sich daneben.

»Sollten wir Ernst auch dazuholen?«

»Der ist im Haus Neumann.« Hinterhergerufen, sie ist schon weg.

»Es geht um die Fahrten von Michels. War ’ne ganz schöne Rechnerei und Sucherei mit Routenplanerprogrammen, aber ist möglicherweise wichtig.«

Sonja kommt zurück, Ernst im Schlepptau, mit Schal und Mantel, Tasche unter dem Arm.

»Bist du schon wieder da?«

»Bin fast schon wieder weg, hatte was Wichtiges vergessen.«

»Also, vorweg: So nach außen hin sind die Eintragungen in dem Fahrtenbuch sehr umfangreich und korrekt…«

»… hatte der Müller auch gesagt, sei ihm sehr wichtig…«

»…ja, aber wenn man die Strecken und Zeiten mal mit den Zielen vergleicht, dann ergeben sich zumindest ein paar Fragen. Erstens hat er bei weiteren Fahrten fast immer mehr Kilometer gebraucht, als die Routenplaner ausgeben. Ich habe das mit verschiedenen Programmen überprüft, und es ergeben sich häufig Differenzen, einmal sogar von achtzig Kilometern.«

»Vielleicht hat er dann eben doch nicht so genau eingetragen und ist noch woanders vorbeigefahren.« Ernst, stellt die Tasche auf den Stuhl.

»Ja, klar, alles möglich, was nur auffällt, ist die Tatsache, dass das nicht vorkommt, wenn ein anderer Fahrer den Wagen benutzt, höchstens mal ein paar Kilometer, und, was noch eigenartiger ist, nach dem ersten Tattag, also nach dem 19. 10., hört das auch bei Michels weitgehend auf, da stimmen die Kilometerangaben meistens.« Er zeigt auf die Tabelle, tatsächlich, auf den ersten Blick zu erkennen. Alle sehen sich an. Cleveres Kerlchen. Sonja beobachtet ihn sehr aufmerksam, mürrischer Blick.

»Schon sehr auffallend. Zusammen mit seiner Vorstrafe und der Aussage unseres litauischen Freundes finde ich das schon erheblich belastend.«

Ernst kneift die Augen zusammen, wippt mit dem Oberkörper. »Sieht seltsam aus, könnte aber eine ganze Reihe Erklärungen geben. Er trägt nicht alle Adressen ein, die er anfährt. Er erledigt irgendwas anderes Privates, was nichts mit unserer Sache zu tun hat. Er macht was für den Chef, vielleicht weiß der davon, wenn wir ihn fragen.«

»Aber warum dann nur bei ihm und nicht mehr nach dem 19. 10.?«

Ernst nimmt sich die Liste, prüfender Blick, er atmet tief durch.

»Ach ja, noch was.« Mark tippt mit dem Kugelschreiber von der Seite auf das Blatt. »Die Zeiten sind auch sehr üppig, wobei wir da nicht wissen, was er ausgeliefert hat, kann ja sein, dass das Verladen so lange gedauert hat. Aber die anderen Fahrer sind bis auf einmal immer ungefähr zur Feierabendzeit zu Hause, Michels ist in den sieben Wochen vor der Tat fünfmal weit nach Feierabend wiedergekommen.«

»Er hatte natürlich auch die weitesten Fahrten.« Ernst hält ihm die Liste hin.

»Gut, könnte ’ne Erklärung sein.«

»Vielleicht ist er ein Arschkriecher und macht alles, was

Cheffe sagt.« Sonja. »Oder er ist unglücklich verheiratet und flüchtet in die Arbeit.«

»Der Chef sagte ja auch was von bester Mann und so. Ich finde, das alles klingt zumindest danach, dass wir uns den sehr genau ansehen müssen. Vielleicht erreichen wir den Müller noch in der Firma und können die Dinge abklären, zum Beispiel die genauen Adressen der belieferten Firmen. Dem ist daran gelegen, dass der Rest seiner Leute von Michels Vorstrafe nichts erfährt, und er wird bestimmt kooperativ sein. Fragt ihn, an welche Adressen Michels am 19. genau geliefert hat, und wenn er das sagen kann, könnten wir die Strecke von der Firma aus ja mal abfahren. Dann wissen wir genau, wie viel Kilometer übrig sind. Macht ihr das?«

»Geht schon klar, ich mache das.« Mark greift sich die Liste, noch ein ernster Blick von Sonja. Konkurrenz? Der macht auf sehr eifrig.

»Ach!« Sie bleiben stehen. »Könnt ihr grad Ulla und Atze auf den neuesten Stand bringen?«

»Bin schon unterwegs.« Sonja, eilig.

Sie gehen.

Wo waren wir? Subjektiver Befund. Der Kaffee müsste langsam durch sein.

In der Ecke wird immer noch diskutiert, alle mit Kaffeebechern in der Hand. Zwei Nachbarn haben was gehört. Die Kontrollleuchte der Kaffeemaschine glimmt einsam, die Kanne steht daneben. Schütteln, fühlt sich leer an.

»Ist leer, Konni, musst dir welchen kochen.« VG, nimmt nebenbei einen Schluck, gelbe Tasse mit Polizeistern »Wir sind für Sie da!«

»Es gibt Augenblicke, da kann ich unsere Täter durchaus verstehen, durchaus.«

VG glotzt fragend.

16 Uhr 07

Der Sprecher leiert die Verkehrshinweise runter, irgendwo ein brennender Lkw, jetzt nicht. Im Westen zwischen schwarzgrauen Wolkenfudern ein leuchtender Spalt wie glühende Stahlwolle. Die Sonne. Tatsächlich die Sonne, dass es die noch gibt. Abendrot Gut-Wetter-Bot', vielleicht stimmt's ja mal. Der Riss klafft weiter auf, zu hell zum Hinsehen, einmal kurz die Augen zu, ah. Mühelose kleine Erleichterung, der Schlaf hängt augenblicklich seine Gewichte ans Bewusstsein. Von unten dumpf eine Straßenbahn, Hupen, auf dem Flur wird gerufen, wie aus einer anderen Milchstraße.

Ayse hinter dem Tresen, ist beschäftigt, zwischendurch Blicke, längere Blicke mit kleinen Botschaften. Sie bedient die Gäste, bewegt sich im Raum, schwerelose Freundlichkeit. Immer wieder ganz dicht vorbei, ignoriert demonstrativ, beim Zurückkommen mit dem Zeigefinger wie zufällig über den Unterarm. Gänsehaut.

Weiter die Akte. Vorher kurz die E-Mails checken, nichts Neues dabei. Die Zeugenaussagen später mal lesen, Obduktionsbericht interessiert jetzt auch nicht, Vernehmung wie gehabt, hat nichts gesagt.

Vermerk 10.07.84

Der Beschuldigte

Bernd Michels, 30.07.66 in Kaiserslautern,

machte bei den bisherigen Vernehmungsversuchen einen verwirrten und unkonzentrierten Eindruck, was sich auch in seinen Angaben zur Person widerspiegelt.

Amtlich konnte bisher Folgendes in Erfahrung gebracht werden:

Der Beschuldigte ist als uneheliches Kind der Näherin Gertrud Michels, 14.03.39 in Augsburg,

zur Welt gekommen. Der Vater ist unbekannt.

Ayse durchs Fenster, fühlt sich unbeobachtet, serviert, die Haut auf der Stirn glänzt.

Das Kind wurde von der Mutter allein aufgezogen und unternahm mit ihr, soweit nachvollziehbar, mehrere Wohnungswechsel, beide wohnten aber seit 1975 in Nürnberg. Von 1975 bis 1981 bei der Mutter, nach deren Tod wurde der Beschuldigte in eine betreute Wohngruppe des Jugendamtes Nürnberg übergesiedelt, da keinerlei verwandtschaftlich relevanten Personen existierten.

Ayse beim Gläserspülen, das Wasser klebt die Härchen an ihren Unterarm.

Der Beschuldigte war bis zum Tod der Mutter auf dem Elsa-Brandström-Gymnasium ein Schüler mit weit überdurchschnittlichen Leistungen. Nach dem Tod der Mutter und den damit verbundenen psychischen Belastungen brach die schulische Leistung eklatant ein, so daß der Schüler nach einer Wiederholung des Schuljahres die Schule verlassen mußte.

Ayse lächelt, auf ihrer rechten Wange für einen Augenblick ein flaches Grübchen.

Darüber hinaus war der Beschuldigte ein talentierter Sportler, der in mehreren Disziplinen in der Leichtathletik an Landesmeisterschaften teilnahm. Auch diese sportliche Betätigung unterbrach er nach dem Tod der Mutter für einige Monate. Anfang 1983 begann er unter der Leitung des späteren Opfers
Franz Xaver Huber, 11.01.21 Augsburg,
wieder zu trainieren.

Ayse, das Rosa unter ihren Nägeln.

Der Beschuldigte hat im Jahre 1983 seinen Realschulabschluß gemacht und bei der Firma
Grabenkamp und Söhne
eine kaufmännische Lehre begonnen.
Nach Angaben des leitenden Sozialarbeiters der Wohngruppe, Michael Grube, war der Beschuldigte introvertiert und teilweise zurückgezogen, aber grundsätzlich in seinem Verhalten unauffällig. Er habe in Gesprächen seine Vergangenheit kaum thematisiert, lediglich die häufig wechselnden Beziehungen der Mutter hätten ihn gestört. Mit einzelnen Partnern habe es auch Reibereien gegeben, besonders dann, so die Einschätzung des Grube, wenn diese

Personen sich als strenger Vaterersatz gesehen hätten. Hinweise auf ein Aggressionspotential, welches zur Verletzung oder Tötung eines anderen Menschen hätte führen können, habe es zu keiner Zeit gegeben.

Goldbeck, KHK

Die Augenlider führen ein Eigenleben. Nicht schon wieder Kaffee, lieber mal aufstehen.

Der Parkplatz ist nur halb gefüllt, die meisten im Spaziergängertempo unterwegs. Die Straßenlaternen sind schon an, ein Mercedes fährt los ohne Licht, biegt in die Straße ein. Der Himmel wie aus Elefantenhaut, die Häuserdächer grenzen sich noch deutlich ab.

Der Sonnenspalt in den Wolken ist verschwunden.

Die Tür geht auf, Ulla bleibt halb draußen, aus irgendeinem Radio peitscht Manni Breuckmann eine Torraumszene über den Flur. Ach ja, Bundesliga. Spielen heute zu Hause.

»Bei dir ist es ja schön ruhig.« Sie kommt ganz rein, setzt sich vor den Schreibtisch, steckt sich eine an.

»Rauchen in einem Nichtraucherzimmer?«

»Stell dich nicht so an, jahrelang gequalmt und jetzt solche Sprüche.« Ist ja gut, war nicht ernst gemeint. »Wollte dir eigentlich nur zwei Dinge sagen. Erstens machen wir ab morgen nur eine Besprechung am Tag, und zwar morgens um neun. Das ist viel sinnvoller, dann haben die Teams abends nicht immer den Druck, pünktlich reinzukommen.«

»Hab ich bei der MK Laster auch schon gemacht. Wenn es nötig ist, kann man außer der Reihe immer noch eine ansetzen.«

»Zweitens hat mich vorhin Oliver angerufen, der ist morgen hier bei seinen Eltern zum Wochenendbesuch und will gegen Mittag vorbeikommen.«

»Was will er?«

»Ich hatte ihn doch vor ein paar Tagen angerufen, weil ich wegen des Mehrfachtäters ein paar Fragen hatte. Er bat mich dann, ihm eine Kopie der Akte Container zu schicken, hab ich auch gemacht. Er sagt, er hätte sich die mal angesehen und vielleicht ein paar wichtige Informationen für uns. War noch nicht ganz fertig mit seiner Recherche, als er mich anrief, meinte aber, wenn er schon mal hier wäre, könnte er die Gelegenheit nutzen. Kriegst du es hin, mit dabei zu sein?« Wird kein Problem sein.

Sie bleibt sitzen, bläst eine waagerechte Rauchfontäne ins Zimmer, spielt damit. Kein Wort, ihr Blick ist weit weg.

»Ist mal ganz schön, die Ruhe, wenn man den ganzen Tag Leute um sich hat, nicht?«

Sie nickt mit einem Lächeln. »Und Atze ist auch nicht grad ein Quell der Ruhe.« Für einen Moment ganz klein, ganz schwach, ganz hilflos. »Was macht unser Buchhalter?«

»Wir sind dran. Ich bin dabei, mir die Akten anzusehen, und bei den Unterlagen aus der Firma, speziell beim Fahrtenbuch, gibt es auf den ersten Blick ein paar Unregelmäßigkeiten.«

»Was ist mit Dienstag?«

»Da kann er zumindest nicht mit dem Fahrzeug unterwegs gewesen sein, jedenfalls nicht laut Fahrtenbuch. Aber er muss die Leichen ja nicht immer mit derselben Karre wegbringen. Vielleicht grad so, wie es sich anbietet.«

»Wann gehen wir an ihn ran?«

»Lass uns noch einen Tag Zeit, da läuft uns nichts weg. Ein bisschen mehr Hintergrund brauchen wir.«

»Ich muss wieder«, drückt die Kippe in der Untertasse aus, steht auf, »um sechs muss der Pressebericht für die Sonntagszeitung fertig sein.«

»Ach, Ulla. Ich hab das eben mit Thorsten mitbekommen, was ist denn los?«

»Wusstest du das nicht? Seine Frau hat Krebs.«

»Krebs?« Siele. »Ist es ernst?«

»Ich glaube, die schlimmste Phase hat sie hinter sich.« Sie zieht die Augenbrauen nach oben. »Ich meine, sie ist schon in der Reha. Darum ist er jetzt auch weg, will sie besuchen.«

Siele, fast vergessen. Sieht nicht gut aus, hat Frau Gierth gesagt, müsste man eigentlich vorbeischauen.

Sie geht, die Rauchschwaden beruhigen sich langsam.

Aus der Untertasse kräuselt sich ein dünner Faden. Die ist noch an. Unverhoffte Gelegenheit wie mit vierzehn. Geradebiegen, vorsichtig, nicht einreißen. Zwei schnelle Züge, sie kommt wieder in Gang, noch ein Zug, die Glut frisst sich einseitig Richtung Filter. Inhalieren, ah, gütiges Gift. Kurz vorm Filter, da sitzt der Krebs schon etwas dichter. Siele.

Return, der Bildschirmschoner verschwindet, Einwohnermeldeamt. Siele, Hans, er braucht einen Augenblick. Hans Siele, es gibt nur einen, 22 geboren, am Feld 28.

Was ist denn heute noch zu machen? Die Tatortspuren, zwei Ermittlungsersuchen, eine Bitte um Vernehmung mit Fragenkatalog. Das klappt noch. Dann zu Ernst in das Haus. Vorher einen kleinen Abstecher zu Siele, wer weiß, wie lange das noch möglich ist.

Nimmt man da was mit? Traubensaft? Wenn einer im Sterben liegt?

Kein Traubensaft.

18 Uhr 13

Der Riegel am Gartentor ist kaputt. Spärlicher Regen, auf dem Gartenteich vereinzelte Kreise, verlieren sich in der Uferbepflanzung. Zwischen den Waschbetonplatten auf dem Weg moosige Fugen, der Rasen legt seine braunen Teppichfransen über den Rand. Fünf Stufen. Georg und Hans Siele, Messingschild. Die Schelle klingt wie eine Fahrradklingel, es dauert ein paar Augenblicke, hinter dem Milchglas Bewegung, die Tür öffnet sich einen Spalt.

»Ja bitte?« Mit versteckter Erschöpfung. Das Gesicht hat sich kaum verändert.

»Guten Abend, Herr Siele, mein Name ist Konstantin Kirchenberg, ich wollte zu Ihrem Bruder.«

Eine Ahnung gleitet über seine Züge, verhindert weitere Ablehnung.

»Dem geht es nicht gut.«

»Ich weiß, deshalb bin ich hier. Wir, Ihr Bruder und ich, haben mal im selben Haus gewohnt, da sind wir zwei uns seinerzeit auch einmal begegnet.«

»Ich erinnere mich.« Seine Freundlichkeit wird aufrichtig. »Sie sind der Polizist. Mein Bruder hat öfter von Ihnen gesprochen.« Er öffnet die Tür weiter, einladende Bewegung. Wohnungsgeruch im Flur, er geht vor, die Tür zum Wohnzimmer mit Facettenscheiben.

Siele sitzt im Stuhl vor dem Fenster, die Beine hochgelegt, ein Kissen im Rücken. Seine bleiche Müdigkeit verwandelt sich in Erkennen, freudiger Blick aus hohlen Augen. Er richtet seinen Oberkörper auf, versucht, nicht sterbend auszusehen, ohne Erfolg. Er nimmt die Hand, hält sie lange fest, kein Wort, auf seinem Gesicht kämpft sich ein schwaches Leuchten durch.

»Das freut mich aber sehr.« Seine Stimme hat fast noch die alte Kraft.

»Ich hatte von Frau Gierth gehört, dass Sie krank sind, und dachte mir, ein Besuch wäre vielleicht ganz schön.«

»Eine sehr gute Idee. Und wie geht es Ihnen, mein Lieber?«

»Mir geht es wie immer, ich will nicht klagen.«

Er versucht ein Lächeln. Der Bruder kommt aus der Küche, eine Kaffeekanne in der Hand.

»Darf ich Ihnen einen Kaffee anbieten, ist grad welcher fertig.«

»Sehr gern. Gehört für Polizisten ja fast zu den Grundnahrungsmitteln.«

Er gießt ein, stellt die Milch daneben, die beiden wechseln einen brüderlichen Blick. Der Kaffee ist stark und gut, Siele lehnt den Kopf an die Rückenlehne, selbstverständliche Stille füllt den Raum, nur das Klappern des Bruders in der Küche.

»Wie geht es Ihnen?« Originelle Frage.

Er lässt sich etwas Zeit. »Nun, ich denke, ich werde bald sterben.« Ohne jede Verzweiflung. »Sie werden sicherlich denken: Das müssen wir doch alle! Richtig. Nur ist der Tod bei mir mittlerweile so nah, dass ich mich wenden kann, wie ich will, ich muss ihm in die Augen sehen.«

Als gösse jemand Eiswasser in den Nacken. Was sagt man denn darauf?

»Hilft Ihnen Ihr Glaube dabei, so als ausgebildeter Pastor?«

Er wendet den Kopf, denkt nach, sieht wieder her. »Ja, mein Glaube hilft mir dabei.« Väterlicher Blick. »Für Sie sicherlich schwer vorstellbar, nicht wahr?«

»Ich sehe, Sie erinnern sich an unsere Gespräche... Nein, vorstellen kann ich mir so etwas gut, und ich hätte selbst auch eine Sehnsucht danach, aber ich habe so viele Fragen.«

»Oh, Fragen, die habe ich auch, bis heute, auch nach all diesen Jahren.«

»Aber wohl andere als ich. Sehen Sie, manchmal kommt es mir schon vor wie Herr-der-Ringe mit Realitätsanspruch. Da gibt es andere Welten, es geht um Gut und Böse, und es gab mal einen Zauberer, der Fische vermehren und übers Wasser gehen konnte.« Zwischen dem Kaffee und unserem auf der Dienststelle liegen Milchstraßen. »Und die Sache mit dem Tod am Kreuz habe ich nie verstanden.«

»Schon möglich, dass ich andere Fragen habe«, seine Stimme klingt wie früher, er spricht nur langsamer. »Aber diese Fragen hatte ich mein ganzes Leben. Ich habe oft gekämpft, und vielleicht hat es nie aufgehört.«

Er versucht, seine Sitzposition zu korrigieren. Einmal helfen. Mit der Rechten fasst er den Unterarm, seine Schulter fühlt sich knöchern an. Er nickt zufrieden, bedankt sich.

»Ich war immer kritisch und habe viele Diskussionen geführt, glauben Sie mir, und ich kenne natürlich all die Argumente. Eine kreative Intelligenz, Überlebenskonstrukt ängstlicher Individuen...« Er winkt ab. »Ich bin natürlich auch ein Kind des zwanzigsten Jahrhunderts. Ich weiß nicht, wie er aussieht da oben. Könnte ich ihn überhaupt wahrnehmen in seiner jetzigen Form? Überhaupt, da oben?« Langer Blick, eine Ruhe erfasst ihn. »Aber ich spüre etwas anderes, ich spüre, dass es mich trägt, dass es wirklich etwas Erlösendes hat.«

Der Bruder kommt, hält die Kanne hoch, nein danke.

»Vielleicht, lieber Herr Kirchenberg, beginnt das ewige Leben in dem Augenblick, in dem wir anfangen, daran zu glauben.« Er sitzt da, wie gerade aufgewacht, seine Gedanken sind irgendwo anders. Glücklicher alter Mann.

»Vielleicht komme ich eines Tages auch noch mal dahin.«

»Ich wünsche es Ihnen von Herzen.« Er schließt die Augen, lässt sie eine Weile geschlossen. Das Ganze strengt ihn doch ganz schön an. Aufstehen.

»Ich geh dann mal, die Arbeit ruft.«

Er schlägt die Augen wieder auf. »Das ist meinetwegen nicht nötig, Herr Kirchenberg, ich brauche zwischendurch nur öfter eine kleine Pause.«

»Nein, das ist es auch nicht, ich muss wirklich wieder zur Dienststelle. Es ist halt wie immer, 'ne Menge zu tun.«

»Es war wunderbar, Sie wiederzusehen, und es war wunderbar, mal wieder ein Gespräch zu führen, wie wir so einige hatten.« Er fasst mit beiden Händen zu, hält fest.

»Es wird nicht unser letztes bleiben, Herr Siele, ich komme wieder, bestimmt.« Er drückt noch einmal mit matter Kraft. »Ich wünsche Ihnen noch einen guten Tag.«

»Gute Tage.« Er seufzt einmal tief. »Wissen Sie, Herr Kirchenberg, trotz alledem, worüber wir eben gesprochen haben. Das Schönste an den Tagen ist doch immer, dass es einen nächsten gibt.«

Leichtes Vakuum in der Magengegend, Gänsehaut. Er sagt es fast zufrieden. Ist das Glauben?

… Herr Michels ist für mich eines von vielen Beispielen, dass Gott Menschen errettet und Leben heilt …

»Erlauben Sie mir noch eine Frage, Herr Siele, so quasi an einen Sachverständigen. Kann der Glaube einen Menschen verändern? Ich meine, so richtig verändern, völlig, von Grund auf?«

Er wendet den Blick, sieht aus dem Fenster, kommt zurück.

»Ich werde darüber nachdenken.« Kleine Pause. »Alter Freund.« Das Letzte doch mit Überwindung.

Der Bruder kommt mit zur Tür, legt die Hand auf die Schulter.

»Danke, Herr Kirchenberg, für den Besuch …« Er will noch etwas sagen, lässt es.

»Ich werde wiederkommen, versprochen. Hier ist meine Karte, da ist auch meine Handynummer drauf, falls …«

Er nickt mit geschlossenen Augen, alles klar.

Im Gartenteich das Bild der Straßenlaternen, die Wasserfläche wie ein Spiegel.

20 Uhr 23

Mit Kondom. Warum will sie plötzlich wieder mit Kondom, nach zehn Jahren Ehe? Weil sie ihn schützen will? Die Liebe ist weg, aber ein Rest Verantwortungsgefühl ist noch da? Wobei sie nicht abweisend ist, hat Bruno gesagt, eher traurig, bedrückt. War schon immer komisch, Doris.

Ein Opel blinkt, will links rüber. Na, komm rein!

Und in den letzten sechs Wochen zweimal nach Holland,

für zwei Tage. Mit der besten Freundin, aber das heißt ja nun gar nichts. Seelenverwandte, die würden wahrscheinlich lügen wie ein Gebrauchtwagenhändler, wenn es drauf ankommt. Vielleicht hat sie sich in Holland mit irgendwem getroffen, und die Freundin ist aus Solidarität mitgefahren. Möglich. Ist eigentlich immer nett im Umgang, ist nichts gegen zu sagen. Aber trauen, so richtig über den Weg trauen? Ne.

Der Opel zieht wieder nach rechts. Überholen, am Steuer eine schwarzhaarige Schönheit, kurz auf gleicher Höhe bleiben. Sie sieht rüber, noch ein Blick, ein scheinbar verstecktes Lächeln. Wahrscheinlich verheiratet, Papa sitzt zu Hause, und Mama baggert beim Autofahren Kerle an.

Die Sache mit dem Kondom ist unerklärlich.

Meiers Busch. Auf der Straße Schweller, blitzblanke Vorgärten, überall weiße Zaunelemente. Nach der Wiese die Zufahrt zum Sportplatz, das kleine Wäldchen, Nummer 47. Liegt wirklich abgelegen hier, und man kommt auch von der anderen Seite ran, vermeidet so die Siedlung. Die Dienstautos stehen vor dem Haus, der Transit vom ED rückwärts in der Einfahrt. Im Rückspiegel ein Fiesta, bleibt dicht dran. Die Straßenlaternen spiegeln sich in der Scheibe, das Gesicht ist nicht zu sehen. Rechts ran, parken, er fährt dicht auf, macht den Motor aus, Tür auf. Im gelben Schein der Innenbeleuchtung das Gesicht von Gärtner vom Kurier. Aussteigen.

»Herr Gärtner, jetzt erst vor Ort. Das hat heute aber lange gedauert.«

»Nur weiter so, Herr Kriminalhauptkommissar«, schelmisches Grinsen mit gesenktem Kopf. »Sie werden schon sehen, was Sie davon haben.« Er schultert seine Tasche, kommt, kräftiger Händedruck. »Ich glaube, ich bin sogar der Erste, ist noch nichts durchgesickert. Können Sie schon was sagen? Ist es das Opfer vom Weidengrund?«

»Tut mir leid, ich kann Ihnen gar nichts sagen, sehen Sie ja, bin auch grad gekommen.«

»Hab ich mir schon gedacht. Gibt es morgen eine Pressemitteilung?«

»Ich nehme es an.«

»Dann wollen wir mal sehen, was uns die Nachbarn zu erzählen haben.« Er stiefelt los.

Der Kies in der Garageneinfahrt knirscht, geschwungene Treppe zum Eingang. Ganz schön großer Kasten, nicht gerade sozialer Wohnungsbau. Die Tür ist verschlossen, kurz klopfen, Beckmann öffnet. Weißer Overall, Haube, Schuhüberzieher, kompletter Dienstanzug. Aus einem der Räume monoton Ernsts Stimme, er brabbelt eine Beschreibung herunter.

»Zieh dir bitte was über, auch die Schuhe. Hier rechts ist die Küche«, er geht vor, »den Raum nehmen wir als Schleuse.« Er reicht eine Plastiktüte mit Anzug und Überziehern.

»Wie viel Räume habt ihr schon?«

»Knapp die Hälfte, ist ziemlich aufwendig.«

Ernst erscheint im Türrahmen, das Diktiergerät auf das Schreibbrett geklemmt, macht nebenbei Skizzen. Er hilft beim Anziehen, fasst hinten an den Kragen, zieht ihn zurecht. Beckmann geht.

»Ist er hier getötet worden?«

»Schwer zu sagen, gefunden haben wir bisher nichts. Er

hat nicht geblutet, oder kaum, das ist schon mal Scheiße. Die waren zwar in allen Räumen, haben auch fast alles durchsucht, aber sehr zurückhaltend. Ist auch mit Sicherheit was gestohlen worden. Der Mann war ein Sammelfetischist, komm mal mit.«

Er geht vor die Treppe hoch. Offene Konstruktion, kunstvoll geschmiedetes Geländer. An den Wänden Bilder mit schicken Rahmen, sehen aus wie Originale. Das Metall des Geländers fühlt sich durch die Latexhandschuhe kühler an, als es ist. Oben scharf rechts die erste Tür. Großer Raum, sehr großer Raum, an allen vier Wänden Regalbretter. In der Mitte ein Tisch mit Schreibkram und Schere, darüber eine Lampe. An einer Kette hängt von der Decke ein Sitzkorb.

»Kuck dir das mal an, das sind alles Comics.« Er geht zu einem Regal, zieht ein Heftchen raus, nicht größer als ein Fünfzig-Euro-Schein. »Kennst du die noch? Gab's mal ganz früher, ich kann mich noch grad dran erinnern, diese kleinen Dinger.«

Falk, Ritter ohne Furcht und Tadel.

Er steckt es zurück, greift ein Brett höher.

Sigurd, der ritterliche Held.

»'ne ganze Menge ritterliches Zeug.«

»Nur auf dieser Seite.« Er zeigt mit dem Daumen über die Schulter. Gegenüber in den Regalen bis unter die Decke glänzende Buchrücken, unterschiedlich hoch.

»Sehen aus wie Bildbände.«

»Sind es auch, thematisch etwas einseitig.« Grinsen.

Tatsächlich. Aktbände, das sind alles Aktbände. Lee Friedlander, Nudes. Man Ray, Nudes.

»Nur hochwertige Bücher, zum Teil richtige Raritäten, hat

uns die Schwester gesagt. Etliche sind sogar signiert und gewidmet.«

»An nackten Weibern war der Täter jedenfalls nicht interessiert. Was ist denn weg?«

»Genau können wir's noch nicht sagen, morgen mal mit Schwester und Putzfrau durch die Räume gehen. Aus diesen Schränken ist aber mit Sicherheit was weg.«

Er geht vor in den Raum gegenüber, an der Wand zwei Stahlschränke, aufgehebelt, darin lackierte Kästen und Alben.

»Hier waren Münzen drin. Davon haben sie in jedem Fall was mitgenommen, mit den Briefmarken konnten sie nichts anfangen.«

»Einfach aufgehebelt.«

»Wenn man sich nicht in Acht nehmen muss, mit 'nem Kuhfuß kein Problem. Das Beste ist aber hier…« Er geht, bleibt plötzlich stehen. »Wo würdest du einen Safe am wenigsten erwarten?«

Keine Ahnung. »Auf dem Lokus?«

»Fast richtig.« Er geht weiter, will ins Badezimmer. Binz kniet auf den Fliesen, fegt was zusammen, protestiert zurückhaltend.

»Nur ganz kurz, Uwe. Also, du hast drei Chancen.«

Ziemlich groß für ein Badezimmer. Weiße Fliesen mit schwarzen Inseln dazwischen.

»Hinterm Spiegel.«

Ernst schüttelt den Kopf, Binz grient.

»In der Dusche.« Auch nicht.

»Scheiße, Ernst, weiß ich nicht. Muss man in der Schüssel auf einen bestimmten Punkt pinkeln und dann öffnet sich der Boden, oder was?«

»Bisschen ungeduldig heute, wie?« Er schließt die Tür, dahinter ein zwei Meter hoher Handtuchhalter als Heizung. Er entriegelt was an der Aufhängung, das Ding lässt sich zur Seite klappen. Direkt dahinter ein Quadrat aus vier schwarzen Fliesen, Ernst drückt an einer Stelle, schiebt sie zu Seite.

»Wirklich schlau, oder? Haben sie auch nicht gefunden.«

»Was ist drin?«

»Keine Ahnung. Die Schwester wusste wohl, wo er war, kennt aber nicht den Code. Wir haben mit der Firma Kontakt aufgenommen, sehr wahrscheinlich kommt Montag jemand raus.« Er verschließt es wieder, geht vor in den Flur.

»Wie wollen wir jetzt weiter vorgehen, soll ich einen Teil übernehmen?«

Er umfasst sein Kinn mit der Hand, sieht von rechts nach links. »Hier bin ich eigentlich mittendrin. Wenn du willst, kannst du den Keller machen.«

»Okay. Wart ihr schon unten?«

Binz reagiert auf die Lautstärke, sein Kopf erscheint in der Tür. »Nur kurz, auf den ersten Blick sind nur zwei Räume wirklich interessant.«

»Ich geh schon mal runter.«

Sein Kopf verschwindet wieder. Die Tasche steht in der Küche. Klemmbrett, Memocord, Stift.

Der Magen knurrt, hätte was essen sollen.

SONNTAG

08 Uhr 01

Das pulsierende Fiepen geht über in verhaltenes MG-Feuer. Aus. Stille. Ganz leise aus einer Wohnung Musik, die Melodie ist nicht zu erkennen, den Bässen nach könnten es Schlager sein. Die Digitalanzeige zeigt 08.03. Fünf Stunden, immerhin. Die Beine gehorchen mit Verzögerung, Jalousien hoch, es wird kaum heller. Der Himmel wie Milch und Wasser, die Blätter hängen bewegungslos an der Esche. Wenigstens regnet's nicht.

Im Spiegel das Übliche, die Tränensäcke etwas üppiger. Haare waschen wäre auch mal wieder dran. Heute Abend vielleicht, jetzt keinen Bock auf Fönen. Der Strahl trifft die Keramik zwei Finger breit hinter dem Wasserspiegel. Ist wirklich eine Kunst, so zu pissen, dass es möglichst wenig spritzt. Ob das schon mal einer wissenschaftlich untersucht hat, so als Thema für 'ne Doktorarbeit? Über die Positionierung des Strahls beim Urinieren aus größerer Höhe oder so.

In der Kaffeedose eine letzte Prise, das reicht nicht. Scheiße, gestern vergessen. Dann eben auf der Dienststelle.

War leider schon zu spät für Ayse. Kein Wunder, halb drei. Aber heute, irgendwie dazwischenkriegen, unbedingt.

Außergewöhnlicher Tatort gestern. Sammeln bis in den Tod, alles oder besser alles, was einen gewissen Wert hat. Acht Meter Aktfotografie direkt neben den Comics. Von der Kinderseele mitten in die Pubertät. Hätten wir mit vierzehn wer weiß was für gegeben, solche Wichsvorlagen, traumhaft. Man musste sich immer mühsam Praline besorgen. Sexualbräuche der Naturvölker hieß das, halbwissenschaftlich verbrämtes Aufgeilgeschreibsel, ging einem damals schon beim Lesen einer ab. Klaus Gerbers Onkel, der gab ihm die immer, hatte ein Herz für die ängstlichen Sehnsüchte von Jungens mit Pickeln und fünf kräftigeren Haaren auf der Oberlippe. Manchmal gab's sogar St.-Pauli-Nachrichten, das war'n richtige Feiertage damals. Wundgerieben, die Wurzel. Harte Zeiten.

Umgebracht worden ist der da nicht, sieht nicht danach aus. Aber vielleicht findet der Hund heute noch was, würd mich aber wundern. Dezent vorgegangen ist der, fast vorsichtig, ist ungewöhnlich. Spricht dafür, dass es nur einer war, mehrere haben sich da weniger unter Kontrolle. Spricht für Michels. Fast alles durchsucht, aber kaum Unordnung, nichts zerstört. Kein Vandalismus, nicht rumgesaut und nur das Zeug mitgenommen, das schwer zu identifizieren und leicht zu Geld zu machen ist. Münzen, vielleicht den Schmuck, auf jeden Fall Bares, wenn was da war. Aber das meiste liegt wahrscheinlich im Safe. Wenn's gut läuft, kommt morgen früh schon der von der Firma.

Acht Uhr einundzwanzig, wird Zeit.

Die nächste 719 fährt um fünfzig, Sonntag. Bedeckter Himmel, aber einigermaßen trocken. Dann eben das Auto, heut gibt's auch Parkplätze.

09 Uhr 43

»Wieso heißt das eigentlich Doppelhaushälfte?« Ernst lehnt mit dem Hinterkopf an der Kopfstütze, geschlossene Augen.

»Häh?«

»Wieso heißt das Doppelhaushälfte? Wenn es ein Doppelhaus ist, sind es doch zwei Häuser, dann ist die Hälfte davon ein Haus. Warum dann Doppelhaushälfte?«

»Soll ich mal versuchen, mit meinen Händen zu zeigen, wie weit mir das am Arsch vorbeigeht?«

Sein müdes Lachen ist nur an zwei tonlosen Schnaufern zu erkennen.

»Was sollen wir überhaupt hier?«

»Ich will mir nur mal ansehen, wo er wohnt, einfach ein Bild machen.«

»Hinstellen können wir uns hier nirgendwo. Zwei Kerle im Auto am Sonntagmorgen, da hetzt dir der Bürger Aufmerksam gleich die Kollegen auf den Hals.«

Auf einem Brachstück zwischen den Häusern lässt ein Teenager eine Promenadenmischung kacken, Kapuze bis über die Nase gezogen. Bei dem Wetter schicken sie lieber die Kinder raus. Er steht neben dem Hund, als würde er noch schlafen.

»Bei dem Wetter pennen die noch alle um diese Zeit. Sonntag.«

»Es sei denn, man hat einen Hund.« Er zeigt nach rechts, das Kapuzengesicht schlafwandelt zurück.

Die älteren Häuser werden weniger, nach der Kreuzung beginnt Neues Feld, Nummer 77 ist noch ein Stück. Die

Bäume in den Vorgärten noch klein, an Pflöcken vertäut, die meisten Rabatten schon gemacht, nur noch wenige Lehmhügel. Da ist es. Zwei Eingänge, zwei Einfahrten, zwei Garagen, vor einer steht ein älterer Mondeo Kombi. Nicht zu langsam vorbeifahren. Die Tür geht auf, dunkelblond, groß, sportlich, er geht ans Heck des Kombi, verstaut eine Tasche. Das müsste er sein. Sieht jünger aus, auf den ersten Blick. Anhalten ist schlecht jetzt, langsam weiter, irgendwo drehen.

»Da ist ein Parkplatz.« Ernst zeigt nach vorn links. Kleiner Glasbau, blaues Firmenschild, vor dem Haus eine Reihe Kundenparkplätze. Blinker links, einmal zurücksetzen, Motor aus. Ist weit genug weg, trotzdem ganz gute Sicht. Am Auto ist niemand mehr, wohl reingegangen. Er kommt zurück, hat einen Korb in der Armbeuge, könnte das Kind sein. Er schnallt es auf dem Beifahrersitz fest, dauert eine Zeit, die Frau kommt dazu. Wesentlich kleiner, sie setzt sich nach hinten, das Gesicht ist auf die Entfernung nicht zu erkennen. Rückfahrscheinwerfer, Bremsleuchten, sie fahren los.

»Mal schauen, wo sie hinfahren.«

»Wo fährt man Sonntagmorgens schon hin?« Ernst schnallt sich wieder an. »Wahrscheinlich Eltern oder Schwiegereltern.«

»Schlecht möglich, er hat schon lange keine Eltern mehr, hatte ich dir noch nicht gesagt. Sein Vater ist unbekannt, und seine Mutter ist gestorben, als er vierzehn war. Schwiegereltern wohnen nebenan.«

Ernst brummt beim Nachdenken eine Melodie, faltet die Hände im Schoß.

»Wenn er unser Mann sein sollte, muss er aber einiges anstellen. Opfersuche, Ausführung, die Leiche beseitigen …

Alles nicht so einfach als junger Familienvater mit Schwiegereltern im Nebenhaus.«

»Schon richtig, aber an den anderen Fakten kommen wir nicht vorbei.«

Der Mondeo rollt langsam durch den Regen, kaum Verkehr, ganz günstig, großer Abstand.

»Soll auch nicht heißen, dass das nicht geht. Wir hatten mal in Berlin einen Vergewaltiger. Der ging mit seiner Frau immer früh zu Bett, gab ihr in den Nächten, wo er was vorhatte, im Wein eine Schlaftablette. Dann stand er noch vor Mitternacht auf und fuhr in die Nähe von Wohnblocks. Irgendwie hat er es immer geschafft, in die Parkgaragen zu kommen, lauerte da Frauen auf und vergewaltigte die ziemlich brutal in ihren Autos. Mutter hatte von allem keine Ahnung und hat Stein und Bein geschworen, dass er die Nacht bei ihr war.«

»Und nie überrascht worden.«

»Doch, aber dann hat er immer auf knutschendes Paar gemacht und hatte die ganze Zeit den Frauen ein Messer in die Scheide eingeführt. Das war 'n ziemlich gutes Argument für ein Stillhalteabkommen.«

»Und wie habt ihr ihn festgenommen?«

Er sieht rüber, zieht die Lider zusammen. »Eine hat nicht stillgehalten, als ihr Nachbar neben ihnen parkte.«

»Tot?«

»Knapp dran vorbei.«

Der Mondeo biegt auf die Hauptstraße ein, der Verkehr nimmt zu, etwas näher ran. Ernst hat die Augen geschlossen, der Kopf reagiert haltlos auf jede Lenkbewegung.

»Bisschen wenig geschlafen, letzte Nacht? Geh doch einfach mal früher ins Bett.«

Er zuckt kurz mit einem Mundwinkel. »Erst mal Kaffee trinken gleich und was essen. Noch gar nichts gehabt heute.«

Der Mondeo blinkt, fährt rechts ab, dranbleiben. Zickzackkurs durch kleine Straßen, er setzt den Blinker, fährt rechts in eine Hofeinfahrt, verschwindet. Im ersten Stock größere Fenster, eine aufgehende Sonne aus Messing an der Fassade. Freikirchliche Christusgemeinde, in silbernen Buchstaben auf dem Aushangkasten neben dem Eingang.

»Gott, o Gott, Freikirche.« Ernst ist wieder wach.

»Das sind die ganz Frommen, nicht?«

Er nickt. »Die sind meistens absolut bibeltreu.«

»Scheiß auf den Neandertaler.«

Familie Michels kommt um die Ecke, er wieder mit dem Korb in der Armbeuge. Sie winkt zwei Frauen auf dem Bürgersteig zu, alle warten vor dem Eingang, herzliche Umarmung. Noch das übliche Anerkennungsritual fürs Kind, sie gehen rein.

»Eigenartiges Pärchen.« Ernst verzieht den Mund.

»Warum?«

»Na, durchaus erkennbares Attraktivitätsgefälle. Er wie aus dem Katalog und dann dieses Trockengesteck.«

»Noch nie was von Liebe gehört, Ernst?« Er stöhnt angestrengt. »Vielleicht hat's mit der Vorstrafe zu tun.«

»Für so was gibt es meistens nur einen Grund: Geld.«

»Mann, Mann, was hast du bloß für ein Menschenbild?«

»Komm, fahr ab! Um elf kommt der Leichenhund.«

Eine dicke BMW-Limousine fährt in den Hinterhof.

»Irgendwo beim Bäcker vorbei, oder brauchst du was Größeres?«

»Mir reicht eine Doppelbrötchenhälfte.«
Schon wieder mit geschlossenen Augen.

12 Uhr 04

Der Flur ist leer, Sonntag, auf dem Boden feuchte Fußabdrücke, Tropfen. Im MK-Raum nur VG und Altenkamp vor den Terminals, VG mit Blümchenkrawatte.

»Wo sind die anderen?«

»Wenn du die wichtigen Leute meinst, im Frühstücksraum, mit eurem Exkollegen, wollten ungestört sein.« VG, ohne vom Bildschirm aufzusehen. Frühstücksraum. Sie haben sich um den Tisch verteilt, Oliver steht, die anderen sitzen. Er kommt entgegen, lacht, fester Händedruck, mit der Linken auf die Schulter.

»Hallo, Konni, alter Lehrmeister, wie geht's?« Die Augen voll glaubhafter Freude, gegelte Haare, streng nach hinten, gestreifte Krawatte, Jackett. Donnerwetter, Oli ist aber auf der Leiter nach oben.

»Gut, und dir offensichtlich auch. Ist das Pflicht am LKA?« Einmal kurz am Krawattenknoten zupfen, er lässt es zu. »Bin ich zu spät?«

»Wir wollten grad anfangen.« Ulla, kurzärmeliges grünes T-Shirt, bei dem Wetter. Atze rührt in seiner Tasse. An den Türen des Hängeschrankes vier Fotos, DIN-A4, Querformat. Nackter alter Mann im Grünen, etwas Müll zu erkennen, keiner von unseren. Oliver geht ans Ende des Tisches, bleibt stehen, vor sich reichlich Papier.

»Also«, er sieht auf, letzte Unsicherheit kann er nicht vermeiden, »vorweg ein paar Dinge. Was ich euch erzählen will, ist keine richtige Fallanalyse, schon gar keine vergleichende, denn dazu brauchten wir einen Auftrag, viel mehr Zeit und würden das im Team machen. Als Ulla mich letzte Woche – Mittwoch?«, Ulla nickt, »anrief, fühlte ich aber doch eine Verbundenheit mit meiner alten Dienststelle und hab mich mal ein paar Tage reingekniet, mit dem Einverständnis meines Chefs. Ulla hatte mir ja die Kopie der Akte Container geschickt, und ich habe mal versucht, das in einen ViCLAS-Erhebungsbogen zu übertragen, einfach zur besseren Recherche. Wie gesagt, alles behelfsmäßig, nicht wie es eigentlich sein sollte. Mit diesen Daten habe ich mich mal auf die Suche gemacht.« Er nimmt sich einen seiner Stapel. »Und habe auch was gefunden, genauer gesagt zwei Fälle, die schon Ähnlichkeiten aufweisen. Die erste Tat«, er zeigt auf die Bilder am Schrank »vom 02.08.98, bearbeitende Dienststelle: Kripo Weiden in der Oberpfalz. Das Opfer war der leitende Beamte Adolf Benz, 20.04.41, zur Tatzeit also sechsundfünfzig. Er wurde nackt und gefesselt im Gebüsch auf einem Parkplatz an der A 93 gefunden. Benz wohnte in Weiden, lebte allein und war homosexuell, was bekannt war, aber kein wirkliches Thema, sagt jedenfalls einer der Berichte. Ist erstaunlich, weil der Mann auch lokalpolitisch aktiv war. Der Tatort ist unbekannt, es ist nicht die Wohnung des Opfers, die vom oder von den Tätern vermutlich nicht betreten wurde, es gibt auch keine DNA.«

Na, das kennen wir doch irgendwoher.

»Das Motiv ist unklar. Das Opfer hatte Kopfverletzungen, todesursächlich war jedoch vermutlich ein Würgen, beziehungsweise ein Verlegen der Atemwege. Es gab Würgemale, allerdings keinen Bruch des Zungenbeins. Das Opfer war Bartträger, wie ihr seht«, er geht zum Schrank, zeigt auf eines der Fotos, »darauf komme ich gleich noch mal zurück. Für eine sexuell motivierte Tat gibt es wenig bis kaum konkrete Hinweise, von den Dingen, die das Opfer zur Tatzeit bei sich hatte, also Kleidung, Papiere, Schmuck und eventuell Geld, fehlt jede Spur.«

Na, das kennen wir doch auch von irgendwoher.

Leichte Unruhe in der Runde, bejahendes Grummeln, Nicken.

»Donnerwetter, schon 'ne ganze Menge Übereinstimmungen.« Ulla mit weiten Augen.

»Ach ja, am Opfer waren nur die Fesseln, sonst nichts. Sämtliche Spuren, die sich an der Leiche befanden, könnten vom Auffindeort stammen.«

»Womit war er gefesselt?« Ernst, wie üblich mürrisch.

»Mit handelsüblichen Kabelbindern aus dem Baumarkt.« Wortlose Zustimmung.

»Bevor ich euch hierzu weitere Überlegungen erläutere, vielleicht der zweite Fall. Der ist aus 2001, 06.03. Opfer war der selbstständige Unternehmer Hans Werner Schmitz, zur Tatzeit einundsechzig Jahre alt.« Er geht zum Hängeschrank, klebt drei weitere Bilder unter die anderen. Nackter, alter Mann auf Müll. »Schmitz wurde in einer größeren Müllmulde auf dem Gelände einer stillgelegten Fabrik am Stadtrand von Leverkusen gefunden. Sachbearbeitende Dienststelle ist die Kripo Leverkusen. Er war zur Auffindezeit nackt und an den Händen und Füßen gefesselt, auch hier mit einem handelsüblichen Kabelbinder. Schmitz war verheiratet und hatte zur Tatzeit ...«

Helmut und der Staatsanwalt kommen rein.

»Tag, Oliver.« Blickkontakt für zwei Zehntelsekunden, er setzt sich, sieht in die Runde. Tom Nagel hebt lächelnd die Hand.

»Morgen, Helmut, Morgen, Tom«, tieferer Atemzug. »Also, Schmitz war verheiratet, hatte ich ja schon gesagt, und hatte zwei erwachsene Kinder, zwei Töchter. Er selbst hatte bis Ende der Achtziger ein eigenes großes Küchenstudio, das aber in Konkurs ging, danach war er freier Handelsvertreter, das heißt, er reiste herum und verkaufte Küchen, und das wohl sehr erfolgreich. Nach Aussagen seiner Frau ist bekannt, dass Schmitz immer relativ viel Bargeld bei sich hatte, aber auch hier fehlt von allem, was er bei sich getragen haben muss, jede Spur. Wie viel Kohle das genau war an dem Tag, konnte die Frau nicht sagen, mindestens aber tausend Euro. Außerdem hatte er eine sehr teure Uhr von Cartier. Das Auto, mit dem er am 04.03., also zwei Tage vor Auffinden, das Haus verlassen hatte, wurde drei Tage später in einem Parkhaus in der Leverkusener Innenstadt gefunden, der Schlüssel ist, wie alles andere, bis heute verschwunden.«

»Todesursache?«

»Kommt.« Er blättert. »Todesursache war auch hier vermutlich Erwürgen, weitere Auffälligkeit ist hier allerdings eine fast rechteckige Rötung um den Mundbereich beziehungsweise an den Nasenflügeln, was eine allergische Reaktion sein könnte, die möglicherweise auf Kleberbestandteile in einem Klebeband oder Pflaster zurückzuführen ist. Das war jedenfalls eine Erklärung der Obduzenten. Diese Auffälligkeit gab es bei unserem ersten Opfer, dem Bärtigen, nicht, aber vielleicht gibt es bei der sachbearbeitenden

Dienststelle ja eine Libimappe mit Porträtaufnahmen, da könnte man noch mal genauer nachsehen. Aber wenn das den Obduzenten schon nicht aufgefallen ist... In deren Bericht steht jedenfalls nichts. Ansonsten Würgemale am Hals, auch kein gebrochenes Zungenbein, und auch hier Wunden am Kopf und im Schulterbereich, die nicht todesursächlich waren, wohl aber zur Bewusstlosigkeit geführt haben dürften. Die Wunde an der Schulter stammt wie die Kopfwunde mit großer Wahrscheinlichkeit von einem Schlag mit einem stumpfen Gegenstand. Das Opfer muss also geblutet haben. Zwar nicht viel, es könnte dennoch Spuren gegeben haben.« Er geht wieder zu den Bildern, zeigt auf die Kopfwunde, nimmt nebenbei einen Schluck Kaffee. »Der Tatort ist auch hier unbekannt, die Motivlage ebenfalls nicht einfach. Das Opfer weist keine weiteren Verletzungen auf, die auf eine sexuell motivierte Tat schließen lassen, es gab jedoch eine Besonderheit. Alle an der Leiche vorgefundenen Spuren sind vermutlich wieder dem Umfeld des Fundortes zuzuordnen, bis auf drei Haare an der Handfessel, die definitiv nicht vom Opfer stammen und somit sehr wahrscheinlich Täterhaare sind.« Er hebt den Kopf, sieht Ullas Miene. »Kommt dir auch bekannt vor, nicht, Ulla? Die Haare sind jedoch länger als die an eurer Leiche und dunkelblond. Ja, und stammen natürlich von einem Mann.«

»Das ist doch unglaublich.« Helmut, kaum da, muss sich schon melden. »Wieso fällt so was nicht vorher auf bei unserem aufwendigen Meldewesen. Wir berichten uns doch täglich 'nen Wolf.«

»Erstens vermutlich wegen der Zeit, da liegen ja immer ein paar Jahre dazwischen. Oder könntest du dich heute noch an eine Meldung von einem Mord vor vier Jahren im Hunsrück erinnern?« Kleine, provozierende Fingerübung. »Und auch, weil es jeder anders schreibt und liest. Gibt es viele Beispiele für. Im süddeutschen Raum sowie Schweiz und Österreich gab es über Jahre eine Vergewaltigungsserie von fast zwanzig Taten mit gleicher Begehungsweise, drei Taten endeten tödlich, und das ist auch erst nach Jahren aufgefallen, mehr durch Zufall. Das ist halt der Vorteil einer solchen Datenbank, die nach festen Parametern arbeitet. Ist zwar aufwendig in der Eingabe, ich weiß, dass die Sachbearbeiter darüber schimpfen, hat aber Vorteile.«

»Und was sagt uns das jetzt über unseren Täter? Wir hätten da nämlich was anzubieten.«

»Ich weiß, Konni, hat Ulla mir eben schon gesagt, ihr habt zumindest einen Verdacht. Ich möchte aber erst noch mal bei den Taten bleiben, und zum Täter habe ich mir, ehrlich gesagt, noch gar nicht so viele Gedanken gemacht, so viel Zeit blieb kaum.« Kurzes Sammeln. »Wenn ihr das jetzt mit eurem Fall Container vergleicht, über den anderen hatte ich noch keine Unterlagen, so fallen natürlich einige Ähnlichkeiten auf, ich erspare mir mal Einzelheiten, die kennt ihr alle. Ich möchte eure Aufmerksamkeit lieber auf verschiedene Auswahlkriterien lenken. Bei den Opfern fällt auf, dass es sich um alte bis ältere Männer handelt, die körperlich in der Weise ähnlich sind, dass alle schlank waren, die beiden letzteren sogar als schmächtig bezeichnet werden können. Was die Lebensumstände angeht, gibt es erkennbare Unterschiede, ein Opfer lebte in einer normalen familiären Beziehung, die beiden anderen allein. Ebenso bei den sexuellen Ausrichtungen, da ist alles dabei. Über das letzte, also euer Opfer, ist nichts bekannt, das war allerdings auch der älteste von allen. Von den beiden anderen war einer offen homosexuell, der andere hetero. Wir wissen nichts über den Täter-Opferkontakt, und wir kennen auch nicht die Tatorte, auch das ist eine Gemeinsamkeit. Bei den Opfern hat unser Täter also schon eine feste Vorstellung. Da an den Leichen vor der Ablage massiv manipuliert wurde, in einem Obduktionsbericht wird angedeutet, dass die Leiche sogar gewaschen worden sein könnte, kommt eine Wohnung, vielleicht die Täterwohnung, als Tatort infrage. Ach so, Stichwort Täter-Opfer-Kontakt: Da hatten die Weidener, wenn ich das richtig interpretiert habe, lange Zeit zwei Leute aus der Schwulenszene am Haken, konnten denen aber nichts nachweisen.« Er macht eine Pause, kratzt sich am Hals und sucht in seinen Blättern.

»Und was machen wir jetzt mit all diesen Informationen?« Helmut, hör doch einfach mal zu.

»Zuerst müsste man versuchen zu rekonstruieren, wie die Tat oder hier die Taten abgelaufen sein könnten, also wie haben Täter und Opfer Kontakt aufgenommen, wo ist die Tat passiert, wann und wie ist es geschehen, möglichst genau. Erst dann kann man auch was zum möglichen Täter sagen. Zeitlich scheint unser Mann, wenn wir denn von einem Täter ausgehen, keiner Einschränkung zu unterliegen. Da wir die Tatorte auch nicht kennen, müssen wir unser Augenmerk hier stark auf die Opfer richten …«

Weiden, Leverkusen, das müsste einer machen, so schnell wie möglich.

»Wie lange bist du noch da, Oli? Vielleicht können wir ja gleich gemeinsam einen Happen essen, ich müsste grad was anstoßen.«

»Ich wollte am späten Nachmittag wieder nach Düsseldorf fahren, können wir machen.«

Im MK-Raum schreibt VG immer noch, Regina telefoniert. Das Handy: Telefonbuch: »S«, Sonja.

»Seeger.«

»Hier ist Konstantin, wo seid ihr?«

»Ich bin zu mir ins Büro gegangen, wollte den Bericht schreiben, hier in meiner Hundehütte hab ich etwas mehr Ruhe.«

Der Leichenhund. Scheiße. Viertel vor, noch nicht zu spät.

»Sind Mark und Sebastian schon wieder zurück?«

»Die sind doch erst gegen zehn losgefahren, 'n bisschen brauchen die schon noch.«

Ja, richtig.

»Tu mir, bitte, einen Gefallen. Ich muss mich grad um den Leichenhund für die Wohnung Neumann kümmern, hab ich völlig vergessen, sonst würde ich das selbst machen. Versuch mal rauszufinden, wo Michels gewohnt hat, bevor er hierhergezogen ist, vielleicht auch noch davor.«

»Heute ist Sonntag. Die Verwaltung, die dann arbeitet, muss aber noch erfunden werden.«

»Ich weiß, aber probier es mal über die Leitstellen oder K-Wachen, die müssten Zugriff haben.«

Kurzes Jawoll, auflegen.

Leitstelle.

»Leitstelle, Kaminski.«

»Kirchenberg, Mahlzeit. Der Kollege Reker müsste mit seinem Leichenhund heute im Bereich sein, kannst du den über Funk ansprechen, dass er sich hier meldet?«

Kurze Pause.

»Also, nach dem, was ich hier auf dem Bildschirm habe, müsste der unten auf der Wache sein. Hat sich jedenfalls noch nicht wieder angemeldet.«

Sie kommen aus dem Frühstücksraum, lautes Gestikulieren. Die Treppe, etwas Bewegung.

Auf der Wache ruhiger Verkehr, zwei junge Wachtmeister am Wachtisch, der Rest im Pausenraum. Größere Runde, Plastiktüten auf dem Tisch, Styroporteller, Cola. Im Hintergrund läuft VIVA ohne Ton.

»Guten Appetit, Leute, ich suche den Kollegen Reker.«

Reker meldet sich. Groß, hager, schütteres Haar. »Hab schon gewartet«, er steht auf, nimmt seine Jacke vom Stuhl, »weil ihr mich ansprechen wolltet, war jedenfalls meine Information.«

»Ja, tut mir leid, unser Mann ist schon seit 'ner guten Stunde am Tatort, ich hab's verpennt.«

Er nimmt es gelassen. »Wo ist es?«

»Meyers Busch 47, Einfamilienhaus, nicht zu verfehlen. Ansprechpartner ist der Kollege Funk.«

»Alles klar.« Mein Gott, hat der die Ruhe weg. Er nimmt den Schlüssel, geht.

Vorm Tresen ein älteres Ehepaar, die Katze ist seit vier Tagen weg.

Klar, Sonntag.

14 Uhr 06

Eine Inge-Meysel-Kopie nimmt mongolische Soße, ein satter Strahl über das rohe Fleisch. Sie reicht den Teller über die

Theke, schüttet alles auf die heiße Edelstahlfläche, wedelt mit Schieber und Messer wie Bruce Lee.

»Jedenfalls sind alle Opfer spätestens achtundvierzig Stunden, nachdem sie getötet wurden, abgelegt worden.« Oliver gabelt einen Rindfleischstreifen auf. »Er will sie also relativ schnell loswerden. Wie gesagt, ich habe mich mit dem Täter noch gar nicht richtig befasst, aber so ein paar Dinge kann man schon feststellen. Vermutlich habt ihr aber an vieles davon auch schon gedacht.«

Der Koch schaufelt alles auf einen neuen Teller, Inge Meysel bedankt sich.

»Wir haben unseren Mann erst seit vorgestern auf der Rechnung, darum wissen wir noch nicht viel von ihm, soll ich es dir trotzdem sagen, oder beeinflusst dich das zu sehr?«

»Eigentlich egal, Konni. Ich kann dir ja einfach mal erzählen, was mir so durch den Kopf geht.« Ein Stück Paprika, leicht verkohlt vom Braten. »Dass die Opfer sich ähneln, ist klar, aber eben nur auf Geschlecht und Äußerlichkeiten bezogen, bei der Lebenssituation hört es schon auf. Könnte also sein, dass der Täter-Opfer-Kontakt auf unterschiedliche Weise zustande kommt, vielleicht sucht er zufällige Gelegenheiten. Der Tatort könnte die Täterwohnung sein …«

»… in unserem Falle nicht.« Ulla, knabbert nebenbei an einem Krabbenbrot.

»Nein, das spräche nicht für euren, aber es muss ja nicht die Wohnung sein, in jedem Fall aber ein Ort, an dem er seine Ruhe hat.«

Ein Rentnerehepaar kommt, beide nehmen asiatische Soße, er noch einen Spritzer Soja hinterher.

»Was ich zum jetzigen Zeitpunkt echt schwierig finde, ist,

was über das Motiv zu sagen. Natürlich sind alle ziemlich auf die gleiche Weise getötet worden, aber warum? Ihr geht von einer Raubtat aus, die Leverkusener auch. Klar, es fehlt immer alles von den Opfern, aber wie viel Geld oder Wertsachen die wirklich bei sich hatten, wissen wir nicht. Beim vorletzten Opfer, dem alten Kunz, ist es sehr vage.« Ein kleines Maiskölbchen, mittig gestochen. »Eigentlich sind solche Serien oft sexuell motiviert, aber die machen meistens mehr mit den Opfern, oft sauen die richtig rum. Bei diesen hier ist ja selbst die Kraft beim Würgen noch kontrolliert.«

»Vielleicht will er sie gar nicht erwürgen, vielleicht macht er noch was anderes. Plastiktüte über den Schädel oder so, und dann langsam beim Verrecken zusehen. Habe ich vor zig Jahren mal gehabt, war eine meiner ersten MKs. Sind schließlich alle gefesselt.«

Das Hühnerfleisch ist zart, hätte auch mongolische Soße nehmen sollen.

»Könnte schon sein, aber gegen diese machtmotivierte Geschichte spricht eigentlich das kontrollierte Vorgehen des Täters. Überhaupt hat der 'ne ganz schwache Handschrift. Mit Handschrift bezeichnen wir das, was über die notwendigen Handlungen zur Begehung hinaus …«

… ich weiß, was gemeint ist.«

»Schon gut, wollte nur einmal den Meister belehren«, er lächelt gespielt frech. »Jedenfalls tut er kaum Dinge, die er nicht tun müsste, und da mach ich mir noch keinen Reim drauf. Der Täter geht unheimlich effizient vor, und das spricht nicht für eine sexuelle Motivation. Dann ist da noch diese Klebebandallergie an der zweiten Leiche, auch eigenartig. Vielleicht macht er das bei allen. Wenn es nur gegen das Schreien wäre, bräuchte er nicht die Nase abzukleben. Vielleicht verklebt er ihnen die Atemwege, sieht dabei zu, wie sie langsam sterben, und zieht daraus seine Befriedigung.«

Das Handy, Ernst.

»Kirchenberg. Was gibt's?«

»Nur 'ne kurze Meldung, damit du im Bilde bist. Der Leichenhund hat nichts gefunden. Neumann wurde also entweder sofort nach der Tat hier rausgeschleppt, oder ist eben hier nicht getötet worden. Ich halte Letzteres für wahrscheinlich, weil wir auch sonst nichts gefunden haben, was auf eine Tatbegehung hier drin hinweisen würde. Wenn er hier geblutet hätte, auch nur einige Tropfen, wäre der Hund draufgestoßen.«

»Wir besprechen das heute Abend, Ernst, danke für die Info.«

Inge Meysel kommt schon wieder. Jetzt Ingwersoße.

»Das war Ernst. Der Leichenhund hat in der Wohnung nichts gefunden. Passt ganz gut zu den anderen.«

Ulla nickt knapp.

»Jedenfalls ist die verklebte Nase neben den Verletzungen eines der wenigen nicht nachvollziehbaren Elemente. Ob er das bei den späteren Opfern auch gemacht hat, ist leider kaum feststellbar, aber möglich. Bei den Fesselungen fällt auf, dass er die beiden letzten Opfer neben den Händen zusätzlich an den Füßen gefesselt hat.«

»Das allerletzte Opfer, Neumann, war aber wieder nur an den Händen gefesselt.«

»Ja, aber den Fall kenne ich noch gar nicht, möchte auch erst was dazu sagen, wenn ich die Akte gelesen habe. Eine weitere kleine Abweichung ist die Tatsache, dass unser erstes Opfer nicht direkt im Müll lag und neben den Kopfverletzungen noch eine Reihe anderer Wunden und Hämatome hatte, meist an den Beinen. Nichts Dolles, aber mehr, als dass es beim Transport passiert sein könnte. Könnte Sinn machen, wer weiß, vielleicht hatte er den ersten einfach nicht genug fixiert, vielleicht hat er sich gewehrt.«

Am Nebentisch schiebt sich eine Dicke mit gezierten Bewegungen kleine Gabeleinheiten in den Mund. Schlabber-T-Shirt, blonder, dicker Zopf, hübsches Gesicht, einsame Augen.

Die Eingangstür schwingt auf, der Staatsanwalt. Er sucht, sieht das Winken, kommt zum Tisch.

»Hallo, Tom, hat ja ganz schön gedauert.«

»Hallo, ging nicht eher.«

Er setzt sich, Bruce Lees Bruder erscheint. Nein, nichts essen, auch nichts vom Büfett, nur ein Wasser, danke.

Oliver putzt sich mit dem letzten Fleischstreifen den Rest Soße vom Teller.

»Spannend finde ich noch die Ablageorte, warum die?« Eine Fleischfaser fliegt aus seinem Mund auf das Deckchen unter der Vase, er merkt es nicht.

»Erst mal sind sie gut zu erreichen, vielleicht sogar unauffälliger als irgendwo ein Waldweg.«

»Stimmt, und die Geschichte mit dem Müll könnte einerseits natürlich einen psychischen Hintergrund haben, darüber hinaus aber auch einen praktischen. Spurenmäßig macht das die Sache nämlich nicht einfacher.«

»Wenn er das gewollt hätte, warum steckt er sie dann nicht an?« Tom gießt sich den Rest Wasser ein, die Perlen kleben an der Glaswand.

»Klar, Verbrennen ist effektiver, aber auch problematischer, weil es mehr Aufsehen erregt. Wenn man die Leiche ansteckt, ist man meistens noch in der Nähe, wenn es anfängt, richtig zu fackeln. Vielleicht will er das Risiko vermeiden. Wenn jemand irgendwo Müll in einem Container ablädt, ist das eben sehr viel unauffälliger. Als Täter habe ich neben verschiedenen kleinen grundsätzlich drei große Probleme: Wie komme ich an mein Opfer? Wo führe ich die Tötung durch und wie werde ich die Leiche los? Und das alles am besten so, dass es keine Verbindung zu mir gibt. Alle drei Punkte scheint unser Mann, wenn wir denn von einem Täter ausgehen, ganz gut gelöst zu haben, denn so eine richtige Verbindung haben wir nicht. Ich glaube nämlich, wenn wir es mit einem Täter zu tun haben sollten, dass er sehr geplant vorgeht und ein ziemlich intelligentes Bürschchen ist.«

»Bis auf die Haare und die Aussage von unserem Litauer.«

»Ja, kann sein, dass das seine erste wirkliche Unachtsamkeit war, aber bei den Haaren bin ich mir nicht sicher. Ich habe mal meinen Chef gefragt, der ist ein unheimlich Erfahrener, was Fallanalyse angeht, und der hält es zumindest für möglich, dass Täter Haare drapieren, um falsche Spuren zu legen.«

»Wie kommst du darauf?«

»Nur so 'ne Idee.« Die Teller werden abgeräumt, nein, nichts mehr zu trinken, danke. »An den Leichen ist keine einzige Spur, jedenfalls soweit es die Tatortbefunde und Obduktionsberichte hergeben, die nicht von den jeweiligen Fundorten stammen könnte. Er zieht sie vermutlich aus, um Spuren zu vermeiden. Dass er dann an den Händen oder Fesseln Haare übersieht, passt für mich nicht.«

Oli, Oli, ist jetzt aber etwas weit hergeholt.

»Ich hab zwar schon mal einen Täter gehabt, der Tierblut am Tatort verschüttet hat, aber Haare...? Wo soll er die her haben? Das waren Haare mit Schaft?«

Das Handy, Beckmann.

»Kirchenberg, was gibt's?«

»Wir sind jetzt mit dem VW fertig und wollten den zu Müller zurückbringen. Hast du Zeit? Ich wollte dir was zeigen.«

»In 'ner guten halben Stunde? Reicht das?«

»Dann wird's aber auch Zeit.«

»...kann ich dir auch nicht sagen, Ulla. Vielleicht reißt er sie seinem Kumpel aus, oder vielleicht ist er Frisör und kommt an Haare mit Schaft, keine Ahnung. Ich halte es ja auch nur für möglich, mehr nicht.« Er sieht auf die Uhr. »So langsam will ich auch los. Wollte noch kurz bei meinen Eltern vorbei und dann Richtung D'dorf.«

»Kommst du noch mit auf der Dienststelle vorbei?«

»Ja, ich wollte mir eine Kopie der Akte Neumann mitnehmen, wenn's euch recht ist. Bin ja nur inoffiziell hier, aber gepackt hat mich die Sache schon.«

Zahlen, der Staatsanwalt winkt nach dem Kellner.

Ulla will vorher noch eine Banane mit Honig.

16 Uhr 02

Die Dichtungsgummis? Sauber. Der Lack auf dem Boden teilweise abgeschabt. In den Vertiefungen? Nichts. Die Seitenwände? Kein Stäubchen. Beckmann lehnt am hinteren Holm, grinst.

»Ich hab keine Ahnung, Beckmann, sag es mir.«

»Willst du schon aufgeben, Weltmeister der Ermittler? Komm, eine Minute hast du noch.«

»Beckmann, lass die Scheiße. Ich habe jetzt keinen Bock auf Kinderspiele.«

Er kommt mit herablassendem Ausdruck, lehnt sich in den Laderaum.

»Ich fand, die Karre war ziemlich sauber.«

»Wie, ziemlich sauber?«

»Oberflächlich betrachtet gar nicht. Wir haben reichlich Dreck abgeklebt. Aber sieh dir mal die Ritzen und die Einlassungen der Schrauben an. Und dann komm mal mit.«

In den Schraubeinlassungen kaum ein Stäubchen, die Ritzen sauber.

Beckmann geht vor, öffnet die Heckklappe des Tatortwagens, räumt ein paar Kisten zur Seite.

»Vergleich mal!«

In den Nähten und Vertiefungen braune Staubpaste, die Schlitze der Schrauben wie zugespachtelt. Er holt eine Büroklammer aus der Tasche, biegt sie auf, kratzt mit dem Ende durch die Ritzen. Wie ein kleiner Pflug legt der Draht eine krümelige Spur daneben.

»Und jetzt hier!«

Er geht zurück zum VW, macht dasselbe, kaum ein Körnchen lässt sich herausholen.

»Und wir lassen unsere Karren schon häufiger saubermachen. Dieser hier«, er schlägt an das Seitenblech, »ist mit Sicherheit vor kurzem mit ’nem Hochdruckreiniger oder mit ’ner Bürste von innen gesäubert worden. Sonst müsste da nach drei Jahren Speditionsbetrieb ein anderes Sediment zu finden sein. Und das muss schon ein paar Wochen her sein, denn, wie gesagt, jüngerer Schmutz war schon zu finden, also normaler Staub und so weiter.«

Verdammt, verdammt.

»Passt ja. Für die letzte Tat kommt die Karre eh nicht infrage. Da muss er sich was anderes gesucht haben.«

»Ich meine, ich will keine Pferde scheu machen, das muss nichts heißen. Ist ja gut möglich, dass denen irgendein Frachtgut ausgelaufen ist und die das Ding tatsächlich ausspritzen mussten, ist ja nicht völlig unwahrscheinlich. Ich wollte es nur festgehalten haben und dir zeigen, bevor er zurückgeht.«

Er schließt die Klappe, öffnet das Garagentor, der Asphalt trocknet langsam ab. Zwei Streifenwagen rollen vom Hof.

Die Tür zum MK-Raum ist auf, Gebrüll. Was ist denn da los?

»... Ermittler erster und zweiter Ordnung. Was soll denn der Scheiß, das in kleiner Runde zu machen? Wenn Oliver was zu erzählen hat, wieso geht das dann nicht für alle?« VG beben die Nasenflügel. »Außerdem habe ich das Gefühl, dass die wirklich guten Spuren auch nur an bestimmte Leute vergeben werden. Ich habe sechsundzwanzig Dienstjahre, Ulla, so was brauche ich nicht.« Er verschränkt die Arme, atmet schneller.

»Das ist doch Schwachsinn, Georg. Bei dem, was Oliver uns zu sagen hatte, war absolut nicht klar, ob das überhaupt für uns relevant werden konnte, dass wir das in kleiner Runde erst mal vorgecheckt haben, ist doch normal. Das ist doch die Aufgabe einer Leitung.«

»Jaha«, immer noch mit Dampf, «das ist aber nicht nur die

Leitung, zu diesem erlesenen Kreis zählen auch andere Leute, aber alles Elfer. Oder leitet Konni hier auch irgendwas?«

»Konnis Meinung ist mir eben wichtig, außerdem hat Oliver bei ihm das Laufen gelernt. Und dass Konni die Spur mit dem Transporter hat, ist absoluter Zufall. Er war an dem Abend als Letzter noch da.«

»Ich habe jedenfalls das Gefühl, dass es in dieser MK verschiedene Informationsebenen gibt, und das ist einer vernünftigen Arbeitsatmosphäre nicht zuträglich, das sage ich dir, Ulla. Außerdem müssen wir jetzt raus.« Ein stummer Wink zu Regina, er packt seine Sachen, bleibt an der Tür stehen.

»Das Thema ist noch nicht durch, Georg.« Ulla mit ausgestrecktem Zeigefinger. »Wenn ihr wieder drin seid, will ich mit dir darüber reden.«

Sie rauschen ab.

»Der hat sie doch wohl nicht alle.« Zu Atze.

Der druckst rum, wiegt den Kopf.

»Was soll das heißen, Atze, mach doch mal das Maul auf!«

»Also, das mit den Spuren ist Quatsch. Das ist so 'ne alte Angst, dass wir die guten Spuren immer an unsere Elfer-Leute geben.« Er lässt sich einen Moment Zeit. »Aber was Konni mit den vier Leuten macht…, ich kann schon verstehen, dass das eigenartig wirkt.«

»Was soll das denn jetzt, Atze?« Mal Ulla ein wenig unterstützen. »Wir ziehen hier doch alle dran, oder? Wir wollen doch alle nur, dass die Sache geklärt wird, oder seh ich da was falsch?«

»Natürlich wollen wir das alle, Konni. Aber wir müssen schon aufpassen, dass wir so einen großen Haufen zusammenhalten. Dass du mit deinen vier Leuten da quasi auf eigene Faust arbeitest, geht mir schon gegen den Strich. Ich will keine Kommission innerhalb der Kommission, ja?«

Mark und Sebastian kommen rein. Na, das passt ja.

»Da bist du ja, Konni. Können wir gleich nach nebenan gehen? Ist interessant.«

»Siehst du, das meine ich.« Atze mit ärgerlicher Bestätigung.

»Ja, sagt mal, seid ihr alle verrückt geworden, heute hier? Was ist denn los? Kommissionskoller oder was?« Ulla schnaubt. »Können wir das vielleicht mal unter vier Augen bereden, Atze?«

Er zieht die Brauen hoch, zuckt mit den Schultern, sagt nichts. Knisternde Stille.

»Sollen wir unsere kleine Besprechung jetzt hier machen, oder können Mark und Sebastian mir die Ergebnisse bei mir im Büro auseinanderpflücken?«

»Konni, für Häme ist jetzt überhaupt kein Platz, mir geht's nur darum, dass wir vernünftig zusammenarbeiten.«

»Mir auch, Atze. Und sobald wir das Ergebnis besprochen haben, informieren wir euch sofort. Das ist doch grad der Vorteil von eigenverantwortlicher Arbeit, dass du eben nicht jeden Scheiß ungefiltert auf den Tisch kriegst.«

Die beiden sehen das Zeichen, kommen mit. Im Büro stickige Wärme. Wieder vergessen, die Heizung runterzudrehen, Fenster auf.

Mark schließt die Tür hinter sich.

»Was war das denn gerade?«

»Kleiner kommissionsinterner Konflikt, kommt schon mal vor.«

Die E-Mails checken.

Das Rolltor zur Tiefgarage des Fortbildungsinstituts ist wegen Reparaturarbeiten gesperrt.

Sehr interessant. Man kriegt auch jeden Scheiß. Löschen.

»So«, Mark legt den Atlas auf den Schreibtisch. «Wir sind auf dem Hinweg die Strecke gefahren, die man normalerweise von hier aus nehmen würde, wenn man zügig zum Ziel will. Auf dem Rückweg dann eine mögliche Alternative, grad hier oben kurz vor Hamburg«, er zeigt auf eine Bundesstraße neben der Autobahn, »könnte man auch da langfahren. Trotzdem bleiben zwischen vierundfünfzig und dreiundsechzig Kilometer, die er zu viel gefahren ist.«

»Nimmt man Hin- und Rückfahrt, suchen wir also einen Punkt, der maximal zwischen siebenundzwanzig und einunddreißig Kilometer aus der Richtung liegt, schon 'ne ganze Menge.«

»Wenn man davon ausgeht, dass er die Strecke nur einmal gefahren ist.« Sebastian, holt ein Blatt aus der Tasche, legt es neben den Atlas. Eine Kopie der Karte, der Bereich neben der Strecke markiert, neonrosa. »Ist nicht auf den Meter genau, aber in dem Bereich müsste unser Tatort liegen, wenn Michels unser Mann ist.«

Saubere Arbeit.

»Sehr schön. Kommt bei uns natürlich fast das ganze Stadtgebiet infrage, im Osten sogar noch einige Dörfer mehr.«

Mit dem Wagen zum Tatort, Treffen, unter Vorwand mitnehmen, irgendwas Geschäftliches, unachtsamer Augenblick, über den Schädel, den Mund verkleben, würgen, bis er sich nicht mehr rührt, die Kohle wegnehmen, ausziehen, in den Wagen, wegbringen. Was macht der mit dem Geld? Wofür?

»Für die Vernehmung ist das auf jeden Fall sehr wichtig. Vielleicht hat er ja 'ne einfache Erklärung, aber erklären muss er's, nachprüfbar. Und dann sehen wir mal, was davon übrig bleibt, wenn wir es abklopfen.«

Die beiden nicken.

»Ich habe noch ein paar Dinge zu erledigen, dann gehen wir gemeinsam zu Ulla und Atze und informieren die, kann Sonja auch dabei sein. Mal sehen, wie weit die mit ihrer Sache schon ist. Trinkt 'nen Kaffee.«

Sie gehen. Gute Leute.

Der Kaleu im U-Boot, knapp dreihundert Meter Tiefe, stickige Luft, schwitzt, stoischer Blick, der LI kommt rein, verdreckt, verschwitzt, Boot ist klar, der Kaleu lächelt. Gute Leute braucht man eben, gute Leute, mit Zittern in der Stimme.

Verdammt, Ayse. Telefon.

»Bei Sener.« Weich, gelassen, fast verschlafen.

»Kirchenberg. Na, ausgeschlafen? Oder hab ich dich geweckt?«

»Scherzkeks. Ich schlaf zwar gerne mal länger, aber jetzt dann doch nicht mehr.«

»Wie sieht's denn aus, heute Abend, so auf ein Bier, als Lichtblick nach einem Tag der Mühe und Arbeit?« Ah, was für ein Schleim.

»Ich hab doch noch gar nicht gearbeitet.« Amüsierte Stimme.

»Selber Scherzkeks, ich meine natürlich den Beamten, der auch am Sonntag für Recht und Ordnung sorgt, damit andere beruhigt ausschlafen können.«

»Ach so«, offenes Lachen. »Sieht eigentlich ganz gut aus.

Die Fußballer müssten gleich kommen. Ich habe denen gesagt, zwei Stunden ist okay, danach hätte ich Zeit.«

»Wunderbar. Sagen wir, gegen acht?«

»Ja, ist okay.«

»Bis dann, ich freu mich.«

Auflegen.

Die E-Mails.

Dienstag fällt wegen Systemarbeiten der Server zwischen 23.00 und 00.00 Uhr aus.

Wer schickt einem denn so was? Am Sonntag?

18 Uhr 11

Nürnberg, 01.07.84
Vernehmung Michels, Bernd, 30.07.66 in Kaiserslautern.

Zur Person:
Ich bin in Kaiserslautern geboren, wir, das heißt meine Mutter und ich, sind aber schon bald nach Nürnberg gezogen. Wann genau, weiß ich nicht mehr, ich meine mich zu erinnern, daß sie gesagt hat, es sei zwei Jahre nach meiner Geburt gewesen, also 1968. Meinen Vater habe ich nie gekannt oder gesehen. Meine Mutter kannte ihn, hatte aber den Kontakt vor meiner Geburt abgebrochen. 1972 bin ich eingeschult worden. Ich war ein guter Schüler und bin auf Empfehlung der Lehrer nach der fünften Klasse zum Gymnasium gegangen. Dort bin ich eigentlich

auch ganz gut zurechtgekommen. Ab der Quinta hat mich mein damaliger Sportlehrer, Herr van de Kerkhof, in einen Leichtathletikverein geholt. Ich war ein guter Sprinter und Werfer und habe in den folgenden Jahren auch an Landesmeisterschaften teilgenommen, war sogar Medaillengewinner. Wir sind in den Folgejahren dann ein paarmal umgezogen, wie oft, weiß ich nicht mehr genau, ich meine, es wäre viermal gewesen. Erinnern kann ich mich nur noch an die Wohnungen in der Motterstraße und der Rollnerstraße.

Einmal die E-Mails nachsehen. Nichts aus Leverkusen, nichts aus Weiden.

Mit meiner Mutter habe ich mich immer sehr gut verstanden.
Nachfrage:
Hatte Ihre Mutter damals einen Partner?
Ja, meine Mutter hatte öfter einen Partner. Mit den meisten von denen habe ich mich allerdings nicht gut verstanden. Darüber möchte ich aber nicht reden.
Nachfrage:
Was heißt das, nicht gut verstanden? Kam es auch zu körperlichen Auseinandersetzungen?
Ich hatte das Gefühl, manche waren der Meinung, mir würde ein Vater fehlen, und versuchten mich zu erziehen, aber ich sagte schon, darüber will ich nicht reden.
Das alles war vorbei, als meine Mutter am 01.08.80 gestorben ist.

Das SMS-Jingle auf dem Handy.

> Hi, Konni,
> habe heute holländische Tankquittung gefunden, D. sagte, sie sei an dem Tag in D'dorf gewesen. Meld dich mal.
> Bruno.

Ach, Bruno, du arme Sau, willst du es nicht merken? Hat sie dir ihre Unterwäsche übers Geweih gehängt, vor die Augen. Deine Herzallerliebste vögelt fremd. Heute Abend mal anrufen, vielleicht.

> Danach kam ich in die Obhut des Jugendamtes der Stadt Nürnberg, weil wir keine Verwandten hatten und auch sonst niemand da war, bei dem ich hätte leben können. In einer solchen Gruppe lebe ich auch jetzt noch. Ich habe über die Jahre zweimal aus organisatorischen Gründen die Gruppe gewechselt, und ich war jetzt dabei, mir mit Hilfe des Michael, das ist einer unserer Betreuer, eine eigene Wohnung zu suchen. Wir leben mit zwei Sozialarbeitern in einer Wohngruppe zu acht. Zu den anderen Bewohnern habe ich kaum Kontakte, auch früher nicht, die über das alltägliche, also zusammen essen usw., hinausgehen. Die Mitbewohner wechseln auch öfter mal, und meistens kann ich mit denen nicht viel anfangen.
> Auf dem Gymnasium hatte ich nach dem Tod meiner Mutter ein sehr schlechtes Jahr und mußte wiederholen. Da auch im nächsten Jahr meine Leistungen nicht viel besser wurden, habe ich im Jahr 82 die Schule zum Halbjahr verlassen und bin zur Realschule gewechselt.

Die E-Mails. Nichts aus Weiden, nichts aus Nürnberg. Leute, Leute.

Dort habe ich letztes Jahr meinen Abschluß gemacht und dann bei der Firma Grabenkamp und Söhne eine Kaufmannslehre begonnen.

Die Tür geht auf, Sonja.

»War gar nicht so schwer, die meisten Dienststellen haben Online-Zugriff auf die EMA-Daten.« Sie legt ein DIN-A4-Blatt quer auf den Tisch, ein Zeitstrahl, wie vom Zeichenbrett, die einzelnen Daten in Schwarz in Kästchen.

»Alle Stationen habe ich wahrscheinlich nicht, wobei wir auch berücksichtigen müssen, dass er sich vielleicht nicht immer amtlich gemeldet hat, die Wohnungen fallen natürlich raus. Trotzdem schon einige Stationen. Ich fang mal hinten an.« Sie fährt mit dem Kugelschreiber den Strahl rückwärts. »Seit Mai 2002 wohnt er in unserem Bereich, ist nur letztes Jahr in das neue Haus eingezogen. Davor hat er seit Juli 01 in Eschweiler gewohnt, das ist, glaube ich, bei Aachen. Davor«, sie fährt mit dem Kuli weiter zurück, »seit Mai 2001 in Frechen. Da hab ich während meiner Zeit in Köln auch mal kurz gewohnt. Er kam aus Wiesbaden, wo er seit März 99 gewohnt hat. Du siehst, ganz schön unstetes Leben, aber wieso erzähle ich dir das alles, du kannst ja lesen.« Sie steckt den Stift ein, setzt sich auf den Stuhl vorm Schreibtisch. Die hat so was ganz Kühles. Wie die wohl aussieht, wenn sie 'nen Orgasmus hat?

Von vorne. April 1992 Erlangen, das war nach der Haftentlassung. Im Oktober 1995 nach Chemnitz.

»Hat er auch einen kleinen Abstecher in die neuen Länder gemacht.«

»Ja«, sie steht wieder auf, »aber nur kurz, nicht mal ein Jahr, richtig?«

Richtig. August 1996 Amberg.

»Amberg habe ich nachgesehen, liegt auch da unten im Nürnberger Bereich, den hat er erst 99 verlassen, als er nach Wiesbaden gezogen ist.«

»Nur eine längere Phase, nämlich seit 2002 hier bei uns, dafür zwei extrem kurze von Oktober 95 bis August 98 in Chemnitz und von Juli 01 bis Mai 02 in Eschweiler.«

So, mal sehen. Der Bericht von Oliver. Erste Tat, z. N. Benz, 02.08.98, Kripo Weiden.

»Darf ich da reinmalen?«

Sie zuckt wortlos mit den Schultern, passt ihr nicht so richtig, egal jetzt. Andere Farbe, rot, dünner Strich, wir machen es auch möglichst akkurat, Sonja.

»August 96 ist er nach Amberg gezogen, zwei Jahre später wird in Weiden Adolf Benz ermordet. Dann …«

Der Bericht, blättern. Zweite Tat, 06.03.01 z. N. Werner Schmitz, Kripo Leverkusen. Roter Strich.

»Im Mai 2001 ist er nach Frechen gezogen, und im März 01 wird in Leverkusen Hans Werner Schmitz ermordet.«

»Allein damit kriegen wir ihn nicht an den Galgen, aber entlastend ist was anderes.«

»Denke ich auch. Hast du schon mit Mark oder Sebastian gesprochen?« Sie nickt. »Gut, dann kennst du deren Ergebnisse. Ich behalte den Zettel mal hier. Wir treffen uns in zehn Minuten bei Ulla und Atze.«

Sie ist einverstanden, geht. Die ist im Bett bestimmt auch beherrscht.

Die E-Mails.

Polizei Leverkusen, Polizei Weiden/Oberpfalz, na also.

Öffnen.

Hallo, Kollege Kirchenberg,

der EKHK Gustav Klöpper ist privat unter der Nummer…

Sofort eintippen. Dreimal bimmeln.

»Klöpper.« Bariton.

»Konstantin Kirchenberg, von der Kripo…«

»Ah ja, die Kollegen von der K-Wache haben mich grad angerufen, dass ihr meine Privatnummer wolltet. Was gibt's denn so Wichtiges?«

»Ich falle am heiligen Sonntag mal gleich mit der Tür ins Haus. Wir haben hier bei uns zurzeit zwei Mordkommissionen laufen, in denen jeweils ein alter Mann nackt und gefesselt in einem Müllcontainer gefunden wurde, in beiden Fällen sind die Opfer erwürgt worden. Ein früherer Kollege von uns, der jetzt bei der OFA am LKA Dienst macht, hat mal recherchiert und rausgekriegt, dass« – du? Sie? –, »dass du 2001 einen ähnlichen Fall…«

»… MK Schmitz…«

»… bearbeitet hast, der noch ungeklärt ist.«

»Hm. Alte Männer, nackt im Müll.«

»Richtig.«

»Und von den Klamotten und so weiter fehlt jede Spur. Tatort auch unbekannt?«

»Richtig.«

»Könnt ihr was zum Motiv sagen?«

»Nicht viel. Ein Opfer war ein alter Mann, der fast als Einsiedler lebte, aufgrund seiner Bankbewegungen aber über einen größeren Betrag Bargeld verfügt haben könnte. Der zweite war relativ wohlhabend und bei dem waren der oder die Täter auch in der Wohnung und haben eine Reihe wertvoller Sachen mitgenommen. Er ist aber vermutlich nicht da getötet worden.«

»Leck mich am Arsch, das hört sich schon eigenartig an.« Ein Freund des deutlichen Wortes. »Aber um Genaueres zu sagen, bräuchte ich natürlich mehr Informationen.«

»Das war der Grund meines Anrufes. Wäre es möglich, dass wir uns in der nächsten Woche frühzeitig treffen, vielleicht schon morgen?«

»Hm«, kleine Pause, «eigentlich sieht es diese Woche ganz gut aus.« Noch eine Pause. »Pass auf, Kollege, ich muss morgen früh auf der Dienststelle eine Sache regeln. Wenn das klappt, steige ich in den nächsten Zug und komme. Ich denke mir, es ist leichter, ich bringe meine fünf Ordner mit als ihr euer ganzes Zeug, wenn ihr in einer aktuellen MK seid.«

»Also, wenn das ginge, wär das natürlich toll, hätte ich gar nicht zu hoffen gewagt. Du meldest dich morgen, sobald du klarer siehst?«

»Ich denke, wenn alles gut läuft, wird das noch vor acht der Fall sein.«

»Dann bis morgen.«

Läuft ja wie ein Länderspiel. Polizei Weiden/Oberpfalz.

Wählen, viermal läuten.

»Hier ist der automatische Anrufbeantworter von Hans

und Irene Lechleitner. Sie können eine Nachricht hinterlassen.« Piepton.

Bloß keine überflüssig langen Ansagen. Nachher noch mal probieren.

Bericht, Sonjas Zettel, ab zu Ulla.

Altenkamp steht am Kopfende des langen Tisches, ohne Jacke, aber mit Tasse, natürlich. Der Rest steht, sitzt drum herum.

»Wir haben den Tipp von einer Nachbarin von Neumanns Putzfrau, auf die sind wir fast zufällig gestoßen, und unsere liebe Anna Riemer ist möglicherweise keineswegs so koscher, wie sie tut. Also: Sie verkehrt häufiger im ›Käuzchen‹, das ist ein echter Pressluftschuppen in der Nähe vom alten Güterbahnhof«, einige nicken, »da treibt sich nur Pack rum. Wir sind da mal aufgelaufen, haben uns umgesehen, und ich treffe da Bernhard Szymanski, das ist ein alter Informant von mir von früher, als ich noch bei den Einbrechern war. Bernie kennt Anna Riemer flüchtig und sagte mir, dass er sie und ihren Cousin auch schon mal in einer Gruppe gesehen hat, in der sich auch Eduard Schnelle befindet. Und Eduard Schnelle ist nun ein echtes Kaliber. Der ist mehrfach vorbestraft wegen gefährlicher Körperverletzung und Eigentumsdelikten, so ’n richtiger Berufskrimineller. Selbst hat Frau Riemer zwar noch keine Akte, ihr Cousin auch nicht, aber der soll vor gut einem Jahr mal als Mittäter bei ’ner Hehlereigeschichte irgendwo im Ruhrgebiet im Spiel gewesen sein, ist aber wohl freigesprochen worden.«

»Seid ihr schon an irgendwen rangetreten?« Ulla.

»Nein, noch gar nicht. Ich treffe mich morgen noch mal

mit Bernie, der wollte sich umhören, könnte ja vielleicht was aus der Wohnung vom Diebesgut auftauchen.«

»Hört sich doch ganz interessant an. Schreib's mir bitte auf, damit ich 'ne Spur anlege.« Atze braucht immer alles schriftlich.

»Hört sich wirklich sehr brauchbar an, sollten wir die Spur dann nicht lieber Edda geben, oder einem anderen vom KK 11?«

Alle drehen sich um, haben mitgehört.

»Deine Scherze waren auch schon mal besser, Konni.« VG mit bissigem Tonfall.

»Wenn ihr fertig seid, möchten wir euch nämlich auf den neuesten Stand in Sachen Michels bringen. Gut, dass alle da sind, damit auch jeder umfassend informiert ist.«

»Du kannst es nicht lassen, Idiot.« Mit zusammengekniffenen Augen.

Ulla wirft vorwurfsvolle Blicke.

Ist ja gut, musste mal sein.

20 Uhr 12

Stationstaste eins: Robby Williams, »Feel«, Taste zwei: irgendwas Souliges, Taste drei: Phil Collins, die glattgeschliffene Version von »True Colors«, das war von Cindy Lauper besser, viel besser, Taste vier: atonales Orchestergedudel, wahrscheinlich Workshop »Neue Musik« oder so was, Taste fünf: stumpfer Hip-Hop. Dann lieber Robby.

Die Ampel springt auf Gelb, Gas geben, es reicht nicht mehr, zwei Meter, Rot. Der Sprühregen überzieht die Scheibe langsam mit einem milchigen Film, Intervallschalter. Die nächste Ampel springt auf Gelb, nicht mehr zu schaffen. Die sind echt zu blöd, 'ne grüne Welle zu schalten. Rechts steht ein Lkw, der Diesel nagelt gegen den Takt von »Feel«.

Das Handy, Ulla.

»Was gibt's, Süße?«

Sie bleibt eine Sekunde stumm. »Irgendwas ausgefressen, Konni, willst du morgen frei haben, oder was ist los?«

»Will man nur mal nett sein, schon wird einem wieder Berechnung unterstellt.«

»Ach, Konni.« Sie lacht. »Der Kollege Klöpper aus Leverkusen hat vor ein paar Minuten angerufen. Er konnte die Sache heute schon regeln, und ich soll dir sagen, er ist um 9 Uhr 18 am Bahnhof. Ich habe ihm gesagt, dass er abgeholt wird, wenn er sich schon die Mühe macht herzukommen.«

»Donnerwetter, der hängt sich ganz schön rein.«

»Ich wollt es dir nur kurz sagen.«

»Hat VG nichts dagegen?«

»Konni!« Warnend. »Schlaf gut.«

Sie drückt sich weg.

Blinker, einbiegen, da wären wir. Am Ende der Straße der Notarztwagen und die Kollegen. Was ist da denn los? Das …, das ist bei Sener. Ayse. Parken in zweiter Reihe. Der Kollege auf dem Bürgersteig im Gespräch mit einem Passanten, im Krankenwagen wird ein junger Bursche am Kopf verbunden. Die Kollegin drinnen vom Sehen bekannt. Ayse auf einem Stuhl, der Sani verbindet ihr das Handgelenk. Kurzer Gruß.

»Konstantin Kirchenberg, KK 11, wir kennen uns vom Sehen.« Die Kollegin grüßt zurück, erinnert sich. »Was ist passiert?«

»Zwei Glatzen sind in den Laden gekommen und haben Ärger gemacht. Sie ist dazwischengegangen…«

»Ach, ich war gar nicht gemeint.« Ayse, muss sich zur Seite lehnen, um am Sani vorbeizusehen. »Zwei Schwarze saßen am Fenster, haben ganz normal was getrunken. Da sind die beiden Idioten draußen vorbeigekommen, haben die gesehen und meinten, sie müssten hier drinnen Ärger machen. War'n schon ziemlich besoffen.«

»Und was ist mit der Hand passiert?«

»Halb so schlimm. Ich habe gesagt, sie sollen den Scheiß lassen, da hat mich der eine am Gelenk gepackt und gedreht. Tut halt ein bisschen weh.«

»Wahrscheinlich nur eine Bänderdehnung.« Der Sani, klebt die Binde fest.

»Und weiter.« Die Kollegin hat ihren Block gezückt, schreibt mit.

»Es waren einige Gäste da, die sofort eingegriffen haben.« Sie zeigt nach hinten, an der Theke sitzt der Komiker, noch gar nicht gesehen. Will der hier einziehen? »Zwei der Jungens, die noch hier waren, sind auch im Boxverein, da gab es 'ne Rangelei, und die beiden Glatzen sind abgehauen. Außer dem Stuhl da und dem hier«, sie hält den Arm hoch, »ist nichts passiert.« Sie steht auf, doch noch leicht verwirrt.

Die Kollegin geht zur Theke, befragt den BMW-Fahrer. Er macht Angaben, hat keinen gekannt.

»Kann ich dir irgendwie helfen?«

»Danke, ist lieb gemeint.« Sie kriegt ein warmes Lächeln hin, fasst mit der gesunden Hand an den Oberarm, kurzer, zarter Druck, Knibbeln mit beiden Augen. Heißes Fließen im

Nacken. »Aber ich mach jetzt zu und leg mich einfach ins Bett. War heute Morgen auch früh auf.«

Die Kollegin ist auch fertig, kommt mit raus. Der Schöne verabschiedet sich, Ayse mit üblicher Freundlichkeit, geht ebenfalls.

»Habt ihr hier in der Gegend öfter Ärger damit? Weil, ich wohne hier, mir ist da noch nichts aufgefallen.«

»Hier eigentlich weniger.« Sie verstaut ihr Notizbuch. Hauptkommissarin, müsste die Dienstgruppenleiterin sein. »Aber drüben in der Hochhaussiedlung hinterm Park, da haben wir einige von den Idioten wohnen.«

»Wann ist es passiert?«

»Dreiviertel Stunde müsste es her sein.«

Sie steigen ein, Gruß, Abfahrt. Der Z 3 mit sattem Surren hinterher. Protzkiste.

Schade, etwas früher Feierabend machen. Da hätte es richtig was aufs Gesicht gegeben.

»Konni«, Ayse in der Tür, »tut mir leid, dass das jetzt dazwischengekommen ist. Wollen wir wenigstens hier noch ein Bier trinken, ist der Abend vielleicht nicht völlig im Eimer.« Bemühter Blick.

»Nur, wenn es geht, quäl dich nicht.«

»So schlimm ist es nicht, tut nur ’n bisschen weh.« Sie hält die Tür auf, schließt ab. Sie geht vor, will hinter die Theke, knickt mit dem linken Bein ein.

»Hey!«

Sie fasst sich an den Kopf, greift mit der anderen den Stuhl. Schnell unter die Arme, festhalten. Der Geruch ihrer Haut.

»War wohl doch etwas heftiger.«

Sie setzt sich.

»Ist wahrscheinlich nur der Schrecken.« Tiefes Durchatmen, schiefes Lächeln. »Als der mich gepackt hat, hab ich gar nicht damit gerechnet.«

»Am besten, du legst dich hin, denke ich.«

»Kann schon sein, tut mir leid.«

Noch ein Seufzer, sie steht auf, kommt noch mit zur Tür.

»Wir holen das nach, irgendwann die Woche.«

»Werd erst mal wieder fit.«

Ansehen, Spannung, ganz langsam näher, Wange an Wange, zum Abschied, kurz, kaum Berührung. Gänsehaut.

»Bis morgen. Ich melde mich mal.«

Direkt vor der Haustür zwei Parkplätze. Wenn man mal einen braucht…

Im Briefkasten Freikarten für den Zirkus.

Schritte auf der Treppe, Frau Gierth.

»Nabend, Herr Kirchenberg. Haben Sie mitbekommen, was da drüben los war? Ich hab nur die Blaulichter gesehen.«

»Nur 'ne kleine Rangelei mit ein paar Skinheads bei Sener. Ist nicht viel passiert.«

»Mein Gott, sind die jetzt schon bei uns in der Gegend.« Sie schüttelt den Kopf.

»Ich befürchte, die sind überall, Frau Gierth. Wollen nur hoffen, dass es nicht zu viele werden.«

»Dann will ich mal ins Bett, will morgen doch ausgeschlafen sein.«

Sie wartet einen Augenblick, Frag-mich-Gesicht.

»Was Besonders vor, morgen?«

»Jaha.« Weite Augen. »Ich habe einen Job angenommen im neuen Kaufhaus im Industriegebiet.«

»Einen Job? In Ihrem Alter? Haben Sie doch gar nicht mehr nötig.«

»Ach, Herr Kirchenberg, manchmal können einem die Tage doch lang werden. Ich bin als Hausdetektiv angestellt.«

»Was? Als Hausdetektiv?«

»Genau. Natürlich greife ich nicht ein, sondern beobachte nur. Festnehmen tun dann ein paar kräftige Herren.«

»Wie kommen Sie denn auf so was?«

»Ich habe die Anzeige in der Zeitung gesehen und mal nachgefragt. Die suchten bewusst ältere Menschen wegen der guten Tarnung. Uns traut man das nicht zu.«

»Und Sie sind sicher, das ist das Richtige für Sie?«

»Wissen Sie, wie hoch der jährliche Schaden ist, der durch Ladendiebstahl entsteht?«, ehrliche Entrüstung. »Habe ich letztens in der Zeitung gelesen. Ich finde, dagegen sollte man etwas tun. Sie müssen dieses Gefühl doch kennen. Ich meine, Kollegen werden wir dadurch nicht gerade, aber so ein wenig vielleicht doch.« Lächeln.

Sollte man ihr sagen, was da wirklich abgeht? Ach nein. Vielleicht wird's gar nicht so schlimm.

»Dann einen guten Einstand morgen! Ich drücke die Daumen.«

»Danke und gute Nacht.«

Ihre Schritte werden leiser.

MONTAG

09 Uhr 13

Lange gekrümmte Figur, beiger Anzug, der dünne Trenchcoat ist offen, graue Dirigentenfrisur. Die Ärmel sind zu kurz, die Hose endet fünf Zentimeter über den Knöcheln. Weiße Socken. Er holt zum dritten Mal einen Block aus der Innentasche, schreibt etwas auf, seine Lippen bewegen sich. Entweder ist er verrückt oder Philosophieprofessor.

Drei Schüler tapern gelangweilt zur Treppe, die Rucksäcke hängen auf dem Hintern.

»Eine Durchsage für unsere Kunden auf Gleis vier: Der Regionalexpress aus Leverkusen verspätet sich voraussichtlich um sieben Minuten.«

Der Lautsprecher krächzt, kaum zu verstehen. Sonst fast nur Aktentaschenträger mit missmutigen Bürogesichtern, zwei, drei stecken sich noch schnell eine Sieben-Minuten-Kippe an.

Aus dem Treppentunnel kommt eine gebückte Alte mit Kopftuch und Lumpenkleidung, zeigt einem Altrocker in schwarzer Lederjacke einen zerknitterten Zettel. Ein Bahnmensch sieht es, eilige Schritte, deutliche Worte. Sie muss ihren Tagessatz woanders eintreiben, hat Mühe beim Rückweg die Treppe runter.

Drei Bahnsteige weiter rauscht ein ICE mit Lichtgeschwindigkeit durch die Wartenden, in den Fenstern ist nichts zu erkennen. Die Uhr zeigt 09.22, noch drei Minuten. Der Professor holt wieder den Zettel raus, notiert was.

»Achtung an Gleis vier! Es fährt ein der Regionalexpress …«

Nur fünf Minuten Verspätung, kein Verlass auf die Bahn.

Schreiendes Quietschen, Horden steigen aus, hektisch, hastend, die meisten für sich.

Wie sieht er aus? EKHK, wird schon über fünfzig sein, die Stimme klang nach eins fünfundachtzig, grauen Haaren und Schnurrbart. Klamotten wahrscheinlich Bullenlook, irgendwo zwischen konservativ und praktisch-verlottert.

»Kollege Kirchenberg?«

Von hinten. Anzug, offenes Jackett, offener Mantel, keine Krawatte.

»Kollege Klöpper?«

Seine hellen Augen lachen mit, die Haare kurz, dicht, sehen aus wie ein Teppich.

»Freut mich.« Er reicht die Hand, das Hemd spannt sich faltenfrei über der gewaltigen Wampe. Hundertdreißig Kilo hat der bei der Größe.

»Wir freuen uns.« Er zieht seinen Rolli mit Richtung Ausgang. »Dass du zu uns kommst, erleichtert die Arbeit ungemein. Eigentlich hatte ich gedacht, ich müsste reisen.«

»Bei mir passte es die Woche ganz gut, und ab und zu mal rauskommen ist ja auch nicht so schlecht.« Beim Lachen bilden sich zwei Falten von den Nasenflügeln zum Kinn. »Du hattest am Telefon was von zwei Taten erzählt.«

»Ja, der zweite Fall mit Ähnlichkeiten ist aus Weiden in der Oberpfalz …«

»... ach, da wohnt ein Freund von mir ...«

»... aus dem Jahre 98. Ich habe den Kollegen Lechleitner, der war damals MK-Leiter, heute Morgen erreicht, und der kann leider nicht kommen. Mal schauen, wir werden ihn gleich bei der Besprechung vielleicht per Telefon dazuschalten.«

Die Alte vom Bahnsteig reicht ihren Zettel auf dem Bahnhofsvorplatz im Nieselregen herum. Ein Kamelhaarmantel zückt das Portemonnaie, gibt ihr was mit einer Miene, als täte er was Verbotenes.

»Der Wagen steht links, die Kollegen von der Bahnpolizei haben zwei Parkplätze, die man benutzen kann, wenn man es weiß.«

Ein silbernes Daimlercoupé rollt gemächlich vor. Das war doch Doris. Sie steigt aus, der Fahrer auch, grauer Haarkranz, Jackett.

Schnell einen Schritt zurück, die Telefonzelle gibt Deckung.

Herzliche Umarmung vor dem Wagen, sie geht, winkt noch einmal. Kein Gepäck, wahrscheinlich zur S-Bahn. Halb zehn am Montagmorgen. Wahrscheinlich das ganze Wochenende nicht gesehen, jeder schön bei der Familie gewesen, da braucht man am Montag schnell 'nen Quickie für den Durst. Möglicherweise sogar im Wagen.

Klöpper bleibt auch stehen, dreht sich um.

»Gibt's irgendwas?«

»Nein, nein, ich hab nur ..., ein Freund ..., ist auch egal. Ich bin nur grad bestätigt worden.«

Bruno, Bruno. Soll man es ihm erzählen? Freundschaftsdienst?

Kurzes Aufleuchten der Blinker, er verstaut seinen Rolli im Kofferraum, behende Bewegungen beim Einsteigen. Hoffentlich reicht der Sicherheitsgurt. Der Nieselregen macht die Konturen langsam unscharf, Intervallschalter.

»Wann geht dein Zug zurück?«

»Schaun mer mal, würde der Franz sagen. Die Sache lag mir damals ziemlich am Herzen, weiß auch nicht, warum. Zur Not bleib ich noch etwas. Zwei frische Unterhosen hab ich dabei.«

Die Ampel springt auf Gelb, zwanzig Meter, lieber bremsen.

»Zwei Wochen sollte es eigentlich nicht mehr dauern.«

Er sieht rüber, braucht eine Sekunde, grient.

»Zwei Wochen? Aber nur, wenn man unnötig häufig wechselt.« Zwei tiefe Lacher. »Das bisschen Fischgeruch haut uns doch nicht um.« Er freut sich.

Spaßvogel, aber der hängt sich ja unglaublich rein.

Grün.

10 Uhr 39

Die wichtigen Stellen sind mit Klebefähnchen markiert, sagt er. Ein Rolli voller Ordner, da hat er ganz schön geschleppt. Plus zwei Unterhosen. Na, denn.

Tatortbefundbericht Leverkusen, 08.03.01

Bei dem erweiterten Fundort handelte es sich um das Gelände einer alten Galvanikfabrik. Links der alten Werks-

einfahrt liegt der Komplex der früheren Produktionshallen. Diese Gebäude stehen leer und können u. a. wegen der hohen Kontamination des Bodens nicht genutzt werden. Rechts dieser Zufahrt befindet sich der frühere Verwaltungs- bzw. Lagerbereich der Firma. Hier haben die vier auf Blatt 37 d. A. aufgeführten Firmen Räume angemietet, die sämtlich als Lagerfläche benutzt werden. Nach ca. 35 Metern Zufahrt öffnet sich nach rechts versetzt ein Innenhof, der etwa 45 x 35 m misst. Der Hof ist komplett von Gebäuden umgeben und ausschließlich über die Zufahrt zu erreichen. Betritt man den asphaltierten Hofbereich, so befindet sich in der rechten vorderen Ecke im von der Straße aus durch das alte Lagergebäude verdeckten Bereich eine Großmulde. Die Mulde hat die Maße 3 x 8 m und eine Höhe von etwa 1,50 m. Aufsteller ist die Firma Ricycolix (Bl. 41 d. A.). Nach dem ersten Eindruck ist die Mulde zum größten Teil mit diversen Verpackungsmaterialien zu etwa drei Vierteln gefüllt. Lediglich im von der Einfahrt aus betrachtet vorderen Bereich befindet sich auch anderer Müll, der als Hausmüll bezeichnet werden kann, wie z. B. Essensreste, Trinkflaschen und gebrauchte Taschentücher.
Die Leiche liegt in diesem vorderen Bereich der Mulde in der Weise, dass sie in Embryostellung in der zum Gebäude liegenden vorderen Ecke abgelegt worden ist. Auf der Leiche ist verschiedener Müll verteilt.

Wo sind denn die Bilder? Das war doch der Ordner hier.

Da hat er sich ja ein schönes einsames Plätzchen gesucht. Die Haut sieht aus wie Seife, um den Mund ein letzter starrer Schmerz. Die rote Hautverfärbung ist deutlich zu sehen, hat ein bisschen was von ’nem Clown.

Verabredung, man trifft sich, geschäftliche Gespräche, mitfahren. In einem unachtsamen Augenblick eins über den Schädel, er stürzt, würgen, zur Sicherheit noch das Klebeband, er bäumt sich auf, zuckt, das Zwerchfell pumpt umsonst, allmählich werden die Bewegungen ruhiger, das war’s.

Oder erst den Mund verkleben, kein Geschrei, würgen, er ist bewusstlos, das Klebeband bewegt sich wie eine Membran, ganz langsam verreckt er.

Klöpper hat doch was von einer Schuhspur gesagt.

Spurensicherungsbericht, überfliegen, da.

1,23 m von der Seite der Mulde zur westlichen Seite hin befindet sich eine flache Vertiefung im Asphalt, in der sich vermutlich durch Pfützenbildung bei Regen ein etwa 13 x 16 cm großes Sediment aus Staub und Sand gebildet hat. In diesem Sediment ist das Fragment eines Schuhabdruckes zu erkennen (Spur 44).

Bei diesem Fragment handelt es sich mit an Sicherheit grenzender Wahrscheinlichkeit um einen Schuh der Marke »Puma«, infrage kommen die Modelle Speed Cat P und Speed Cat SD. Die fotometrische Auswertung der Spur hat ergeben, dass es sich um einen Schuh der Größe 11 (45) handeln muss.

Nach Angaben Dr. Poulets vom meteorologischen Institut ist der letzte Regen am 05.03.01 gegen 17.00 Uhr gefallen

Ein am 07.03.01 durchgeführter Versuch hat gezeigt, dass die Pfütze bei ähnlichen Witterungsverhältnissen

nach etwa sieben Stunden austrocknet. Legt man diesen Zeitraum zugrunde, kann die Spur nur seit dem 05.03.01, etwa 24.00 Uhr, entstanden sein. Da die Leiche am 06.03.01 um 08 Uhr 12 gefunden wurde, könnte es sich daher um den Schuhabdruck des Täters bzw. einer der Personen handeln, die die Leiche dort abgelegt haben.
Die Überprüfung der Angestellten der dortigen Firmen hat ergeben, dass zwei im Besitz von Schuhen dieses Modells sind (Bl. 4). Beide Personen können jedoch als Spurenleger ausgeschlossen werden, da sie deutlich kleinere Füße haben, einmal Größe 39 sowie 42.
Wie eine weitere allgemeine Befragung unter den Mitarbeitern der dort ansässigen Firmen ergeben hat, wird in der Mulde nachts oder am Wochenende schon mal Müll von fremden Personen entsorgt, zumal die Zufahrt nicht mehr wie früher durch eine Schranke kontrolliert werden kann. Durch den relativ versteckten Standort der Mulde käme dies allerdings selten vor.

Röwekamp, KOK

Dahinter die Vernehmungen, Schreiben der Firma Puma, Fax des meteorologischen Institutes.

Weiter.

Vorher kurz die E-Mails.

Kunze, Beihilfestelle.

Beihilfe-Widerspruch, Kostendämpfungspauschale und Wahlleistungen bei stationärer Behandlung. Sehr interessant.

Nächstes Fähnchen.

Vernehmung des Sven-Olaf Pattmann, 30.12.69 in Berlin, Personalienbogen.

Zur Sache:

Ich bin Kellner und arbeite seit zwei Jahren im »Smith's« in Köln. Das ist ein Lokal, in dem in erster Linie Schwule verkehren. Ich wohne, hatte ich ja schon angegeben, in Leverkusen. Als ich gestern das Foto des ermordeten Hans Werner Schmitz in der Zeitung sah, kam mir das Gesicht irgendwie bekannt vor.

Es könnte sein, dass der Mann ein-, zweimal bei uns im Lokal war, ich bin mir aber nicht sicher. Eigentlich habe ich ein gutes Gedächtnis für Gesichter, aber ich meine, die Person an Karneval, also vorletztes Wochenende, gesehen zu haben, und da war er leicht im Gesicht geschminkt. Geschminkt heißt, er hatte sich irgendwas auf die Wange und um die Augen gemalt. An welchen Tagen genau im Karneval, kann ich nicht sagen.

Ich meine mich an die Person zu erinnern, weil er eine Zeit in meinem Bereich stand und ich öfter an ihm vorbei musste.

Mir werden jetzt noch zwei andere Bilder der Person gezeigt. Auch hier drauf erkenne ich eine Ähnlichkeit, bin mir allerdings nicht hundertprozentig sicher.

Ob sich dieser Mann in Begleitung eines anderen Mannes oder einer Frau befand, dazu kann ich keine Angaben machen.

Geschlossen:	Gelesen, genehmigt und unterschrieben:
Kammer, KHK	Sven-Olaf Pattmann

Vermerk
Die Ehefrau des Opfers, Frau Regina Schmitz (weitere Pers. bekannt), wurde heute aufgesucht und zu den Angaben des Sven-Olaf Pattmann befragt.
Sie gab, wie schon in der ersten Vernehmung (Bl. 38 d. A.) an, ihr Mann habe sich von Mittwoch, dem 21.03.01, bis Samstag, dem 24.03.01, auf einer Geschäftsreise im norddeutschen Bereich befunden. Wen er dort getroffen habe, könne sie nicht sagen, um die geschäftlichen Termine ihres Mannes kümmere sie sich nicht. Die Möglichkeit, ihr Mann könne während der Karnevalstage in einem Lokal in Köln gesehen worden sein, bezeichnete sie als völlig abwegig. Sie habe täglich mit ihm telefonischen Kontakt gehabt und gehe davon aus, dass er sich nicht in Köln aufgehalten habe. Die Frage, ob ihr Mann schon einmal Lokale besuchte, in denen vorwiegend Homosexuelle verkehrten, verneinte sie vehement. Sie habe niemals auch nur andeutungsweise derartige Neigungen an ihrem Mann festgestellt.
Da der Terminkalender des Opfers bisher nicht aufgefunden wurde, konnte lediglich aus den sichergestellten Daten der Festplatte des Computers ein geschäftlicher Termin am 21.03.01 um 16.00 Uhr bei einer Küchenfirma in Herford ermittelt werden, den das Opfer auch wahrgenommen hat (Bl. 65 d. A.)

Kammer, KHK

Nächstes Fähnchen. Jetzt ’ne Kippe, ohne Filter, nur drei Zug.

Vernehmung des Robert Ertel, 12.03.43 in Koblenz. Personalienbogen, Beruf: Kaufmann.
Zur Person:
Ich bin ein früherer Kollege des Hans Werner Schmitz, und wir haben, d. h., ich habe in seiner Firma gearbeitet. Uns verbindet seit dieser Zeit eine lockere Freundschaft, die wir auch nach dem Konkurs aufrechterhalten haben und zu gelegentlichen Treffs auf ein Bier oder aber zum Golf nutzten.
Zur Sache.
Ich habe Hans das letzte Mal am 14.02.01 getroffen. Ich weiß das so genau, weil ich es mir in meinem Terminkalender notiert habe. Wir waren gemeinsam essen und haben dort verabredet, die Golfsaison zu eröffnen, wollten deshalb aber noch einmal Kontakt aufnehmen.
Das habe ich am Abend des 05.03.01 gemacht. Ich habe ihn auf seinem Handy gegen 21 Uhr 30 erreicht. Er machte einen lockeren und sehr gut gelaunten Eindruck, und ich hatte das Gefühl, dass er etwas getrunken hatte.

Wo ist der Obduktionsbericht? Hatte der Alkohol im Blut? Gleich Klöpper fragen, ist schneller.

Ich habe ihn darauf scherzhaft angesprochen und gefragt, ob es ihm gut gehe, und er antwortete, es gehe ihm sehr gut. Als ich mit ihm den Termin zum Golf verabreden wollte, forderte er mich zum Warten auf, und ich hörte, wie er mit einem Mann sprach. Er bat mich dann, ich solle in einer Viertelstunde noch einmal anrufen, er käme jetzt nicht an seinen Terminkalender.

Als ich ca. 15 Minuten später wieder anrief, war das Handy aus. Ich habe es dann noch zweimal probiert, ihn aber nicht mehr erreicht.
Wenn ich jetzt gefragt werde, ob ich im Hintergrund etwas gehört habe, so meine ich mich zu erinnern, dass dort neben der Männerstimme leise Musik spielte.
Wo er war oder in welcher Gesellschaft er sich befand, darüber hat er nicht gesprochen, unser Gespräch hatte im Wesentlichen den oben wiedergegebenen Wortlaut.

Geschlossen:	Gelesen, genehmigt und unterschrieben:
Kruse, KK	Robert Ertel

21 Uhr 30. Da muss er schon mit Michels zusammen gewesen sein. Oder irgendwo in einer Kneipe oder Bar, auch möglich.

Michels da kennen gelernt, noch gemeinsam ein anderes Lokal aufsuchen. Michels sieht, dass er reichlich Kohle dabeihat. Mitgehen, gute Gelegenheit, eins über die Rübe, die Kohle nehmen. Oder vorher grad noch zu Hause vorbei, war damals ja noch ledig, Schlag auf den Kopf, verkleben, die Wertsachen abnehmen, ablegen. Aber warum sollte er mit Michels mitgehen. Was Geschäftliches?

Im Westen zwischen den Wolken eine blaue Insel, ist ja unglaublich, seit Tagen nicht gesehen. Als wenn man im Urlaub nach fünf Stunden Autofahrt den ersten Blick aufs Meer wirft. Vor einer Wolke ein Pfeil Zugvögel, spitzer Winkel. Jetzt noch, Ende November. Spät dran.

11 Uhr 56

Atze und Ulla sitzen nebeneinander, er zeigt ihr was bei Spur 111. Sie liest, hat begriffen, leicht genervte Miene. Die Tür steht auf, VG und Regina kommen auf dem Flur vorbei, beide im Mantel, VG mit Tasche unter dem Arm.

»VG.«

Ulla wendet blitzartig den Kopf. »Wehe, du machst einen Spruch, Konni.« Mit ausgestrecktem Zeigefinger und Glut im Blick.

VG kommt gelangweilt zurück.

»Schon gut, hat sich erledigt.«

Er nickt abwartend, ungläubig, mit stiller Drohung.

»Wir sind unterwegs, Ulla, klären zwei Anrufe auf den Zeitungsartikel von heute Morgen ab.«

Er dreht sich, ein letzter böser Blick, stößt fast mit Klöpper zusammen. Der balanciert rechts einhändig drei Ordner, links einen dampfenden Kaffeepott. Er zieht sein Jackett aus, hängt es über die Lehne, setzt sich.

»So, ich habe mir erst mal den letzten Fall, Neumann, vorgenommen, so viel Zeit war ja noch nicht. Gleich am Anfang 'ne Frage: Du sagtest, das Opfer aus Weiden sei homosexuell gewesen. Hast ja gelesen, bei uns gab es auch einen vagen Hinweis darauf. Könnte Homosexualität in irgendeiner Weise 'ne Rolle spielen?«

»Glaub ich nicht. In unseren beiden Fällen können wir zur Sexualität einmal sagen, dass bei Kunz, vielleicht auch aufgrund des Alters, einfach keine Aussagen gemacht werden können. Und das letzte Opfer, Neumann, hast du ja gelesen, war eindeutig hetero. Der hatte nach dem Tod seiner Frau verschiedene Geschichten mit jüngeren Frauen, sehr zum Leidwesen seiner Schwester, die das ziemlich gestört hat. Die fand schon die noch recht knackige Putzfrau von ihm relativ unpassend.«

»Und wenn die Sexualität dabei gar nicht das Wichtigste ist, vielleicht nur genutzt wird, damit er besser an seine Opfer kommt?«

»Schwer zu sagen, aber ich glaub es nicht. Bei unseren spricht jedenfalls nichts dafür.«

Denkende Augen. »War auch nur so ’ne Idee.« So ganz ist er damit noch nicht fertig.

»Aber Stichwort Weiden ist gut.«

Die Freisprecheinheit in die Mitte des Tisches, wählen.

»Lechleitner, Kripo Weiden.« Sonor, getragen, noch mürrischer als vorhin.

»Ja, Kirchenberg, klappt ja prima. Wie bin ich zu verstehen?«

»Sehr gut. Drei bis vier ohne Nebengeräusche.«

»Dann kann’s losgehen. Ich sag dir mal kurz, wer hier noch mit am Tisch sitzt, damit du im Bilde bist. Das ist die Kollegin Ulla Wiesing, die leitet die beiden MKs hier vor Ort, dann der Kollege Jäger, der ist Aktenführer, außerdem noch Günter Klöpper aus Leverkusen. Ich hatte vorhin im Vorgespräch ja schon gesagt, dass wir auf euren und einen zweiten Fall durch die Fallanalytiker vom LKA gekommen sind, und der Kollege Klöpper hat in 2001 die Ermittlungen in diesem Fall geleitet. Leider haben wir gegenseitig unsere Ermittlungsakten nicht vorliegen, müssen wir irgendwie versuchen, das mündlich zu machen.«

»Ja, ich hatte ja eben schon angedeutet, dass wir damals eigentlich ziemlich sicher waren und ich es bis heute bin, dass wir die Täter kennen.« Der Lautsprecher gibt seiner Stimme elektronische Leblosigkeit. Klingt trotzdem mürrisch. »Unser Opfer Adolf Benz war Beamter in einer mittleren leitenden Funktion, er war im Rat einer kleinen Stadt hier in der Nachbarschaft, nichts Bedeutendes, und er war schwul, hat das zwar nicht offensiv gelebt, es war aber auch nicht unbekannt. Wir konnten damals ermitteln, dass er eine Beziehung zu einem etwas zwielichtigen Geschäftsmann aus Bamberg hatte, den er in einem Internetforum kennen gelernt hatte, und der das Ganze eben nicht offen gelebt hat. Die Beziehung ging in die Brüche, und Benz hat dem früheren Lover gedroht, ja, ihn fast ein wenig erpresst, dass er die Sache an die große Glocke hängen würde. Das konnten wir aus einem sichergestellten Brief ersehen, und der Erpresste hat das auch nach einigem Zögern zugegeben. Wir glauben, dass dieser Mann mit seinem neuen Partner für den Mord verantwortlich ist. Wir haben Fasern vom Opfer im Fahrzeug des Täters sichern können, er konnte das damals aber erklären, die beiden hatten schließlich noch Kontakt gehabt. Wir haben leider keinen dringenden Tatverdacht hingekriegt. Trotzdem bin ich aufgrund der gesamten Situation ziemlich sicher, dass er unser Mann war. Er ist übrigens 2003 gestorben.«

»Gibt's Fakten, die dagegen sprechen? Ich meine, du bist sehr überzeugt, aber trotzdem.« Klöpper. Sieht schon eigenartig aus, wenn jemand mit 'nem Plastikkasten spricht.

»Das Einzige, was wirklich dagegen sprechen könnte, war, dass sie bis etwa drei Uhr in der Nacht vor dem Auffinden der Leiche ein Alibi hatten. Wenn das stimmte und der Mann sich damals nicht vertan hat, könnte es mit der Liegezeit der Leiche etwas knapp werden.«

»Ich möchte dich trotzdem bitten, ein paar Sachen nachträglich zu überprüfen. Wir sind zurzeit noch dabei, ein Bewegungsbild von unserem Tatverdächtigen zu erstellen, und der hat zur damaligen Zeit in Amberg gewohnt, das muss bei euch in der Nähe sein.«

»Ungefähr fünfzig Kilometer.«

»Wenn wir das Ganze komplett mit Wohnungen und Arbeitsstellen haben, könnt ihr das vielleicht noch mal neu überprüfen.«

»Habt ihr damals eine Opfer-DNA gemacht?« Ulla, alle anderen starren auf den Kasten.

»Nein, haben wir nicht. Gehörte 98 noch nicht zum Standard.«

Die Tür geht auf, Thorsten.

»Jetzt nicht!« Ulla genervt, rettet einen Rest Freundlichkeit herüber.

»Ist aber wichtig. Zwei Leute von der Wache sind hier, die haben euren Penner vom Supermarkt.«

»Was? Soll Ernst machen.«

»Ernst ist nicht da«, Ulla von der Seite, »der ist in der Wohnung Neumann, weil heute Morgen der Mensch von der Safefirma kommt. Ist auch besser so, der war heute ungenießbar.«

»Das hat sich eh schnell erledigt, wie ich das sehe.« Thorsten macht ein Fischmaul.

»Wieso?«

»Na, weil der sich auf den ersten Blick mindestens die Hälfte seines Gehirns weggesoffen hat.«

»Ich komme.«

»Irgendwelche Probleme?« Der Lautsprecher stellt Fragen.

»Macht schon mal weiter.«

Draußen ein junges Kollegenpärchen, sie haben ihn in der Mitte. Graue Haare, grauer Bart, seine Augen wandern ständig, vermeiden Kontakt. Die Lippen sind ununterbrochen in Bewegung, er brabbelt.

»Hallo, ich bin Ingo. Ihr hattet ja darum gebeten, dass wir öfter mal am Supermarkt vorbeifahren. Heute haben wir ihn hier angetroffen. Hatte es sich mit drei Flaschen Bier gerade in seinem Wohnzimmer gemütlich gemacht.«

Brabbeln.

»Nach Personalpapieren haben wir noch nicht gesehen«, die Kollegin übernimmt, »obwohl sich das mit dem Gestank noch in Grenzen hält, hatten wir schon schlimmer.«

Stimmt, er riecht nur etwas streng, mittlere Bierfahne, keine Pisse. Die Steppjacke ist zwar siffig, die Turnschuhe auch, aber die Hände sind in letzter Zeit mal gewaschen worden.

»Ich nehme ihn mal mit. Danke für die Unterstützung. Ach ja, wie heißt er?«

»Der labert die ganze Zeit. Ich vermute mal, Walter, aber sicher bin ich mir da nicht.«

»Na, Walter, alles klar? Wollen Sie mal mitkommen?« Mal mit »Sie« anfangen, kann kein Fehler sein.

»Ja, ja, mitkommen, mitkommen. Hat keinen Zweck, keinen Zweck, Walter kommt mit, Polizei, hat keinen Zweck.« Kleine Pause. »Komm, lass das, Hand da weg, du machst das immer wieder, schon seit Jahren, niemand will da eine Hand,

Hände sind böse, nein? Hände sind nicht böse? Böse Orte, Hände sind böse an bösen Orten. Ha, blöde Sau, fang nicht wieder mit der Singerei an, blöde Sau…«

Er trottet hinterher, die Bierfahne weht ihm einen halben Meter voraus. Stille Verständigung mit Thorsten, er bleibt dabei, geht vor in den Vernehmungsraum. Mit flotten Bewegungen schiebt er den Drehstuhl zur Seite, stellt einen Brettstuhl hin. Er setzt sich, sein Blick bleibt abwesend

»… immer diese Singerei. Sollte man einsperren, sollte man. Halt die Fresse. Diese Singerei, ist ja nicht zum Aushalten.«

Das können wir wohl vergessen. Die Hälfte weggesoffen, hat Thorsten ja fast noch untertrieben. Direkt davorsetzen, nicht zu dicht, freundlich sein.

»Du bist also Walter?« Das mit dem Siezen vergessen wir mal.

Er stockt für eine Sekunde.

»Walter ist da, Walter kommt mit, Walter macht keinen Ärger.«

»Und Walter, das bist du? Hast du einen Ausweis, Walter?«

Sein Blick wandert nicht über Brusthöhe, er atmet tief, seine Stirn glänzt.

»Walter ist da, kommt mit.«

»Möchte Walter einen Kaffee?«

»Walter macht keinen Ärger.«

»Oder will Walter lieber ein Bier?«

»Walter mag Bier.«

Thorsten nimmt den Blick auf, verlässt den Raum.

»Ist warm hier drin, will Walter seine Jacke ausziehen?«

Er löst die Druckknöpfe, zieht den Reißverschluss auf, zuckt kurz wie ein Huhn mit dem Kopf.

»Diese verdammte Scheißsingerei«, er zieht die Jacke wieder zu, »wenn man es nicht tausend Mal sagt, keiner hört doch, das ist es, keiner hört doch zu, verdammt. Ja, ja, es gilt das gesprochene Wort, jaja, Gelaber, nur Gerede von Fremden, wenn die Augen fremd sind, bleibt das Gelaber auch fremd, gestern auch wieder, man geht nur da lang, nur da lang, einfach auf der Straße, nicht in Fenster gesehen, Fenster fressen Blicke, die Straße frisst Schritte, nicht in Fenster gesehen…«

»War Walter gestern am Supermarkt?«

»… und wer will das schon, will einer das wirklich? Ha«, er lacht laut, »könnte man mal probieren, aber Verantwortung, wer übernimmt die Verantwortung?«

Thorsten kommt rein, stellt ihm eine Flasche Bier hin. Er stockt kurz, sieht die Flasche an, ansonsten kein Blickkontakt, nicht für eine Tausendstelsekunde.

»Will Walter seine Jacke ausziehen? Ist warm hier drin.«

»Walter mag keine Kälte.« Er streift langsam die Jacke von der Schulter.

»Wir hängen sie auf, ja.?« Thorsten nimmt das Ding, bedächtig zum Kleiderhaken, einmal schnell in alle Taschen gegriffen. Er hält einen vergilbten Zettel hoch.

Walter nimmt das Bier, trinkt fast genießerisch.

»Walter war heute wieder am Supermarkt?«

»Montags immer.« Ein Zucken auf seinem Gesicht. »Dass ich nicht lache, Liebe, wer sagt denn so was, Liebe, alles nur Sprüche, Liebe jagt einem die Angst aus den Gedärmen«, ausgiebiges Kichern, »'ne schöne Runde ficken, aber gesagt hat das nie einer, alles nur Täuschungsmanöver, fremde Menschen, fremde Augen, fremde Worte.« Er nimmt einen Schluck, wird ruhiger.

Thorsten winkt mit beiden Händen ab, hat wahrscheinlich Recht, davon ist nichts zu gebrauchen.

»Montags ist Walter immer am Supermarkt?«

»Montags immer. Morgens Getränke-Meier. Guter Fahrer.«

»Der Fahrer mag Walter?«

»Der Fahrer mag Walter.«

»Der gibt Walter Bier?«

»Walter mag Bier. Guter Fahrer.«

Thorsten legt den Kopf schief, dreht den Daumen nach oben und unten. Seine Stelle war ja auch direkt am Flaschenlager, hat's wahrscheinlich mal Kontakt gegeben. Notieren, nachfragen.

»Mittwochs auch ein guter Tag?«

»Mittwoch Westmilch.«

»Auch ein guter Fahrer?«

»Kein guter Fahrer. Mittwoch guter Müll.«

Was heißt das? Schmeißen die ihre alten Sachen in den Müll, und er holt sich die?

»Mittwochs guter Müll?«

»Mittwoch guter Müll. Donnerstag manchmal.« Er trinkt einen Schluck, die Flasche ist leer. Thorsten sieht den Wink, geht los.

»Walter war länger nicht da, am Supermarkt. Hat das mit dem Müll zu tun?«

Wieder die Hühnerbewegung.

»Der Teufel wohnt hinter den Wänden aus Licht, aber keiner sieht das, wie auch, ist wie Musik, wer würde das wollen …«

Thorsten kommt wieder, Ernst im Schlepptau. Er stellt ihm die Flasche hin, Ernst geht aus seinem Sichtfeld, stellt sich ans Fenster.

»… wer sollte das schon sein? Brüder, wir wären Brüder, aber alles schmeckt nach Granatapfel, ja, Granatapfel. Wer? Ich? Wer das klaut, trinkt auch Tierblut, sagen sie ja, ist gar nicht von mir, immer alles abstreiten …«

»Will Walter noch ein Bier?« Einmal die Flasche anheben, geräuschvoll abstellen.

Er ist still.

»Walter mag Bier«, nimmt einen Schluck.

»Walter holt sich manchmal Sachen aus dem Müll?«

»Mittwoch guter Müll, Donnerstag manchmal.«

»Hat Walter mal was Schlechtes im Müll gefunden?« Er sagt nichts, verzieht den Mund. »Walter sollte was trinken.« Er trinkt. »Hat Walter mal was im Müll gefunden, was da nicht hingehört?« Er trinkt. »Hat Walter mal einen Menschen im Müll gesehen?« Zucken.

»Scheißsingerei, verdammte.« Na, super. »Tausend Mal gesagt, aber nur Fremde, wie soll man hören mit fremden Ohren, will doch keiner hören, und diese Fenster, gefährliche Fenster, Fenster fressen Augen, aber sag das mal einem, wer zerstört hier eigentlich wen? Gelaber und Gerede, und, hört einer zu?«

»Will Walter noch trinken?«

Er ist still. Es klappt.

»Hat Walter mal einen Menschen im Müll gefunden?«

Er trinkt, noch einen Schluck, noch einen.

»War ganz kalt.« Sein Blick immer noch auf Wanderung, aber etwas ruhiger.

»War ganz kalt?«

Einen Schluck.

»Walter will wärmen. Walter hat nichts.«

»Nichts zum Wärmen da?«

»Walter hat nur eine Decke, Walters Decke. Walter mag keine Kälte.«

»Hat Walter gesehen, wer das in den Müll getan hat?«

Er trinkt, atmet hörbar.

»Es war dunkel. Hat Walter was gesehen?«

Wir brauchen Michels Bild aus der Nürnberger Akte, 'ne Gegenüberstellung brauchen wir mit dem eh nicht zu machen. Ist zwanzig Jahre alt, aber Michels hat sich nicht sehr verändert. Notieren. Ernst nimmt den Zettel, zwei Sekunden Skepsis, er geht.

»Walter macht keinen Ärger.«

»Konnte Walter was sehen im Dunkeln?«

»Wenn die Klappe aufgeht, geht das Licht an.«

Sieh an, sieh an. Hat er nicht bedacht. Ernst kommt wieder, bleibt seitlich stehen.

»Hat Walter den Mann gesehen?«

»Blauer Müllsack.«

»Hat Walter den Mann gesehen?«

»Blauer Müllsack, wieder mitgenommen.«

»Hat Walter das Gesicht von dem Mann gesehen?«

»Wenn die Klappe aufgeht, geht das Licht an.«

Kurze Aufforderung, Ernst reicht das Bild.

»Hat Walter diesen Mann gesehen?«

Das Bild auf den Tisch, er streift es kurz, dann etwas länger, sein Atmen ist zu hören, er trinkt, noch ein kurzer Blick. Das Zucken.

»Liebe, alles nur Täuschungsmanöver, spanische Wände, wer Angst hat, soll Liebe nicht probieren, alles nur Sprüche…«

»Na, was meint ihr?«

»… kann es doch nicht geben…«

»Schon eigenartig, aber längst kein Beweis.« Ernst verschränkt die Arme.

»… Brüder haben keine fremden Augen…«

»Schwer zu sagen. Gesehen hat er auf jeden Fall was.« Thorsten kommt aus seiner Ecke.

»… die Wahrheit ist aus Glas…«

»Wir machen das Ganze später noch mal, aber dafür brauchen wir ein aktuelles Bild von Michels.«

»… 'ne schöne Runde ficken…«

Alle sehen sich an. Thorsten muss lachen.

»Der Tipp zum Wochenanfang.«

15 Uhr 10

Scheibenwischer Stufe eins hat Mühe.

An alles gedacht, eigentlich. Nach außen hin eine normale Familie, Häuschen im Grünen, blitzsauberer Vorgarten, Mondeo Kombi. Und fleißig sind wir und christlich, und unser Ruf ist so sauber wie unser Vorgarten. Wenn er's wegen der Kohle macht, wozu braucht er die? Zocken? Sitzt er noch irgendwo mit drin? Aber dann lebt man doch anders, wozu dann diese Fassade? Vielleicht ist es gar nicht die

Kohle. Was hat Oli gesagt? Diese Machtgeschichte kommt auch vor.

Stufe zwei ist zu hektisch, furchtbar.

Mitnehmen, bewusstlos schlagen, ausziehen, fesseln. Er liegt nackt und schutzlos da, völlig schutzlos. Dann langsam würgen, loslassen, würgen, er windet sich, loslassen. Noch mal dasselbe. Aber irgendetwas muss er gegen das Schreien tun. Das Klebeband. Vielleicht schneidet er ihnen ein kleines Loch vorne rein, zu klein zum Leben, groß genug zum langsamen Sterben. Der Atem wird immer schneller, erste blaue Spuren im Gesicht, es pfeift durch das Loch, Rotze fliegt heraus, immer schneller, das Klebeband wird fast zerrissen, die Augen treten aus den Höhlen. Er sitzt davor, genießt es. Kann man an so was Freude haben?

Blinker, kein Parkplatz in Eingangsnähe frei, der Regen wie eine Wand. Dann erst zu Kronenberger.

Drei Kassen besetzt, normaler Betrieb. Hinter der ersten ein hennaroter Pferdeschwanz mit Nasenpiercing.

»Guten Morgen, können Sie mir sagen, wo ich Herrn Kronenberger oder seinen Vertreter finde?«

»Neben der Fleischtheke durch, dann rechts, da ist das Büro.« Sie bedient einen Bauarbeiter, zwei Schachteln Kippen, Cola. Dahinter eine Frau mit Kind vor sich im Wagen. Das Kind greift nach den Süßigkeiten. »Nein, Corinna.«

Nicht schon wieder.

Die Fleischverkäuferin wirft misstrauische Blicke.

»Ich muss zu Herrn Kronenberger.«

Auf der Tür in Augenhöhe ein Büroschild, er sitzt drinnen, bespricht mit einem Älteren irgendwelche Listen, reagiert auf das Klopfen.

»Morgen. Ich bin Konstantin Kirchenberg von der Kripo, wir hatten schon mal telefoniert.«

»Morgen, Herr Kirchenberg, lernen wir uns mal kennen. Das ist mein Vertreter, Herr Wagner.« Kurzes Händeschütteln.

»Ich wollte mir hinten am Fundort noch einmal etwas ansehen, und da kann ich Ihnen gleichzeitig ein paar Fragen stellen. Haben Sie ein paar Minuten Zeit?«

»Nur zu.«

Der Block.

»Sie haben vielleicht mitbekommen, dass wir seinerzeit im Gebüsch auf dem Lärmschutzwall eine Obdachlosenunterkunft gefunden hatten, die uns noch genutzt erschien.«

»Ja, ich erinnere mich. So dolle finde ich das nämlich nicht, dass da oben ein Landstreicher wohnt, ist nicht gerade verkaufsfördernd. Aber gehört ja nicht mehr zu unserem Gelände.«

»Wir haben jetzt den Bewohner, wenn Sie so wollen, angetroffen, der auf der einen Seite völlig verwirrt zu sein scheint, allerdings auch klare Phasen hat und ein wichtiger Zeuge sein könnte. Um das zu überprüfen, brauche ich ein paar geschäftliche Angaben.« Er nickt. »Er hat zum Beispiel erzählt, montagmorgens käme die Firma Getränke-Meier.«

»Das ist richtig. Wir haben auch noch andere Getränkelieferanten, aber Meier kommt montags.«

»Mittwochs die Firma Westmilch.«

»Die kommen öfter, aber mittwochs kommen die auch.«

»Den Rest der Woche kommen die sehr früh, am Mittwoch etwas später, vielleicht deshalb.« Wagner mit tiefem Bass.

»Schon möglich. In einer zweiten Vernehmung hat er dann noch einen Brotlieferanten am Donnerstag genannt.«

»Wir arbeiten mit verschiedenen Bäckern zusammen, der für die Frischware kommt natürlich täglich, aber für die länger haltbaren Produkte kommt die Firma Kummerer donnerstags, das ist richtig.«

Hat er keinen Scheiß erzählt, unser Walter. Dann hat er auch die Ablage der Leiche gesehen. Zu blöd, dass er dermaßen einen an der Waffel hat.

»Das reicht mir schon, meine Herren. Eventuell brauchte ich diese Daten noch schriftlich, ist das ein Problem?«

Kein Problem. Kurzer Gruß, sie nehmen sich wieder die Liste vor.

Irgendwas zu essen mitnehmen, wenn man schon mal hier ist. Was Gesundes oder was Leckeres? Beides.

Vor der Fleischtheke kein Kunde, die Misstrauische von eben kann auch lächeln. Ja, ja, Leute, die beim Chef waren, lächelt man besser an. Was nehmen wir denn? Beamtenforelle, genau. Richtig schön ungesund fettig.

»Was darf's sein?«

»Geben Sie mir doch das Stück Fleischwurst, dort. Nein, ruhig das größere. Ja, das war's, danke!«

Sie packt es ein. Am Milchregal noch eine Buttermilch, beim Bäcker ein Brötchen. Die Hennarote sieht einen auch beim Zahlen nicht an.

Der Regen hat fast aufgehört, das Öl in den Pfützen schimmert ruhig, nur noch einzelne Tropfen.

An den Müllcontainern eine gefleckte Katze, macht sich beim Näherkommen aus dem Staub. Das Gras am Durchgang zu seinem Schlafplatz liegt schlaff und braun, an den Büschen aber noch genügend Blätter zur Deckung. Umdrehen. Von hier aus sind es keine fünfzehn Meter bis dahin. Wenn er den Wagen rückwärts rangefahren hat, konnte er ihm genau ins Gesicht sehen, wenn die Klappe geöffnet wurde. Schon möglich. Wenn er bloß nicht so einen an der Waffel hätte.

Der Takt der Tropfen auf dem blechernen Dach des Flaschenlagers wird wieder schneller, besser zum Auto.

Die Rücklichter verlieren in den Sprühschleiern ihre Konturen, Bremslichter färben den Nebel rot. Auf der rechten Spur zieht einer mit Affenzahn vorbei. Z 3. Idiot, bei den Verhältnissen. Das war doch der Comedian. Hinterher. Die nächste Ampel ist rot, er steht zwei Fahrzeuge weiter. Grün, Blinker, ja, darf ich, danke, nicht schimpfen, ist ein Notfall. Noch ein Fahrzeug, rechts rüber, gleiche Höhe. Auf dem Beifahrersitz Ayse. Das ist tatsächlich Ayse. Beim Scherzweltmeister im Auto. Bloß nicht sehen lassen, bremsen. Der von hinten hupt lange. Ja, sorry. Abbiegen, dann am Bahnhof vorbei.

Was macht die nachmittags in seinem Auto? Mit ihm? Nach der Verabschiedung gestern Abend?

Im Rückspiegel die Augen, die Falten sind gut zu erkennen.

Wovon träumst du eigentlich, Einfaltspinsel?

17 Uhr 17

Atze ist fertig. Er ordnet seine Papiere, ordert nebenbei wortlos den Aschenbecher.

»So, das wär's von uns.« Ulla beugt sich nach vorn, stützt

sich auf die Ellbogen. »Aber das war ja nicht der Grund dafür, dass wir diese Besprechung angesetzt haben, sondern dass es bei euch einiges Neues zu berichten gibt und wir gern alle auf dem gleichen Informationsstand hätten.« Ein Peitschenblick zu VG. »Machst du den Anfang, VG?« Süßlichsüß. Das hat sie echt angefressen.

»Wir haben heute Morgen mehrere Anrufer aufgesucht beziehungsweise zur Dienststelle gebeten, die sich aufgrund der Pressemitteilung gemeldet haben. Das Meiste davon war nicht sonderlich interessant, könnt ihr nachlesen, allerdings eine Zeugin war bemerkenswert. Die Frau arbeitet im Restaurant des Parkhotels und ist sich ziemlich sicher, Harald Neumann am 22.11., also am Dienstagmittag, dem Tag vor dem Auffinden der Leiche, im Restaurant bedient zu haben. Wir haben ihr alle drei Bilder gezeigt, die wir von ihm haben, und sie hat ihn auf allen dreien erkannt. Sie kann sich deshalb daran erinnern, weil er, wie sie sagt, beim Bezahlen und Bestellen ziemlich gebaggert hat. Die Frau ist Anfang vierzig, so 'n Martina-Gedeck-Typ und recht attraktiv.« Er sieht zu Regina, bestätigendes Nicken.

»Ja, ja, der alte Stiel, meldet sich immer zu Wort, selbst im Alter noch.« Klöpper, lacht laut über den eigenen Scherz. VG mit offenem Mund, braucht einen Augenblick zum Verdauen. Einige andere auch. Altenkamp kommt rein mit Thermosflasche. Ja, ist noch frei. Er setzt sich, zur Begrüßung ein Klaps auf die Schulter, gießt sich grüne Brühe ein, grinst.

»Jedenfalls ist sie sich sicher, dass er dort zwischenzeitlich mit zwei Männern gesessen hat, von denen sie nur den einen sehr vage beschreiben kann. Das deshalb, weil die, wie gesagt, nicht lange bei ihm saßen. Neumann selbst ist nach ihrer Aussage auch bald danach gegangen. Wir haben sie gefragt, ob sie den Eindruck hatte, dass die sich verabredet hatten und sich vielleicht hinterher noch mal getroffen haben könnten. Dazu konnte sie aber nichts sagen, wollte auch nicht zu sehr spekulieren.«

»Trotzdem«, Ulla, wieder normaler Tonfall, »wenn es wirklich Neumann war, wovon erst mal auszugehen ist, sind die beiden natürlich interessant für uns, vor allem in Bezug auf das, was Ernst gleich noch zu berichten hat.«

»Wir fahren gleich noch einmal dahin, weil zwei andere Angestellte, die an dem Tag auch gearbeitet haben, dann ihren Dienst beginnen. Denen legen wir die Fotos auch vor, und vielleicht haben die ja noch was anderes beobachtet.«

»Haben wir schon ein aktuelles Bild von Michels, Konni?«

»Nein, dazu sind wir bisher noch nicht gekommen, wir haben nur das aus 84. Das ist aber nicht sooo schlecht. Hat sich vom Typ her nicht groß verändert, der Mann.«

»Sobald wir eins haben, können wir das der Dame ja vorlegen. War's das?«

VG und Regina nicken.

»Ernst?«

Ernst bläst einen Rest Rauch über die Köpfe, eine Falte zwischen den Brauen.

»Wir haben heute nach einiger Mühe Neumanns Safe im Badezimmer geöffnet.« Raunen, Ernst blickt von seinen Notizen auf. »Hatten das noch nicht alle mitbekommen? Der hatte seinen Safe im Badezimmer hinter einer Heizung, schon nicht schlecht getarnt, das Ding. Die beiden Mitarbeiter von der Safefirma haben den aufbekommen, und es fanden sich darin neben Aktien, einigen Diamanten und verschiedenen

Zertifikaten auch dreiundsechzigtausendzweihundert Euro in bar.« Pfeifen, Donnerwetter, mein lieber Schwan. »Ich wäre euch dankbar, wenn ich mal in Ruhe zu Ende erzählen könnte.«

Ernst, was ist denn los? Schlechten Sex gehabt, gestern?

»Wenn einer so viel Kohle im Safe und nicht auf der Bank hat, noch dazu so ein geschäftstüchtiger Typ wie Neumann, ist klar, dass es sich dabei um Schwarzgeld handelt. Wir blicken noch nicht so richtig durch seine Buchhaltung durch, da würde ich morgen gern einen von euch Wirtschaftskriminellen dabeihaben.« Er blickt zu Hans und VG, anbietendes Nicken. »Aber der scheint nicht nur gesammelt zu haben wie ein Verrückter, sondern hat auch mit verschiedenen Sachen gehandelt, so viel ist schon klar. Am bemerkenswertesten ist aber, dass er ziemlich genau ist und in dem Safe auch die Ein- und Ausgaben seines Schwarzgeldes exakt notiert hat. Danach«, er hält ein kleines Heftchen hoch, »müssten sich dort aber genau zwölftausend Euro mehr drin befinden. Da er hier wirklich jeden Betrag festgehalten hat, auch wenn es nur fünfhundert Euro waren, ist es zumindest eine legitime Annahme, dass er das Geld am Tattag da rausgenommen hat. Zumal der letzte Eintrag vom 15.11.05 ist, also gut eine Woche vor der Tat. Da hat er tausendfünfhundert Euro dazugetan.«

»Das heißt, es könnte sein, dass er mit dem Geld am Tattag unterwegs war, um, was weiß ich, irgendwas von irgendwem zu kaufen?« VG, Zeigefinger auf den Lippen.

»Möglich. Oder er wollte Schulden bezahlen oder jemandem was leihen, wir wissen es nicht.« Als wenn ihn alles nerven würde. »Auch die Schwester, die haben wir schon befragt, hat keine Ahnung. Die wusste nicht mal, dass Brüderchen so viel Geld im Haus hatte.«

»Trotzdem«, Atze dazwischen, »die Möglichkeit, dass er am Tag seines Verschwindens mit so viel Geld unterwegs gewesen sein könnte, wirft doch bezüglich des Motivs ganz neue Wahrscheinlichkeiten auf.« Stille, alle denken.

»So neu nun auch wieder nicht. Bisher haben wir ein räuberisches Motiv für wahrscheinlich gehalten.«

»Wo war Michels an dem Tag, Konni?« Ulla, sieht rüber, stützt ihr Kinn auf den Handrücken.

»Darüber wissen wir noch nicht so viel. Laut Fahrtenbuch ist er an dem Tag zumindest nicht mit dem Transporter unterwegs gewesen. Wenn wir mehr über ihn rauskriegen wollen, haben wir uns ja schon was überlegt, du weißt es. Aber dazu sage ich vielleicht gleich mehr für alle, wenn Ernst fertig ist.«

»Das war es eigentlich schon.« Er winkt ab. »Ansonsten haben wir mit der Schwester und anhand von Fotokopien, die er angelegt hatte, versucht, das Gestohlene durchzugehen. Das wird noch einige Zeit dauern, aber so wie es jetzt aussieht, haben die nur Dinge mitgenommen, die man leicht zu Geld machen kann. Von den Münzen vermutlich in erster Linie die Alben, in denen keine Raritäten waren. Zehn-Mark-Stücke und solches Zeug. Sobald wir da auf Sachen stoßen, nach denen man zum Beispiel bei Ebay fahnden könnte, bringen wir das natürlich sofort auf den Weg.«

Ernst ist fertig, Atze hat noch eine Frage, verschluckt sie, später.

»Okay, Konni, schieß los.«

Sonja steht mit auf, rollt die drei aneinandergeklebten Flipchartbögen auseinander, holt Klebeband aus der Tasche. Hat wirklich an alles gedacht.

Gedämpftes Erstaunen, Sprüche. Scheißtapete, moderne Kunst, sonst nichts zu tun. Sie werden stiller.

»Ihr wisst, dass wir uns mit drei Teams seit Freitag verstärkt um Bernd Michels kümmern. Ausgangspunkt war die Aussage eines litauischen Lkw-Fahrers...«

Genörgel, alles bekannt.

»Und die Ergebnisse von Olis Recherche...«

Wissen sie auch. Hat Ulla sich das aber doch zu Herzen genommen.

»Gut, das hier ist nun das Ergebnis von drei Tagen Bürofahndung, soweit das an 'nem Wochenende möglich ist. Ihr seht, dass das ein Zeitstrahl ist, der in verschiedene Ebenen aufgeteilt wurde. Das Grüne sind die Jahre von 1992 bis heute, weil Michels 92 aus der Haft entlassen worden ist. Die schwarze Ebene darüber bezeichnet seine amtlich bekannten Wohnungen. Dabei haben wir uns auf die Anmeldedaten beschränkt, die meistens mit den Abmeldedaten der vorherigen Wohnung identisch sind. Ich glaube, das machen die Einwohnermeldeämter unter sich.« Edda und Altenkamp nicken. »Wie lange er dann wirklich da gewohnt hat, können wir natürlich nicht mit Bestimmtheit sagen. Ihr seht, teilweise ganz schön unstetes Leben. Zum Teil, wie hier 2001 in Eschweiler, hat er nur zehn Monate in einer Stadt gewohnt. Darunter, der blaue Strang, zeigt seine bekannten Arbeitsstellen. Da sind natürlich Lücken drin, in denen er entweder schwarz oder gar nicht gearbeitet hat. Die roten Kästchen bezeichnen die Taten beziehungsweise die Auffindedaten der Leichen, die wir nach

Olis Einschätzung auf vier erweitert haben. Und da wird es interessant. Der erste Mord an Adolf Benz geschah am zweiten August 98 in Weiden in der Oberpfalz. Wie ihr seht, hatte Michels seit 92 in Erlangen gewohnt, war 95 nach Chemnitz gegangen, von dort aber im August 96 wieder in den Bereich nach Amberg gezogen, das sind dreißig Kilometer vom Leichenfundort an der Autobahn entfernt.

Die zweite Tat, der Mord an Hans Werner Schmitz, wurde am sechsten März 01 in Leverkusen verübt. Der Kollege Klöpper« – er hebt die Hand, lächelt in die Runde – »war damals MK-Leiter. Michels hat, wenn ihr euch jetzt mal den schwarzen Spalt anseht …«

Zwei, drei kichern.

»… Sauigel. Wenn ihr euch jetzt mal das Schwarze anseht, hat er eine Zwischenstation im März 99 in Wiesbaden gemacht und ist dann im Mai 2000 in den Kölner Raum gezogen, genauer gesagt nach Frechen, also zehn Monate bevor in Leverkusen der Mord begangen wird, in einer Distanz zu seinem Wohnort, die der in Amberg ähnlich ist. Im Juli 01, also vier Monate nach der Tat, ist er nach Eschweiler bei Aachen gezogen, und im Mai 02 in unseren Bereich. Es fällt natürlich auf, dass bis zu den Taten bei uns eine längere Zeit vergangen ist, aber vielleicht ist in der Zwischenzeit etwas passiert, was ihn abgehalten hat, oder, auch eine Möglichkeit bei einem Ablageort im Müll, es sind nicht alle Leichen gefunden worden.«

Sie sitzen da, schauen, rauchen, denken.

»Klingt sicherlich nicht schlecht, kann aber natürlich auch alles Zufall sein.«

»Richtig, Heinz, aber zusammen mit dem, was wir bisher

haben, der VW Transporter, das defekte Bremslicht, die fast identische Ersttat, dann… Ach ja, hab ich ganz vergessen, wir haben das Fahrtenbuch aus der Firma überprüft, und danach hat Michels am Tattag den VW zu einem Kunden südlich von Hamburg gefahren. Mark und Sebastian sind die Strecke abgefahren und sie ist ca. sechzig Kilometer kürzer, als im Fahrtenbuch ausgefüllt. Er ist also an dem Tag mit dem Auto noch woanders gewesen. Dieses Phänomen tritt an verschiedenen Tagen auf, wenn Michels gefahren ist, aber nach dem neunzehnten, dem Tag des Leichenfundes, nur noch einmal. Und dann gibt es da noch etwas, was wir vielleicht verfahrenstechnisch nicht nutzen können, was für mich persönlich aber schon eine große Bedeutung hat. In der Nähe des Leichenfundortes Kunz am Supermarkt hatte Ernst ja einen Schlafplatz eines Obdachlosen gefunden. Den haben wir mit Hilfe der Kollegen von S heute Mittag da aufgegriffen und angehört, Vernehmung konnte man das nicht nennen. Der Mann ist ziemlich durch den Wind, rutscht immer von einem Bewusstseinszustand in den anderen und redet unheimlich viel Müll. Aber eben nicht nur. Zwischendurch macht er klare Angaben zum Beispiel zu Lieferterminen am Supermarkt, und die stimmen, das habe ich heute überprüft. Und er hat sehr wahrscheinlich das Ablegen der Leiche beobachtet. Wir haben ihm dann das Foto von Michels gezeigt, und er hat nach meinem Gefühl schon etwas heftiger darauf reagiert.«

»Was hat er denn dazu gesagt?« Altenkamp.

»So darfst du dir das Gespräch nicht vorstellen.« Ernst mit Kopfschütteln, genervter Seufzer. »Ich weiß nicht, ob der schizophren oder paranoid ist, so genau kenne ich mich da nicht aus, der hat auf jeden Fall einen Riesennagel im Kopf. Der spricht auch in den klaren Phasen von sich nur in der dritten Person. Trotzdem, Konni hat es ja gesagt, hat der mit großer Wahrscheinlichkeit die Leichenablage gesehen. Aber eine klare Antwort, dass das der Mann war, kriegst du von dem nicht.«

»Na ja, das alles zusammen, und jetzt diese Auffälligkeiten in den Zeitabläufen ...«

Wieder konzentriertes Schweigen.

»Außerdem«, Klöpper steht auf, kommt nach vorn, »noch Folgendes: Euer Exkollege von der OFA hatte die Idee – bisschen ungewöhnlich aber okay –, dass der Täter an den Opfern manipuliert. Ich hatte das in all den Jahren erst zweimal, aber unser Mann oder die Männer gehen sehr kontrolliert vor. Die Leichen sind fast ohne Spuren, ein Obduktionsbericht spricht sogar von der Möglichkeit, die Leichen könnten vor der Ablage gewaschen worden sein. Es ist ja auch nirgends Blut gefunden worden, und etwas hätte zumindest da sein müssen. Wir haben aber an zwei Leichen, an unserer in Leverkusen und an Kunz, Haare von Männern gefunden. Nach der Meinung des Kollegen der OFA könnten das drapierte Haare sein. Nun ist die Frage: Wie kommt man an ein zusammengehörendes Büschel Haare mit Schaft? Und da ist unser Zeitstrahl wieder interessant. Das erste Mal, dass dieses Phänomen aufgetreten ist, ist bei unserem Mord am 06.03.01. Zu dem Zeitpunkt hat Michels seit Juli 2000 die Buchhaltung in einem Bestattungsinstitut gemacht. Einer unserer Kollegen hat heute Nachmittag da nachgefragt, und der Chef konnte sich noch an Michels erinnern. Nach dessen Angaben war er zwar nur im Büro tätig und hatte mit den Toten nichts zu tun, aber er sagte auch, dass es natürlich keine Schwierigkeit gewesen sei, an die Leichen zu kommen. Das ist ein ziemlich großer Laden und die haben allein sechs Aufbahrungsräume, Michels könnte sich damals also durchaus da Haare besorgt haben.«

Wieder Schweigen mit Gehirntätigkeit.

»Und wie gehen wir weiter vor, Konni?« VG mit echtem Interesse.

»Alles, was wir im Hintergrund abklären können, ist abgefrühstückt. Die nächsten Maßnahmen, also Ermittlungen in der Firma, in der Wohnung und so weiter, können nicht stattfinden, ohne dass er mitbekommt, dass etwas gegen ihn läuft. Vielleicht weiß er das jetzt schon. Wir haben nämlich Samstag mit Einverständnis seines Chefs den Wagen mitgenommen, und Beckmann und Binz haben den untersucht. Wenn der Chef ihm das erzählt hat, ist er sowieso im Bilde.«

»Was ist dabei rausgekommen?«

»Die Ergebnisse der Mikrospuren müssen wir noch abwarten, was aber nach Beckmanns Ansicht bemerkenswert war, ist der Umstand, dass die Karre vor nicht allzu langer Zeit innen möglicherweise gründlich gereinigt worden ist.«

»Jedenfalls haben wir uns entschlossen, Konni hat es ja eben schon angedeutet, ihn vielleicht noch heute oder morgen festzunehmen und verantwortlich zu vernehmen.« Ulla mit eigenartiger Entschlossenheit. »Ich habe den Staatsanwalt eben beim Tennis erreicht. Der kommt gleich, und wenn er grünes Licht für einen Haftbefehlsantrag gibt, holen wir ihn uns, vielleicht auch erst morgen, das entscheiden wir dann taktisch.«

»Auf jeden Fall könnten wir dann schon mal anfangen, intensiv in seinem Umfeld zu ermitteln, und hoffen natürlich, dass wir auch spurenmäßig Fleisch an die Sache kriegen.«

Wieder Schweigen, fast wie in der Kirche.

»Trotzdem machen wir jetzt alles so weiter, wie geplant. Ich möchte euch nur bitten, dass wir morgen früh die Besprechung schon um acht machen. Sollte sich heute Abend was anderes ergeben, müssten wir den morgigen Tag natürlich komplett anders planen.« Ulla klappt ihren Ordner zu, zögerlicher Aufbruch.

Sonja lächelt, rollt die Tapete wieder ein.

Die sieht nackt bestimmt gut aus. Die Brille müsste sie dabei auflassen.

19 Uhr 55

»Ab sieben Uhr können wir mit dem Haftbefehl rechnen, sagt Tom Nagel. Der dringende Tatverdacht beschränkt sich natürlich erst mal nur auf unseren Fall Kunz, ist anders schlecht möglich. Wir werden ein Team schon früher an der Wohnung haben und observieren, dass er uns nicht noch abgeht. Du machst die Vernehmung?« Ulla hält den Ordner mit links umfasst, drückt mit rechts die Klinke runter.

»Natürlich, zusammen mit Ernst, der könnte den Anfang machen mit seiner versteckt einschüchternden Art. Wenn er drüben im MK-Raum ist, schick ihn bitte gleich rüber.«

»Der ist schon seit mindestens einer Stundc wcg, ist auch besser so. Alles Weitere können wir ja morgen früh noch besprechen, ich bin um sechs hier.«

Sie denkt einen Moment nach.

»Es bleibt ’ne windige Sache. Ich hätte gern noch eine richtig zwingende Spur gehabt.«

»Wir haben alles getan, Ulla, was im Vorfeld möglich war. Das jetzt ist dünn, klar, aber es ist unsere einzige Chance. Außerdem bin ich sicher, dass er unser Mann ist.«

»Ich auch.« Klöpper sitzt breitbeinig, die Kugel liegt auf seinen Oberschenkeln. »Morgen, bei der ersten Vernehmung, erst mal erzählen lassen, noch nicht so hart rangehen. Wenn wir zwei Tage lang richtig in seinem Umfeld geackert haben, kriegen wir was, womit wir ihn festnageln können, da bin ich mir sicher. Wenn es stinkt, liegt immer irgendwo Scheiße rum, das ist so. Wenn wir ’n bisschen Glück haben, erfahren wir sogar was über die Tatorte.«

Allgemeines Nicken. Nicken der Hoffnung.

»Ich bin drüben.« Ulla macht die Tür auf.

»Komme mit, noch ein bisschen lesen.« Klöpper nimmt seine Jacke von der Lehne, hinterher. Altenkamp kommt reingestürmt.

»Konni, hast du zehn Minuten Zeit, kurz einen ins Gewahrsam begleiten? Edda muss weg, und allein ist der mir zu jung und zu kräftig.«

»Hast du unseren Täter festgenommen?«

»Schön wär’s. Jetzt machen wir schon die Arbeit der Fahndung. Wir waren im Käuzchen unterwegs wegen Neumanns Putzfrau und sehen da beim Befragen, wie sich einer saublöd heimlich aus dem Staub machen will. Wir haben ihn überprüft, und er wird tatsächlich mit Haftbefehl gesucht, fünfzehn Monate wegen gefährlicher Körperverletzung.«

Zehn Minuten sind drin.

Er sitzt gefesselt in Eddas Obhut.

»Danke, Konni, ich habe Elternabend und bin eh schon zu spät.« Sie schultert ihre Tasche. rauscht ab.

Er steht auf, kleiner, kräftiger Ringertyp. Jeans, schwarzer Lederblouson, Fokuhila-Frisur. Den muss man einfach überprüfen. Wie heißt er denn? Altenkamp zeigt auf Zeichen den Haftbefehl. Jean Claude Brauer. Nie gehört.

Beim Fahrstuhlfahren suchen seine Augen den Boden ab.

Im Gewahrsam Andrang. Vor dem Schreibtisch haben zwei Kollegen von der Wache einen Dicken mit Schnurrbart links und rechts gepackt, dahinter ein Streifenpärchen mit einer verlotterten Alten, Eidechsengesicht.

»Pass auf, du Arschloch, deine Frau und deine Kinder kannst du vielleicht windelweich schlagen, hier läuft das Ganze genau andersrum, wenn du nicht ruhig bist, ist das klar?«

Einer von den Gewahrsamsleuten kommt dazu, zieht dem Besoffenen den Gürtel aus der Hose, leert ihm die Taschen. Er wehrt sich mit behäbiger Kraft, stammelt Verwünschungen.

»Dann eben so.« Sie schleppen ihn weg, den Arm Richtung Nackenwirbel gebogen.

»Zelle acht, Jürgen!« Heinrich brüllt hinterher, macht eine Notiz.

»Der nächste, bitte.«

Die Alte wird von der Kollegin angeschoben, nicht zu sanft, geht widerwillig bis vor den Schreibtisch. Kein Wort, ein Blick wie Galle.

»Tina!« Heinrich brüllt gern, Tina kommt aus dem Zellengang, bleibt neben Oma stehen, wuchtig, das Uniformhemd spannt über den Oberarmen.

»Na, Großmütterchen, leg doch mal alles auf den Tisch, was in den Taschen ist.«

Sie holt mit Leguanbewegungen einiges hervor, gibt ihm nicht die Ehre eines Wortes.

»Gürtel?«

Sie bewegt zweimal den Kopf hin und her, nicht zu viel. Tina durchsucht mit schnellen Bewegungen, jeder Griff sitzt. Alles in Ordnung. Heinrich nimmt die Einlieferungsanzeige.

»Zelle sechs!« Hakt ab.

Tina geleitet Oma nach hinten, das Pärchen geht Richtung Fahrstuhl. Die Kollegin bleibt nach ein paar Schritten stehen, dreht sich um.

»Pass auf, Tina, das ist ’ne ganz Linke. Vor ein paar Monaten hat die uns mal beim Transport in den Streifenwagen geschissen.«

»Dann macht sie es bei mir auch wieder sauber, glaub es mir.« Tinas Stimme hallt, schon in der Zelle.

»Ist ja richtig Andrang bei euch, Heinrich.« Altenkamp legt ihm den Haftbefehl hin.

»Und heute wieder ganz erlesene Gesellschaft. Aber damit kennen wir uns ja aus«, ohne hochzusehen, er ordnet nebenbei eilig seinen Papierkram.

»So«, Auge in Auge mit Jean Claude, nur der Schreibtisch dazwischen. »Alles, was in den Taschen ist, hier auf den Tisch. Gürtel raus, Schnürsenkel raus, oder die Schuhe vor der Zelle lassen. Aber das kennt unser Gast hier ja, wie ich das sehe.« Er tippt mit dem Zeigefinger auf den Haftbefehl.

Jean Claude macht alles mit fatalistischer Routine.

Tina und Jürgen kommen zurück, nehmen ihn in die Mitte,

er trottet mit. Na also, es geht auch ruhiger. Noch was zu erledigen? Nichts mehr.

»Schönen Feierabend, Heinrich.«

»Euch auch. Unsere Ablösung müsste auch jeden Moment da sein.«

Irgendwo trommelt einer gegen die Zellentür, brüllt lallend. Ein Riegel wird aufgeschoben, hart, metallisch.

»Ich hab es dir gesagt, mein Freund, wenn du hier Randale machst, wird das 'ne Scheißnacht für dich.«

Das Letzte schon weit weg, die Fahrstuhltür schließt sich. Mit üblicher Gleichmäßigkeit arbeitet sich die Digitalanzeige durch die Etagen, sanftes Rütteln.

»Und? Wie viele Kilos sind schon weg?«

»Sieben.« Er schlägt sich auf den Bauch. »Ist aber leider alles eine Frage der Relation.«

Sechs.

Er geht vor, bedankt sich, verschwindet in seinem Büro. Die Tür fällt zu, dann Stille. Gibt es was Stilleres als einen Behördenflur in der Nacht? Die Stille riecht nach alkoholischer Sauberkeit, die Putzfrauen waren schon da.

Im Büro läuft auf dem Bildschirm Starflight-Simulation. Einmal das Licht ausmachen. Gegenüber in der Bank sind die meisten Fenster noch hell. Innerhalb der nächsten drei Minuten geht irgendwo das Licht aus, die Digitalanzeige der Uhr zeigt 20.41.

Fährt die echt mit dem jugendlichen Lachsack im Z 3 durch die Gegend. Vielleicht ist der sogar noch jünger als sie. Unanständig. Eine Stunde eher Feierabend machen, gestern, das wäre die Chance gewesen. Die beiden Glatzen kommen rein, machen Stunk mit den Schwarzen am Fenster. Ayse sagt was. Soll das Maul halten, Negerin. Sie geht auf die beiden zu – so schnell kann man gar nicht reagieren –, der eine packt sie am Arm. Der Komiker ist näher dran, will den Helden machen. Er kriegt eine aufs Maul, fällt in einen Tisch. Dann der Auftritt. Die erste Glatze kriegt einen Tritt seitlich ans Knie, lässt Ayse los, fällt um. Die zweite Glatze will helfen, eine rechte Gerade zum Kinn. Sie berappeln sich, haben genug, durch die Tür und weg. Der BMW-Fuzzi liegt in den kaputten Möbeln, sieht ziemlich bescheuert aus. Ayse hält sich die Hand, lächelt, der Blick der Verheißung.

Gegenüber wird rechts unten ein Fenster dunkel. Die Uhr zeigt 20.43.

Gewonnen.

23 Uhr 09

In der Scheibe spiegeln sich die Leute auf den Sitzen gegenüber. Zwei Frauen, alt, erschöpft. Zwischen den Knien eine Karstadt-Tüte, darin ein Paket. Das Muster auf dem Papier könnten Sterne sein. Die Spiegelgesichter gleiten durch die Schaufenster. Halt. Aus dem Kopf der rechten wächst eine Ampel. Oder ist das nur die Spiegelung? Der Grauhaarige an der Stange mit dem Entwerter träumt, Stirn an das Aluminium gelehnt. In der Scheibe gegenüber auch sein Spiegelbild, auf dieser Seite das Spiegelbild vom Spiegelbild. Oder? Im Stand kaum zu erkennen. Wie 3D-Bilder. Anfahrt.

Kaum Leute auf den Bürgersteigen, gleiten vorbei, vereinzelt. Der dritte wird ein Mann sein. Frau, Frau mit Hund, Frau. Verloren. Noch mal. Mann, Frau, Frau. Null zu zwei.

Wenigstens einen Punkt, los. Frau, Frau, Mann. Eins zu ... Das war Ernst. Wie sah der denn aus? Furchtbar. Hat der getorkelt. Die Bahn hält, aussteigen.

Dunkler Mantel, schwarzer Hut, Ernst, ohne Zweifel. Er geht langsam, leichte Schlagseite. Wann ist der denn heute gegangen? Gegen sieben. Allmählich auf gleiche Höhe.

»Nabend Ernst.«

Lässiger Seitenblick.

»Alles im grünen Bereich?«

Schlitzaugen, er schiebt die Unterlippe vor. »Was soll schon sein?« Sperrige Zunge. »Kleine Auszeit. Morgen bin ich wieder auf dem Posten«, ohne den Gang zu unterbrechen. So war der noch nie.

»Hast du schon den ganzen Abend gesoffen? Seit sieben?«

Leicht blödes Lachen. »Ne.« Er sieht umständlich auf die Uhr. »Ungefähr seit zehn. Vorher war ich im Kino.« Lachseufzer. »Der Kriminalhauptkommissar A zwölf Ernst Funk geht während einer dringenden Ermittlungskommission ins Kino.« Ausfallschritt nach rechts. »Aber da gab's auch schon was zu trinken.«

»Sollen wir uns irgendwo hinsetzen und ein bisschen reden?«

Seine Augen auf die Stelle einen Meter vor seinen Füßen fixiert. »Reden?«

»Ja. Reden.«

Er zuckt mit den Schultern, nicht mehr ganz dabei. Auf der anderen Straßenseite ein Kneipenschild, Bierwerbung. Vor den Fenstern reichlich Fahrräder. Studentenkneipe. Egal. Ernst lässt sich am Arm führen. Die Musik drinnen ist leiser, als anzunehmen war. An einem langen Tisch rechts ist das eine Ende frei. Ernst lässt sich auf den Holzstuhl fallen, schweigt, wischt sich mit der Hand übers Gesicht.

Die Bedienung fragt nach. Ja, zwei Bier. Drei Plätze weiter zeichnet ein junger Bursche die Wendeltreppe. Tief über den Block gebückt, gegelte Strähnen, im Aschenbecher verdampft seine Kippe. Hinter dem Gemurmel eine Jazztrompete, entspannt, der Ansatz wie ein heiserer Furz.

»Dass du Kinogänger bist, wäre ich im Leben nicht drauf gekommen, jedenfalls nicht, bevor ich deine Videosammlung gesehen habe.«

Er lacht weich, fast weiblich. »Sind oft gar nicht die ganzen Filme, die mich interessieren. Meistens nur einzelne Szenen.«

»Ja, gerade. Ernst berühr'n Filmszenen. Unfassbar, wenn man dich sonst nur aus dem Dienst kennt. Und was für Szenen meinst du?«

Er reagiert wie jemand, der erst eine Übersetzung zu Ende hören muss.

»Na, halt Szenen, die dich anfassen, die dir in Erinnerung bleiben, in denen du lebst.«

»Zum Beispiel?«

»Zum Beispiel? Er taucht wieder auf. »Zum Beispiel bei ›Amadeus‹. Da bringt Mozarts Frau mit ihren dicken Möpsen Salieri«, mit leichten Zungenproblemen, »die Noten von Mozart, weil er einen Job kriegen soll. Er blättert die Bögen durch, man hört im Hintergrund die Musik, und Salieri ist völlig weg.« Der Suff gibt ihm unbekannte Begeisterung. »Dann lässt er die Bögen fallen, und sie fragt, ob es nicht gut sei. Er dreht sich zu ihr, sieht sie ganz lange an. Und dann sagt er: ›Es ist überirdisch.‹ Und geht.«

Er nimmt einen Schluck Bier.

»Oder bei ›Jenseits der Stille‹, kennste den? Da steht das Mädchen neben ihrem taubstummen Vater hinter einem Fenster. Sie sehen sich einen Sonnenuntergang an, der sich in der Scheibe spiegelt. Er fragt sie etwas in Gebärdensprache. Und sie sagt: ›Kein Geräusch. Sie macht es ohne Geräusch.‹«

Seine Augen wandern weg, er sieht es sich innerlich an.

»Oder bei ›Jenseits von Afrika‹, kennste, ne? Da verabschiedet sich Robert Redford von Meryl Streep und fragt: ›Krieg ich keinen Abschiedskuss?‹ Und sie sagt: ›Ich küsse besser zur Begrüßung.‹«

Er sitzt matt da, schließt für ein paar Momente die Augen, wacht wieder auf.

»Hast du das nicht, dass manche Szenen was Besonderes sind? Oder gehst du gar nicht ins Kino?«

Der Zeichner am Nebentisch lehnt sich zurück, steckt sich eine neue Kippe an. Ernst trinkt einen Schluck.

»Doch, schon, manchmal. ›Jenseits von Afrika‹ habe ich auch gesehen. Damals war ich mit Marga zusammen, der schönen Marga, die wollte den unbedingt sehen. Irgendwann sitzen die da am Strand am Lagerfeuer, Redford und die Streep, philosophieren rum über das Leben und Beziehungen und so. Und irgendwann sagt Robert Redford dann: ›Ich möchte nicht eines Tages aufwachen und am Ende des Lebens eines anderen stehen.‹«

Er brummt leise, nickt, kann sich erinnern, schwach. Nicht seine Szene.

»Aber es gibt auch lustige Szenen.« Er wird wieder lebendiger. »Kennst du die aus ›Local Hero‹, wo Burt Lancaster von seinem bescheuerten Psychiater genervt wird mit der Provokationstherapie?« Er schüttelt den Kopf. »Hinterher klettert der an der Außenfassade von Lancasters Büro rum und legt in Riesenbuchstaben das Wort ›Motherfucker‹ an die Fenster.« Heiseres Lachen, sein Körper lacht nicht mit, seine Augen auch nicht, eigentlich ist es kein Lachen.

»Nicht gut drauf heute, Ernst?«

Er zuckt mit den Schultern.

»Willst du darüber reden?« Etwas Zeit lassen. »Wir kennen uns jetzt schon 'ne Weile, aber ich weiß eigentlich nichts von dir. Außer, dass du dir Schmachtfetzen anguckst.«

Schluckauf, sein Blick gleitet weg. »Es gibt eine Welt da drinnen und eine Welt da draußen.« Deutliches Lallen. »Was soll schon dahinterstecken?«

»Tipp eins: Geburtstag der Ex.«

Kopfschütteln.

»Tipp zwei: Datum der Scheidung?«

Er braucht zwei Atemzüge, greift sein Glas, trinkt nicht.

»Wir waren nicht verheiratet.«

»Warum ist es gescheitert?«

»Ich habe damals 'ne Zeit lang öfter mal gezockt, Roulette, dachte, man kann das knacken, so systematisch. Hab aber bald gemerkt, dass es Blödsinn ist. Hab sie ein-, zweimal mitgenommen.« Pause.« Ein-, zweimal zu viel für sie. Das ganze volle Programm. Lügen, Schulden, Offenbarungseid, Therapie. Hab erst nichts davon gemerkt, wir wohnten auch nicht zusammen.« Er malt mit dem Zeigefinger aus dem nassen Glasrand auf dem Tisch Figuren. »Die Trennung war dann Teil der Therapie.«

»Und heute war der Tag?«

Nicken. Die lässige Trompete spielt eine bekannte Melodie.

»Gezockt? Mann, Ernst, du bist ja ’ne echte Wundertüte heute Abend.«

Er verzieht das Gesicht.

»Und welchen Film hast du dir heute angesehen?«

»Programmkino. ›Es war einmal in Amerika‹.«

»Und welche Szene?«

Drei tiefe Atemzüge, er trinkt das Glas aus, lehnt sich wieder zurück.

»Zum Schluss kommt de Niro als ehemaliger Gangster in die Garderobe der Liebe seines Lebens. Beide sind alt, sie ist jetzt Schauspielerin, hat ihn vor dreißig Jahren verlassen, weil er sie vergewaltigt hat, und sie sehen sich seitdem das erste Mal wieder. Er steht da, sie schminkt sich ab, und er sagt: ›Guten Abend, Deborah.‹ Sie bleibt stumm.

›Willst du nichts sagen?‹

›Was kann man sich schon sagen, nach mehr als dreißig Jahren?‹

›Na, zum Beispiel: Du hast dich ja gar nicht verändert, oder: Ich hatte gehofft, dich nie wiederzusehen.‹«

Er sieht wieder nach unten.

»›Ich dachte, ich würde dich nie wiedersehen, das ist ein Unterschied.‹«

Er bleibt stumm, Augenaufschlag wie eine Bahnschranke, die Trompete spielt den letzten Ton, unendlich.

»Ich glaube, Ernst, wir gehen jetzt in die Heia. Du sollst morgen den ersten Teil der Vernehmung machen.«

Er befolgt es brav, steht auf. Die Bedienung steht an der Theke, kommt auf einen Wink. Einen Euro Trinkgeld.

Draußen fallen einige winzige Schneeflocken durch das Licht der Straßenlaternen.

»Schaffst du's allein?«

Er nickt, hebt die Hand und geht in die Dunkelheit.

»Ich küsse besser zur Begrüßung…«, nach den ersten Schritten, »… ich hatte gehofft, dich nie wiederzusehen.« Er wird leiser. »Ich dachte, ich würde dich nie wiedersehen, das ist ein Unterschied.« Das Letzte ist kaum noch zu verstehen.

Der erste Schnee.

DIENSTAG

07 Uhr 03

Alles ruhig vor 77.

Einmal Scheibenwischer.

Die Schneeflocken fallen gleichmäßig und spärlich, kein Lüftchen drückt sie aus der Senkrechten. Auf der Windschutzscheibe ist im Gegenlicht für eine Sekunde ihre kristallene Form zu erkennen, dann fließen sie abwärts.

Aus 73 kommt ein grauer Mantel mit Aktenkoffer, prüft mit ausgestreckter Hand, Knopfdruck, der Schirm springt auf. Seriöses Schwarz, passend zum Mantel, Bankkaufmann. Er geht mit schnellen Schritten, ein flüchtiger Blick, geht vorbei, noch einmal über die Schulter, die Dunkelheit zwischen den Straßenlaternen verschluckt ihn.

Scheibenwischer.

Ernst starrt wortlos auf das Weiß, auf Rasenflächen und Beeten noch mit dunklen Flecken dazwischen. Kaugummi anbieten, er sieht kurz hin, nein, danke. Was hat er vorhin gesagt? Nichts über gestern Abend, mir geht es gut. So sieht er aus. Solche Ringe hatte der noch nie unter den Augen, Fahrradschläuche.

Scheibenwischer.

Aus der Innentasche holt er die Zigarilloschachtel, hält sie hin, fragender Blick. Nichts dagegen. Er macht das Seitenfenster einen Spalt breit auf, raucht, die Qualmschleier winden sich geschmeidig nach draußen.

Scheibenwischer.

Alles ruhig vor 77.

Beckmann und Binz im Wagen nebenan, die Gesichter liegen im Schatten, nicht zu erkennen. Wo sind die anderen? Altenkamp und Edda sind nicht zu sehen. VG und Regina sind an der Firma, Sebastian und Sonja auch.

Hinten biegt ein Fahrzeug ein, die Lichter kommen näher. Könnten Thorsten und Mark sein.

»81/12 von 21.«

»12 hört.«

»Wir sind jetzt ›Neues Feld‹. Wo steht ihr?«

»Da, wo die Lichthupe blinkt.«

Sie kommen angerauscht, bleiben schräg auf dem Bürgersteig stehen. Mark steigt aus, kommt ans Seitenfenster.

»So, hier sind der Haftbefehl und der Durchsuchungsbeschluss.« Er klappt die grüne Mappe auf, blättert beides auseinander, reicht sie durchs Fenster.

»81/17 von 12.« Ernst denkt doch noch mit.

»12?«

»Heinz, kommt ihr rüber, es geht los. Wir stehen vor 94, dieser blauen Firma.«

Im Rückspiegel leuchten weit hinten Scheinwerfer auf, kommen näher, sie sind es. Kurz aussteigen, die anderen auch, kleines Palaver im Schnee.

»So, Leute. Wir gehen davon aus, dass er mit nichts rechnet und alles ganz glattgeht. Licht brennt schon seit längerem. Ernst und ich werden klingeln und ihm die freudige Nachricht überbringen. Ich schlage vor, Mark und Thorsten gehen kurz an die Rückseite in den Garten, nur für alle Fälle. Sobald wir drin sind, kommen der ED und die anderen rein und beginnen mit der Durchsuchung und suchen nach Spuren. Noch Fragen?« Keine Fragen. »Dann Abfahrt.«

Parken gegenüber. Bei Nummer 81 öffnet sich die Garage, ein BMW rollt vom Grundstück, der Fahrer glotzt. Den lassen wir erst noch fahren, zwei dunkle Spuren bleiben. Hier funktioniert die soziale Kontrolle noch. Bei Schwiegereltern nebenan ist noch alles dunkel, gut. Mark und Thorsten gehen über den Rasen nach hinten.

Michels. Aluschild mit schwarzer Schrift. Heller Gong, die Tür öffnet sich.

Er ist es. Helles Hemd, dunkle Rock-Hudson-Frisur, in den Schläfen erstes, schwaches Grau. Seine Augen sind dunkel und rätselhaft.

»Ja, bitte?« Mit Verwunderung.

»Herr Bernd Michels?«

»Ja.« Er hält den Kopf etwas schief, schürzt die Lippen.

»Mein Name ist Konstantin Kirchenberg, das ist mein Kollege Ernst Funk. Wir sind von der hiesigen Kripo und haben eine ernste Sache mit Ihnen zu bereden.« Blick auf beide Dienstausweise. »Sollen wir das hier auf der Schwelle vor der Nachbarschaft, oder können wir reinkommen?«

Diese Augen. Hinter seiner Stirn arbeitet es, er macht die Tür weiter auf, tritt zur Seite, Altenkamp und Edda drücken sich noch durch den Spalt. Er runzelt die Stirn, sein Gesicht fragt, er bleibt stumm. Aus einem der Zimmer kommt eine Babystimme.

»Herr Michels, wir haben hier einen Haftbefehl gegen Sie. Sie werden beschuldigt, am 19. des letzten Monats oder in den Tagen davor den Rentner Werner Kunz getötet und die Leiche in einem Müllcontainer im Industriegebiet abgelegt zu haben.«

Für zwei Sekunden Panik in jeder Zelle, die Nasenflügel bewegen sich, er schluckt, dann werden die Augen ruhiger. Sein Atem ist beherrscht, aber mit leichtem Zittern. Oder?

»Das Ganze ist ein Scherz?« Tiefe Stimme, tiefer als erwartet.

»Keineswegs. Hier ist der Haftbefehl. Ich möchte Sie darüber belehren, dass Sie zu den Vorwürfen keine Stellung zu nehmen brauchen. Sie haben das Recht, die Aussage zu verweigern und jederzeit einen Rechtsbeistand zu konsultieren.«

Aus dem Nebenzimmer kommt die Frau im Morgenmantel mit dem Kind auf dem Arm. Blass, klein, verschüchtert. Er hat keinen Blick für sie.

»Das kann sich doch alles nur um einen Irrtum handeln.«

»Nein, Herr Michels, wir machen keine Scherze, und das ist auch kein Irrtum. Ich darf Sie bitten, etwas Wäsche und eine Zahnbürste mitzunehmen, Sie werden im Laufe des Tages dem Haftrichter vorgeführt.«

Na, was geht in deinem Schädel vor? Fragst du dich, welche Reaktion die richtige ist, um glaubwürdig zu wirken? Wütender Protest? Zurückhaltendes Entsetzen? Was kommt gut an? Du weißt nicht, was wir gegen dich haben, schwierige Situation.

»Ich habe keine Ahnung, wovon Sie reden, und weiß auch nicht, wie Sie darauf kommen, aber das wird sich sicherlich alles aufklären.« Hoffnungsvoll, aber fassungslos.

Gute Lösung. Ist ein cleveres Kerlchen.

Er geht ins Bad, Ernst hinterher. Die Frau guckt mit panischem Unverständnis in der Gegend rum, kriegt keinen Ton raus, das Kind spielt mit dem Kragenzipfel ihres Morgenmantels. Sie kommen wieder, noch einmal ins Schlafzimmer, fertig.

»Ruf bitte Johann Müller an und informiere ihn.«

Wird nicht nötig sein, Junge. Dein Chef hat auch Besuch, der weiß Bescheid.

Er verabschiedet sich mit flüchtigem Kuss, das Kind fasst er nicht an. Er geht Richtung Tür, kurzer Blick, dann doch noch ein Streichler für das Kind.

Was war das denn jetzt für eine Aktion?

Er soll sich an die Wand stellen, Ernst tastet ihn ab, fühlt, was in den Taschen ist.

»Fesseln?«

»Nicht nötig. Ich setze mich daneben.«

Er öffnet die Tür, Beckmann und Binz kommen mit ihrem Gepäck, machen den Weg frei.

Die Straße ist leer, von den Nachbarn bekommt keiner was mit.

Es wird langsam hell.

09 Uhr 52

Diese Augen.

Weichliche Visage. Passt gar nicht dazu. Früher Zehnkämpfer gewesen, sieht man. Steht noch gut in den Schuhen für sein Alter. Groß, aber nicht zu groß, breite Schultern, scheint auch was in den Armen zu haben. Aber das braucht man ja auch, wenn man nachts hin und wieder tote, alte Kerle durch die Gegend schleppen muss.

Diese verschlagenen Augen.

Beine übereinander, Hände im Schoß, gestikulieren hin und wieder. Er spricht ruhig, fast lässig manchmal. Schwer zu sagen, was er denkt. Hat wirklich was von einem Fünfziger-Jahre-Schauspieler mit dieser Frisur. Er macht auf kooperativ mit einer Spur Leiden, Flehen um Verständnis mit unterschwelligen Schuldzuweisungen. Macht er aber nicht zu auffällig, sehr dezent. Maske. Alles Maske. Haben wir damals in Psychologie lange drüber gestritten. Verbergen Masken unser eigentliches Ich oder sind sie Teil des Ichs? Michels, hm? Sag mal. Wenn du unser Mann bist, sagt dann diese Familiennummer was über dich aus? Christlich engagierter, fleißiger Familienvater mit Doppelhaushälfte, Schwiegereltern im Nebenhaus, mit sauberem Vorgarten. Schlimmer geht's ja kaum noch. So'n Leben kann man doch nicht nebenbei führen, als Maskerade. Es sei denn, es ist ein Teil von ihm, ein wirklicher Teil. Masken sind Teile des Ichs. Und der, der die Opas tötet und nackt in den Dreck legt, ist ein anderer Teil. Aber den muss er verstecken, den Teil. Das ist das Problem.

Diese verdammten Augen.

Bringt alte Säcke um. Und warum? Ist es geil, die leiden zu sehen? Und alte Kerle deshalb, weil es vor zwanzig Jahren mal gut geklappt hat? So ähnlich wie beim Rauchen. Wenn die erste Kippe morgens nach dem Kaffee mal gut geschmeckt hat, macht man das immer wieder, auch wenn es Krebs erregt oder manchmal richtig scheiße schmeckt. Man macht es. Haben sich wahrscheinlich ein paar Synapsen verbunden. Vertrauen aufbauen, der Alte kommt mit, was trinken, lachen, reden, vielleicht sogar Probleme wälzen. Opa fühlt sich verstanden. Dann eins über den Schädel. Klappt jedes Mal wieder. Würgen, das Maul verkleben, zusehen.

Diese verdammten verschlagenen Augen.

Aber warum, wenn er nur die Kohle will? Vielleicht sieht er ja gar nicht dabei zu. Das Verkleben ist einfach nur zum Knebeln, die würden doch sonst alles zusammenschreien. Zweckmäßig eben. Aber geht es wirklich nur um Geld? Wenn ja, ist doch so viel auch nicht dabei rausgesprungen, jedenfalls verglichen mit dem Risiko. Da ist es doch leichter, irgendwo am Arsch der Welt 'ne Sparkassenfiliale zu überfallen. Rein, raus, zwei Minuten, weg. Mit etwas Glück hat man dabei mehr im Sack als bei diesen Geschichten. Oder doch Sex? Nee. Wenn Sex 'ne Rolle spielte, müsste doch irgendwo Sperma sein oder 'ne Penetrationsspur im After oder irgendwelche Verletzungen. Meistens sind die doch im Genitalbereich angeritzt, geschnitten, oder irgendwas sonst wird gemacht, was mit Sex zu tun hat. Hatten sie doch letztens noch in England. Auch alte Kerle, aber Sperma reichlich und anschließend mit dem Küchenmesser den After bis zum Bauchnabel erweitert. Einfach nur den Schädel einschlagen und erwürgen. Macht das geil? Befriedigt das? Ist es das überhaupt? Sag mal, Michels.

»... in der Zeit. Im Mai 2000 bin ich dann von Wiesbaden nach Frechen gezogen. Der Hauptgrund dafür war, dass mir die Arbeitssituation in der Gebäudereinigerfirma in Wiesbaden nicht mehr gefiel. Ich hatte mich dort anfangs auf die Stelle in einer Putzkolonne gemeldet, weil ich Geld brauchte, und auch die ersten zwei, drei Monate dort gearbeitet. Nachdem der Chef aber gehört hatte, dass ich ausgebildeter Buchhalter bin, hat er mich immer öfter und zum Schluss fast ganz im Büro arbeiten lassen.«

»Was heißt das, es gefiel Ihnen nicht mehr?« Ernst, lässig, ruhig und konzentriert, trotz des Katers. Der hat wahrscheinlich einen Schädel wie ein Öltank.

Klöpper sitzt wie ein Buddha in der Ecke.

Michels atmet einmal durch, nimmt einen Schluck Wasser.

»Zum einen war der Chef eine äußerst schwierige Person, was sich auch auf die Stimmung unter den Mitarbeitern ausgewirkt hat. Die Stimmung war schlicht mies. Und als ich nachher nur noch im Büro arbeitete, war ich dem verstärkt ausgesetzt. Außerdem«, noch eine kleine Pause, »war es in der Branche, zumindest damals, üblich, in verschiedenen Bereichen nicht so ganz korrekt nach Gesetz und Abgabenordnung zu handeln. Ich hatte einfach keine Lust, da für irgendetwas geradestehen zu müssen.«

»Was heißt das genau?«

»Nun, das Übliche halt. Es wurden zum Beispiel illegale Arbeiter aus dem Ostblock eingesetzt, die fast für ein Butterbrot arbeiten mussten. Außerdem liefen natürlich nicht alle Aufträge, vor allem die kleineren von Privatpersonen, über die Bücher. Das war mir zu gefährlich.«

»Dann also Frechen. Warum? Lag doch aus der Richtung.«

»Ich hatte in einer überregionalen Zeitung von einem Buchhalterposten in Köln gelesen und war deswegen ein Wochenende dort. Den Posten, das war in einem Baumarkt, habe ich zwar nicht bekommen, aber da ich schon mal da war und keinen Job hatte, habe ich in den Zeitungen andere Stellenangebote studiert und bin dann auf die Anzeige des

Beerdigungsinstitutes gestoßen, und das hat dann auch geklappt.«

»Wann war das genau, als Sie in Köln waren?«

»Kann ich nicht mehr sagen. Müsste Anfang 2000 gewesen sein. Vielleicht Februar oder März.«

»Frechen.« Ernst lässt ihn keine Sekunde aus den Augen.

»Ja. Im Juni 2000 habe ich bei dem Institut angefangen. Es war im Gegensatz zur Reinigungsfirma ein wesentlich ruhigerer Job, ich war allein mit zwei weiteren Bürokräften, einer älteren Dame und einer Auszubildenden. Auch die Geschäfte, wenn wir schon dabei sind, wurden hier alle korrekt über die Bücher abgewickelt. Kungelei wäre da auch nicht nötig gewesen, die haben auch so unglaublich verdient. Aber«, er verändert seine Sitzposition, schüttelt den Kopf, »ich kann beim besten Willen nicht einsehen, was das alles mit der Geschichte zu tun haben soll, wegen der ich hier sitze.«

»Herr Michels, Sie sind belehrt worden und haben sich entschieden, zur Person und zur Sache auszusagen. Ich dachte, die Diskussion hätten wir hinter uns.«

Michels atmet hörbar aus, winkt ab, schweigt mit zusammengepressten Lippen.

»Weshalb, also, wenn es doch in Frechen ganz gut lief, haben Sie auch dort nach zehn Monaten wieder die Arbeit aufgegeben?«

»Tja.« Er lehnt sich wieder zurück. »Ich kann es nicht genau sagen, aber vielleicht hatte es etwas mit dem ständigen Umgang mit Leichen zu tun.«

Na, Bursche, die Nummer muss man erst mal bringen. Hat wahrscheinlich seit Jahren Menschen getötet, die Leichen durch die Gegend gefahren und entsorgt und macht einen auf der-Tod-bedrückt-mich.

»Ich kann das ganz schlecht beschreiben.« Ja, ja. »Aber es hatte halt mit der Stimmung zu tun, die einen den ganzen Tag umgibt, die Gespräche, die Menschen, alles halt. Außerdem hatte ich damals auch eine Wohnung, die mir nicht sonderlich gefiel. Ich hatte die seinerzeit nur genommen, weil ich die Arbeitsstelle bekommen hatte.«

Du hattest im März Schmitz umgebracht, damit hatte es zu tun. Du wolltest weg, darauf verwette ich mein linkes Ei. Die Wohnung gefiel mir nicht…

»…Sommer 2001 nach Eschweiler. Dort konnte ich als Fahrer bei einem Kurierdienst anfangen, außerdem konnten die mir sehr schnell eine Wohnung besorgen. Einer der Chefs des Dienstes hatte da Beziehungen über seinen Bruder. War auch nicht das Gelbe vom Ei, aber besser als die Wohnung in Frechen.«

10 Uhr 48

Ernsts Gesicht kriegt langsam Ähnlichkeit mit 'nem chinesischen Faltenhund. Braucht dringend einen Kaffee, der Gute. Oder besser 'ne Pause. Aber ein bisschen muss er noch, jetzt keinen Fehler machen.

»… nach hier gezogen in die Wohnung in der Laubengasse. Ende 2002 habe ich meine jetzige Frau kennen gelernt. Wir haben dann im darauffolgenden Jahr geheiratet und haben für ein Jahr in einer kleinen Wohnung in der Südstadt gewohnt. Am 01.04. des letzten Jahres wurde Aaron geboren. Im Herbst desselben Jahres, also 2004, sind wir in das Haus am neuen Feld gezogen. Reicht das?«

»Ein paar Sachen hätte ich gern noch konkreter, Herr Michels. Wie haben Sie Ihre Frau kennen gelernt?«

»Nachdem ich dort angefangen hatte zu arbeiten, war ich mit Herrn Müller, meinem Chef, schon mal in der Gemeinde gewesen, zu Gottesdiensten hauptsächlich. Caroline hatte ich da schon ein- oder zweimal gesehen, aber wir hatten noch nicht näher miteinander zu tun. Im Dezember 2002 haben wir von der Spedition zwei oder drei Lieferungen für den neuen Gottesdienstraum dort abgeliefert, das heißt, ich bin gefahren, und damals machte Caroline verschiedene Arbeiten im Büro. Da haben wir uns näher kennen gelernt.«

»Und lieben.« Ernst kann seinen Hohn tatsächlich verstecken.

»Wie, bitte?«

»Kennen und lieben gelernt.«

»Wenn Sie so wollen.« Völlig ernsthaft, keine Regung, kein Zucken, sein Blick wie aus Glas.

»Wie sind Sie an die Stelle bei der Firma Müller und Müller gekommen?«

»Na, das Übliche halt. Ich habe damals schon hier gewohnt und habe in einer Zeitungsannonce gelesen, dass die Firma dringend einen Buchhalter sucht. Ich bin hingefahren, habe ein oder zwei Gespräche mit Herrn Müller geführt und habe dann nach ein paar Tagen den Job bekommen.«

»Sie waren zu der Zeit arbeitslos?«

Seine Augen werden noch aufmerksamer. Er denkt nach, hebt leicht das Kinn, sieht von einem zum anderen.

»Worauf wollen Sie hinaus?«

»Ich möchte nur wissen, ob Sie zu der Zeit arbeitslos waren?« Ernst macht den arglos Dämlichen.

Michels atmet zweimal tief, checkt seine Möglichkeiten. Vernehmungsschach. Die erste kleine Krisensituation.

»Also gut. Ich hatte damals für ein paar Monate bei einer Gebäudereinigerfirma einen Job ohne Lohnsteuerkarte. Sonst hätte ich auch die Wohnung in der Laubengasse nicht bekommen.«

Ernst nickt wie ein Beichtvater.

»Keine Angst, Herr Michels, ist lange her. Wir haben nicht vor, dem Arbeitsamt was zu erzählen. Uns geht es nur um die Zeiten. Ist bei dem Vorwurf, der hier im Raum steht, auch zu vernachlässigen.«

»Ich müsste mal zur Toilette.«

»Kein Problem.« Ernst rollt mit seinem Stuhl zurück, sieht fragend zu Mark. Der kapiert, steht auf, geht mit. Einer reicht.

»Na, was meinst du?«

»Schwer zu sagen, wir sind ja noch beim Vorspiel. Aber er ist ein cleveres Kerlchen. Bisher hat er noch keine falsche Entscheidung getroffen.«

»Bei der Schwarzarbeit eben war er unsicher.«

»Hat er aber hingebogen. Wenn er wiederkommt, mache ich weiter. Du brauchst eh 'ne Pause, und das passt auch ganz gut. Zuerst werde ich jetzt weitermachen mit seiner Arbeitssituation, dann den Bereich wieder verlassen, vielleicht denkt er dann schon, das war's. Dann frage ich ihn mal nach der Erweckungsgeschichte, die habt ihr eben auch nur gestreift, und dann konkret zum 19.«

Ernst überlegt, nickt verhalten.

»Für die erste Sitzung ganz okay. Mal abwarten. Wann ist Vorführung?«

»Halb zwei.«

»Hoffentlich kommt die uns nicht blöd dazwischen.«

»Dann verschieben wir sie auf später. Ansonsten vernehmen wir ihn hinterher weiter.«

Die Tür geht auf, Mark und Michels kommen zurück. Er setzt sich wieder.

»So, Herr Michels, ich hätte da noch einige Fragen zu verschiedenen Bereichen in Ihrem Leben.«

Er braucht keine Sekunde, um sich umzustellen. Abgebrüht.

»Können wir nicht endlich mal zur Sache kommen.« Milde Empörung, fast echt.

»Dazu kommen wir schon noch, keine Angst.«

11 Uhr 34

»Jedenfalls bin ich mit der Arbeitssituation in der Firma zufrieden. Der Umstand, dass ich neben der reinen Bürotätigkeit hin und wieder auch kleinere Transportfahrten unternehmen kann, lockert das Ganze sehr auf.«

»Hin und wieder …«

»Na ja, es kommt in einigen Wochen schon mal etwas öfter vor, dass einer fahren muss, aber ich bin ja auch nicht der Einzige, der fährt, auch Herr Korte macht den ein oder anderen Auftrag.«

Lassen wir ihm ein paar Momente Zeit. Wo geht es jetzt hin?

»Sie haben vorhin von Ihrem Erweckungserlebnis gesproehen. Ihr Chef, Herr Müller, hat bei einem Gespräch auch so etwas erwähnt.«

Er lässt sich ein paar Sekunden Zeit. Was heißt das? Hat Müller mit ihm gesprochen?

»Ich kann mir nicht im Geringsten vorstellen, was das hiermit zu tun haben soll.«

»Es geht um Ihre Lebenssituation, Herr Michels, und es scheint ja nun sehr wichtig für Sie zu sein. Daher denke ich, dass es schon eine Bedeutung hat. Wie muss ich mir das vorstellen, wie geht so etwas vor sich?«

Er überlegt länger, zuckt mit den Mundwinkeln.

»Es war im August 98, am 03.08, um genau zu sein. Ich war mit dem Wagen unterwegs auf der A 9 nach München, weshalb, weiß ich heute nicht mehr. Es gab einen Stau, und ich entschloss mich, weil es über zehn Kilometer waren, von der Autobahn abzufahren. In einem kleinen Ort bekam ich Hunger und kaufte mir bei einem fahrenden Fischhändler, der gerade ein paar Hausfrauen bediente, etwas zu essen. Eine geräucherte Makrele, zwei Brötchen und eine Dose Cola. Ich fuhr auf einen Parkplatz, es war der Parkplatz der Kirche in dem Ort, setzte mich auf eine Bank und wollte essen. Da saß auf der Bank daneben ein alter Mann, den ich bis dahin überhaupt nicht bemerkt hatte. Er sah furchtbar aus, abgemagert und ungepflegt, und sah mich an. Ich konnte nicht anders und fragte ihn, ob er etwas zu essen haben wollte. Ich habe ihm dann etwas gegeben von dem, was ich hatte. Er aß, und die einzigen Worte, die er zu mir sprach, waren: ›Du hast schwer gesündigt in deinem Leben, doch wenn du den richtigen Weg einschlägst, ist Licht in deinem Herzen.‹ Dann stand er auf und ging in die Kirche. Ich hatte diesen Mann noch nie gesehen, und er konnte nichts von mir wissen, dennoch sagte er dies zu mir. Es ging etwas Unglaubliches von ihm aus. Ich weiß nicht, ob Sie so etwas verstehen. Als ich ihm wenig später in die Kirche folgte, war er dort nirgends zu finden.«

Er macht eine kleine Pause.

»Wissen Sie, vielleicht hat er das Gebäude auf anderem Wege wieder verlassen, und ich will das alles auch nicht mystifizieren, aber mir war klar: In diesem Augenblick hatte Gott zu mir gesprochen.«

Ohne Peinlichkeit, nichts Lächerliches, überzeugend wie ein Staubsaugervertreter. Hat er schön geübt.

»Und danach haben Sie Ihr Leben verändert?«

»Gott hat mein Leben verändert.« Er zieht die Brauen hoch. »Wissen Sie, ich habe das Gefühl, dass Sie das nicht verstehen, darum will ich das auch gar nicht weiter ausführen. Aber ich habe erfahren, was es bedeutet, angenommen zu sein, so wie ich bin.«

Halleluja, Alter. Die Vorstellung war nicht schlecht.

Aufstehen, Blick von oben.

»Kommen wir noch einmal zu Ihrer Arbeit zurück, Herr Michels. Am 19. 10. dieses Jahres, einem Mittwoch vor etwa sechs Wochen, haben Sie gearbeitet. Können Sie sich an diesen Tag erinnern?«

Er trinkt etwas, nimmt sich einen Moment.

»Nein, so ad hoc kann ich das nicht.«

»Können Sie nicht?«

»Ich müsste einen Augenblick nachdenken. Oder könnten Sie mir sagen, was Sie am Donnerstag vor sieben Wochen gemacht haben?«

»Sie haben an dem Tag eine Kurierfahrt unternommen, und zwar Richtung Hamburg. Hilft Ihnen das?«

Er tut so, als käme es ihm langsam.

»Zu Kamp und Johnsten, ja, das könnte sein. Für die Firma hatten wir schon einmal eine Lieferung in der Vergangenheit.«

»Sie können sich daran erinnern?«

»Ja, ich bin dahingefahren.« Hat sich seine Miene verändert? Kurz gezuckt, oder? »Aber das Ganze ist natürlich sechs Wochen her, so genau habe ich da die Einzelheiten nicht mehr im Kopf.«

»Mal sehen, wie genau es geht. Schildern Sie uns doch einfach den Tag beziehungsweise die Fahrt, wie Sie sie in Erinnerung haben.«

Er atmet tief durch, setzt sich anders hin. Na, mein Freund, Probleme?

»Kann ich vorher noch einmal zur Toilette?«

Verdammte braune Sau. Zeit gewinnen.

»Schon wieder?«

»Muss wohl am Wasser liegen. Außerdem sitzen wir hier ja auch schon 'ne ganze Weile.«

Mark geht wieder mit.

»Abgewichster Bursche.« Ernst lächelt wissend.

»Der hat genau erkannt, dass er jetzt aufpassen muss. Hat er wenigstens ein paar Minuten, um sich 'ne Strategie zurechtzulegen.«

Stille Anspannung. Klöpper in der Ecke, hält sich ziemlich raus aus der Sache.

Sie kommen zurück, er setzt sich wieder. Sieht er anders aus?

»Also, Herr Michels, die Fahrt zu Kamp und Johnsten. Woran können Sie sich erinnern?«

»Also, auch wenn Sie mich für senil halten, aber eine lückenlose Erinnerung an die Fahrt habe ich nicht mehr. Wissen Sie, dafür fahre ich dann doch zu häufig. So ein, zwei längere Fahrten pro Woche sind es schon, dann noch mal eine kürzere …«

Cleveres Kerlchen, aber warte …

»Wir helfen Ihnen, Herr Michels. Gehen wir die Fahrt mal Stück für Stück durch. Wann sind Sie gestartet, so ungefähr? So was weiß man doch meistens noch.«

Er zuckt mit den Schultern.

»Müsste so am Nachmittag gewesen sein.«

»Na, sehen Sie. Geht es noch genauer? Sie haben ja schließlich irgendwann das Fahrtenbuch ausgefüllt, vielleicht erinnern Sie sich daran.«

»Könnte früher Nachmittag gewesen sein. Weiß nicht.« Er ahnt was, weiß aber nicht genau, wo der Hammer hängt.

»Gut. Wie verlief dann die Fahrt?«

»Ich nehme an, ich bin ziemlich direkt zur Autobahn gefahren und dann erst mal Richtung Norden.«

»Ist irgendwas passiert, woran Sie sich erinnern können?«

Er schüttelt den Kopf.

»Wann waren Sie bei Kamp und Johnsten?«

Wieder mit Verzögerung. Du weißt, dass wir das schon nachgefragt haben, nicht?

»Das müsste so …«

Die Tür geht auf, Helmut, dahinter eine Schwarzhaarige mit Pferdeschwanz. Graues Kostüm, Aktenkoffer, die Haut wie matter Bernstein.

»Wir vernehmen, Helmut.«

»Ich weiß. Das ist Frau…«

»… Green-Gerber.« Ganz milder englischer Akzent.

Sie reicht die Hand, ein Lächeln wie eine Kriegserklärung.

»Frau Green-Gerber ist Rechtsanwältin und der Rechtsbeistand des Herrn Michel.»

»Wir waren grad in einer Vernehmung.« Saublöd. Das sieht sie doch.

»Ja, ist ja auch Ihr Job.« Wieder das Lächeln. Sie geht zu Michels.

»Ich bin über Herrn Müller informiert worden. Tut mir leid, dass ich etwas spät bin, aber ich komme aus Bremen.« Sie dreht sich um. »Wir wollen natürlich gern zur Sache aussagen, aber Sie gestatten doch, dass ich vor der Vorführung in«, sie sieht auf die Uhr, »gut einer Stunde noch kurz mit Herrn Michels spreche und mir die Prozessvollmacht unterzeichnen lasse. Könnten Sie uns einen Raum zur Verfügung stellen, wo wir ungestört sind?«

Helmut kann, sie gehen. Mark sieht den Wink, geht mit.

»Verdammte Scheiße. Grad im richtigen Augenblick. Er wurde unsicher.«

»So unsicher auch wieder nicht. Hat sich gut im Griff.« Klöpper, die Arme ruhen verschränkt auf dem Bauch.

»Trotzdem. Ich hätte ihn gerne noch zehn Minuten gehabt.«

»Wenn er es war, rettet sie ihn auch nicht.« Ernst steckt sich einen Zigarillo an.

Die Worte wälzen sich mit dem Qualm durch den Raum.

12 Uhr 45

Ulla und Atze allein im MK-Raum.

»Na, wie weit seid ihr?«

Beide hören auf zu arbeiten, sehen hoch.

»Nicht so weit, wie wir gern wären. Die Rechtsanwältin ist uns schon quer dazwischengekommen.«

»Wie geht's weiter?« Atze, sieht heute schlecht aus.

»Um halb ist die Vorführung, die machen Mark und Thorsten. Ist eh nur 'ne Formsache. Danach nimmt ihn sich Ernst noch mal zur Brust. Aber wahrscheinlich mit Rechtsanwältin.« Ernst nickt, nimmt sich nebenbei einen Kaffee. »Es sei denn, die redet ihm was anderes ein, nachdem sie die Akten eingesehen hat.«

„Schon was von den anderen gehört?«

»Sonja und Sebastian sind auf dem Rückweg von der Firma, müssten gleich hier sein. Von den anderen aus der Wohnung habe ich noch nichts gehört.«

»VG und Regina wollten übrigens mit Michels eine Gegenüberstellung mit der Kellnerin aus dem Parkhotel machen. Sollen wir das irgendwann heute Abend tun?«

Ernst fängt den Blick auf, zustimmende Geste.

»Wenn wir uns den Zeitpunkt ein bisschen flexibel gestalten, kann das sehr nützlich sein. Könnte ihn verunsichern. Außerdem wäre es dann möglich ... Wo ist Walter, unser durchgeknallter Penner?«

»Der ist im Lazarusheim. Der Leiter hat versichert, wenn sich was tut, also wenn der wieder auf Wanderschaft gehen will, ruft er an. Bis jetzt hat er das noch nicht getan.«

»Super. Könnt ihr dafür sorgen, dass der dann auch hier ist? Ich wollte was mit dem probieren.«

Ulla nickt.

»Hast du sonst noch Wünsche, Konni? Vielleicht ein Stück Torte mit Sahne? Wer leitet eigentlich diese MK?«

»Atze, diese Diskussion müssen wir doch nicht schon wieder führen, oder? Ich habe heute mit der Sache mit Michels doch verdammt genug zu tun. Ist doch nur ein Gefallen. Schick einen von den Durchläufern, sollst ihn ja nicht selbst abholen.«

Er sagt nichts, schluckt es runter.

Die Tür geht auf, Sonja und Sebastian kommen rein, Taschen auf den Tisch, ziehen die Jacken aus.

»Erst zum Klo, dann einen Kaffee, dann reden wir, ja?«

Sonja verschwindet, Sebastian holt zwei Pötte, einmal mit Milch und Zucker. Er setzt sich.

»Also, VG und Regina sind noch da und vernehmen den Chef und noch einen Mitarbeiter. Die Durchsuchung ist so weit beendet, aber«, er nimmt einen Schluck, »ist ja unglaublich, wie diese Wirtschaftskriminellen Akten durchsuchen. Wahnsinn. Die sehen sich jedes Blatt an. Na gut, wir …«

Sonja kommt zurück.

»… glauben nicht, dass der Tatort sich in dem Komplex befindet. Ist zwar unheimlich weitläufig das alte Gemäuer, auch der Keller, da sind sehr viele Räume, aber keiner, der für einen Tatort infrage käme.«

»Das wäre auch für Michels zu unsicher gewesen. Manchmal kommen da nachts schon Lkws an, und die Fahrer pennen bis zum Ausladen am anderen Morgen, dann hat der

Chef sehr unregelmäßige Arbeitszeiten und solche Dinge halt.«

»Bei seinen Kollegen ist Michels übrigens nicht nur wohl gelitten.« Wieder Sebastian. »Gilt als ziemlich verschlossen und als Liebling des Chefs. Weil der echt malocht wie ein Ochse.«

Oli zieht den Reißverschluss seiner Tasche auf, holt Blätter hervor.

»Das sind die Arbeitszeiten von Michels. Es gibt Wochen, da war der an die achtzig Stunden für die Firma unterwegs, jedenfalls auf dem Papier. Woraus sich diese Zeiten zusammensetzen, kann man nicht mehr hundertprozentig nachvollziehen, aber Korte, das ist der andere im Büro, der bald platzt, meint, das käme hauptsächlich durch die Fahrerei.«

»Und noch was ist auffallend«, Sonja. »Wir haben die letzten sechs Monate genommen und die Tage, an denen er mal richtig lange unterwegs war, sind bis zum 19. 10. wirklich häufiger. Dann, so bis Mitte November, sind die Zeiten relativ normal, und danach fängt es langsam wieder an, dass er auch schon mal einen Dreizehn-Stunden-Tag hat.«

Das heißt, er nutzt die Arbeitszeit für die Vorbereitung seiner Taten.

»Das könnte mit der Tat an Neumann zusammenhängen.«

»Möglich. Könnte aber auch firmeninterne Gründe haben.« Ernst, alter Zweifler. »Ist aber auffallend, keine Frage.« Na also.

»Das heißt, wenn der noch das ein oder andere in der Kirchengemeinde macht, dass der kaum zu Hause ist. Auch eigenartig für 'nen jungen Familienvater. Hast du gesehen, wie der sich von seinem Sohn verabschiedet hat?«

Ernst schüttelt den Kopf, hat er nicht.

»Ich fand es ganz seltsam, völlig kalt. Bescheuert, dass die Schwiegereltern in Urlaub sind. Denen hätte ich gern mal auf den Zahn gefühlt.«

»Ach ja.« Ulla wühlt in ihren Zetteln, fischt einen heraus. »Die Schwester von Michels' Frau hat angerufen, aus Basel, die hattet ihr doch nicht erreicht. Wohnt jetzt da und ist beruflich ab morgen in Dortmund. Sie ist unter dieser Handynummer erreichbar und hätte, wenn überhaupt, nur morgen ein paar Stunden Zeit.«

»Ich kümmere mich darum.« Ernst nimmt den Zettel.

Telefon.

»Wiesing, Mordkommission.« Ulla nickt, sucht den Blick, reicht den Hörer.

»Kirchenberg.«

»Hier ist VG. Konni, wir haben noch ein zu durchsuchendes Objekt, ist jetzt erst bei den Vernehmungen rausgekommen. Die haben am Güterbahnhof noch einen Raum, den sie früher für ihren Bahnversand benutzt haben. Das hat in den letzten Jahren stark abgenommen, und der wird kaum genutzt, aber den Raum haben die noch bis 2007 für 'n Appel und 'n Ei gepachtet. Michels hat früher auch den Bahnversand gemacht. Wir können hier im Augenblick noch nicht weg, wenn der also jetzt mal angesehen werden sollte, müsste das jemand anderes machen, vielleicht Thorsten und Sonja. Die Schlüssel sind hier.«

»Ich kümmere mich drum und melde mich.«

Gespannte Blicke.

»Die Spedition hat noch einen alten Raum am Güterbahnhof. Könnt ihr das machen?«

Sonja und Sebastian sehen sich an.

»Ich müsste den ganzen Kram von heute Morgen dringend mal schreiben, wir können das aber noch dazwischenschieben.« Thorsten mit gespieltem Fatalismus.

»Ne, schreib du man dein Zeug. Ernst hat gleich wieder Vernehmung« – er nickt –, »fahr ich dahin. Musst du auch schreiben oder kannst du mitkommen?«

»Wenn einer schreibt, reicht das.« Sonja hebt die Tasse. »Kann ich den Kaffee noch austrinken?«

»Kein Problem. Auf dem Rückweg wollte ich noch bei der Kirchengemeinde vorbei, da erreicht man telefonisch auch nie einen.«

Und endlich mal was essen, noch gar nichts gehabt, heute.

»Wir nehmen euer Auto.«

Sie nickt, stellt ihre Tasse ab, nimmt die Jacke.

13 Uhr 37

Holpriges Kopfsteinpflaster, dazwischen Betonflächen und Ziegelsteine. Die Federung verwandelt die Stöße in sachtes Schaukeln. An den Rändern vertrocknete braune Stiele, die meisten sehen aus wie Disteln. Im Gebäude 17b, hat Korte gesagt. Links die Lagerschuppen, rechts endet ein alter Schienenstrang. Auf dem rissigen Balken des Puffers sitzt ein Spatz, wucherndes Kraut zwischen den Gleisen. Da ist es. Auf dem Dach wächst aus einer Falz eine kleine Birke, unter der Laderampe alte Metallgestelle, ein rostiger Fahrradrahmen ohne Räder, Zigarettenstummel.

»Hat auch schon mal bessere Zeiten gesehen.« Sonja

nimmt die Metalltreppe, klimpert mit dem Schlüsselbund, der dritte Schlüssel passt, immer der letzte. Das hölzerne Rolltor quietscht, ein riesiger Raum, die Neonröhren bringen kaltes Licht.

»Rechts hat er gesagt.«

Zwischen den gestapelten Pappkartons nach rechts zwei Gänge, es riecht nach Holz und Kälte. Im zweiten Gang fällt hinten links das Licht auf eine Wand aus Brettern. Da beginnt wahrscheinlich der Bereich mit den abgetrennten Räumen. Würde sich schon ganz gut eignen als Tatort. Auf allen waagerechten Flächen hinterlässt der Finger eine Spur im Staub. Irgendwer scheint hier zwar noch was zu lagern, aber täglich kommt hier mit Sicherheit keiner mehr hin. Sie geht zielstrebig zur dritten Tür, hat aufgepasst, eben, steckt den Schlüssel in den Zylinder.

Ein Blick mit hochgezogenen Brauen.

»Woran könnten wir erkennen, dass es unser Tatort ist?«

»Getrocknetes Blut überall, Haken an der Decke mit Resten von Fleisch und die Knochen der Opfer, die wir noch nicht gefunden haben.«

Sie grinst artig.

»Nein, ich weiß es nicht. Die Opfer haben zwar geblutet, aber nicht viel, einfach den Gesamteindruck wirken lassen.«

Sie schließt auf, die Tür öffnet sich ohne Geräusch, der stehende Flügel klappert in der Verankerung.

»Lass uns vorsichtig sein, erst mal hier stehen bleiben.«

Aus einem kleinen Oberlicht im Dach fällt karges Licht in den Raum. Größer als anzunehmen war, mindestens hundert Quadratmeter. Links und in der Raummitte hohe Regale mit Kisten und anderem Zeug. Von der Decke hängen zwei Fassungen mit Glühbirnen, links ist ein Schalter. Einmal drücken, ein Blitz mit Knall, es bleibt dunkel. Durchatmen. Das Adrenalin meldet sich mit leisem Kribbeln.

Sonja pustet hörbar, wühlt in ihrer Tasche, hat eine Taschenlampe in der Hand.

»Du bist ja vorbildlich ausgerüstet. Leuchte mal den Boden ab. Was hat Korte gesagt? Könnte ein paar Wochen her sein, dass hier jemand drin war?«

»So was Ähnliches.«

Hinknien, einmal mit dem Finger über den Estrich. Auf der Fingerkuppe ein schwacher staubiger Rand.

»Zumindest nicht so staubig wie draußen. Leg die Lampe mal auf den Boden.«

Der Lichtkegel bricht sich an den Unebenheiten, im Staub sind keine Muster zu erkennen.

»Schwer zu sagen. Lass uns mal weitergehen, in der Gangmitte bleiben, dann ist das schon okay.«

Sie geht vor, durch die großen Fächer des Regals in der Mitte sind an der Wand dahinter Schränke sichtbar. Scheinen alte Schränke zu sein. Sie leuchtet voraus, an der Wand ein Hubwagen und zwei Sackkarren. Das Regal ist zu Ende, sie geht nach rechts, in der Ecke ein riesiger alter Schreibtisch mit alten Ordnern und losen Blättern. Listen, wie es aussieht, noch eine alte Kaffeetasse mit abgebrochenem Henkel voller Stifte.

»Leuchte mal dahin.«

Sie lässt den Lichtkegel weiter nach rechts wandern, tastet damit an der Wand drei alte Schränke ab. Am Ende des Ganges steht ein helles Uraltsofa, links davon liegen Papprollen. Vor dem Sofa ist auf dem Boden eine Fläche mit Pappe ausgelegt.

»Darf ich mal.«

Sie reicht die Lampe. Die Schränke sind nicht verschlossen. Im ersten hinter beiden Türen Papierkram, im zweiten auch, nur in den oberen Fächern ein paar Schraubenzieher, Klebebänder und Bürokram. Im Fach darunter ein Pappkarton. Mal rausziehen. Wieder Klebebänder, ein Tacker mit Krampen, drei Kabelbinder, sieh an, sieh an. Sind aber kleiner als die an den Leichen.

Sonja sieht in den hingehaltenen Karton, macht ein staunendes Gesicht.

»Sind aber kleiner, damit kann man niemanden fesseln. Trotzdem.«

Im dritten Schrank nur ein paar Bügel mit Klamotten. Drei Regenjacken, ein Kittel, Gummistiefel, zwei Hosen. In den Fächern zwei Arbeitsanzüge, noch in Plastik verschweißt. Tja, warum hängen hier Klamotten?

Noch die Pappe ableuchten. Schon ziemlich plattgelatscht, auf der Oberfläche nur wenig Staub, keine auffallenden Flecken. Kurz anheben. Drunter auch nichts Verdächtiges. Auf der rechten Sofalehne was Dunkles. Mal genauer ansehen, ist aber kein Blut, irgendwas anderes.

Sonja steht wie eine Geistergestalt im Halbdunkel.

»Wir lassen den ED mal nachsehen, aber ich glaube nicht, dass das unser Tatort ist.«

»Warum?«

»Ich finde, es sieht so aus, als ob hier wirklich länger niemand mehr war, und nicht so, als wären hier zwei Männer getötet worden. Schade.«

»Wieso schade?« Sie kommt mit nach draußen, schließt wieder ab.

»Von der Gegend her gar nicht so ungeeignet als Tatort. Wäre schön gewesen, wir hätten ihn gefunden, je früher desto besser.«

Noch das Rolltor abschließen.

Das Handy, Telefonbuch, Ulla.

»Mordkommission, Wiesing.«

»Ulla, ich bin's. Ich glaube nicht, dass das hier unser Tatort ist, aber wir können zur Sicherheit den ED mal durchschauen lassen. Vielleicht sogar den Leichenhund, wenn er mal greifbar ist. Irgendwas von den anderen?«

»Nichts, was besonders interessant wäre. Die anderen sind noch bei der Vorführung.«

»Gut. Wir fahren jetzt zur Kirchengemeinde und sehen mal, ob wir da jemanden antreffen.«

Sonja steigt ein.

Von Westen über den halben Himmel wie mit dem Lineal gezogen eine schwarze Wolke. Fast wie ein Special Effect. Sieht ja unglaublich aus.

14 Uhr 16

Ich bin der Weg, die Wahrheit und das Leben.

Niemand kommt zum Vater denn durch mich.

Fünf Rahmen mit Bibelsprüchen, aber nur ein Kreuz im Büro, hätte man mehr erwarten können. Auch noch so ein kleines. Hier riecht es eigenartig, wahrscheinlich Weihrauch. Müsste mal lüften, der Gute.

Herr, mache mich zum Werkzeug deines Friedens.

Er nickt beim Telefonieren, hört die meiste Zeit zu, zwischendurch bestätigendes Brummen. Eine Evangelisation im nächsten Monat, das Honorar für den Redner muss noch ausgehandelt werden. Könnte der doch eigentlich für Gotteslohn machen.

Verabschiedung, er legt auf.

»Verzeihen Sie.« Kurzes Sammeln. »Ja, ich sagte Ihnen ja eben schon, dass ich mir das von Herrn Michels überhaupt nicht vorstellen kann. Er ist ein sehr wichtiges Mitglied dieser Gemeinde, der sein Leben nach seiner Berufung ganz in den Dienst des Herrn gestellt hat.«

Berufung? Klingt fast wie bei der Nationalmannschaft.

»Was heißt das genau?«

»Nun, er ist ein fleißiger, verantwortungsvoller Mensch seiner Familie gegenüber, der sehr viel arbeitet. Dennoch bringt er sich bei verschiedenen Projekten, wo es um den Dienst am Nächsten geht, in der Gemeinde nach Kräften ein.«

»Was sind das für Projekte?«

»Verstehen Sie mich nicht falsch, Herr…?«

»… Kirchenberg…«

»… ja, Kirchenberg, schöner Name. Muss ich zu dem allem etwas sagen? Wissen Sie, ich kann das alles gar nicht glauben, und das ist mir auch so wenig konkret, außerdem…«

»Um das abzukürzen, Herr Brehm, es geht hier um ein Ermittlungsverfahren in einem Mordfall. Wenn Sie nicht eng mit Herrn Michels verwandt sind, und wie ich das sehe, sind Sie das nicht, müssen Sie eine zeugenschaftliche Aussage machen, und die auch noch richtig. Sollten Sie etwas Falsches sagen, können Sie wegen uneidlicher Falschaussage belangt werden.«

Sonja sieht etwas erschrocken rüber. Zu heftig? Der geht einem aber auch auf den Geist mit seiner Art. Er schluckt.

»Außerdem, wenn ich den Satz beenden dürfte, bin ich natürlich nicht darüber informiert, was welches Mitglied unserer Gemeinde im Dienst Christi tut. Ich selbst bin mehr mit organisatorischen Dingen beschäftigt. Wir machen zum Beispiel des Öfteren eine Speisung der Armen und Bedürftigen. Ich weiß, dass Herr Michels, wenn seine Zeit es zulässt, hierbei häufiger zugegen ist.«

»Wie muss ich mir so etwas vorstellen?«

»Nun, es gibt mehr Bedürftige und weniger Betuchte, als wir uns das vorstellen. Nicht nur Obdachlose, sondern auch immer mehr Rentner kommen mit ihrem Geld nicht aus. Auch für diese bieten wir häufiger eine warme Mahlzeit an.«

»Wo findet so etwas statt?«

»An vier Stellen in der Stadt. Wir arbeiten meistens mit sozialen und karitativen Zentren zusammen, in der Südstadt nehmen wir eine Grundschule.«

»Und die anderen drei sind wo?«

»In der Vogelsiedlung, weil in den Hochhäusern viele ältere Leute mit geringen Renten wohnen.«

»Und die anderen beiden?«

»Im Zentrum Georgstraße und am …«

»In der Georgstraße?« Drei Straßen von Kunzes Wohnung entfernt. »Wie oft findet so etwas statt?«

»Ab dem 01.10. an jedem Wochenende.«

»War Herr Michels in der Georgstraße auch mal dabei in letzter Zeit?«

»Einmal, Anfang Oktober, waren wir gemeinsam dort, das

weiß ich sicher. Ansonsten konnte ich mich in diesem Jahr noch nicht freimachen.«

»Anfang Oktober. Könnte mir jemand anderes in der Gemeinde Auskunft darüber geben?«

»Da müsste ich bei den Brüdern und Schwestern nachfragen.«

»Tun Sie das. Hier ist meine Karte. Sobald Sie wissen, wer dort noch die Suppenkelle geschwungen hat, rufen Sie mich bitte an.«

Er will zur Tür geleiten, nicht nötig.

Draußen ist der ganze Himmel dunkel.

»Könnten Sie sich da getroffen haben?« Sonja sucht Schutz unter dem kleinen Vordach.

»Möglich. Das ist der erste Hinweis auf einen möglichen Täter-Opfer-Kontakt im Fall Kunz. Vielleicht haben die anderen auch schon was.« Die Zentralverriegelung öffnet mit metallischem Klacken. »Ich müsste grad wo vorbeifahren, hast du noch zehn Minuten Zeit?«

Hat sie.

Es regnet fiese, kleine Tropfen.

Sonja bleibt im Auto, dauert nicht lange.

Nur zwei Gäste in der Ecke, einer kaut am Stehtisch. Der Clown ist nicht da. Ayse kramt hinter dem Tresen, blickt auf.

»Hallo, netter Besuch. Na, was darf's sein?« Ein Lächeln wie Licht.

»Hunger hätte ich schon, aber keine Zeit. Wenn, dann was Schnelles auf die Hand.«

»Schwierig. Der Dönerspieß ist frisch, der braucht noch zwanzig Minuten.« Sie zeigt nach hinten.

»Dann ist es egal, wollte eigentlich nur mal fragen, wie es mit unserem Essen aussieht. Ist das noch in der Planung?«

»Warum nicht?«

»Ich dachte nur, vielleicht hast du ja wenig Zeit, so im Augenblick.«

»Wieso?« Stirnrunzeln.

»Na ja, vielleicht wird man ja öfter zu Spazierfahrten in Nobelkarossen eingeladen, so in letzter Zeit.«

In ihrem Gesicht mitleidiges Erkennen.

»Ja, ja, so was soll vorkommen.« Offener Spott.

»Ja, und da dachte ich, du hättest halt keine Zeit mehr für andere Dinge.«

Sie atmet einmal tief ein.

»Damit eines klar ist: Opferrollen mag ich überhaupt nicht.« Die Ernsthaftigkeit kehrt in ihren Blick zurück.

Scheißsituation, verdammt. Ein Einfall, los. Humor?

»Okay, Baby, liegt mir auch nicht. Heute Abend, und pünktlich, klar!«

Sie prustet los, wirft mit dem Handtuch. Ganz schön vertraulich.

»Da wollen wir mal nicht ins andere Extrem fallen. Aber heute Abend ist okay, sonst kriegen wir das überhaupt nicht mehr hin. Nur nicht ganz so früh.«

»Passt mir auch besser, weil wir in einer Ermittlung sind. Wann?«

»Ruf um acht noch mal an, dann kann ich mehr sagen.«

»Wohin gehen wir?«

»Hast du schon mal indisch gegessen?«

»Wir haben keinen Inder mehr. Der in der Innenstadt hat leider zugemacht.«

Sie überlegt einen Augenblick.

»Soll ich dir mal was Indisches kochen?«

Was kochen? Indisch?

»Ja klar. Wäre toll. Aber ich will dich nach so einem Tag nicht…«

»Ist schon okay, hab ich lange nicht mehr gemacht. Aber hier kann ich das nicht, Onkel Sener hat oben nicht mal einen vernünftigen Herd.«

»Versteh das nicht falsch, aber wir können das natürlich bei mir machen, ein paar Töpfe habe ich schon.«

»Gut, nichts dagegen. Wir können anschließend ja noch was trinken gehen.«

»In Ordnung. Blöderweise hab ich meinen Schlüssel im Büro. Wenn es bei mir länger dauern sollte und du schon was vorbereiten willst, kannst du ja schon mal rübergehen. Klingel bei Frau Gierth, sie wohnt zwei Etagen über mir und hat einen Schlüssel. Die kennt das schon in letzter Zeit.« Toller Spruch. Hört sich an, als gäben sich die Mädels die Klinke in die Hand. »Meine Schwester war letzte Woche da.«

»Frau Gierth, okay. Lass uns trotzdem noch telefonieren.«

Noch ein Gruß, bis heute Abend.

Ayse kocht indisch.

Sonjas Kopf lehnt an der Seitenscheibe, die Augen geschlossen.

15 Uhr 32

Sieht aus wie geschneidert, das Kostüm. Sie hat den Zeigefinger am Kinn, die Beine übereinandergeschlagen, sehr lässig. Die Fingernägel sind dezent lackiert, ihre Haut ist heller als Ayses, die Augen sind genauso schwarz. Die hat aber was Kämpferisches, Respekt Einflößendes, obwohl sie sehr sanft spricht. Soulstimme. Lässt Ernst nicht aus den Augen. Hat sich etwas erholt der Gute, sieht nicht mehr ganz so schlimm aus wie heute Morgen.

»So, Herr Michels, kommen wir noch einmal zum 19. 10. Da sind wir ja heute Morgen unterbrochen worden, und in der Anhörung beim Haftrichter konnten Sie ja auch keine näheren Angaben zu dem Tag machen, nicht wahr?«

»So ist es.«

»Dann wollen wir mal sehen, ob wir das gemeinsam hinbekommen. Sie sagten heute Morgen, am frühen Nachmittag seien Sie Richtung Hamburg gestartet?«

Er nickt.

»Wissen Sie, wann Sie bei Kamp und Johnsten angekommen sind?«

»Wenn ich mich recht erinnere, müsste das noch vor Feierabend gewesen sein. Ich tippe mal auf irgendwas zwischen sechzehn und siebzehn Uhr.«

»Zwischen sechzehn und siebzehn Uhr.« Ernst macht auf ganz freundlich. »Wie ging es dann weiter?«

»Das Maschinenteil wurde von Angestellten der Firma ausgeladen, und ich bin zurückgefahren.«

»Wie lange hat das gedauert?«

Da darf er sich keinen Fehler erlauben, er weiß, dass wir das wissen.

»Puh, schwer zu sagen. Ich nehme an, ’ne halbe Stunde.«

»Wie ging es dann weiter?«

Michels kratzt sich am Kopf, sein Blick wandert aus dem

Fenster. »Ich meine, ich wäre auf der Rückfahrt von der Autobahn abgefahren, um was zu essen.«

»Sie meinen. Das hätten Sie doch auch an der Autobahn machen können.«

»Schon richtig«, betont langsam und immer ein bisschen leidend, »aber das mache ich auf meinen Fahrten immer, dass ich abfahre, ist halt preiswerter.«

Der fühlt sich so was von sicher.

»Und wo sind Sie abgefahren?«

Er denkt nach, angestrengt, schüttelt fast verzweifelt den Kopf.

»Beim besten Willen, Herr Funk, aber genau ..., es müsste noch auf der A7 gewesen sein, das glaube ich schon.«

»War es kurz hinter Hamburg oder schon etwas weiter weg?«

Er presst die Lippen aufeinander. »Irgendwie so mittendrin.«

»Vor dem Kreuz Walsrode oder danach?«

»Könnte danach gewesen sein, ich bin mir aber nicht sicher.«

»Herr Michels«, die Schärfe in Ernsts Stimme nimmt zu, »Sie sind ein erwachsener Mann und nach Aussage Ihres Chefs eine Stütze der Firma. Sie sind vor sechs Wochen in die Nähe von Hamburg gefahren, etwas, was keineswegs dreimal in der Woche stattfindet, sondern Sie sind vorher zwei Wochen diese Strecke nicht gefahren und wollen mir hier und heute erzählen, Sie könnten sich nicht daran erinnern, ob Sie zum Essen abgefahren sind, und schon gar nicht wo?«

Michels sieht aus, als ob er gleich zu heulen anfangen würde.

»Wissen Sie, Sie haben mich heute Morgen vor meiner Familie festgenommen, werfen mir vor, einen alten Mann getötet zu haben, den ich nicht kenne, Sie durchwühlen mein ganzes Leben, obwohl ich nichts getan habe. Können Sie sich vorstellen, dass in meinem Kopf einiges drunter und drüber geht, Herrgott.«

Hey, Junge, zweites Gebot. Du sollst den Namen des Herrn nicht unnütz führen, oder so ähnlich. Wenn das dein Gemeindepapst hört, gibt's keinen Wein.

»Gut, Herr Michels.« Ernst kommt in Form. »Gehen wir eine Woche zurück, der 12. 10. Eine Fahrt nach Köln, da kennen Sie sich ja aus, ist ja Ihre Gegend.«

Achtundvierzig Kilometer zu viel.

»Können Sie sich an diese Fahrt erinnern?«

»Muss ich mich jetzt an alle Fahrten erinnern, die ich im letzten Jahr unternommen habe?«

»Nicht alle, nur die mit Unregelmäßigkeiten. Und die Kölner Fahrt müsste noch präsent sein, war nämlich das einzige Mal in den letzten Monaten, dass Sie dort waren. Zumindest was Ihre Arbeit angeht.«

Die Anwältin ändert die Sitzposition, beugt sich vor.

»Sie wollen jetzt wirklich und ernsthaft Ihre Argumentation auf ein paar Eintragungen in einem Fahrtenbuch gründen?« Sie sagt es mit der Sanftheit eines kehligen Tigergrollens. »Für die es eine ganze Reihe von Gründen geben kann.«

»Wir wären schon zufrieden, wenn Herr Michels uns außer Vergesslichkeit einen plausiblen Grund nennen würde.«

»Ich habe es bei der Verkündung des Haftbefehls bereits gesagt, Herr …«

»… Funk …«,

»... Herr Funk. Dieser dringende Tatverdacht ist schlicht ein Skandal und dieser Haftbefehl ebenfalls, die Gründe dafür sind lächerlich. Sie wissen, dass eine Haftbeschwerde läuft, und ich fände es ausgesprochen erfrischend, wenn Sie das Argument meines Mandanten, dass er sich nicht erinnern kann, anerkennen würden.«

»Dazu gehört auch, Frau ...«

»... Green-Gerber ...«

»... Frau Green-Gerber, dass ich ihm das glaube. Und das tue ich nicht. Und was den dringenden Tatverdacht angeht, da sind die Fahrzeiten ja nun keineswegs das Einzige.«

»Was denn noch? Eine Vortat von vor zwanzig Jahren?«

„Frau Green-Gerber, wir leben in einem Rechtsstaat, in dem ein Haftbefehl keineswegs leichtfertig ...«

So kriegen wir den nicht, verdammt. Wir müssen was finden. Wir müssen.

Mal bei den anderen nachfragen.

16 Uhr 27

Die meisten Autos fahren schon mit Licht. Die Hälfte der Fußgänger hat Schirme aufgespannt, regnet wohl. Die ohne Schirme gehen normal, scheint sich in Grenzen zu halten. Sieht man gar nicht in der Dämmerung, den Regen. Der Schnee ist völlig verschwunden, schade.

Was macht er mit der Kohle? Und wo tötet er sie? Maximal sechzig Kilometer Abweichung, es muss hier in der Stadt sein. Die Digitalanzeige zeigt 16.32. Viertel vor ist Besprechung bei Ulla, vielleicht haben die anderen was, hoffentlich.

Wieso macht der jetzt noch einen auf Familie, nach fast vierzig Jahren Alleinsein, Rumtigern, kaum länger als ein Jahr irgendwo geblieben. Tarnung? Oder wirklich ein Spätberufener. Was macht er mit der Kohle? 'ne Verbindung zu Neumann haben wir auch noch nicht. Könnte sein, dass bei Kunz nichts zu holen war und Neumann gerade passend kam. Möglich. Die Weidener könnten sich auch mal melden, und von Klöppers Leuten ist auch noch nichts gekommen.

Indisch kochen mit Ayse. Irre. Wird aber auch höchste Zeit, noch keinen Krümel gegessen heute, gar nicht gemerkt, dass der Magen auf halb acht hängt. Frau Gierth.

Freizeichen.

»Gierth.« Wie klingt die denn?

»Konstantin Kirchenberg. Nabend, Frau Gierth. Geht es Ihnen gut? Wie war der Einstieg im neuen Job?«

»Ach, Herr Kirchenberg«, schwer, mühsam, traurig, »sprechen Sie mich bloß nicht darauf an.«

»Frau Gierth, was ist denn los?«

Ganz tiefer Seufzer. Weint die?

»Ist irgendwas passiert?«

»Ach, wissen Sie, so hatte ich mir das nicht vorgestellt.«

Tja, Mädchen, das glaub ich wohl.

»Alles ein bisschen anders, was?«

»Gestern, der erste Tag, war noch ganz interessant, wir wurden eingeführt, verschiedenen Leuten vorgestellt und haben Kaffee getrunken. Heute habe ich dann das erste Mal Posten bezogen, wie Sie es nennen. Ich hatte mir gedacht, man hätte es da mit frechen Jugendlichen zu tun, die aus Jux und Tollerei klauen gehen, so als Sport.«

»Aber das war es nicht?«

»Nein, das war es nicht. Alte Leute klauen, Herr Kirchenberg, meinesgleichen, können Sie sich das vorstellen? Und wissen Sie warum? Weil es bei vielen hinten und vorne nicht reicht mit der Rente.«

Sie macht eine Pause, schnäuzt sich.

»Zuletzt hatte ich eine Frau, die war zwei Jahre jünger als ich und hatte einen Lidschatten gestohlen. Und wissen Sie wofür, Herr Kirchenberg? Für ihre Enkelin! Die hatte Geburtstag. Diese Frau hat das Geschenk für ihre Enkelin gestohlen.«

Sie macht eine Pause. Weint die? Kann sein.

»Aber ich habe Sie so überfallen, tut mir leid, wollte ich nicht. Sie hatten mich ja angerufen.«

»Ja, ich wollte gar nicht viel. Nur, wenn Sie heute Abend zu Hause sind, könnte sein, dass eine junge Dame nach meinem Schlüssel fragt. Die junge Türkin aus dem Imbiss, haben Sie vielleicht schon mal gesehen. Das geht klar, Sie können ihr den Schlüssel geben.«

»Gut, ich bin eh zu Hause.«

»Wir können ja am Wochenende mal einen Kaffee trinken, Frau Gierth, und ein wenig quatschen, was halten Sie davon?«

»Ach, machen Sie man keine Umstände, Herr Kirchenberg, Sie haben genug zu tun.«

»Wir machen das.«

Auflegen. Manchmal lernt man auch mit siebzig noch was Neues.

Die E-Mails.

Versorgungsrechtliche Neuerungen nach Kabinettssitzung. Später.

Kripo Aachen, Antwort auf Meldung der Festnahme Michels.

Öffnen.

Hallo Kollege Kirchenberg,
möchte kurz Bezug nehmen auf die o. g. Meldung von heute Mittag, dass der
Bernd Michels, 30.07.66 in Kaiserslautern,
bei euch wegen Verdacht des Mordes vorläufig festgenommen worden ist.
Der genannte Michels ist hier im Rahmen eines Ermittlungsverfahrens wegen Mordes an einem Rentnerehepaar am 17.12.01 in Eschweiler als Tatverdächtiger festgenommen worden. Er wohnte damals in der Nähe der Opfer, hatte Kontakt zu ihnen und kam aufgrund seiner Vortat aus dem Jahre 84 in den Focus.
Er hatte seinerzeit kein Alibi, ist verantwortlich zum Vorwurf des Mordes vernommen worden und saß auch zwei Tage in U-Haft. Er konnte allerdings voll rehabilitiert werden, weil die Täter aufgrund von Sachspuren und weil sie versuchten, an das Geld der Opfer auf den Geldinstituten zu gelangen, innerhalb der ersten 72 Stunden nach der Tat festgenommen werden konnten. Michels hatte damals nichts damit zu tun, hatte nachweislich keinen Kontakt zu den Tätern und wurde wieder entlassen.
Vielleicht ist diese Info trotzdem nützlich für euch. Für weitergehende Fragen stehe ich jederzeit zur Verfügung.

Knaup, KHK'in

Wann? 2001. Verdammt, verdammt. Drucken.

Ist der bescheuert? Warum sagt der davon nichts? Das könnte er doch voll zu seinem Nutzen ausschlachten, oder? Es sei denn, es hat irgendeine Bedeutung für ihn. Aber welche? Der Drucker ist fertig.

Im MK-Raum sind schon alle versammelt, gut. Laberei in kleinen Gruppen.

»Alle da, prima.«

Sie sehen auf, einige verschreckt.

»Hat einer von euch was ganz Wichtiges, sonst fange ich an.«

»Guten Abend, liebe Kollegen, ich grüße die, die ich noch nicht gesehen habe. Können wir anfangen.« Atze mit ätzender Höflichkeit. »Mensch, Konni, du kannst ja Hektik machen.« Aber nicht wirklich böse gemeint, oder doch?

»Wir müssen auch Gas geben, Atze. Gegen den Haftbefehl läuft 'ne Beschwerde, wie du weißt, und es wäre schon nötig, dass wir da noch was Greifbares vorweisen können. Spätestens am Freitag wird uns das blühen.«

Ernst und Thorsten kommen rein, sehen das Erstaunen.

»Halbe Stunde Unterbrechung. Man muss sich besprechen, die Rechtsanwältin muss gleich weg.«

»Das passt gut, seid ihr auch dabei. Wo ist Kollege Klöpper?«

»Wollte die Akte Kunz lesen.«

»Auch gut.«

Links die Pinnwand Kunz, rechts die von Neumann, der Zeitstrahl dazwischen. Neues Design, war bestimmt Ulla.

»Also, ich habe gerade eine Mail von einer Kollegin aus Aachen bekommen, die haben Michels bei einem Mord am

17.12.01 an einem Rentnerehepaar aufgrund seiner Vortat aus 84 als Tatverdächtigen festgenommen, mussten ihn aber zwei Tage später wieder laufen lassen, weil die wirklichen Täter gefasst wurden und er nichts damit zu tun hatte.«

Mit Rot auf dem Zeitstrahl ein Kästchen. Dezember 01, falsche Verdächtigung.

Alle schweigen, sehen sich das neue Bild an.

»Wenn wir das, was wir wissen, mal zugrunde legen, hat er im März 01 in Leverkusen Schmitz ermordet, ist dort im Juli 01 weggezogen nach Eschweiler und ist im Dezember 01 dort fälschlich eines Mordes verdächtigt worden. Im Mai 02 ist er dann nach hier gezogen. Frage eins an die Expertenrunde: Warum sagt er uns davon nichts? Frage zwei: Was hat das zu bedeuten?«

Wieder Schweigen.

»Vielleicht ist das der Grund für seine lange Pause, denn wenn Oliver keinen weiteren Mord übersehen hat, hat er sich für den nächsten hier bei uns fast fünf Jahre Zeit gelassen.« Ernst sitzt auf der Tischkante, isst ein Brot.

»Er hat ja nicht nur 'ne längere Pause gemacht, der hat ab 2002 ja ein ganz anderes Leben geführt.« Ulla liegt mehr in ihrem Stuhl, als dass sie sitzt. »Vielleicht ist das auch der Grund dafür.«

»Er ist ja auch irgendwann bekehrt worden.« Atze. Genervtes Gestöhne in der Runde.

»Das hat ihm gezeigt, dass er noch vorsichtiger sein muss.« Altenkamp nimmt die Brille ab, massiert sich mit Daumen und Zeigefinger die Nase.

»Und warum sagt er nichts davon?«

»Zwei Gründe…« Ernst muss erst runterschlucken. »Zwei

Gründe sind denkbar. Einmal könnte er annehmen, dass wir es sowieso rauskriegen, und er glaubt, das sei ein Vorteil für ihn, wenn wir es ermitteln, oder er will es wirklich verschweigen.«

»Warum?«

»Keine Ahnung. Vielleicht weil er glaubt, wir könnten daraus richtige Schlüsse ziehen.«

Wieder gespannte Sprachlosigkeit, alle glotzen auf die Wand.

»Gut, wir können ja mal alle drüber nachdenken. War es das, Konni?« Ulla blickt hoch. Das war vorläufig alles. »Was ist bei den anderen gelaufen, Heinz?«

»Nicht viel. Die Frau ist …, ja, ich habe fast den Eindruck, die ist minderbemittelt. Zumindest ist die verhaltensauffällig. Erst mal äußerlich 'ne völlig graue Maus, und die kriegt das Maul nicht auf. Ich meine, sie hat sowieso Zeugnisverweigerungsrecht, aber auch so im normalen Gespräch … Von den Nachbarn ist auch nicht viel zu erfahren, lediglich, dass er wenig zu Hause war und ansonsten sehr unauffällig ist. Der ED war eben noch da, müssen mal abwarten, was Beckmann so sagt.«

Das war es schon, VG nimmt den Ball auf.

»In der Firma ist es ähnlich. So richtig warm ist mit dem keiner geworden. Alle wissen, dass er was drauf hat und beim Chef Narrenfreiheit besitzt, aber speziell Lange, der macht da die Personalangelegenheiten, sind die Zeiten auch manchmal ein Rätsel. Er kann sich an einen Tag vor ein paar Monaten erinnern, wo er Michels spätabends mit dem Wagen gesehen hat, kurz vor Monatsende, deshalb sei ihm zwei Tage später, bei der Abrechnung der Zeiten auch aufgefallen, dass Michels an dem Tag den Wagen vorher schon ausgebucht hatte.«

»Wann soll das gewesen sein?«

»Kann er beim besten Willen nicht mehr sagen. Mindestens ein halbes Jahr her. Das ist allerdings nichts so Besonderes, weil der Chef in Ausnahmefällen auch schon mal gestattet, den Wagen für private Zwecke zu nutzen, wenn man mal was Größeres zu transportieren hat.«

»Leichen, zum Beispiel.«

Müdes Gelächter. Okay, kein so guter Scherz.

»Wann willst du die Gegenüberstellung machen, VG?«

»Die Kellnerin ist zu Hause, ein Anruf, und sie ist in 'ner Viertelstunde hier.«

Zwanzig nach fünf.

»Halb acht, passt das Ernst?«

Er hat nichts dagegen.

»Dann hab ich auch noch genügend Zeit, unsern Walter aus dem Lazarusheim zu holen, wollen ja niemanden unnötig belasten.«

»Du kannst es nicht lassen, Konni.« Atze, schon wieder bissiger.

Einige wollen aufstehen, Ulla fordert zum Sitzenbleiben auf.

»Ab morgen müssen wir wieder anders vorgehen, Leute. Wir haben uns heute sehr auf Michels konzentriert, und über die Hälfte der Teams war da gebunden. Schaut mal in eure Körbchen, da sind eine ganze Reihe anderer Spuren. Speziell bei Neumann haben sich einige neue Dinge ergeben durch die Pressefahndung, da ist 'ne Menge abzuklären. Außerdem haben wir die Verbindung Michels – Neumann auch noch nicht ausreichend abgeklopft. Wenn ihr Fragen dazu habt, kommt zu mir, kann ich mir das allgemeine Gerede sparen.«

Alle nicken, Aufbruch.

18 Uhr 41

Nummer drei, Nummer drei, komm, Mädchen, sei gut zu uns. Nummer drei. Wenigstens bei einem Durchgang, nur 'ne Ahnung, eine Wahrscheinlichkeit, in den Tiefen des Unterbewusstseins ein schwaches, verstecktes Leuchten, Glimmen, irgendwas.

Sie schüttelt den Kopf, sieht zur Seite, verzieht verlegen den Mund. Hat tatsächlich was von Martina Gedeck, sehr hübsch.

»Tut mir leid. Ich habe sowieso nicht die beste Erinnerung an die beiden, weil die eben nur kurz da waren, aber ich glaube, von denen war es keiner.«

»Kann man nichts machen, Frau Kahre.« VG führt sie zur Seite. »Sie müssen uns ja keinen Gefallen tun. Was nicht ist, ist nicht.« Schon auf dem Flur.

Regina öffnet die Tür mit dem Spiegelfenster, kurze Anweisung, die sechs tauschen die Nummern, Mark nimmt von Michels die drei. Dann wollen wir mal.

Walter sitzt mit Sebastian in der Fotostelle, beim Öffnen der Tür drängt sich eine leichte Pilsnote nach draußen. Ist ja schon dunkel.

»So, geht es Walter ganz gut heute?«

»Walter friert nicht, friert nicht. Walter mag keine Kälte.« Er steht auf, lässt sich von Sebastian am Arm führen.

»Walter mag keine Kälte. Heute schön warm. Gerd guter Mensch. Gerd mag auch keine Kälte.«

Wer ist Gerd? Einer aus dem Lazarusheim? Wahrscheinlich.

Die anderen haben alles vorbereitet, Ernst hat sogar das Bier dabei. Sie sehen ihn an wie ein Tier im Zoo.

»So, Walter müsste jetzt mal durch dieses Fenster sehen. Dahinter stehen sechs Männer. Die können Walter nicht sehen. Walter soll uns nur sagen, ob er einen dieser Männer schon mal am Müllcontainer am Supermarkt gesehen hat.«

Er geht zwei Schritte vor, sanftes Schieben, sein Blick wirr wie immer, streift kaum die Scheibe, dann kurz, wieder flackernde Pupillen, noch einmal für einen Moment, dann das Zucken, heftiger als beim letzten Mal.

»Neeeeeiiiiiiin. Das Eis frisst das Leben, aber immer vom Ende her. Wenn wir es nicht gewusst hätten, aber uns glaubt ja keiner, keiner. Immer erst links, rechts, links und dann geht gar nichts mehr…«

Ernst nimmt ihn zur Seite, gibt ihm das Bier, er brabbelt weiter. Sebastian führt ihn auf den Flur.

»Verdammt, verdammt. Was hat das zu bedeuten? Immer, wenn es stressig für ihn wird, dreht er ab. Das kann doch nur heißen, dass ihn was belastet, dass er ihn erkennt.«

»Ist die wahrscheinlichste Erklärung.« Ernst verschränkt die Arme. »Ich rufe morgen mal bei dem psychologischen Gutachter an, mit dem ich auch in Berlin zusammengearbeitet habe.«

»Einen Versuch machen wir noch, und zwar eins zu eins.« Tür auf. »So, Leute, danke für eure Hilfe. Sie, Herr Michels, möchte ich bitten, dass Sie sich noch einmal hier aufstellen, etwas näher zur Tür. Sie brauchen auch keine Nummer, ja.«

Er macht es, die anderen gehen, Tür zu. Michels mit leicht verunsicherter Miene.

Walter steht auf dem Flur, nuckelt an der Flasche, ist wieder ruhiger.

»Kann Walter noch einmal mitkommen und hier durchsehen, ob er diesen Mann schon mal gesehen hat?«

Er kommt, zögerlicher, lässt sich etwas stärker schieben. Seine Hand umklammert die Flasche. Der ist verkrampfter als eben. Sein Blick umwandert das Fenster, dann kurz, nur für einen Moment. Ein heftiges Zucken, er verschüttet etwas Bier, dreht sich ab.

»Es sind die Engel, die in Wänden hausen …«

Alle sehen sich an, in den Gesichtern Bestätigung und Zweifel.

19 Uhr 40

Mark, Sebastian, Thorsten, Ernst. Volles Haus. Haben die alle nichts zu tun? Walter scheint ja irgendwie was Exotisches zu haben. Sind doch alles Polizisten, da sind Penner doch völlig alltäglich. Vielleicht ist es das Fremde, diese Verbindung zu einer anderen Wirklichkeit. Hat ja auch was.

Walter trinkt den Rest aus der Flasche, schon die zweite, stellt sie auf den Schreibtisch. Sieht erschöpft aus, hat ihn wahrscheinlich doch etwas mehr mitgenommen.

»Ist es warm genug für Walter?«

»Walter mag keine Kälte. Walter mag Sonne.«

»Will Walter noch ein Bier?«

»Walter mag Bier.«

Mark geht zur Fensterbank, nimmt eine Flasche aus dem Container. Er entkorkt sie mit Feuerzeug, gibt sie Walter.

»Ist Walter müde?«

»Walter ist nicht müde. Walter schläft wenig.«

Kein Wunder. Wenn man sich im November beim Pennen im Gebüsch ständig einen nassen Arsch holt, kann man auch schlecht schlafen.

»Als Walter was gesehen hat in der Nacht am Container, konnte er da auch nicht schlafen?«

»War nicht kalt. Nachts sonst keine Lieferung.«

»Konnte Walter erkennen, was für ein Auto das war.«

Er braucht einen Moment.

»Weißes Auto.«

Die Tür fliegt auf, Klöpper kommt mit Volldampf, erkennt sofort die Situation, beschwichtigende Geste.

»Sorry, wollte nicht stören. Suche nur dringend meine Ordner.«

Sebastian sieht den Fingerzeig, gibt ihm zwei Ordner vom Schreibtisch. Er nimmt sie, geht, kommt noch mal zurück.

»Komm gleich mal rüber«, flüstert er. Als wenn das noch was retten würde. »Könnte wichtig sein.«

Tür zu, endlich.

»Das Auto war weiß. Kann Walter sagen, was für ein Auto das war.«

»Auto mit Klappe.«

»Was für eine Marke war das Auto? Kennt Walter Autos?«

Er nimmt einen Schluck, muss aufstoßen.

»Walter kennt keine Autos.« Noch einen Schluck.

»Stand was auf dem Auto geschrieben? Konnte Walter das sehen?«

»Helle Schrift.«

»Konnte Walter sehen, was da stand, auf dem Auto?«

»War dunkel. Walter kann nicht gut sehen.«

»Konnte Walter das nicht lesen, was da stand?«

Er wird etwas hektischer. Der reagiert sofort auf Druck.

»War dunkel. Helle Schrift. Walter kann nicht gut sehen.«

Blick zu Ernst, der nickt, zieht mit der flachen Hand einen waagerechten Strich. Hat Recht, lassen wir es gut sein.

»Gut, Walter war uns eine große Hilfe. Walter kriegt noch ein Bier, und dann fahren wir ihn wieder zum Lazarusheim.« Seine Augen beruhigen sich nie, Sebastian führt ihn nach draußen.

»Helle Schrift, hat der litauische Fahrer auch gesagt. ›Müller und Müller‹ steht aber in Schwarz auf dem Wagen.«

»Kann er doch überklebt haben«, Thorsten. »Hatte ich bei meinen Bankräubern schon öfter. Folie drüber, fertig. Schon mache ich aus einem Möbeltransporter ein Klempnermobil.«

Richtig, gute Idee. Hätte man auch selbst drauf kommen können. Wie vernagelt, heute. Endlich mal was essen, daran liegt das bestimmt.

»Gute Idee, Thorsten. Mark, könnt ihr das machen, morgen im Umkreis von, was weiß ich, fünfzig Kilometern mal bei Läden, die so was herstellen, nachfragen? Heute ist es dafür zu spät, aber wir brauchen noch Ergebnisse.«

Er nickt. Ist bei ihm in guten Händen. Sehen alle etwas erschöpft aus, heute.

»Was hat unser Leverkusener Öltank eben gesagt? Er hat was Wichtiges?«

»Möglicherweise.«

Ernst steht auf, die anderen kommen auch mit.

Im MK-Raum normaler Betrieb. Atze steht vor der Pinnwand, Klöpper sitzt vor dem Telefon, trommelt mit den Fingern. VG, Edda und Altenkamp schreiben.

»Was gibt es denn so Wichtiges?«

»Ich hatte nur eine Idee«, er trommelt weiter, »kann sich auch in Luft auflösen. Mir ist aufgefallen, dass in den Obduktionsberichten die Beschreibung der Haare, die bei Kunz unter den Nägeln gefunden wurden, und der von unserem Opfer in Leverkusen, gleich ist. Getönt mit durchscheinendem Grau. Wir haben uns doch gefragt, woher kriegt man ein Büschel zusammengehörender Haare mit Schaft.«

»Und du meinst, der nimmt die von seinen Opfern?«

»Gleich wissen wir es. Ich dachte, ich hätte den DNA-Bogen in der Akte. Den Ordner habe ich aber in Leverkusen gelassen.«

Telefon. Er macht ein Gesicht wie vor der Bescherung, hebt ab.

»Klöpper.« Pause. »Ja, Dieter. Ich bin schreibbereit.«

Er notiert die Zahlen-Buchstaben-Kolonne, wiederholt noch mal zur Sicherheit, bedankt sich, legt auf. Ulla reicht ihm den Ordner, er fährt mit dem Finger wie ein Erstklässler nacheinander die Reihen entlang, blickt auf.

»Leck mich am Arsch, Blut im Auswurf.«

»Was heißt das?«

Atze schnappt sich die Zettel, vergleicht, schüttelt ungläubig den Kopf.

»Sind wirklich identische Codes, unglaublich. Er hat tatsächlich die Haare vom Leverkusener Opfer an unserer Leiche angebracht.«

Aufgeregtes Durcheinander, Staunen, Unglauben, gleitet langsam rüber in Euphorie. Jawoll, jetzt kriegen wir ihn.

»Wieso kriegt man das denn nicht über 'ne Abfrage raus?« Sebastian mit Unverständnis.

»Weil Opfer-DNA nicht gespeichert wird, wozu auch? Außerdem gäbe es da bestimmt rechtliche Probleme.«

»Freut euch nicht zu früh.« Ernst gießt einen Eimer Löschwasser in die Begeisterung. »Das bedeutet nur, dass wir sicher sein können, es bei beiden Delikten mit einem Täter zu tun zu haben. Michels kriegen wir damit auch nicht näher an unser Opfer.«

Ernst hat Recht, ist halt ein kühler Denker. Trotzdem sensationell, was der Dicke da rausgefunden hat.

»Schon richtig, Ernst, aber wir haben dadurch schon ein paar Angriffsflächen mehr.«

»Richtig.« Klöpper steht auf, wirft den Stuhl um. »Darum muss ich auch nach Hause. Ich probiere mal, heute noch einen Zug zu kriegen. Das sind ja ganz neue Perspektiven, können wir morgen bei uns richtig täterorientiert loslegen.« Er rafft seine Ordner zusammen, geht. »Ich komme noch mal rein, bevor ich fahre.« Mit einem Lächeln.

»So, und wir können jetzt mit Sicherheit von zwei Taten ausgehen. Ich werde morgen gleich Oli anrufen. Der wird sich freuen, hat ja richtig was gelernt in der Fremde.«

»Ich versuche ihn mal über Handy zu erreichen, Konni. Ich hab die Nummer.«

Ulla hat Olis Handynummer?

22 Uhr 46

Der Mund brennt, der Wein macht leicht.

»War ganz schön scharf. Hab auch zu viel gegessen.« Im Magen leiser Protest.

Das Weiß ihrer Augen ist im Kerzenlicht noch weißer, das Schwarz noch schwärzer. Aus dem Wohnzimmer hangelt sich leise Kate Bush durch stimmliche Höhen.

»Indische Küche, süß und scharf. Für europäische Gaumen sehr süß und sehr scharf.«

Sie hält das Weinglas vors Gesicht, sieht über den Rand, das Rosa unter ihren Fingernägeln passt zum Wein.

»So wie indische …« Nein, nicht zu frech werden, ist noch zu früh.

»… wie indische Frauen«, sie lacht hell, »ja, ja.«

»Stimmt nicht, das wollte ich gar nicht sagen.« Wieder ein Zwacken im Magen.

»Was denn dann? So wie indische Elefanten? Außerdem bin ich ja auch nur zur Hälfte Inderin.« Sie schiebt mit der Rechten eine Strähne hinters Ohr.

»Na ja, süß kommt schon hin. Wenn ich 'ne europäische Frau wäre, da könnte man schon neidisch werden. Ihr seid vom lieben Gott oder Allah oder, wie heißt der in Indien? Krishna oder Shiva oder so? Jedenfalls seid ihr von irgendwem ziemlich gut bedacht worden. Vielleicht sogar von allen.«

»Wieso?«

Ah, jetzt will sie es auch wirklich hören.

»Alles halt. Ihr habt Haare, an die man die Welt hängen

könnte, und eure Augen sehen immer so aus, als hättet ihr schon 'ne Stunde bei der Kosmetikerin verbracht.«

Sie lächelt ein Danke, lehnt sich zurück. Sagt aber nichts. Sie schaukelt den Wein im Glas, betrachtet ihn, dann ein ganz langer, ganz warmer Blick.

Im Bauch arbeitet eine Mischmaschine, wieder ein Zwacken, etwas heftiger. Die Musik hat aufgehört.

»Ich mach mal neue Musik.«

»Wir können uns ja rübersetzen, ist bequemer.« Sie nimmt beide Weingläser, kommt mit.

»Möchtest du was Bestimmtes hören?«

»Mach irgendwas. Das gerade war doch schön. Was war das?«

Kontakt an der Schulter, sie sieht von der Seite beim CD-Wechseln zu. Hinter dem Parfüm der Geruch ihrer Haut.

»Das war Kate Bush. Schon etwas älter.«

Der Aufruhr im Magen wird schlimmer. Ob ein Schnaps helfen würde?

»Ich glaube, mein Magen braucht einen Schnaps nach dem Essen. War das Erste, was ich heute gegessen habe, war wohl etwas exotisch dafür.«

»Schnahaps? Mit Wein. Gefährliche Mischung. Aber nur einen. Was gibt's denn?«

»Für nach dem Essen habe ich nur so 'n Aquavit-Zeugs.« Die Flasche steht im Kühlschrank, zwei Gläser.

Sie prostet zu, der Schnaps legt eine leichte Feuerspur bis in den Magen. Ein heftiges Zucken. Ob das 'ne gute Idee war?

»Wollen wir uns nicht setzen?«

Sie kommt mit zum Sofa, setzt sich seitlich hin, legt den rechten Arm auf die Rückenlehne.

»Und wie war dein Tag heute?« Tolle Frage. Und das Wetter?

»Ganz normal. Eine ganze Reihe der Gäste kennt mich ja nun schon, ist ganz spaßig. Aber auch anstrengend, immer wollte ich das nicht machen.«

»Einige Gäste scheinen ja auch nur wegen dir zu kommen. Ganz neue Kunden für Sener.«

Es drückt vom Magen heiß Richtung Darm.

»Ach, komm. Der kleine BMW-Fahrer oder was?«

»Kleiner BMW-Fahrer, großer Verehrer.«

Aufstoßen.

»Das ist ein ganz Netter, echt. Studiert auch BWL, darüber sind wir ins Gespräch gekommen. Aber der ist vier Jahre jünger als ich.«

»Eben. Wer kann da schon mithalten.«

»Ne, ne.« Sie lässt den Kopf beim Lachen nach vorne fallen, die Haare wie ein Vorhang. »So einfach gibt es keine Komplimente.«

Noch ein Aufstoßen, im Magen ein Stich.

Keine Opferrollen, hat sie gesagt. Humor kam letztes Mal schon gut.

»Im harten Leben von Polizisten haben Komplimente keinen Platz.« Na ja, hatten wir schon besser. Sie lacht trotzdem.

»Mit Polizisten ist es zumindest ganz lustig, meistens.«

»Ah ja. Wie viele kennst du denn?«

Aufstoßen mit Übelkeit.

Sie denkt nach.

»In Berlin kenne ich auch noch einen.« Provozierendes Lächeln. »Aber der ist auch jünger.«

Sie sieht die Grimasse, lacht laut.

»Komm, nicht ärgern lassen!« Ihre Hand streichelt sanft den Unterarm, sie zieht sie zurück, aber mit Verzögerung. Näherrücken? Etwas.

»Und wie hat dir das Wetter heute gefallen?« Sie muss wieder lachen. Noch etwas näher, die Knie berühren sich.

»Ein Wetter zum Im-Bett-Bleiben.«

Beim Aufstoßen kommt ein kleiner Brocken mit, runterschlucken.

Näher, noch näher, sie beugt sich leicht vor, kaum merklich, noch näher, zwei Zentimeter, ihr Atem riecht nach Wein, näher, die Lippen sind kühl. Sie lässt die Finger ihrer linken Hand ins Haar gleiten, leichtes Streicheln. Gänsehaut.

Der Druck im Darm wird heftiger.

Sie löst sich kurz, ihre Augen aus nächster Nähe, aus ihrem Lächeln ist der spielerische Spott verschwunden. Sie nimmt das Glas aus der Hand, stellt beide auf den Tisch, kniet sich hin. Ihre Hände umfassen das Gesicht, noch ein Kuss, saugender, sie beißt ganz sacht in die Unterlippe.

Die Übelkeit kommt wie ein Fahrstuhl die Speiseröhre hoch. Verdammt, was soll das jetzt?

Die Knöpfe ihrer Bluse lassen sich leicht öffnen, sie hilft beim Abstreifen. Frech sein? Aber mit Humor.

»Alte Männer werden ja mit der Zeit vergesslich, aber wenn ich mich richtig erinnere, hast du beim letzten Mal keinen BH angehabt, oder?«

»Nicht nur Männer werden älter. Man muss halt die Dinge mehr zusammenhalten.«

Wieder Aufstoßen mit kleinen Bröckchen. Das riecht doch jetzt bestimmt schon. Verdammt, was mach ich denn jetzt?

Der BH gleitet von ihren Brüsten.

»Sieht aber immer noch atemberaubend aus.« In ihrem Lächeln kleine, stolze Verlegenheit.

Sie knöpft das Hemd auf, hilft beim Ausziehen, es fliegt ins Wohnzimmer. Ihre Arme legen sich um den Hals, die Fingernägel kratzen über den Rücken, heftiger Kuss. Feste Umarmung, die Haut ihrer Brüste riecht nach Parfüm und Salz.

Die Übelkeit lässt sich kaum noch runterschlucken, Panik, es geht nicht mehr. Aufstehen, raus.

»Hey, was ist los?«

Auf die Toilette, Tür zu, der erste Schwall kommt einen Meter vor Erreichen der Schüssel, es verteilt sich um die Keramik. Deckel auf. Der zweite gleich hinterher, Volltreffer. O nein. In Knien vor dem Lokus, die Hände in Kotze, es tropft schleimig von der Brille.

»Kann ich dir helfen?« Durch die geschlossene Tür.

»Nein, geht schon.« Noch eine Ladung.

Der Darm drückt, kaum zurückzuhalten, es wird heiß. Verdammt das auch noch. Hose runter, in der Unterhose eine feuchte Spur. Nein.

»Kann ich wirklich nicht helfen?« Sie klopft.

»Nein, geht schon.« Wenn die reinkommt, bloß nicht. Auf allen vieren zur Tür, abschließen. Der Darm drückt, zurück zur Toilette, einmal spülen. Beim Hinsetzen schmiert es an den Oberschenkeln, die Strümpfe saugen die Feuchtigkeit vom Boden auf. Die Übelkeit drückt gegen die Gurgel, zurückhalten, geht nicht. Es klatscht ins Duschbecken, der Geruch beißt wie bei einem Lösungsmittel. Zittern am ganzen Körper.

Wie komm ich denn jetzt an andere Klamotten? Vielleicht

ist im Wäschekorb noch ’ne alte Unterhose. Kurz aufstehen. Der Korb ist leer, gestern gewaschen. Die Knie geben fast nach.

»Ich mache mir echt Sorgen.« Sie steht immer noch an der Tür.

»Brauchst du nicht, Ayse. Tut mir leid, aber ich glaube, das wird heute nichts mehr mit mir.«

»Der Magen?«

»Sieht ganz so aus. Ich rufe dich morgen mal an.«

»Soll ich dir noch ’nen Tee kochen?«

»Bloß nicht.«

»Gut, wenn du meinst. Meld dich morgen mal. Ich geh dann.«

Ihre Geräusche sind hinter der Tür zu hören.

»Das Essen war trotzdem toll.«

Ein gelber Strahl mit Stückchen in die Dusche.

Die Wohnungstür fällt ins Schloss.

MITTWOCH

08 Uhr 12

Die Digitalanzeige im Fahrstuhl ist repariert, nicht zu fassen. Im Magen ein aufgeblasener Luftballon, im Hinterkopf leichtes Hämmern. In der dritten steigt Egon zu, die Ärmel des Uniformhemdes aufgekrempelt.

»Moin, Konni.«

»Moin, Egon.«

»Mein Gott, wie siehst du denn aus? Meinst du nicht, du wärst besser im Bett geblieben?«

Er verkneift sich weitere Empfehlungen, steigt in der fünften aus. Auch raus, für den Rest die Treppe. Auf halbem Flur kommt Edda aus ihrem Zimmer.

»Morgen, Konni. Na?« Sie geht Seite an Seite, sieht rüber. »Geht's dir nicht gut, heute Morgen? Du siehst schlecht aus.«

»Ich weiß. Der Magen.«

Sie nickt wissend.

Im MK-Raum gedämpfter Betrieb, die meisten grüßen zurück. Ulla sieht kurz hoch, dann länger.

»Meine Güte, Konni, du ...«

»... siehst aber schlecht aus. Ich weiß. Ich hab gestern was Falsches gegessen, mir ist noch etwas schlecht, aber es geht schon wieder. Alles klar.«

»Sei doch nicht so giftig.«

»Irgendwas Neues bei den Spuren von Michels?«

»Nein, bis jetzt noch nicht. Ach, doch. Der Staatsanwalt hat angerufen. Die Haftbeschwerde wird morgen Mittag verhandelt.«

»Scheiße, so früh. Ich bin bei mir.«

Als wenn einer mit Meißel im Kopf arbeitet. Fenster auf. Der Wind treibt Regenschleier über den Platz, kaum Leute unterwegs. Im Wartehäuschen für die Busse drängen sie sich hinten an die Wand, kriegen trotzdem nasse Füße. Radio? Lieber Ruhe.

Altenkamp kommt rein, eine Tasse in der Hand.

»Vertrau mir einmal, Konni. Wenn es der Magen war, ist das ein Wundermittel.«

In der Tasse ist braune Brühe mit irgendwelchen Fasern.

»Heinz, das sieht aus, als wenn irgendwas in Pferdepisse verquirlt worden wäre.«

»Vertrau mir.« Er geht wieder.

Ganz vorsichtig. Riecht fruchtig, bisschen säuerlich. Einmal nippen. Schmeckt gar nicht schlecht.

Telefon.

»Kirchenberg.«

»Hallo, Konni, hier ist Oli.«

»Morgen, Oliver, ich hätte dich heute auch noch angerufen wegen der anderen Fälle.«

»Hat Ulla mir schon mitgeteilt, die drapierten Haare.«

»Glückwunsch, mein Lieber, hast du ja außer bei mir auch bei anderen richtig was gelernt.«

»Danke!« Nicht ohne leichte Schwingungen von Stolz. »Aber ich rufe dich auch wegen dieser Sache an. Das mit den Haaren ist schon eine neue Qualität. Wir können jetzt also davon ausgehen, dass er nicht nur äußerst vorsichtig ist, sondern eben auch falsche Spuren legt, also aktiv täuscht.«

»Du hast von der falschen Verdächtigung in Aachen gehört?«

»Ja, hat Ulla erwähnt. Kann bei so einem Täter natürlich genau dazu führen, dass er so ein Verhalten entwickelt oder verstärkt. Außerdem bin ich jetzt erst dazu gekommen, mir die Akte Huber, Michels' erste Tat, anzusehen, hab ich mir noch mal Gedanken über das Motiv gemacht und hier auch mit einigen erfahrenen Kollegen gesprochen. Ich bin mir nicht sicher, Konni, ob Raub wirklich das Motiv ist. Die Wiederholung der Taten, die Intervalle, die Auswahl der Opfer…, das sieht eigentlich überhaupt nicht nach Raubtaten aus.«

»Aber auf was anderes gibt es auch wenig Hinweise. Auch die letzten beiden Taten passen da ganz gut rein. Wir haben zwar noch keine Verbindung von Michels zu Neumann…«

»… die Akte nehme ich mir heute oder morgen vor…«

»… aber es passt schon. Möglicherweise war beim alten Kunz wirklich nichts zu holen und Michels hat dann die Gelegenheit genutzt und Neumann genommen. Der hatte nämlich nach jetzigem Stand eventuell 'ne Menge Kohle dabei.«

»Trotzdem, Konni, ich glaube, es hat entweder mit Macht zu tun. Oder, auch wenn die Handschrift sehr zurückhaltend ist, es ist ein sexuelles Motiv. Vielleicht 'ne Kombination aus beiden. Auch Michels' Geschichte könnte das hergeben.«

»Wieso?«

»Mutter muss doch reichlich Männerbekanntschaften gehabt haben, die nach Michels' eigenen Worten nicht immer so toll für ihn waren. Vielleicht hat er da Kontakt mit Machtausübung und Gewalt gehabt. Oder es war eben ein Pädophiler dabei. Wir wissen, dass eine ganze Reihe von Pädophilen sich bewusst Mütter mit Kindern im entsprechenden Alter suchen, um so leichter an Opfer zu kommen. Gibt es reichlich Beispiele.«

»Vernehmungstechnisch kommst du an den nicht ran, der ist ziemlich abgebrüht.«

»Hast du mal Kontakt zu einem der Ermittler aus Nürnberg aufgenommen und speziell auf ein sexuelles Motiv angesprochen? Vielleicht können die noch was sagen, was nicht in den Akten steht. Manchmal ist das so.«

»Kann ich machen, ich bin für jeden Tipp dankbar. Morgen ist nämlich Haftbeschwerde.«

»Morgen schon? Blöd. Ich melde mich wieder, sobald ich 'ne Idee habe.«

»Okay, bis dann, mein Lieber.«

Ein Schluck Tee.

Nürnberg. Wie hieß der Kollege? Die Akte muss hier doch irgendwo sein. Blättern. Goldbeck.

»Die Polizei in Nürnberg.«

»Ich hätte gern Ihr KK 11 gesprochen.« Sie verbindet.

»KK 11, Gröne.«

»Morgen, Kollege Gröne. Mein Name ist Konstantin Kirchenberg, wir bearbeiten hier zurzeit einen Doppelmord, und der Täter hat in eurem Bereich 84 seine erste Tat begangen, einen Mord an einem Lehrer. Ich hätte dazu ganz informell ein paar Fragen. Die Ermittlungen geleitet hat laut Akte damals der Kollege Goldbeck. Ist der zu sprechen?«

»Zu sprechen schon, aber nicht mehr hier. Der Kollege Goldbeck ist seit vier Jahren im wohlverdienten Ruhestand. Der züchtet jetzt Forellen.«

»Shit. Ist der erreichbar?«

»Eigentlich schon. Ich such dir mal die Nummer.« Rascheln im Hintergrund, leises Fluchen, er kommt zurück, nennt die Nummer. Viel Erfolg, Wiederhören.

Probieren wir es mal. Freizeichen.

»Hier ist der automatische Anrufbeantworter von Karin und Hermann Goldbeck. Wir sind nicht zu Hause. Sie können eine Nachricht hinterlassen.«

»Hier spricht Konstantin Kirchenberg. Ich bearbeite einen Mordfall, bei dem Bernd Michels verdächtigt wird. Der ist von dir im Jahre 84 schon mal festgenommen worden. Ich hätte da ein paar Fragen.«

Noch die Nummer, fertig.

Der Tee ist alle. Schmeckte richtig gut.

10 Uhr 01

Auf die Fresse, noch einen, sein Kopf schlägt zurück, los, sag was, noch einen voll auf die Nase, irgendwas gibt nach, Blut läuft wie ein Faden auf die Brust, mach endlich das Maul auf, die beiden anderen biegen ihm die Finger nach hinten, hat da was geknackt, möglich, kann man gar nicht richtig hören bei dem Geschrei, lieber Gott, hilf mir, zwei wuchtige Haken auf die kurzen Rippen, er kann kaum noch atmen, wo hast du ihnen die Knispel zugedrückt, na, komm schon, dann ist alles vorbei, du weißt nichts, nächster Finger, wieder kein Knacken zu hören bei dem Geschrei, und warum, Junge, warum, warum alte Kerle, ist doch völlig blöd, du musst es einfach sagen, vielleicht kriegst du gar nicht so viel, wenn dich einer von Mamas Freunden immer verdroschen hat oder an den Piephahn gefasst, keine Ahnung wovon wir reden, ach so, noch eine aufs Jochbein, und jetzt, wovon reden wir, los, mach endlich das Maul auf!

Er sitzt da mit Leidensmiene, als sei sie ungewollt.

»Hatten wir heute schon ein paar Mal, Herr Michels, wir haben mindestens neun Fahrten, die Sie für Ihre Firma gemacht haben, bei denen Sie mindestens dreißig Kilometer mehr gefahren sind, als die wirkliche Strecke hergibt, wir sind das nämlich abgefahren, und Sie können uns bei keiner auch nur annähernd plausibel machen, warum.«

»Wie oft soll ich Ihnen das noch sagen, ich weiß es nicht. Ich habe manchmal Spaß daran, einfach über Land zu fahren, zur Entspannung. Ich arbeite eben viel, und da ist das oft das einzige bisschen Leerlauf am Tag.«

»Aber keine dieser Fahrten können Sie auch nur andeutungsweise nachvollziehen.«

»Das ist ja der Grund dafür. Ich fahre dann einfach, bin mit den Gedanken ganz woanders.«

Gut ausgedacht.

»Und am Abend des 19. Oktober wollen Sie gegen halb elf zu Hause gewesen sein, aber Ihre Frau soll in dem Punkt von ihrem Zeugnisverweigerungsrecht Gebrauch machen. Warum denn? Es könnte doch nichts Negatives dabei rauskommen, wenn die Dinge so sind, wie Sie sagen, immer wieder sagen.«

»Meine Frau ist ein herzensguter Mensch, aber sie ist von der Persönlichkeit her ein bisschen labil, sie wäre einer solchen Befragung nicht gewachsen. Außerdem, das habe ich Ihnen auch schon gesagt, könnte sie gar nichts dazu sagen, weil sie geschlafen hat, als ich nach Hause kam.«

Ernst kommt rein, verzieht sich leise in die Ecke neben Sebastian, hört zu.

»Wir haben Ihre Nachbarn befragt, von denen einige um die Zeit mit dem Hund draußen waren. Niemand hat Sie gesehen, Herr Michels.«

Er atmet tief durch, schickt versteckt einen längeren Blick zum Himmel.

Die Kopfschmerzen kommen zurück

»Dann werden die vielleicht nicht darauf geachtet haben, oder wir haben uns knapp verpasst. Außerdem, ich sage es noch einmal, hätte ich es gern, wenn meine Anwältin bei dieser Vernehmung dabei wäre.«

»Kein Problem, Herr Michels, verstehe ich nur nicht so ganz. Wenn es doch nichts gibt, was wir Ihnen vorwerfen können, warum brauchen Sie dann eine Anwältin? Sie sind doch ein intelligenter, eigenverantwortlicher Mensch. Sie können doch allein entscheiden, ob Sie bei der Polizei eine Aussage machen wollen und vor allem, was Sie sagen.«

Wieder ein tiefer Seufzer.

»Natürlich kann ich das, aber darum geht es doch gar nicht. Ich habe offensichtlich das Pech, dass es da ein paar unglückliche Umstände gibt, die in Ihren Augen dazu geeignet sind, mich vor dem Hintergrund meines früheren Lebens als einen Mörder darzustellen.«

»Sie waren, sagten Sie bereits, im Oktober häufiger bei der so genannten Speisung der Bedürftigen.«

»Richtig.«

»Immer in der Georgstraße?«

»Auch richtig, hab ich doch schon gesagt.«

»Kennen Sie einen Mann namens Werner Kunz?«

»Nein, das hatten wir auch schon.«

»Sehen Sie sich das Bild noch mal an. Er war auch in der Georgstraße.«

»Ich habe keine Erinnerung daran, auch dann nicht, wenn Sie noch lauter werden.«

»Sie haben ihn getroffen.«

»Nein.«

»Sie haben ihn getroffen, und Sie wissen es auch.«

»Nein. Bitte, könnten Sie etwas leiser reden.«

Stoisch, beherrscht, mit leisem Trotz. Er verhaspelt sich nicht.

»Was würden Sie eigentlich sagen, wenn Sie von jemandem mit Werner Kunz gesehen worden wären.«

»Ich würde sagen: Möglich, wenn der Mann bei der Speisung war.«

Für eine Sekunde schwappt eine kalte Welle der Überlegenheit durch den Raum. Oder was war das? Wir kriegen dich.

»Und was würden Sie sagen, wenn Sie bei der Ablage der Leiche mit Ihrem Speditionstransporter gesehen worden wären?«

Kurz ein Flackern in seinen Augen, wieder vorbei. Die Gegenüberstellung gestern kann er nicht einschätzen. Ernst wiegt im Hintergrund den Kopf. Skepsis?

»Ich würde sagen, das ist absolut unmöglich.«

Wieder mit alter Sicherheit. Zehn Sekunden Blickkontakt, noch fünf, noch zwei. Er hält Stand.

»Ich muss mal zur Toilette.«

»Gutes Gelingen.«

Sebastian steht auf, geht mit.

Es ist zum Wahnsinnigwerden. Eine gute Spur, eine.

»Das mit dem Container fandest du nicht so gut?«

»Wir können es ihm nicht wirklich vorhalten, ist 'ne Platzpatrone. Wenn er merkt, dass nichts dahinter ist, womit wir ihn knebeln können, hilft uns das nicht.«

»Das ist doch die Scheiße, Ernst«, aufstehen, zum Fenster. »Wir haben bis jetzt nichts, womit wir ihn knebeln können. Das hatte ich mir auch anders vorgestellt. Wo warst du eigentlich den ganzen Morgen?«

»Ich habe Michels' Schwägerin vernommen, die konnte nur heute.«

»Und?«

»Die ist das schwarze Schaf der Familie, hat kaum Kontakt zu den anderen. Trotzdem nicht uninteressant. Lies es dir durch, liegt bei Ulla.«

Wenn der nebenher alte Männer tötet, muss es doch irgendwo eine Verbindung geben, verdammt.

Aber die Kopfschmerzen sind weg, so gut wie. Heinz, du alter Schamane.

11 Uhr 14

Name: Conrad
Vorname: Magdalena
Geb.: 14.02.76
Geb.-Ort: Bad Krozingen

Neunundzwanzig, vier Jahre jünger als die eigenartige Schwester und nicht verheiratet.

Vorgeladen erscheint die u. g. ...,

weiter.

Ich habe bis zu meinem Abitur am Gymnasium in Bad Krozingen bei meinen Eltern gewohnt. Danach habe ich erst Jura und später Psychologie in München und Hamburg studiert und habe seit der Zeit auch eine eigene Wohnung gehabt. Zurzeit arbeite ich als Psychologin in einer Firma, die sich mit Forschung und Konzepten im Bereich Marketing beschäftigt. Ich wohne derzeit in Basel.
Zum Verhältnis zu meinen Eltern befragt, kann ich sagen, dass ich etwa seit meinem zwölften Lebensjahr mit dem extrem gelebten christlichen Glauben wachsende Probleme hatte. Die Streitereien mit meinen Eltern wurden immer mehr, und ich wollte ganz einfach nicht nach diesen engen Regeln leben. In den Jahren bis zum Abitur wurde das immer heftiger, und es gab Phasen, da haben wir kaum miteinander gesprochen.
Nachdem ich ausgezogen bin und angefangen habe, mein eigenes Leben zu leben, ist der Kontakt...

Telefon.

»Kirchenberg, Mordkommission.«

»Ja, guten Morgen. Hier ist Otto Wagner, Herr Kirchenberg. Sie waren vorgestern bei uns, Sie werden sich erinnern. Ich bin der stellvertretende Marktleiter des Lukrativ-Marktes.«

»Herr Wagner, guten Morgen. Was kann ich für Sie tun?«

»Nun, es geht um den Obdachlosen. Ich weiß nicht, ob das wichtig für Sie ist, aber ich weiß schon länger, dass dieser hin und wieder an unseren Containern war. Eigentlich entsorgen wir unsere abgelaufenen Lebensmittel natürlich nicht in den Containern. Ich habe aber dann, meistens am Mittwoch, einige dieser Sachen, Yoghurt, Käse und so weiter, oben in einen Container gelegt. Verstehen Sie mich nicht falsch. Diese Sachen sind nicht schlecht oder verdorben, sie können eben nur nicht mehr verkauft werden, und Sie werden von den Firmen eh vernichtet.«

»Woher wussten Sie, dass er das tat, also, in den Containern nachsehen?«

»Ich hatte ihn ein- oder zweimal gesehen.«

»Haben Sie ihn hinterher auch noch mal beobachtet?«

»Nein. Ich habe nur manchmal morgens gesehen, dass er es genommen hatte.«

»Danke, Herr Wagner. Im Zusammenhang mit dem Leichenfund haben Sie aber nichts weiter festgestellt?«

»Nein. Ein Punkt noch: Ich würde es begrüßen, wenn Sie mein Vorgehen gegenüber Herrn Kroneberger vertraulich behandeln würden.«

»Das wird möglich sein. Danke für ihre Information, Herr Wagner.«

Ein Samariter. Könnte sich daraus was ergeben? Eigentlich nicht.

Nachdem ich ausgezogen bin und angefangen habe, mein eigenes Leben zu leben, ist der Kontakt fast völlig abgebrochen, vor allem zu meinem Vater. Lediglich mit Caroline habe ich häufiger telefoniert. Seit sie verheiratet ist, ist das zwar auch weniger geworden, aber wir sprechen uns hin und wieder noch.

Zu ihrem Mann, dem Bernd, kann ich nichts sagen. Ich habe ihn nur einmal gesehen, als ich mich mit meiner Schwester zum Kaffee getroffen hatte, da hat er sie abgeholt. Ich kann auch nicht sagen, ob ich ihm so etwas zutraue, dafür kenne ich ihn einfach zu wenig. Ich habe aus den Äußerungen meiner Schwester lediglich den Eindruck, dass er sehr viel arbeitet und auch wenig zu Hause ist. Zu der Ehe der beiden kann ich natürlich wegen des geringen Kontaktes auch nicht viel sagen. Meine Schwester ist ein Mensch, der sich nie aus dieser Sünde- und Schuldgeschichte, die meine Eltern in erster Linie aus dem Glauben machen, befreien konnte. Darum sind sie ja auch aus der Kirche ausgetreten und leben jetzt in dieser hochfrommen Gemeinde. Caroline ist sehr verschlossen und redet auch kaum über ihre Ehe. Ich habe keine Ahnung, ob sie glücklich ist. Glück ist etwas, was meine Schwester möglicherweise für Sünde hält. Lediglich das Kind ist sehr wichtig für sie, was natürlich auch damit zu tun hat, dass das Muttersein die biblisch vorgesehene Rolle der Frau ist. Aber da gab es wohl auch einige Probleme, bis das so weit war. Meine Schwester hatte vorher nie intensive Männerbekanntschaften und auch kaum Erfahrung mit Männern, geschweige denn mit Sexualität, deshalb hat sie ja auch so spät geheiratet. Ich erinnere mich an ein Telefonat, das wir ein, zwei Monate nach der Hochzeit geführt hatten …

Die Tür geht auf, Sebastian, bleibt halb auf dem Flur stehen.

»Kurz zu deiner Information: Ich habe bei den Kollegen der Autobahn und dem Verkehrsfunk nachgefragt wegen des

Zehnkilometerstaus auf der A 9 am Tage der Erweckung.« Die letzten Worte süßlich übertrieben. »Kann heute keiner mehr feststellen, ob es den wirklich gegeben hat.«

»Schade. Vielen Dank.«

Wäre ja mal was gewesen, hätten wir ihm gut unter die Nase reiben können.

Ich erinnere mich an ein Telefonat, das wir ein, zwei Monate nach der Hochzeit geführt hatten, das war fast lustig. Wie schon gesagt, wir reden nicht über solche Dinge, dennoch fragte sie mich damals durch die Blume, wann und wie oft es denn zum ehelichen Akt käme. Ich habe dann direkt nachgefragt, sie hat mir aber keine richtige Antwort gegeben. Ich hatte aber den Eindruck, dass da nicht viel lief und sie sich Sorgen machte. Vielleicht haben aus der Gemeinde auch schon mal Leute nachgefragt, als christliche Zuchtstute ist es nämlich angesagt, spätestens im zweiten Jahr was vorzuweisen. Nachher glaubt noch jemand, man nimmt verbotswidrig Verhütungsmittel und legt das Ganze nicht in Gottes Hand. Aber das sind jetzt natürlich Vermutungen, genau …

Die Tür geht auf, Sonja und Mark.

»So«, er legt einen kleinen Stapel auf den Tisch, »hier sind alle Läden, die für bedruckte Klebefolien in Frage kommen, nur im näheren Umkreis. Das können wir, kurz gesagt, vergessen. Wir haben das schon gemeinsam gemacht«, sieh an, geht doch, »aber das sind so viele, und wir haben ja nicht mal einen Wortlaut, nach dem wir suchen könnten.«

Ein Erfolgserlebnis jagt das nächste. So wird das nichts mehr.

Er führt als gut aussehender Mann mit einer alten Jungfer eine Ehe, in der nichts läuft, ist kaum zu Hause. Vielleicht haben Oli und Klöpper ja Recht, vielleicht spielt Sexualität doch eine Rolle. Meine Frau ist eine etwas labile Persönlichkeit, hat er gesagt. Einen Versuch ist es wert.

»Hat einer von euch beiden ’ne Stunde Zeit?«

Der Ballon im Magen beginnt sich langsam wieder aufzublasen.

13 Uhr 02

Wieder der helle Gong, zehn Sekunden, sie öffnet. Ihre Haare sind hinten zusammengebunden, dunkler Pullover, brauner Rock bis zu den Waden.

»Guten Tag, Frau Michels. Mein Name ist Konstantin Kirchenberg, das ist meine Kollegin Frau Seegers. Wir waren gestern schon einmal hier.«

»Ja.« Knapp und unsicher.

»Wir sind vorbeigekommen, weil wir uns nur kurz mit Ihnen unterhalten wollten, ganz zwanglos …«

»Ja aber«, sie schluckt einmal, »die Rechtsanwältin, also, ich sollte …«

»Natürlich, Frau Michels, Sie haben das Zeugnisverweigerungsrecht, das wollen wir auch gar nicht antasten, das gilt natürlich weiterhin, aber manchmal sind die Dinge ja ein wenig komplizierter, als man denkt, vielleicht können Sie Ihrem Mann ja auch helfen. Können wir darüber einen Augenblick drinnen reden?«

Sie macht ungelenk eine einladende Geste.

»Der Kleine schläft?«

»Ja.«

»Ist ja auch mal ganz schön, so ein wenig Ruhe, so schön das ist mit so einem Kleinen.«

Sie zeigt keine Reaktion, bittet ins Wohnzimmer, setzt sich auf die Vorderkante des Sessels.

»Ich sagte ja schon, Frau Michels, Sie haben natürlich das Recht, sich zu all dem, was Ihren Mann betrifft, nicht zu äußern. Aber wenn Ihr Mann unschuldig ist, wie er sagt und wie Sie glauben, könnte so eine Aussage natürlich auch sehr hilfreich für ihn sein.«

Immer noch keine Reaktion. Lebt die innerlich überhaupt?

»Zu dem Abend können Sie ja sowieso nichts sagen, richtig?«

Kann sie nicht.

»Und Ihren Mann kennen gelernt haben Sie in der Kirchengemeinde?«

»Ja«, Nicken, »er hat dort einige Sachen angeliefert. Da hatten wir miteinander zu tun.«

»Und Sie führen eine glückliche Ehe?«

»Ja.«

»Das glaube ich natürlich, wenn das Familienleben durch so einen kleinen Sonnenschein noch abgerundet wird. Und Sie haben es ja auch wirklich schön hier.«

Keine merkliche Reaktion.

»Nur, Ihr Mann ist natürlich durch die Arbeit auch viel unterwegs, wie wir so erfahren haben, nicht wahr?«

Stummes Nicken.

»Na ja, so etwas kann für so eine junge Ehe ja auch mal

eine Belastung sein. Wenn er immer spät nach Hause kommt, dann noch das Kind …«

Schulterzucken.

»Da bleibt ja für Zärtlichkeit manchmal kaum Zeit.«

Sie rutscht auf dem Sessel hin und her, vermeidet Blickkontakt.

»Ich will da natürlich nicht indiskret werden, Frau Michels, verstehen Sie mich nicht falsch, Sie brauchen natürlich auch dazu nichts zu sagen, aber auch in der Beziehung führen Sie eine glückliche Ehe?«

»Ich weiß nicht, was Sie meinen.«

»Na ja, ich meine diesen ganzen großen Bereich der Zärtlichkeit und ehelichen Pflichten.«

Sie atmet ein wenig schneller.

»Oder gab es im Zusammenhang mit dem Kind andere Probleme? So etwas kann ja auch durchaus medizinische Ursachen haben.«

»Es gab keine medizinischen Ursachen.«

»Also könnten es auch sexuelle Probleme gewesen sein?«

»Also, das sind Fragen, da …« Sie wird noch unruhiger, knetet mit den Händen, ihre Augen werden feucht. Lange geht das nicht mehr gut.

»Wir wollen Sie natürlich nicht quälen, Frau Michels, aber erlauben Sie mir in dem Zusammenhang noch eine Frage. Haben Sie vielleicht mal bei Ihrem Mann festgestellt, dass er anderweitige sexuelle Interessen hat? Ich meine, so als Ehefrau kommen einem ja manchmal die eigenartigsten Gedanken …«

Die erste Träne rinnt.

Es schellt. Das war's.

Sie sieht erschrocken auf, wischt sich durchs Gesicht, geht zur Tür. Sie kommen zu dritt zurück.

»Das sind meine Eltern.«

Händeschütteln.

»Konstantin Kirchenberg von der Kripo, das ist Kollegin Seegers.«

»Ja, guten Tag, Conrad. Wir waren in Urlaub, sind natürlich sofort zurückgeflogen, als wir davon gehört haben. Das ist ja alles kaum zu fassen, und ich bin mir auch sehr sicher, dass das ein Irrtum ist.« Er sieht seiner Tochter ins Gesicht. »Was war jetzt hier los?«

»Wir hatten noch ein kurzes Gespräch mit Ihrer Tochter. Die letzten zwei Tage haben sie natürlich sehr mitgenommen, verständlicherweise. Wir waren auch gerade im Begriff zu gehen. Es kann sein, Herr Conrad, dass wir im Laufe des Tages auch zu Ihnen Kontakt aufnehmen.«

Verabschiedung, die Tür fällt ins Schloss.

»Ganz schön haarige Geschichte.« Sonja schüttelt die Rechte mit lockerem Handgelenk.

»Sie ist erwachsen und nicht entmündigt. Sie kann allein entscheiden, ob Sie was sagt.«

»Na ja. Und ich wusste gar nicht, dass du weißt, dass Ehefrauen manchmal die eigenartigsten Gedanken kommen.«

»Da greife ich auf die Erfahrungen aus meiner Zeit vor der Geschlechtsumwandlung zurück.«

Sie lacht.

Es ist kälter geworden.

14 Uhr 16

Im MK-Raum Ulla auf ihrem Platz, tippt, Atze am Drucker. Am Ende des langen Tisches zwei Teams in kleiner interner Besprechung. Altenkamp ist nicht dabei, schade, die Kopfschmerzen kommen zurück.

»Irgendwas Neues?«

Sie sieht kurz auf, muss ihre Konzentration unterbrechen, schüttelt den Kopf.

»Was Michels betrifft, nein.«

»Wäre ja auch zu schön. Und sonst?«

»Wir haben einen Zeugen, einen ehemaligen Arbeitskollegen von Neumann, der hat ihn kurze Zeit, nachdem ihn die Kellnerin im Café gesehen hat, auf dem Beifahrersitz eines Pkw mit hiesigem Kennzeichen gesehen.«

»Gut. Konnte er was zum Fahrer sagen?«

»Nicht viel. Dunkelhaariger Typ. Könnte sogar noch eine dritte Person im Fond gesessen haben.«

»Was zum Fahrzeug?«

»Wahrscheinlich ein älteres BMW-Modell, aber auch nicht hundertprozentig.«

Dunkelhaariger Typ. Kurze Zeit später, also nachmittags. Da hat er eigentlich gearbeitet.

Das Handy. Bruno.

»Hallo, Bruno.«

»Hallo, Konni, hast du ’nen Augenblick Zeit?«

Telefon.

»Wiesing, Mordkommission.« Zuhören, nicken, sie sieht hoch. »Der steht neben mir, dauert einen kleinen Moment.«

Sie winkt mit dem Hörer, macht ein Zeichen. Was meint die? Kurz in die Ecke gehen.

»Bruno, pass auf, passt grad ganz schlecht, und die nächsten Tage könnte auch knapp werden, darum sag ich's dir jetzt mal auf die Schnelle. Nach allem, was du mir erzählt hast, glaube ich, dass Doris was laufen hat, ja, bin mir fast sicher.«

»Wieso bist du dir so sicher?«

»Weil ich sie Montag Arm in Arm gesehen habe, mit einem anderen Kerl.«

»Was? Wo?«

»In der Stadt. Bruno, ich habe ein wichtiges Gespräch auf dem anderen Telefon. Ich muss jetzt Schluss machen. Ich melde mich noch, ja.«

Ulla reicht den Hörer.

»Kirchenberg.«

»Lechleitner, Kripo Weiden, grüß Gott. So, Kollege Kirchenberg, wir haben versucht, im Hinblick auf eure Informationen täterorientiert die Sache noch einmal neu zu betrachten. Ist schon ein bisschen schwierig nach all den Jahren, und so richtig was dabei rausgekommen ist auch nicht. Eine Sache ist vielleicht erwähnenswert. Wir haben versucht, Michels damalige Arbeitgeber aufzusuchen nach euren Recherchen. Die Schraubenfirma existiert nicht mehr, die Holzhandlung, bei der er kurz gearbeitet hat, aber schon. Der Chef konnte sich sogar noch erinnern, weil er eigentlich ein guter Mann war. Eine Sache ist damals aber passiert, die fast zu seiner Entlassung geführt hat. Er hat auf den Namen der Firma zweimal für einen Tag einen Toyota-Kleintransporter geliehen, ohne das zu sagen.«

»Hatte er damals einen eigenen Wagen?«

»Soweit wir ermitteln konnten, nicht. Die ganze Sache wäre übrigens fast nicht aufgefallen, denn die Holzhandlung hat hin und wieder mit der Autovermietung zusammengearbeitet, und deshalb reichte als Eintrag der Name der Firma, der Führerschein musste nur vorgezeigt werden, die Daten wurden aber nicht festgehalten. Aufgefallen ist das nur, weil in dem Wagen eine Tasche von einem Folgekunden liegengeblieben war und die Autovermietung beim Chef der Holzhandlung nachgefragt hat, ob das ihre sei. War es aber nicht. Hätte es diesen Umstand nicht gegeben, wäre nicht rausgekommen, dass Michels für zwei Tage einen Wagen gemietet hatte.«

»Was hat er damals dazu gesagt?«

»Das wusste der Mann nicht mehr so genau, weil es ja auch eine Zeit her ist. Er meinte sich zu erinnern, es sei möglicherweise um einen Umzug gegangen.«

»Und sie haben ihn nicht entlassen?«

»Nein, weil er eben ein guter Mann war und auch kein Schaden entstanden ist. Michels hat die Miete für den Wagen ja bar bezahlt. Gegangen ist er kurze Zeit später von selbst.«

»Danke, Kollege, für die Info. Mal sehen, ob ich das hier umsetzen kann.«

Ulla mit fragenden Augen.

»Michels hat 89 mal versucht, ein Auto zu mieten, ohne namentlich zu erscheinen. Vielleicht probiert er das hier ja auch. Müssten wir in der Firma noch mal nachfragen. Und in der Kirche.«

Mark könnte in seinem Büro sein. Wählen.

»Benner.«

»Mark, ist Sonja auch bei dir?«

»Ja.« Sieh an, man hat sich angenähert.

»Kommt mal bitte in den MK-Raum. Ihr müsstet noch mal zur Firma.«

Ulla sieht her, hat mitgehört. Ihr Make-up kann die graue Müdigkeit nicht mehr überdecken.

»Mit irgendwas müssen wir ihn doch drankriegen. «

Im Kopf beginnt wieder die Säge. Hoffentlich ist Altenkamp nachher da, der soll sein Gebräu noch mal machen.

15 Uhr 07

Die Eingangstür öffnet sich auf Druck, im Flur riecht es nach Blumen. Thorsten mit fragenden Augen.

»Treppe hoch, ich kenne mich aus.«

An der Tür gegenüber ein Schild »Büro«.

»Findest du das nicht auch furchtbar hier? Schon die Stimmung macht einen aggressiv.«

Thorsten schüttelt den Kopf. Der hat auch ein Gemüt wie ein Ackergaul.

Kurz klopfen. Hinter dem Schreibtisch eine Frau, Mitte vierzig, braune kurze Locken.

»Guten Tag, mein Name ist Kirchenberg, das ist mein Kollege Meier. Wir sind von der Kripo und suchen Herrn Brehm.«

»Herr Brehm ist im Gemeinderaum, aber da können Sie jetzt nicht hinein.«

Ich bin der Weg, die Wahrheit und das Leben.

»Weshalb nicht?«

»Weil dort eine Veranstaltung mit Gemeindemitgliedern ist.«

Suchet den Herrn, so werdet ihr leben. Beim letzten Mal gar nicht gesehen.

»Das erklären wir ihm schon. Wo ist der… Ach, wie war Ihr Name, Frau…?«

»Pahmeier.«

»Frau Pahmeier, kennen Sie Herrn Bernd Michels?«

»Natürlich. Er ist ein Mitglied unserer Gemeinde.«

»Nimmt er an vielen Veranstaltungen der Gemeinde teil?«

»So genau kann ich Ihnen das auch nicht sagen.«

Mädchen, nerv mich nicht, wir hatten schon mal bessere Laune.

»Wenn Sie sich nicht selbst belasten, Frau Pahmeier, müssen Sie eine Aussage machen. Aber wir können das auch auf dem Präsidium machen.«

Thorsten wendet den Kopf.

»Nach meinem Eindruck hat er beruflich viel zu tun, sodass er außer der Buchhaltung und der Büroarbeit nicht an allem teilnehmen kann.«

»Buchhaltung?«

»Ja, Herr Michels macht für unsere Gemeinde die Buchhaltung und einige andere Arbeiten im Büro. Herr Grashoff und ich machen das nur zur Aushilfe.«

Das hat der gestern nicht gesagt, Brehm, der Arsch. Obwohl er das gefragt worden ist.

Glaube, Liebe, Hoffnung, diese drei.

»Wo ist der Gemeinderaum?«

»Die große Flügeltür, aber Sie dürfen da…« Die Tür fällt zu.

Klopfen, niemand sagt was, Tür auf.

Brehm steht hinter einem Pult, die Reihen vor ihm spärlich besetzt. Er wendet den Kopf, leichte Verärgerung, oder was ist das in seinem Gesicht?

»Herr Kirchenberg, Sie stören eine Andacht.«

»Das war nicht meine Absicht, Herr Brehm, aber wenn Sie mir gestern alles über Herrn Michels erzählt hätten, wäre das vielleicht auch nicht nötig gewesen, können wir …«

»Herr Kirchenberg, ich sagte es Ihnen gestern bereits, den Menschen in dieser Gemeinde ist nichts wichtiger als eine Begegnung mit Gott, und diese tägliche Stunde …«

»Ich sagte Ihnen bereits, Herr Brehm, wenn Sie mir gestern das nicht unwichtige Detail, dass Herr Michels hier die Buchhaltung macht, mitgeteilt hätten, wären wir heute vielleicht gar nicht hier. Aber es kann ja auch ein Vorteil sein, mal die halbe Gemeinde hier zu haben. Also, wenn jemand von Ihnen eine Aussage machen kann, vielleicht dass ihm oder ihr etwas aufgefallen ist, was im Zusammenhang mit unseren Ermittlungen wichtig sein könnte, und sei es auch nur die kleinste Kleinigkeit, so möge er uns das mitteilen. Vielleicht haben Sie mal ein Telefonat mitbekommen, was eigenartig war, ein Gespräch, irgendetwas, was Ihnen aufgefallen ist. Wie gesagt, es können auch Kleinigkeiten sein. Ich darf in diesem Zusammenhang darauf hinweisen, dass Sie Zeugen in einem Ermittlungsverfahren sind und aussagen müssen, es sei denn, Sie belasten sich selbst. Menschenskind, es geht doch um Gerechtigkeit, das kann Ihnen doch nicht gleichgültig sein.«

Aufgeschreckte Gesichter, zornige Augen mit einer Spur Ablehnung.

»Es gibt keine Gerechtigkeit ohne Gott.« Ein alter Mann hinten links.

»Entscheidend ist, wie jeder Mensch vor seinem Schöpfer steht, gleich, was er getan hat.« Jung, blond, schlank, vorne links.

»Passt mal auf, Leute, kann ja sein, dass euch hier allen der Weihrauch aus der Hose steigt, aber hier geht es um einen Doppelmord, mindestens um das. Da kann doch niemandem von euch egal sein, ob der Täter gefasst wird. Wenn er es nicht war, wird das schon noch rauskommen, aber wenn er es war, verdammt noch mal, dann kann es euer alter Herr mit dem Rauschebart doch nicht wollen, dass so ein Mann frei herumläuft. Ist ja schön und gut, wenn einer beim Jüngsten Gericht sein Fett wegkriegt, aber wir leben hier immer noch in einem Rechtsstaat, und da gibt es Gesetze. Oder wer hat es ermöglicht, dass ihr die Berufe ausübt, mit denen ihr die Kohle verdient, um das alles hier zu finanzieren? Glaube, Liebe, Hoffnung, na, klasse. Tod, Schmerzen und Tränen kann ich dagegenhalten, das haben nämlich die Opfer empfunden und ihre Angehörigen, als man ihnen erzählte, dass ihre Männer ermordet im Müll gefunden worden sind. Ist euch das völlig egal?«

Sie starren mit leisem Schrecken. Ausatmen, runterfahren. Doch ganz schön laut geworden.

»Ich meine es ernst, meine Damen und Herrn. Für den Fall, dass Sie uns jetzt oder später noch was zu sagen haben, lege ich meine Karte hier auf das Pult. Auch scheinbar unbedeutende Nebensächlichkeiten.«

Brehms Blick glüht, aber er ist still.

»Wir sind jetzt noch einen Augenblick hier, während uns Herr Brehm den Arbeitsplatz von Herrn Michels zeigt. Sie können die Zeit also noch nutzen.«

Er geht vor, seine Kaumuskeln mahlen.

Thorsten sieht aus wie ein Kaninchen. Aber sein Lächeln verrät ihn.

16 Uhr 31

Atze drückt seine Kippe aus, schüttelt den Kopf. Nichts Neues aus der Firma, nichts Verwertbares bei der Befragung der Leute aus der Suppenküche. Auch von Beckmann nichts.

»Ich bin bei mir.«

Tür zu. Ruhe. Im Radio was Klassisches, schwer, düster und schön.

Die E-Mails.

Dreimal verwaltungstechnischer Müll, eine Fahrzeugfahndung aus Bochum, ein paar unwichtige interne Infos.

Draußen in den meisten Fenstern schon wieder Licht, der Himmel liegt auf den Dächern. Weit hinten über den Häusern die bläulichen Neonkonturen eines Weihnachtsbaumes. Der war gestern noch nicht da. Vielleicht auch übersehen.

Telefon, Helmut.

»Was gibt es, Helmut?«

»Kannst du mal rüberkommen.« Knapp und reserviert. Wieso ist der eigentlich noch hier um diese Zeit?

Er sitzt hinter seinem Schreibtisch, davor Frau Green-Gerber, braunes Kostüm, pinkfarbener Pullover, zornige Augen.

»Frau Green-Gerber, ich grüße Sie. Ich dachte, wir sähen uns erst morgen.«

»Das dachte ich auch, Herr Kirchenberg.«

»Frau Green-Gerber ist hier, weil sie sich beschweren

will.« Helmut hört sich so an, als wollte er irgendwas retten.

»Wenn ich auch nur die Spur einer Erwartung hätte, dass schriftliche Dienstaufsichtsbeschwerden etwas brächten bei der Polizei, hätte ich eine geschrieben.«

»Was ist passiert, Frau Rechtsanwältin?«

»Sie können sich Ihre Ironie sparen, Herr Kirchenberg.« Sie steht auf. »Ich bin von den Eltern von Frau Michels angerufen worden und habe dann ein sehr aufschlussreiches Gespräch mit ihr gehabt. Sie haben heute versucht, die Frau meines Mandanten in eine Situation zu bringen, in der sie ihr Zeugnisverweigerungsrecht aufgibt, oder sagen wir besser, in der ihr bescheuerte Andeutungen ›Sie können Ihrem Mann ja auch helfen‹ gemacht wurden, die von vorne bis hinten gelogen sind, nur um ihr vorzugaukeln, Sie wollten ihr helfen. Dabei diente das alles nur dem einen Zweck, dass sie vielleicht Aussagen macht, die sie nicht zu machen braucht.«

»Wir haben Frau Michels mehrfach darauf hingewiesen, dass sie nichts zu sagen braucht.«

»Ich lasse mich ungern verarschen, Herr Kirchenberg« – hoppla, noch eine Freundin des deutlichen Wortes –, »Sie wissen genau, was ich meine. Frau Michels ist nicht der Stärksten eine und vielleicht auch nicht der Hellsten eine. Es ist einfach verwerflich, eine Situation herbeizuführen, die das ausnutzt. Sie wissen natürlich, dass Sie die Aussage niemals hätten verwerten dürfen, aber darum ging es Ihnen auch gar nicht, Sie wollten Infos. Und dann noch etwas. Können Sie mir auch nur entfernt erklären, was das Sexualleben der beiden mit Ihren Ermittlungen zu tun hat? Ist Ihnen nicht aufgefallen, wie sehr Sie diese Frau gequält haben?«

»Frau Michels ist erwachsen und, wenn ich richtig informiert bin, auch nicht entmündigt. Sie kann also allein entscheiden, was sie wann sagt.«

»Sie hat ein Zeugnisverweigerungsrecht, ein verfassungsmäßig verbrieftes Recht, das sie da in Anspruch nimmt.« Heftiges Gestikulieren.

»Richtig, ein Recht, aber keine Pflicht. Ich sagte es schon, sie ist belehrt worden.«

»Ist das wirklich Ihre Meinung, Herr Kirchenberg«, ihr Atem müsste Lavatemperatur haben, »dass man Bürgerrechte bei Leuten, die das möglich machen, einfach so mit Taschenspielertricks aushebelt? Ist das Ihre Rechtsauffassung?«

»Meine Rechtsauffassung ist, dass man keine Menschen töten darf.«

»Das ist ja auch noch die große Frage, ob Herr Michels die getötet hat. Nennen Sie mir einen wirklichen Beweis und nicht diese Ansammlung von Merkwürdigkeiten, die im Haftbefehl stehen.«

»Es ist die Gesamtheit der Punkte.«

»Das ist doch Unsinn.« Sie wird nicht ruhiger. »Jeder einzelne Punkt ist widerlegbar. Mein Mitarbeiter hat gestern dreißig Minuten an der Ampel an der Bundesstraße gestanden. Soll ich Ihnen mal sagen, wie viele VW-Transporter in der Zeit dort vorbeigefahren sind? Bei zwanzig ist er weggefahren. In dreißig Minuten.«

»Und die Bremslichter?«

»Ach, hören Sie auf, das alles sind mögliche Wahrscheinlichkeiten, sonst nichts. Und was war das für eine Gegenüberstellung gestern, von der mir Herr Michels etwas erzählt hat? Gibt es darüber etwas in den Akten?«

»Selbstverständlich gibt es darüber etwas Geschriebenes.«

»Auch über diese eigenartige Einzelgegenüberstellung?«

»Wir leben in einem Rechtsstaat, Frau Gerber-Green…«

»… Green-Gerber…

»… Green-Gerber. Sie können das alles nachprüfen.«

»Das hoffe ich für Sie.« Etwas leiser. »Aber hier geht es nicht nur um rechtliche Fragen, Herr Kirchenberg, sondern auch um moralische. Können Sie sich irgendwo in den Weiten Ihres Polizistenhirns vorstellen, Herr Kriminalhauptkommissar, was das alles hier für meinen Mandanten bedeutet, wenn er diese Morde nicht begangen hat? Wenn er vor mehr als zwanzig Jahren mal einen Fehler gemacht hat und nun mit großer Mühe versucht, ein anderes Leben zu führen? Gibt es irgendwo drei Zellen, die das versuchen könnten nachzuvollziehen?«

Auch noch eine Anhängerin der Hirnforschung.

»Ich sage es Ihnen. Es bedeutet das Grauen. Der Mann kann hier wegziehen. Denken Sie mal darüber nach.«

Sie nimmt ihre Tasche, noch ein Gruß zu Helmut, Abgang.

Helmut sitzt hinter seinem Schreibtisch, hält mit beiden Händen einen Stift vor seinem Gesicht, wippt mit dem Stuhl.

»Sei man froh, dass du nicht gemeint warst. Hast du mal 'nen Schnaps?«

»Schnaps kannst du haben, aber das ist noch nicht alles, Konni. Herr Brehm von der Kirchengemeinde hat vorhin angerufen.«

»Wollte er eine Aussage machen?«

»Aussage trifft es nicht so richtig.« Er zieht eine Grimasse. »Okay, zwei Schnäpse.«

18 Uhr 02

Im Radio ein Klavierkonzert, ruhig und fließend, der Schnaps macht müde.

Moralische Fragen, kommt die echt mit Moral. So viele Zufälle gibt es doch gar nicht. Wenn ich bei so vielen Sachen im Bereich des Möglichen bin, ist das doch fast schon Sicherheit. Und dann dieses Verhalten bei den Vernehmungen. Über Land gefahren, meine Frau ist eine labile Persönlichkeit, laber, laber …

Vermerk
Am heutigen Tage wurde gemeinsam mit KOK Reker und Leichenspürhund Gerry das Gebäude 17b am alten Güterbahnhof aufgesucht.
Bei der Begehung wurde zunächst …

Weiter

… zeigte der Hund im gesamten Bereich keine Hinweise auf Spuren einer Leiche an.

Beckmann, KHK

In den Lichtkegel der Schreibtischlampe fliegt eine Mücke, träge und lautlos. Im November. Wo hast du denn überlebt? Sie umkreist die Birne, verschwindet wieder ins Dunkel.

Vermerk

Am heutigen Tag wurde im Rahmen der Unterstützung des hiesigen KK 11, der »MK Weidengrund«, zwischen 02.00 und 03.00 Uhr mit den Fahrzeugen 13/22 und 13/26 und den Kollegen Lehmann und Benner aus der MK eine Aktion auf dem Parkplatz des gleichnamigen Restaurants durchgeführt.

Der Zeitpunkt war gewählt worden, weil es nach Zeugenaussagen möglich erschien, dass die Leiche des Opfers in der Nacht zum 23. 11. in dieser Zeit dort abgelegt worden war. Leichenfundort war der gleichnamige Rastplatz, der etwa 500 m in westlicher Richtung vom Anhaltepunkt entfernt liegt.

Dabei wurden in beide Richtungen alle Kfz angehalten, um den jeweiligen Insassen ein Informationsblatt mit Fragen zum Tat- bzw. Ablagegeschehen auszuhändigen.

Grimm, PHK

Die Mücke kommt zurück.

Das Handy. Ach, Bruno, jetzt nicht. Ist nicht Bruno, unbekannte Nummer.

»Kirchenberg.«

»Tag, Herr Kirchenberg. Hier ist Georg Siele. Sie erinnern sich vielleicht, der Bruder …«

»Natürlich erinnere ich mich, Herr Siele.« Klingt nicht gut.

»Ich weiß nicht, ob es richtig ist, dass ich Sie anrufe, Herr Kirchenberg, aber Sie hatten mir Ihre Karte dagelassen und ja auch darum gebeten.«

»Natürlich ist das richtig, Herr Siele. Ich habe ausdrücklich darum gebeten.«

»Also, wenn Sie meinen Bruder noch einmal sehen möchten.« Er macht eine Pause. »Ich habe das Gefühl, viel Zeit zum Verabschieden haben wir nicht mehr.«

»Mein Gott. Ja, danke. Ich komme so schnell ich kann.«

Ausgerechnet jetzt. Vielleicht morgen, nach der Vorführung? Dann drängt es nicht mehr so. Scheiße, Scheiße. Ne, das hörte sich nicht gut an. Zu spät ist zu spät.

Im MK-Raum nur Ulla und Altenkamp.

»Ulla, ich bin für 'ne Stunde weg. Was sehr dringendes Privates, ist wirklich unaufschiebbar.«

»Klar, Konni, kein Problem.«

»Ich bin über Handy erreichbar. Und Heinz. Ich brauche nachher dringend noch mal dein Gesöff.«

Er nickt wortlos.

Am Ende des Flurs leert eine Putzfrau einen Abfalleimer aus.

19 Uhr 00

Vor dem Haus steht ein Wagen vom Pflegedienst. Das Gartentor ist immer noch kaputt, natürlich. Elf Schritte vom Tor zur Treppe, fünf Stufen, hinter dem Milchglas Stimmen und Bewegung. Die Tür geht auf.

»Ich komme nachher noch mal vorbei und sehe nach ihm.« Ein smarter Dunkelhaariger drängt sich vorbei, ein Blick, kein Gruß. Dahinter das Gesicht des Bruders, schmal, abgekämpft, mit ehrlicher Freude und traurigen Augen.

»Wie schön, dass Sie es noch geschafft haben.« Heißer Spruch, ist ihm wahrscheinlich gar nicht aufgefallen. »Das war der Arzt. Mein Bruder muss jetzt öfter eingestellt werden.« Er schließt die Tür, im Wohnzimmer brennt Licht. »Nein, er ist nicht mehr im Sessel, kommen Sie hier entlang.«

Er geht vor, öffnet eine Tür. Siele liegt mit geschlossenen Augen im Bett, die Hände links und rechts vom Körper. Ein dünner, klarer Schlauch liegt auf seiner Oberlippe, zwei Enden führen in die Nase. Auf der anderen Seite vom Bett noch ein Gerät, noch ein Schlauch, diesmal in den Handrücken. Werden Schmerzmittel sein.

»Setzen Sie sich einen Augenblick. Ich denke, er wird gleich bemerken, dass Sie da sind. So ein Arztbesuch strengt ihn immer etwas an.« Er schiebt einen Stuhl an die Bettseite, geht hinaus.

Die Geräte machen leise pumpende Geräusche, die Brust hebt sich gleichmäßig in einem anderen Takt. Seine Hand fühlt sich warm an, er schlägt die Augen auf. Ganz sacht, als müsse sich jeder Muskel nacheinander die Kraft dazu holen, ein Lächeln. Nur kurz.

»Ich habe mir gewünscht, dass wir uns noch einmal sehen.«

»Ich hatte es doch versprochen.«

»Ja …«, sanfter Druck seiner Finger, »ja.« Er lässt wieder eine Zeit verstreichen, seine Stimme hat viel von ihrer Kraft verloren. Sein langer Blick ist noch fest, die Augen sind grau. Vorher gar nicht aufgefallen.

»Glauben Sie an Zufälle, Konstantin? Sie erlauben doch, dass ich Sie so nenne?«

»Ich würde mich freuen, wenn Sie mich so nennen würden. Ob ich an Zufälle glaube, tja. Wissen Sie, manchmal fällt es mir schon schwer, hinter den Dingen eine Ursache, einen Grund oder vielleicht sogar einen Sinn zu sehen.«

Er versucht zu nicken, es wird nur ein Augenaufschlag daraus.

»Ich glaube nicht daran. Ich glaube deshalb auch nicht, dass es ein Zufall ist, Sie noch einmal getroffen zu haben nach so langer Zeit.«

»Warum nicht?«

»Ich habe Sie immer bewundert, wirklich. Wie man angesichts der Welt, in die Sie Einblick haben, den Glauben an Gerechtigkeit nicht verliert. Wie man sich eine solche Weichheit erhalten kann.« Da war Frau Green-Gerber heute aber anderer Meinung. »Das hat mir sehr viel Kraft gegeben in manchen Momenten, glauben Sie mir.«

Er schließt wieder die Augen. Sein Gesicht ist blass und sieht anders aus als am Samstag. Die Falten tiefer, um die Augen ein dunkler Rand, wie mit Tusche gezeichnet. Aber noch mit Leben darin, er sieht noch nicht tot aus. Ja, ja, damit kennen wir uns aus, mit Toten. Wie viele Leichen waren das wohl in all den Jahren? Pro Woche zwei bis vier, zur leichteren Rechnung, macht hundert bis zweihundert im Jahr, mal… Mein Gott, ganze Halden von verwesendem Fleisch.

Er hält die Hand weiter fest, seine Haut fühlt sich trocken und weich an. Ein kurzer Druck, er schlägt die Augen wieder auf.

»Sie hatten mir beim letzten Besuch eine Frage gestellt, erinnern Sie sich? Sie wollten wissen, ob der Glaube einen Menschen von Grund auf verändern kann.«

Das hat er tatsächlich nicht vergessen.

»Ja, ich erinnere mich.«

»Ich glaube, ja, Konstantin, ich glaube, ja. Nach all den Erfahrungen meines Lebens bin ich sogar der Meinung, dass kaum etwas anderes die Menschen so sehr verändern kann wie der Glaube. Der Glaube allein, an was auch immer.«

Sein Daumen reibt sacht über den Handrücken, er gleitet wieder weg, versucht, dagegen anzukämpfen, hat Mühe.

»Danke, dass Sie da waren, Konstantin.« Drei mühsame Atemzüge, für einen Augenblick ist Schmerz in seinen Zügen. »Verstehen Sie mich nicht falsch, aber meine Kraft geht, ist nicht mehr unbegrenzt, und ich würde gern den Augenblick erleben, wenn Sie gehen.«

Seine Augen werden gläsern. Noch ein Druck der Finger, aufstehen, gehen. Vier Schritte, in der Tür noch einmal umsehen, ein letzter Blick, still und wissend, in seinen Augen keine Traurigkeit, raus.

Durchatmen.

Der Bruder kommt aus der Küche, nimmt die Rechte mit beiden Händen.

»Danke.«

Kein weiteres Wort. Er öffnet die Haustür, Kälte fließt herein, er schließt sie ganz leise.

Die Platten auf dem Weg glitzern, auf dem Gartenteich eine dünne Schicht Eis, das Spiegelbild der Straßenlaterne ist trübe.

Das Handy, Telefonbuch, Ulla.

»Wiesing.«

»Ulla, ich bin's. Irgendwas passiert in meiner Abwesenheit?«

»Nichts, was dich freuen würde, Konni.«

»Dann fahr ich jetzt nach Hause, brauche ein bisschen Ruhe, ist das okay?

»Hab ich dir ja schon heute Morgen gesagt. Schlaf gut.«

»Wir sehen uns morgen.«

Schlafen? Ja, später. Vorher noch was trinken.

Durch eine Wolkenlücke ist ein Stern zu sehen. Kalt ist es.

22 Uhr 23

Er zählt die Striche, neun Bier, sechzehn zwanzig.

»Siebzehn.«

Er bedankt sich mürrisch, geht.

Die Pendeltür nach draußen stößt auf Widerstand, etwas mehr drücken, geht nicht. Sie fliegt mit einem Stoß auf.

»Merkst du das nicht, Penner?« Klein, kräftig, Bart, angriffslustige Augen, zwei junge Burschen in seiner Begleitung.

»Sei mal etwas vorsichtig mit deinen Ausdrücken, oder lernt man das heute in der Sonderschule nicht mehr.«

Er will noch was sagen, die beiden Jungen ziehen ihn in die Kneipe.

Neun Bier. Etwas zu viel zum Fahren. Der Wagen steht in einer Parkbucht, kein eingeschränktes Halteverbot, da kann er stehen bleiben.

Der Himmel hat sich wieder zugezogen, Nebel hängt wie Hauben um die Straßenlaternen. Aber kein Regen, dann durch den Park.

Wir kriegen ihn nicht, wir kriegen die Sau nicht. Aber warum? Clever ist er, klar, ohne Frage. Aber kann man über Jahre Menschen töten, ohne aufzufallen, ohne einen Fehler zu machen, ohne dass irgendeine Kleinigkeit schiefgeht? Glück. Man braucht natürlich auch Glück, auch als Täter. Aber über Jahre? Verdammt, das kann doch alles nicht sein. Sind wir denn zu blöd? Zu blöd, um die Lücke zu erkennen? Ob Sielc noch lebt? Eigenartig. So viele Tote gesehen in den Jahren, aber beim Sterben sind wir nie dabei. Wir kommen hinterher. Das ist wirklich was anderes, beim Sterben. Noch machtloser. Glaube allein, hat er gesagt. Glaube allein kann einen Menschen ändern. Was ist, wenn er es nicht war? Ein neues Leben. Auf den richtigen Weg zurückgekommen. Glaube kann Menschen verändern, ja, ja, kann ja sein. Aber keine Mörder. Jedenfalls nicht alle. Den jedenfalls nicht. Erfahrungen sind Erfahrungen, verflucht. Erfahrungen sind doch auch was. So ein bisschen kann man sich doch noch auf sich verlassen. Glaube? Man ist doch nicht bescheuert, Scheiße.

Weiter vorne laute Stimmen, ein leiser Schrei. Unter einer der Laternen Bewegung, Hektik, kaum zu erkennen, laufen. Noch ein dumpfes Stöhnen. Schneller. Drei Mann. Die Hinterköpfe scheinen hell im diesigen Licht, einer kniet, ein Schwarzer mit roter Jacke. Das sind…, das sind ja Skins, zwei. Die größere Glatze holt mit dem Fuß aus, tritt zu, verfehlt den Kopf des Knienden, trifft die Schulter. Verdammtes Pack.

»Hey, ihr Arschlöcher, lasst die Scheiße!«

Der Schwarze liegt am Boden, hält sich die Seite. Die große Glatze blökt was, Fresse halten, weitergehen, er kommt einen Meter entgegen. Links angetäuscht, die Rechte trifft ihn überm Auge. Er fällt nach hinten rüber, die kleine Glatze kommt, die Linke streift ihn am Ohr. Er stolpert, will abhauen, hinterher, verdammtes Dreckspack. Zwanzig Meter, ein Griff an die Kapuze vom Sweatshirt, Arm um den Hals. Er holt aus, rammt den Ellbogen in die Seite, stechender Schmerz. Du verdammte Missgeburt. Er kann sich lösen, drei Meter, die Grätsche holt ihn von den Beinen. Links, rechts zum Kopf, beim zweiten Schlag knirscht es. In der Seite sticht es höllisch. Er greift in die Tasche der Bomberjacke, nicht mit mir, du Sau! Zwei zum Kopf, einer in den Magen, er stöhnt, blutet stark aus der Nase, versucht, sich mit den Armen zu schützen. Eine Rechte voll auf die Zwölf, er schlägt nach hinten, sein Kopf schmettert auf die Platten, er bleibt liegen. Was soll die Scheiße, ihr Arschgesichter! Noch zwei hinterher. Ihr seid das Totschlagen nicht wert. Die Hände schmerzen.

Hinten Geschrei, zurück. Die rote Jacke liegt noch im Dreck, zwei andere Farbige schnappen sich die große Glatze, kräftige Kerle. Wo kommen die denn her? Einer der Schwarzen hat den großen Skin im Schwitzkasten, die dunkle Hand zeichnet sich deutlich auf dem weißen Schädel ab. Von irgendwo her Martinshorn. Der zweite tritt dem Skin mehrfach wuchtig von unten in die Seite, er schreit, stöhnt. Die Glatze wird aufgerichtet, einer hält ihn von hinten fest, wirft einen prüfenden Blick rüber. Der Skin stöhnt, Schmerzfratze, sieht auch her. Waren das die beiden bei Ayse?

»Hilf mir gegen diese Affen, du Arschloch! Wir Arier müssen zusammenhalten.«

Halt die Fresse. Er kriegt eine Rechte zum Kopf, der Schwarze hält ihn weiter fest, eine Linke hinterher, stechender Schmerz in der Hand.

Ein Streifenwagen kommt mit Blaulicht und hoher Geschwindigkeit den Schotterweg hoch. Die beiden lassen den

Skin augenblicklich los, er fällt zu Boden. Einer versucht, den mit der roten Jacke mitzuziehen, er kann nicht aufstehen, bleibt liegen, sie hauen ab. Der Vectra bremst hart, die Türen fliegen auf, die Kollegen kommen raus. Es ist Tom.

»Konni, was machst du denn hier, was ist los?«

Die Kollegin checkt die Verletzten, bei der kleinen Glatze bleibt sie stehen.

»Ich bin hier vorbeigekommen, da hatten die beiden Skins ihn da übel in der Mache.«

Die Kollegin kniet nieder.

»Ich bin dazwischengegangen.«

Die Kollegin kommt zurück.

»Der da hinten ist bewusstlos, sieht heftig aus, da brauchen wir den Notarzt.«

Sie geht zum Streifenwagen.

»Irgendwann sind noch zwei andere Schwarze gekommen und haben den großen hier vermacht. Als ihr kamt, sind die abgehauen, müssten aber noch in der Nähe sein.«

Ein zweiter Streifenwagen kommt angerauscht, Affenzahn, steigt voll in die Eisen, Schotter spritzt.

»Die müssten hier noch sein?«

»Weit können sie jedenfalls noch nicht sein. Einer mindestens eins neunzig, schlank, der andere kleiner und kräftiger. Beide kurze Haare, beide dunkle Kleidung, einer in weißen Pumaschuhen, der andere mit Basketballtretern von Adidas, glaub ich, auch irgendwie hell.«

Die beiden Verletzten stöhnen, der Schwarze in der roten Jacke versucht aufzustehen, es geht nicht, die Kollegin will den Skin fesseln, lässt es.

Tom nimmt sein Handfunkgerät aus der Tasche, gibt eine

Nahbereichsfahndung raus. Die zweite Streifenwagenbesatzung kommt, fragt nach, alles unter Kontrolle. Sie sollen sich um die beiden kümmern.

»Willste 'ne Zigarette?«

Ernte 23, er bietet eine an.

»Eigentlich rauche ich nicht mehr…«

Er gibt Feuer, tiefer Lungenzug, wunderbar. Fünf Meter weiter eine Parkbank, dunkelgrüne Gitter, kurz hinsetzen. Das musste heute Abend wirklich nicht mehr sein, verflucht. Im Hintergrund viel Wirbel am Funk, die Kollegin hat den kleinen in die stabile Seitenlage gebracht. Sieht nicht gut aus. Tom kommt.

»Hast du ja ganz schön hingelangt, Alter.« Süffisantes Lächeln.

»Wie gesagt, die beiden Schwarzen waren ziemlich große Kerle, die hatten den großen ganz schön in der Mangel.«

Er nimmt einen Zug, klopft mit der Rechten auf die Schulter. Leichtes Stechen an den Rippen. Zwei Glatzen. Könnten dieselben gewesen sein, die bei Ayse waren. Ist ja nicht weit von hier. Der Kleine liegt, rührt keine Faser. Ein Martinshorn kommt näher. Der Transportwagen biegt hinten in den Parkweg ein, kommt angerauscht, der Notarzt im Pkw dahinter. Kurze Einweisung vom DGL, sie gehen zu den Verletzten, nehmen sich zuerst die kleine Glatze vor. An der gegenüberliegenden Fassade werden die beleuchteten Fenster zahlreicher, das Blaulicht wird von allem reflektiert, Wände, Bäume, Nebel, legt etwas Unruhiges darüber. Tom tritt an die Bank, setzt sich, raucht. Sein Handfunkgerät quäkt, die Fahndung nach den beiden Schwarzen bisher negativ.

Sie laden den Kleinen auf eine Trage, schieben ihn auf die Rollschiene. Die rote Jacke fährt auch mit, die große Glatze muss auf den zweiten Transportwagen warten.

»Reicht es, wenn ich dir morgen was dazu schreibe, oder brauchst du jetzt noch 'ne Aussage?«

»Ne«, Tom schüttelt den Kopf, »reicht mir, was du bisher gesagt hast. Schreib morgen was dazu und leg's mir ins Fach, wir haben morgen noch mal Nachtdienst.«

Der zweite Krankenwagen kommt, sie laden den Großen ein, kurze Unterhaltung mit den Uniformierten.

»Bist du verletzt, Konni? Willst du es dir mal ansehen lassen?«

»Ne, geht schon, halb so schlimm. Ich lege mir 'ne Kühlkompresse drauf, sonst will ich nur noch ins Bett.«

Sie winken zurück, allgemeiner Aufbruch, ein Kollege begleitet den Skin im Krankenwagen.

Das Blaulicht entfernt sich langsam, wird immer weniger, weg.

Stille, nur weit hinten das Geräusch der Stadt.

Der Nebel zieht wieder kaum merklich um die Lichter. Als wenn nichts gewesen wäre.

Die Rippen tun weh.

DONNERSTAG

08 Uhr 23

Walters Hemdkragen schiebt seinen Nackenwulst wie eine Bugwelle nach oben. Sein Hubschrauberlandeplatz auf dem Hinterkopf ist faltig, hat Ähnlichkeit mit einem gepflügten Acker. Wie lang hat der eigentlich noch? Höchstens noch ein Jahr.

Rose von den Betrügern schildert eine neue Betrugsmasche mit Versicherungspolicen, lustiger Fall, hundertkehliges Lachen. Die Rippen tun doch ganz schön weh, waren auch etwas blau heute morgen. Ist aber nichts gebrochen.

»Danke, Dieter.« Rose ist fertig, Zeremonienmeister Uwe übernimmt die Sache. »Ja, liebe Kollegen, und zum Abschluss der Frühbesprechung noch ein ganz großartiges Beispiel für Zivilcourage. Unser Kollege Konni Kirchenberg, die meisten kennen ihn …« Er sieht rüber. Was soll das denn jetzt? Ist der bescheuert? »Konni hat gestern Abend auf dem Nachhauseweg im Park zwei Skinheads dabei überrascht, wie sie auf einen am Boden liegenden Farbigen einschlugen. Völlig selbstlos und ohne auf die Überzahl zu achten, ist er sofort dazwischengegangen und konnte die Situation auch bereinigen. Bei dem Opfer handelt es sich um einen fünfundzwanzigjährigen Mann aus Burkina Faso, dessen Namen ich mir jetzt mal erspare und der von den beiden fünfzehn und sechsundzwanzig Jahre alten Skinheads, der ältere polizeibekannt, verletzt worden war. Konni ist dazwischengegangen, was dazu geführt hat«, er lächelt, macht eine kleine Pause, »dass beide Schläger ebenfalls verletzt wurden. Einer musste stationär im Krankenhaus verbleiben.« Amüsiertes Geraune. Jawoll, um jeden Schlag daneben war's schade, die haben es gebraucht. »Das Opfer aus Burkina Faso ist übrigens auch kein Unbekannter für uns, er hat Erkenntnisse wegen Handelns mit BTM. Einer der beiden Rechtsradikalen hat sich hinterher tatsächlich zu der Schutzbehauptung hinreißen lassen, sie seien vorher von mehreren Farbigen angegriffen worden, die dann noch Verstärkung geholt hätten.« Helles Gelächter. »Kommt noch so weit, dass die Polizeischutz verlangen.«

Feixende Gesichter, reichlich Sprüche.

»Um es mal richtigzustellen: Da waren hinterher tatsächlich zwei andere Farbige, die bei Eintreffen der Kollegen abgehauen sind.« Hoher Geräuschpegel, keiner hört richtig zu. In der ersten Reihe steht der Polizeipräsident auf, dreht sich um und hebt die Hand. Augenblicklich wird es leise.

»Meine Damen und Herren, liebe Kollegen, ich finde, ein solches Fanal von Selbstlosigkeit, Mut und Eintreten für rechtsstaatliche Werte hat einen Applaus verdient.« Er fängt an zu klatschen, die anderen setzen ein. Hitze im Kopf, Kotzreiz.

»Damit schließe ich die heutige Frühbesprechung.« Uwe klappt seine Mappe zu, alle stehen auf.

»Super, Konni!«

»Das ist die Sprache, die die verstehen.«

Schulterklopfen, Lob in der Familienpackung, schnell raus.

Rechts in die Toilette, erste Kabine, einschließen. Durchatmen, Hitze, Kälte, Hitze. Fünfzehn! Noch ein Kind. Kälte, Hitze, Kälte.

Draußen drückt einer die Spülung vom Pissbecken, geht, dann Stille.

Ein Dealer. Wahrscheinlich genauso Menschen verachtend wie die meisten Glatzen.

Fünfzehn Jahre. Verflucht.

Aufschließen, raus, niemand sonst da. Einmal die Hände unter kaltes Wasser, einmal durchs Gesicht. Der Spiegel. Eigentlich wie immer, man sieht nichts, wirklich nicht. Eigentlich wie immer. Na, Kirchenberg, wie sieht ein Arschloch aus?

Draußen kommt der Präsident mit Gefolgschaft den Flur lang. Auch das noch.

»Ah, Herr Kirchenberg.« Er bleibt stehen. »Na, meine Damen und Herren, wie sieht ein Held aus?« Ausgestreckte Hand.

»Also, da muss einiges klargestellt …«

»Nein, nein, nein, Herr Kirchenberg, nun stellen Sie Ihr Licht mal nicht unter den Scheffel. Ich habe den Bericht gelesen, das war schon toll. Dem Ansehen der Polizei in der Öffentlichkeit haben Sie damit jedenfalls einen großen Dienst erwiesen. Lassen Sie uns das man ausnutzen. Glückwunsch noch mal.«

Er rauscht den Flur lang, der Hofstaat hinterher.

Was meint der mit ausnutzen? Einfach nur allein sein.

Im Büro himmlische Ruhe, die Mineralwasserflasche ist noch halb voll, gut.

Fünfzehn Jahre. Kann noch nicht denken und läuft irgendwelchen Arschlöchern hinterher, die ihre Minderwertigkeitsgefühle andern in die Fresse hauen müssen, in die schwarze Fresse nach Möglichkeit. Sollte sich lieber um die Mädels kümmern in dem Alter. Wie es dem wohl geht? Sah nicht gut aus gestern. Nachher unbedingt mal anrufen.

Fünfzehn. Verflucht.

10 Uhr 10

Im MK-Raum nur Atze vor dem Bildschirm, alle anderen ausgeflogen.

»Atze, ich brauche nachher mal kurz ein Team …«

»Konni, wir haben heute erst mal kein Team.«

»Für 'ne halbe Stunde.«

»Geht nicht. Wir haben uns jetzt zwei Tage um fast nichts anderes gekümmert, als um Michels, da sind einige Sachen liegengeblieben, die auch sehr wichtig waren. Im Bezug auf Neumann gibt es mehrere gute Spuren, die abgeklärt werden müssen, die sind jetzt einfach dran. Außerdem ist ein Team mit den Fotokopien, die Neumann von seinen Münzen gemacht hat, unterwegs zu 'nem Münzexperten, der was zu den gestohlenen Sachen sagen kann. Es gibt nicht nur Michels.« Das Letzte nicht ohne Schärfe.

»Was soll denn jetzt der Scheiß, Atze, mach ich das zu meinem Privatvergnügen, oder was? Das ist doch unser Tatverdächtiger Nummer eins, oder sehe ich das falsch?«

»Konni, wir haben jetzt mehrere Tage gerödelt wie die Bescheuerten, und wir haben keine wirkliche Verbindung zu den Taten hingekriegt. Hast du auch schon mal daran gedacht, dass wir uns täuschen könnten?«

»Jetzt fang du auch noch damit an, es reicht schon, wenn mir so was von hysterischen Rechtsanwältinnen um die Ohren gehauen wird. Du weißt doch, wie die Dinge manchmal laufen.«

»Eben.«

»Sind heute denn alle bekloppt?«

Raus. Ulla kommt entgegen, vermeidet im letzten Moment einen Zusammenstoß.

»Konni, mal langsam, was ist denn…?«

»'tschuldigung.«

Sie bleibt in der Tür zurück.

Aus dem Treppenhaus am Ende kommt eine Frau, schnelle Schritte. Die Sonne wird vom PVC reflektiert, schlecht zu erkennen, trotzdem, irgendwie… Das ist ja Doris. Sie kommt näher, ernstes Gesicht.

»Morgen, Doris. Das ist ja echt 'ne Überraschung.«

»Das glaub ich. Ich müsste mal mit dir reden.« Kurz, hart, kalt.

»Komm rein.«

Tür auf, sie geht vor.

»Kann ich dir was an…«

»Ich will nichts. Ich will es nur kurz machen. Was hast du Bruno eigentlich gestern erzählt?«

»Ich, erzählt? Also, nichts, nicht viel. Eigentlich hat Bruno in letzter Zeit mehr erzählt.«

»Ja. Ich hab mit ihm gesprochen. Er hat dir erzählt, dass ich in Holland war mit meiner Freundin und dass er nicht weiß, was das bedeutet, und er hat dir einiges über unsere Ehe erzählt und dich um deinen Rat gefragt, nicht?« Sie hält ihren Zorn nur mühsam zurück.

»Ja, hat er.«

»Und für dich ist natürlich klar, dass es da nur um Sex mit 'nem anderen Kerl geht.«

»Das war mir überhaupt nicht klar, diese Befürchtung hatte Bruno auch.«

»Aber du hast ihm gestern gesagt, er solle nicht blöd sein, du wärst dir sicher, dass es so ist, weil du mich in eindeutiger Situation in der Stadt gesehen hättest.«

»Na ja, ich habe dich auch gesehen, gestern Morgen.«

»Ja? Was war das denn für eine eindeutige«, das Letzte betont, »Situation, von der du gesprochen hast?«

»Ich bin mir gar nicht sicher, ob ich das so gesagt habe.«

»Bevor wir dieses Spielchen ›hab ich so nicht gesagt‹ machen, nur so viel, Konni: Ich will dir nicht alles auf die Nase binden, was dich nicht wirklich etwas angeht, aber du weißt, dass wir schon seit Jahren einen unerfüllten Kinderwunsch hatten und eigentlich schon damit durch waren. Damit hatte das zu tun. Holland, die Freundin, die Reisen und alles andere, was er dir sonst noch erzählt hat, ich will gar nicht wissen, was alles. Und zu der eindeutigen Situation von gestern: Wenn du auch nur andeutungsweise gesagt hättest, dass es ein älterer Mann in einem Mercedes war, dann hätte auch Bruno gewusst, dass es sich um meinen Chef gehandelt hat. Der Mann kennt mich seit meiner Geburt, ist ein alter Freund meines Vaters, und seit der vor zehn Jahren gestorben ist, auch so was wie ein väterlicher Freund für mich. Wir verabschieden uns häufig mit Umarmung, nur: Mit Sex hat das überhaupt nichts zu tun.«

Sie macht eine Pause, wartet. Was soll man darauf sagen? Blöd gelaufen. Die Sprachlosigkeit wird unerträglich.

»Das tut mir natürlich leid, Doris, aber …«

»Das kann es auch, verdammt noch mal. Du bist einer von Brunos besten Freunden, und vielleicht habe ich mich irgendwann wieder so abgeregt, dass ich eine Entschuldigung von dir akzeptiere, jetzt nicht.«

Sie dreht sich auf dem Absatz, geht, die Tür fällt mit Wucht ins Schloss.

Scheint ja ein Glückstag zu werden.

Telefon.

Im Display Neumann, Pressestelle. Klingeln lassen, jetzt nicht. Die Box springt an.

»Hi, Konni, hier ist Felix von der Pressestelle. Wir würden deine Sache von gestern Abend gern in die Zeitung bringen. Auch der Präsident legt sehr viel Wert darauf. Ist einfach ein tolles Beispiel für Zivilcourage und Selbstlosigkeit und 'ne Superwerbung für die Polizei in der Öffentlichkeit. Komm bis heute Mittag mal vorbei, um die Details abzusprechen.«

Ne, nicht mit mir. Raus hier, raus. Einfach nur gehen.

Jacke an, die Treppen. Vorne sind Kollegen, keinen Bock auf Gespräche. Dann über den Hof, Code eingeben, Tür auf, draußen kalter Regen.

Einfach nur gehen.

Der Regen tut gut.

11 Uhr 20

Der Regen wird immer mehr zu Schnee, auf einigen Flächen ist es schon weiß. Die Fußgängerampel springt auf Rot, rechts ist ein Schuhgeschäft, unter dem Vordach stehen bleiben.

Das hätte doch jeder normale Mensch angenommen, dass die was laufen hat, so abwegig ist das nun auch wieder nicht. Geheime Reisen, Holland, nach Düsseldorf fahren, ohne was davon zu sagen, und die Sache mit dem alten Kerl, was soll man da schon denken? Väterlicher Freund, na, prima… Blöd gelaufen eben.

Grün.

Auf dem Bürgersteig bildet sich erster Schneematsch, die Schuhe sind an einigen Stellen durch, die kleinen Zehen ohne Gefühl. Links und rechts kaum Geschäfte, nur hin und wieder kleine Vordächer über den Hauseingängen, kaum Schutz. Die Kälte zieht langsam vom Kopf bis in den Nacken, der Schnee wird stärker, kaum noch Regen dazwischen.

Was ist, wenn er es wirklich nicht war?

Zwischen den Häuserlücken peitscht der Wind durch, schneidet in die Gesichtshaut, der Schnee wird immer dichter, kaum zu ertragen. Keine Kneipe in Sicht, kein Stehcafé, nicht mal ein Straßenbahnhäuschen. Wo sind wir überhaupt? Einfach so drauflosgelatscht. Am Straßenschild klebt Schnee, Hauptstraße, nichts Bekanntes in der Nähe. Höchstens die Staatsanwaltschaft, zwei Straßen weiter. Gute Idee, bei Tom Nagel einen Kaffee schlauchen.

Der Mann im Glaskasten am Eingang winkt durch, die Wärme ist wie eine Erlösung. Erster Stock. Bei Tom steht die Tür auf, der Aktenbote kommt raus, schiebt seinen Wagen weiter.

Kurz klopfen.

»Hallo, Tom.«

»Morgen, Konni, mein Gott, wie siehst du denn aus? Komm rein.«

»Ich brauchte einfach mal etwas frische Luft, bin aber vom Wetter überrascht worden. Kann ich bei dir einen Kaffee schnorren?«

»Du siehst mehr so aus, als brauchtest du ein Handtuch.« Er nimmt seine Warmhaltekanne, schüttelt sie, beruhigtes Nicken.

»Schwarz.«

»Eigentlich ja, aber bei Kälte bitte mit Milch und Zucker. Wenn du richtig durchgefroren bist, ist nichts besser als warmer, süßer Milchkaffee.«

Er gießt ein, reicht die Tasse. Die Finger kribbeln an der heißen Außenwand, es riecht süß und würzig, ein Schluck, noch einer. Wärme ist Leben.

»Ich dachte im ersten Augenblick, du wärst wegen der Haftbeschwerde gekommen.«

»Ach ja. Hab ich ganz vergessen. Ne, war nicht der Grund. Ich brauchte einfach mal 'ne Stunde Abstand, sind mir alle auf den Zeiger gegangen, heute Morgen. Wann wird die denn verhandelt?«

»Um zwölf.« Er sieht auf die Uhr. »Ich muss jetzt auch los. Willst du mit?«

»Meinetwegen, wenn ich schon mal hier bin. Komische Zeit für 'ne Haftbeschwerde.«

»Wird schnell gehen. Der Richter wird ihn rauslassen, das ist sicher. Hat vorgestern bei der Verkündung des Haftbefehls schon angedroht, wenn wir beim nächsten Mal nicht mehr hätten ...«

Noch den letzten Schluck. Am Tassenboden der restliche Zucker, kein Löffel in Sichtweite, dann mit dem Finger.

Tom schließt ab, eine Treppe runter.

Der Raum ist offen, die Schreibkraft ist schon da. Tom geht zu seinem Platz, die Besucherplätze sind alle frei. Nehmen wir mal die erste Reihe nah an der Tür, alter Bullenbrauch. Zwei Justizwachtmeister bringen Michels, er ist gefesselt, Frau Green-Gerber dicht dahinter. Na, komm. Ein tödlicher Blick. Sie ignoriert völlig. Die Tür in der hinteren Ecke geht auf, der Richter erscheint.

Das Handy. Verdammt.

»Kirchenberg.«

»Konni, hier ist Ulla. Für dich hat eben ein Alexander Grashoff angerufen.«

»Alexander Grashoff?« Michels wendet den Kopf, intensiver Blick. »Kenne ich nicht.«

»Würden Sie die Güte besitzen, Ihre Telefonate nicht in diesem Raum zu führen?«

Der Richter, laut, scharf, mit gottgleicher Arroganz. So sind sie. Raus, Tür zu.

»Kommt mir irgendwie bekannt vor, komme ich aber jetzt nicht drauf.«

»Er sagte, du wärst gestern in der Kirchengemeinde gewesen, und er wollte dir was sagen.«

»Ach ja. Der Ersatzbuchhalter. Was Wichtiges?«

»Weiß ich nicht. Er sagte nur was von gestern, und er hätte vielleicht was, was von Interesse wär.«

»Hat er seine Nummer dagelassen?«

»Hat er. Aber er ist die nächste knappe Stunde nicht zu erreichen, weil er eine Meditation leitet.« Machen die auch noch mal was anderes? »Wo bist du überhaupt?«

»Ich bin im Gericht, komme jetzt aber wieder rein. Das wird nur etwas dauern, weil ich keinen Wagen dabeihabe.«

»Dann bis gleich, mein Lieber. Zieh dich warm an, schon mal nach draußen geguckt?«

Gespräch beendet.

Noch mal reingehen? Ach, wozu?

Alexander Grashoff aus der Kirchengemeinde.

Draußen fallen kleine weiße Flocken.

12 Uhr 17

Durch die Frotteemassage kommt langsam wieder Leben in die Zehen. Aber die Schuhe bleiben nass. Kann ja Beckmann fragen, ob der ein Paar Gummistiefel für die Tatortarbeit verleiht. Der Ermittler mit den Stiefeln.

Noch mal Wahlwiederholung, viermal klingeln.

»Hier ist der automatische Anrufbeantworter der Kirchengemeinde …«

Wegdrücken. Ist das eine Marathonmeditation?

Die E-Mails.

Eins: Papierkorb.

Zwei: Papierkorb

Drei: Lechleitner, Kripo Weiden.

Ja, hallo. Öffnen.

Hallo, Kollege Kirchenberg,

ganz kurz zur Information:

Konnten gestern in Amberg den Vermieter ermitteln, bei dem Michels zur Tatzeit Adolf Benz 1998 gewohnt hat, ein Heinrich Ebermeier. Unangenehmer Mensch, Typ Blockwart. Hat bis heute drei Eigentumswohnungen in einem größeren Komplex, die er vermietet. Konnte sich an M. erinnern. War ihm sehr unsympathisch. Hat M. nie in Frauenbegleitung gesehen, was ihm verdächtig war. Noch eine Besonderheit, an die er sich erinnerte: M. hat beim Auszug die Wohnung komplett vom Boden bis zur Decke renoviert, was er laut Mietvertrag nicht gebraucht hätte. Wenn M. so vorsichtig ist, wie ihr sagt, ist das vielleicht im Hinblick auf einen möglichen Tatort nicht uninteressant. Melde mich wieder.

H. Lechleitner

Nie in Frauenbegleitung, soso. Ich habe es gewusst, verdammt. Und warum renoviert einer eine Wohnung, obwohl er es nicht muss? Ist doch mehr als eigenartig.

Wahlwiederholung, viermal klingeln.

»Hier ist der …«

Wegdrücken. Meditation, von wegen. Die machen da 'ne Orgie oder so was.

Die Tür geht auf, Ulla.

»Na, taust du langsam wieder auf? Es war übrigens noch ein Anruf für dich. Ein Kollege Goldbeck …«

»… ehemaliger Kollege …«

»… dann eben ehemaliger Kollege. Der hat angerufen, als du auf dem Rückweg warst. Soll dir nur sagen, dass er heute den ganzen Tag erreichbar ist. Hier ist die Nummer, aber er sagte, du hättest sie auch.«

Sie legt einen roten Zettel auf den Schreibtisch, geht. Wählen.

»Goldbeck.«

»Ja, Konstantin Kirchenberg. Tag, Kollege. Du hattest dich heute freundlicherweise auf meinen Anruf gemeldet.«

»Das ist richtig.« Rollendes R. »Du hast gesagt, es geht um den Fall Huber aus 84?«

»Richtig.«

»Ist lang her, gell. Was kann ich da tun?«

»Wir haben hier vor zwei Tagen den damaligen Täter Bernd Michels festgenommen, weil wir glauben, dass er mindestens zwei weitere Taten begangen hat, Opfer auch alte Männer, ziemlich gleiche Begehungsweise, aber unsere Beweislage ist dünn. Wahrscheinlich wird er im Augenblick nach einer Haftbeschwerde frei gelassen. Eines unserer Probleme ist dabei das Motiv, und da hab ich eine Frage. Ihr habt damals eindeutig in Richtung Raubmord ermittelt. War das so eindeutig, oder gab's irgendwo auch die Idee, es könnte ein sexuelles Motiv eine Rolle gespielt haben?«

Drei kurze Lacher am anderen Ende.

»Ja, interessant, dass du danach fragst. Also, ich hab mir nach dem Anruf zwar nicht die Akten noch einmal angesehen, habe aber den Gustl Ammer angerufen, der war damals auch dabei. Am Tatort selber und auch an der Leiche gab es seinerzeit eigentlich keinen Hinweis auf eine sexuelle Tat, wenn ich das richtig in Erinnerung habe. Aber was das Opfer angeht, das wusste der Gustl noch, da gab es von einer Seite ein Gerücht, der Mann sei homosexuell. Es soll da sogar einen Vorfall bei einem Trainingslager mit einem jungen Sportler gegeben haben. Wir haben aber niemanden ausfindig gemacht, der was Genaues wusste. Bekannt war die Sache mit der Homosexualität nicht. Damals ging man damit noch nicht so frei um, und der Huber war ein sehr angesehener Pädagoge in seinem Ort.«

»Warum steht davon nichts in den Akten?«

»Tja«, tiefer Schnaufer, »das hatte mit unserer damaligen Führung zu tun. Wie gesagt, der Huber war sehr angesehen, hatte einige Ehrenämter, und da es wirklich nur ein Gerücht war, wir hatten keine wirkliche Aussage, war unser damaliger Leiter der Meinung, man solle die so gestrafte Familie nicht noch mehr in Verzweiflung stürzen ohne handfesten Grund.«

»Habt ihr es bei den Vernehmungen thematisiert?«

»Ich weiß es nicht mehr so genau, aber ich glaube, der hat eh nichts gesagt.«

Stimmt, stand jedenfalls so ähnlich in der Akte.

»Danke, Kollege. Das reicht mir bis hierher. Viel Spaß weiterhin beim Forellenzüchten.«

Er lacht, noch ein Grüß Gott, legt auf.

Ein angesehener Sportpädagoge, der seinen knackigen Athleten an die Wäsche geht. Vielleicht hat er das bei Michels ja auch versucht. Vielleicht wollte der das nicht. Oder doch, aber anders, oder weiß der Geier, jedenfalls ist er unser Mann. Haben wir uns fast einlullen lassen. Und unser Oli ist wirklich ein helles Köpfchen. Aber er ist unser Mann, da können alle sagen, was sie wollen.

Wahlwiederholung, viermal klingeln.

»Hallo, hier ist …«

Wegdrücken.

»Im MK-Raum Atze und Ulla, Altenkamp telefoniert hinten am langen Tisch.

»Ulla, ich fahre zur Kirchengemeinde, da erreiche ich telefonisch niemanden. Zu eurer Information: Erstens: Der Kollege Lechleitner aus Weiden hat im Bezug auf die Tat dort einige Merkwürdigkeiten ermittelt, was unseren Freund Michels angeht, und zweitens: Ich habe mit dem Kollegen Goldbeck gesprochen. Der hat vor zwanzig Jahren die erste Tat von Michels bearbeitet. Es gab damals Gerüchte, die ein sexuelles Motiv auch möglich machen. Haben sie aus Pietätsgründen nicht aktenkundig gemacht, weil es nur ein Gerücht war. Das ist alles nichts Handfestes, aber ich verwette meine sekundären Geschlechtsmerkmale darauf, dass Michels unser Täter ist. Wir sollten dringend ein Team zum Gericht schicken, um an ihm dran zu sein. Der hat nämlich blöderweise mitgekriegt, wie ich eben den Namen des Grashoff genannt habe.«

Ulla sieht auf ihre Uhr.

»Die Verhandlung wird jetzt eh schon vorbei sein.«

»Trotzdem. Vielleicht ist alles falscher Alarm, und er fährt nach Hause, aber wenn nicht, wenn er irgendwas ahnt, sehen wir alt aus. Mindestens solange wir nicht genau wissen, was Grashoff uns zu sagen hat, sollten wir ihn noch wie unseren Täter behandeln.«

Sie greift zum Hörer.

Die Zehen kribbeln, langsam kommt das Leben zurück.

13 Uhr 32

Druck gegen die Eingangstür, ist verschlossen. Die Schelle, noch mal, der Summer, na, endlich. Treppe hoch, immer noch der Blumengeruch. Anklopfen, Tür auf. Ein hagerer Typ, braune Haare, Anfang dreißig, hinter dem Schreibtisch. Er steht auf.

»Guten Morgen, Herr Grashoff?«

»Richtig.«

»Konstantin Kirchenberg. Sie hatten versucht, mich zu erreichen, dann habe ich es probiert, es war aber immer der AB dran.«

»Ja, hat etwas länger gedauert. Manchmal kann man das nicht so abschätzen.«

Er sagt es etwas verlegen. Ist ohnehin mehr ein leiserer Typ.

»Sie wollten mir etwas sagen.«

Er bietet den Platz gegenüber an, setzt sich wieder.

»Ja. Sie waren ja gestern bei uns und haben sehr ...«, er findet nicht das richtige Wort, »jedenfalls haben Sie gesagt, wir sollten auch die kleinste Kleinigkeit mitteilen. Ich glaube zwar auch, dass der Bernd damit nichts zu tun hat, mit dieser ganzen Sache, ich kann mir das eigentlich bei keinem Menschen vorstellen, trotzdem hat mich das gestern beeindruckt, was Sie über Gerechtigkeit gesagt haben.« Sieh an, ein Fan. Dass ich das noch erleben darf. »Und wie Sie schon sagten: Wenn nichts daran ist, wird Gott das schon so lenken, dass es auch rauskommt.«

Hab ich das so gesagt?

»Und was wollten Sie mir mitteilen?«

»Möglicherweise ist es wirklich unwichtig. Aber wir haben in der Gemeinde eine ganze Reihe älterer Mitglieder. Einige von denen kommen gut zurecht, einige so einigermaßen. Bei denen, die Unterstützung brauchen, haben wir so genannte Patenschaften eingerichtet.«

»Was bedeutet das?«

»Das ist ganz unterschiedlich. Manche brauchen nur einmal im Monat Hilfe, vielleicht mal beim großen Wohnungsputz, andere häufiger, beim Einkaufen bestimmter Dinge oder bei Behördengängen.«

»Weiter.«

»Einer dieser Brüder ist Gernot Klein. Der ist dreiundachtzig, lebt allein, ist ein bisschen schlecht zu Fuß, kommt aber so eigentlich ganz gut zurecht. Allerdings ist er, ich will ihm nicht Unrecht tun, intellektuell nicht besonders begütert. Außerdem ist er Aussiedler, zwar schon seit zwanzig Jahren hier, aber trotzdem, gerade bei behördlichen Sachen, Krankenkassen und dem ganzen Papierkram braucht der dringend Hilfe, weil er sonst alles unterschreibt und nicht zurechtkommt. Wir haben ihm auch fest eingebläut, er soll nicht immer so vertrauensselig und leichtsinnig sein, aber …«

»Ja?«

»Es ist schon eine Zeit her, da rief Gernot hier im Büro an und war ein wenig aufgeregt, weil er einen Anruf von der Volksbank bekommen hatte, er solle sein Konto überprüfen, es wäre etwas mit dem Computer passiert. Das Seltsame dabei ist, dass Gernot Klein mir sagte, er sei immer Kunde der Stadtsparkasse gewesen und habe gar kein Konto bei der Volksbank. Ich wollte das klären, aber man hat mir bei der Volksbank telefonisch keine Auskunft gegeben.«

»Und der … Wie nannten Sie es? Patenschaften? Und der Patenonkel von Herrn Klein war Bernd Michels?«

»Richtig. Ich habe es dann Bernd gesagt, der das regeln wollte, und er hat dann später mitgeteilt, es wäre alles eine Verwechslung gewesen und hätte sich aufgeklärt. Etwa ein oder zwei Wochen später habe ich dann aber unfreiwillig ein Telefonat von Bernd mitgehört, bei dem es offensichtlich auch um dieses Konto ging. Ich hatte mich an den Namen des Sachbearbeiters erinnert. Ich weiß nicht mehr den Wortlaut, aber ich weiß noch, dass ich damals verwundert war, weil ich fast den Eindruck hatte, dass Bernd sich mit dem Namen ›Klein‹ verabschiedet hat.«

»Bitte?« Falsche Namen. Er versucht, seinen Namen zu vertuschen.

»Ich kann mich natürlich täuschen. Sie kennen das vielleicht auch, dass man manchmal Telefonate mithört und ganz komische Gedanken hat, weil man den anderen nicht hört. Aber weil Sie gestern gesagt hatten, auch Kleinigkeiten könnten wichtig sein, dachte ich mir …«

»Und Herr Michels ist immer noch für Gernot Klein zuständig?«

»Eigentlich ja.«

»Wo finde ich Herrn Klein jetzt?«

»In seiner Wohnung, noch.«

»Wieso noch?«

»Ich habe ihn vor einer Woche bei einem Gottesdienst gesehen, und ich habe den Eindruck, dass er nicht mehr lange ohne ständige Betreuung auskommen wird.«

»Können Sie mir die Adresse aufschreiben?«

Kann er, sieht in einer Liste nach, notiert, reicht den Zettel.

»Danke, Herr Grashoff, möglicherweise war das sehr wichtig, was Sie uns mitgeteilt haben.«

Die Tür zum Meditationsraum ist offen, drinnen Gelächter.

Das Handy, Telefonbuch, Ulla.

»Wiesing, Mordkommission.«

»Ich bin's, Ulla. Was Neues?«

»Wir wollen noch nicht in Panik geraten, aber zurzeit wissen wir nicht, wo er ist. Er ist natürlich entlassen worden, und Tom hat ihn zuletzt vor dem Verhandlungssaal mit seiner Anwältin gesehen. Das ist 'ne gute Stunde her. Mark und Sonja sind unterwegs, aber weder in der Firma noch zu Hause ist er bis jetzt aufgetaucht. Mit dem Taxi ist er jedenfalls nicht vom Gericht abgefahren, das haben wir überprüft. Thorsten steht seit zehn Minuten am Bahnhof.«

»Ich habe es gewusst, verdammt. Aber vielleicht haben wir Glück, und er isst irgendwo 'ne Pizza.«

»Und bei dir? Was sagt Grashoff?«

»Ich bin mir noch nicht sicher, wie sich das alles zusammenreimt, aber es könnte sein, dass Michels irgendwie den Namen eines alten Mannes, den er pflegt, ausgenutzt hat. Ich fahre da jetzt mal hin. Ist Ernst da?«

»Der steht neben mir.«

Kurze Pause.

»Was gibt es?«

»Ernst, versuch mal, bei der Volksbank was über das Konto eines Gernot Klein, Randstraße 14, rauszukriegen.«

»Ich probiere es, aber du weißt, dass die ohne staatsanwaltschaftliches Auskunftsersuchen mit Sicherheit rumzicken.«

»Ja, ich weiß. Dann versuch, blitzartig eines zu besorgen, das für Michels hatten wir ja schon. Ich melde mich, sobald ich bei Klein war.«

Es schneit nur noch winzige Flocken, beim Gasgeben drehen die Räder durch.

14 Uhr 17

Schellen. Noch mal. Komm, Opa, mach hin. Der Summer, die Tür springt auf. Erster Stock, er steht in der geöffneten Tür, keine Sicherheitskette. Leicht gebückt, die Rechte auf einen Stock gestützt. Seine weißen Haare sind in fettigen Strähnen nach hinten gekämmt, schüttere Bartstoppeln, er lächelt. In den Mundwinkeln blitzen Goldzähne.

»Ja?«

»Herr Klein?«

»Ja.« Mit Nicken.

»Mein Name ist Kirchenberg, ich komme von der Polizei.« Blitzartig schießt Ehrfurcht in seine Züge.

»Polizei? Was los?«

»Sehen Sie sich erst mal meinen Ausweis an. Das sollte man immer tun, schon zur eigenen Sicherheit.«

Er macht es trotzdem flüchtig.

»Herr Klein, ich möchte Ihnen ein paar Fragen stellen. Sollen wir das hier machen oder drinnen?«

»Können reinkommen.« Deutlicher Akzent, er macht einen Schritt zur Seite, schließt die Wohnungstür. Das Wohnzimmer ist rechts, er hat selbst mit dem Stock Mühe zu gehen. Reichlich Nippes auf allen Flächen, das frischeste Luftmolekül ist mindestens vierundzwanzig Stunden alt.

Aber freundlich ist er. Es stinkt, aber er ist freundlich.

»Ich wollte Ihnen ein paar Fragen stellen zu Bernd Michels, Herr Klein. Den kennen Sie, nicht wahr?«

»Ja, Bernd. Kommt immer und hilft mir. Guter Mensch,

Bernd, und schlauer Mann.« Er tippt sich seitlich mit dem Finger an den Kopf.

»Ja, schlauer Mann. Was macht denn der Bernd so alles?«

»Alles. Bernd macht immer Briefe auf. Deutschland immer ganz viele Briefe. Krankenkasse, Versicherung, ach, und alles. Bernd macht immer die Briefe.«

»Haben Sie keine Verwandten, Herr Klein?«

»Nein, nicht mehr. Frau ist schon sechzehn Jahre tot und wir keine Kinder. Eine Bruder lebt noch in Russland. Ist aber auch schon alt.«

»Da haben Sie hier nur die Leute aus der Gemeinde?«

»Ja. Gemeinde ist gut. Gute Leute.« Er lächelt weich, seine hellen Augen blicken völlig arglos.

»Und wie macht der das, der Bernd? Ich meine, wenn er Ihnen bei der Post hilft.«

»Wenn Briefe kommen von Kasse oder Versicherung oder Amt, lass ich liegen, bis Bernd kommt. Bernd sagt dann meistens: Kannst du wegschmeißen.« Er muss lachen. »Bei Versicherung. Aber nicht immer. Manchmal muss ich unterschreiben oder zurückschicken.«

»Und wenn Bernd sagt: Unterschreiben, dann unterschreiben Sie auch?«

»Ja. Bernd schlauer Mann. Und Bernd gute Mensch.«

Kann man wohl sagen, Bernd schlauer Mann.

»Manchmal fährt auch mit, manchmal, zu Versicherung oder Kasse.«

»Er fährt mit Ihnen dann dahin und sagt, was Sie machen müssen?«

»Ja. Bernd ist große Hilfe.«

»Und Sie machen immer, was der Bernd sagt?«

»Ja.« Mit Überzeugung. »Manchmal ich verstehe gar nicht, was da steht, was Leute meinen.«

»Und Ihre Bankgeschäfte haben Sie bei der Sparkasse?«

»Ja, immer. Wenn ich gekommen bin nach Deutschland, ich bin zur Sparkasse. Immer Sparkasse.«

»Und vor ein paar Wochen haben Sie einen Anruf von der Volksbank bekommen.«

»Ja, ist schon länger her, zwei Anrufe. Wäre Computer kaputt. Ich sollte sofort überprüfen, ob Konto noch in Ordnung.«

»Und was haben Sie da gemacht?«

»Hatte keine Ahnung, habe ich in Gemeinde angerufen, Bernd war erst nicht da, hat aber dann die Sache geregelt.«

»Wie hat er sie geregelt?«

»Keine Ahnung. Bernd hat gesagt, ist geregelt.«

»Wissen Sie noch, mit wem Sie gesprochen haben bei der Volksbank?«

»Uh, ist lange her, nein.«

Ja, ja, Opa. Was er da wohl geregelt hat.

»Gut, Herr Klein, das war es schon. Sind Sie mich schon wieder los.«

Er steht mit Mühe auf, kommt mit zur Tür.

»Und nicht immer alle Leute gleich reinlassen, Herr Klein. Vorher angucken, wer da ist.«

»Ja.« In seinem Lächeln erkennt man noch den Jungen.

Das Handy.

»Wiesing, Mordkommission.«

»Ich bin's Ulla. Wie sieht es aus?«

»Reichlich bescheiden. Er ist bis jetzt noch nicht aufgetaucht. Wir haben die Fahndung schon angeleiert, Taxiunternehmen, Bahnhof und so weiter. Außerdem haben wir seine Wohnung und die Firma fest besetzt. Ich meine, so viel Neues für 'ne weitere Festnahme haben wir noch nicht, aber es ist schon eigenartig, dass er nicht auftaucht. Oder hat sich was bei dir ergeben?«

»Opa Klein ist alt, nicht besonders helle und hat, was seinen Briefverkehr angeht, Michels völlig vertraut. Wenn der ihm sein Todesurteil hingehalten hätte, hätte der das auch unterschrieben. Wo ist Ernst?«

»Der ist zum Staatsanwalt und dann weiter zur Geschäftsstelle der Volksbank. Er sagte, ihr solltet euch da treffen.«

»Ich bin schon unterwegs.«

Vielleicht macht er nur einen Spaziergang.

15 Uhr 12

Dunkelgrauer Zweireiher, die grüne Krawatte glänzt seidig. Er wartet ab, bis sie den Kaffee eingegossen hat, tippt nebenbei auf der Tastatur, kein »Danke«, nichts, sie geht. Er schaut auf den Bildschirm, nickt, sieht her, schaltet ein Grinsen ein.

»Sobald wir das Ersuchen vorliegen haben, kann Ihnen mein Mitarbeiter weiterhelfen.« Er behält die professionelle Freundlichkeitsgrimasse bei, seine Stirn glänzt wie poliert.

»Ich denke, mein Kollege wird jeden Moment hier sein.«

Der Kaffee ist stark, aber nicht bitter.

»Sie sagten, es geht um einen Doppelmord, wie entsetzlich!«

»Ja, mindestens einen Doppelmord. Wenn wir Pech haben, könnte sogar noch die ein oder andere Tat dazukommen.«

Die Tür geht auf, die Vorzimmerdame, Ernst dahinter.

»Guten Tag. Funk ist mein Name.«

Er steht auf, kommt nach vorne, das Grinsen.

»Dreier, wir hatten telefoniert, Herr Funk.« Händeschütteln. Ernst reicht ihm den Zettel, kurzer Blick, er legt ihn zur Seite. »Da Sie es sehr eilig haben, schlage ich vor, Frau Schuster bringt Sie dann sofort zu meinem Mitarbeiter, der wird Ihnen alles über das Konto mitteilen können.«

Sie steht noch in der Tür.

»Frau Schuster, würden Sie die Herren zu Herrn Schling bringen. Er ist bereits unterrichtet.«

Sie nickt wortlos, fordert zum Folgen auf.

Der dunkelblaue Teppichboden schluckt jeden Tritt, an den Wänden gerahmtes Abstraktes. Ist doch auch nur ein Flur mit Büros dran wie bei uns, aber wie in einer anderen Welt.

Sie klopft an eine Tür, öffnet.

»Herr Schling, die Herren von der Kripo.«

Sie macht den Weg frei, er steht auf.

»Schling, guten Tag.«

Jung, Igelschnitt, Hemd mit Krawatte, das Übliche. Aber sein Lachen ist echt, noch. Er setzt sich wieder hinter sein Terminal.

»Herr Dreier hatte mich schon informiert, ich habe mir die Konten mal rausgesucht. Erstens Gernot Klein, 02.03.22, wohnhaft Randstraße 14, und dann noch das des Herrn Michels, hatten Sie ja schon in der Woche beantragt.«

»Genau die zwei.«

»Das erste Konto existiert nicht mehr.«

»Bitte? Seit wann?«

»Seit dem 03. 11., also etwa vier Wochen.«

Ernst sieht fragend rüber.

»Was ist auf dem Konto gelaufen?«

»Wenig. Es hat am Anfang einmal eine Bareinzahlung von tausend Euro gegeben, danach immer jeweils einmal im Monat fünfhundert Euro, auch immer in bar.«

»Was ist von dem Konto abgeflossen?«

»Etwas ungewöhnlich. Keine Kontobewegungen, es existiert nur ein Dauerauftrag für eine monatliche Überweisung von vierhundertachtzig Euro, sieht aus wie Miete.«

»Weshalb?«

»Weil Empfänger die Allgemeine neue Wohnungsgesellschaft mbh ist. Hört sich sehr nach Miete an, finde ich.«

In Ernsts Gesicht kehrt der wissende Ausdruck zurück. Er unterhält über Opa Kleins Konto eine Wohnung.

»Wie wird ein solches Konto bei Ihnen eingerichtet?«

»Nun, der Berechtigte muss persönlich erscheinen, stellt einen Antrag, unterzeichnet den und hat dann ein Konto.«

»Aber er muss persönlich hier sein?«

»In der Regel schon. Ich könnte mir vorstellen, dass die Kollegen unten bei einem bekannten Kunden, sollte der zum Beispiel ein weiteres Konto für seine Ehefrau beantragen, sich möglicherweise mit einem unterzeichneten Antrag begnügen.«

»Bei bekannten Kunden?«

»Ausnahmsweise, eventuell.«

»Können Sie nachvollziehen, wer dieses Konto eingerichtet hat?«

Er drückt zweimal auf die Tastatur.

»Frau Hinz.«

»Ist die zu sprechen?«

Er greift zum Hörer, wählt, ja, hat Zeit.

»Kleinen Augenblick.«

»Können Sie sonst noch was über das Konto sagen?«

»Vielleicht noch, dass Verfügungsberechtigter nur der Kontoinhaber ist.«

»Wäre noch eine andere Person verfügungsberechtigt, würde die hier namentlich auftauchen?«

»Richtig.«

Klar, dass er das nicht will. Er hat auch so alles in der Hand.

Es klopft, Frau Hinz kommt rein. Jünger als erwartet, seriöses Blau, Halstuch, bisschen pummelig.

»Da bin ich, Herr Schling.« Hinter dem »Sie« hört man deutlich das »Du«. Warum machen die solchen Blödsinn?

»Das sind die Herren von der Polizei.«

Er macht eine anbietende Handbewegung.

»Tag, Frau Hinz. Sie haben am ..., wann überhaupt?«

»Am 27. Januar dieses Jahres.«

»... ein normales Girokonto für Herrn Gernot Klein einrichten lassen. Können Sie sich daran erinnern?«

»Nein.« Amüsierte Miene, wie kann der so was fragen? »Ist doch schon eine Weile her, und wir haben hier in der Hauptgeschäftsstelle sehr viele Kunden täglich.«

»Hab ich mir schon gedacht. Bei der Kontoeröffnung, sagte uns Herr Schling, muss der Kunde grundsätzlich persönlich da sein.« Sie nickt, grundsätzlich. »Er sagte auch, bei bekannten Kunden könnte das schon mal entfallen, also, es würde nur der unterzeichnete Antrag reichen?«

Sie sieht ihn an wie den Klassenpetzer.

»Bei gut bekannten Kunden kann das schon mal sein, ja.«

»Ob das bei Herrn Klein auch so war, können Sie nicht mehr sagen?«

»Nein, der Name sagt mir gar nichts.«

Das hat er irgendwie gedeichselt.

»Kommt Ihnen dieser Mann bekannt vor? Ist auch Kunde bei Ihnen.«

Sie nimmt Michels' Bild, sieht es sich aufmerksam an, schiebt die Lippen nach vorn.

»Nein.« Sie schüttelt den Kopf. »So auf dem Bild kommt er mir nicht bekannt vor.«

»Danke, Frau Hinz. Sie haben uns geholfen.«

Sie geht.

»Gab es zwischen den Konten Klein und Michels irgendeine Transaktion, Herr Schling?«

Er tippt mit zehn Fingern, blickt konzentriert auf den Bildschirm.

»Nein, keine einzige.«

War klar, so blöd ist er nicht.

»Danke. Können Sie uns das ausdrucken?«

Kann er. Der Drucker ist schnell, wir finden allein hinaus, danke.

Draußen macht die Kälte den Atem weiß.

Handy.

»Ulla, ich bin's. Wie es aussieht, hat Michels wahrscheinlich über Opa Klein eine Wohnung gemietet und hat das so eingefädelt, dass er nirgendwo namentlich auftaucht. Wir fahren jetzt zu der Wohnungsgesellschaft und hoffen, dass die auch ohne Beschluss kooperativ sind. Stell doch mal bitte über Einwohnermeldeamt fest, ob auf Gernot Klein eine zweite Wohnung angemeldet ist außer der in der Randstraße. Glaube ich zwar nicht, aber trotzdem.«

»Mach ich. Michels hatte übrigens bei seiner Entlassung fünfhundertsiebzig Euro Bares dabei. Sollte er wirklich weg sein, reicht das fürs Erste.«

»Dann frag doch Tom Nagel mal, ob es schon reicht, dass wir eine Beschlagnahme seiner Konten hier bei der Volksbank hinkriegen. Kommt er da zumindest nicht mehr dran. Wir melden uns, sobald wir mehr wissen.«

Wegdrücken.

Auf dem Wagendach kleine Tröpfchen, tatsächlich gefroren.

Ernst ist schon eingestiegen, fährt vor.

16 Uhr 37

»Frau Zeller ist die Dame dort hinten links.«

Irgendwo quäkt ein Miniradio, von sechs Schreibtischen sind vier besetzt. Großraumbüro, überall Papierkram, bewohnbarer Bombentrichter, furchtbar.

Unauffällige Brille, blasse Jeans, dunkles Jackett, aber rote Strähnen in den kurzen Haaren. Auf ihrem Schreibtisch mehrere Stapel.

»Frau Zeller, mein Name ist Kirchenberg, das ist mein Kollege Funk. Wir sind von der Mordkommission und ermitteln zurzeit in einem Mordfall. Ihr Chef…«

»… Chef?« Gelächter von den anderen Schreibtischen.

»… hat uns zugesichert, Sie würden uns ganz unbürokratisch helfen.« Wenn sie beeindruckt ist, lässt sie es sich nicht anmerken.

»Der verspricht immer viel. Was gibt es denn?« Sie kriegt eine Art Lächeln hin.

»Vom Konto eines Gernot Klein, der eigentlich in der Randstraße wohnt, ist von März bis Dezember monatlich ein Betrag von vierhundertachtzig Euro auf das Konto Ihrer Gesellschaft geflossen. Wofür?«

Sie sieht über den Rand ihrer unauffälligen Brille, tippt in ihren Computer.

»Gernot Klein ist einer unserer Mieter. Und zwar hat er eine Wohnung im Kapellenweg 14a.«

Wieder der Blick über den Rand.

Ernst zückt sein Handy, geht etwas abseits, spricht mit Atze.

»Wo ist das?«

»Das sind diese Blocks am Kapellenweg, ziemlich groß, aber trotzdem etwas versteckt. Sind ein wenig unsere Problemwohnungen.«

»Herr Klein ist ein gebrechlicher, alter Mann, Frau Zeller, hat er die Wohnung selbst gemietet?»

»Ich hol mir mal die Akte.« Sie steht auf, geht in einen Nebenraum, blechernes Klappern, sie kommt zurück mit einem dünnen Hängeordner.

»So, hab ich sogar selbst gemacht. Nein, die hat er nicht selbst gemietet.« Sie sieht an die Decke, verzieht den Mund. »Ich hatte ein Telefonat mit Herrn Klein, meine ich. Ansonsten war bei der Wohnungsbesichtigung sein Neffe da. Ja, habe ich mir hier handschriftlich notiert. Die sollte irgendwie als Zweitwohnung genutzt werden. Mensch, wie war das noch?« Wieder ein Blick an die Decke.

»Also brauchen Sie gar keinen Kontakt zu dem wirklichen Mieter?«

»In der Regel schon. Hier hat das aber ebendieser Neffe gemacht.«

»Geht das?«

»Wir haben hier die Kopie des Ausweises von Herrn Klein, den unterzeichneten Mietvertrag, eine Kopie des Rentenbescheids, ein Konto und eine positive Schufa-Auskunft. Na ja, und drei Monatsmieten Kaution.«

»Das reicht?«

»Wir haben an die vierhundert Wohnungen. Wissen Sie, wie viele Mietrückstände wir haben? Da ist das schon eine ganze Menge. Gerade bei den Wohnungen im Kapellenweg.«

»Und den Namen des Neffen, der ja die Wohnung nutzen wollte, haben Sie nicht?«

Sie blättert.

»Ich meine, den hätte ich mir irgendwo notiert, hab ich bestimmt auch.« Sie sucht, schüttelt den Kopf. »Finde ich jetzt nicht.«

Man hält es nicht aus.

»Könnte das dieser Mann gewesen sein, Frau Zeller?«

Sie nimmt Michels' Bild, sieht darauf, sacht, ganz langsam beginnt sie zu nicken.

»Wir haben uns ja nur ein-, zweimal gesehen, aber das ist der. So einen kann man sich ja schon mal merken.« Sie lächelt verschwörerisch.

»So'n toller Hecht, zeig mal.« Die Kollegin am Nebentisch steht auf, wirft einen Blick.

»Das Mietverhältnis endet übrigens am 31. Dezember, nächsten Monat.«

»Was?«

»Ja wir haben seit Ende Oktober die Kündigung. Die Miete bis dahin ist auch schon überwiesen.«

»Haben Sie Drittschlüssel zu den Wohnungen?«

»Nein, natürlich nicht.«

»Gib es einen Hausmeister in dem Haus?«

»Keinen festen, wir haben einen mobilen Dienst.«

»Wo ist die Wohnung?« Sie sieht in ihre Akten.

»Nummer 14a, dritter Stock rechts, letzte Tür links.«

»Danke.«

»Ach, noch eine Frage: Achten Sie darauf, ob die Mieter sich amtlich melden?«

»Nein, da hätten wir viel zu tun.«

Ernst geht schnell, rutscht auf dem Basalt am Eingang fast aus.

»Ein Team ist schon vor Ort. Ich hab Atze gesagt, sie sollen erst mal nur observieren.«

Er fährt los, einsteigen, hinterher. Die nächste Ampel springt auf Rot, nicht mehr zu schaffen. Eins von Ernsts Bremslichtern ist kaputt.

17 Uhr 33

Die Parkplätze vor den Blocks sind durch Sträucher voneinander getrennt, das Licht der Laternen glitzert auf den Autodächern, sind aber echte Funzeln. Viel japanisches Blech, alte Schleudern, reichlich Rallyestreifen. Fünfte Einfahrt von der Straße aus, vier, fünf. Ernst biegt ein. Edda macht kurz Lichthupe, steigt aus.

»Hallo, da seid ihr ja. Die Wohnung ist im dritten Stock, Heinz ist oben im Treppenhaus und hat Blick auf die Wohnung. Ist ein bisschen blöd, weil es nur das nackte Treppenhaus und den Flur gibt.«

»Ihr habt noch nichts gesehen?«

»Nein, da ist der Eingang, den habe ich seit 'ner halben Stunde im Auge, die Einfahrt zur Tiefgarage auch. Bleib mal hier, Ernst.«

Sie fordert zum Mitkommen auf, stiefelt am Block vorbei nach hinten. Ganz schön langer Weg, Betonplatten, die Sparbirnen in den Laternen haben bei der Kälte Kerzenlichtstärke. Edda bleibt stehen.

»Das da oben müsste sein Fenster sein. Du siehst, alles dunkel. War es vorhin auch schon. Wir haben uns, als wir kamen, zehn Minuten aufgeteilt. Es war die ganze Zeit nichts zu sehen.«

»Muss nichts heißen. Ich glaub zwar auch nicht, dass er da drin ist, aber man weiß nie.«

Wieder zurück, sie geht vor. Ernst sitzt im Wagen, raucht.

»Ich bin mir nicht sicher, aber ich glaube, er ist eben reingegangen und hatte was Schwarzes auf dem Rücken.«

»Was!?«

»Kleiner Scherz.« Er grient überlegen.

»Blödmann. Seit wann machst du solche Scherze? Steig lieber aus. Wir sind bei Heinz, Edda.«

Rechts unten in der Erdgeschosswohnung ist Licht, müsste dieser Knopf sein. Der Summer, die Wohnungstür rechts geht einen Spalt auf.

»Polizei.« Ausweis zeigen. »Wir wollten nur ins Haus, danke.« Die Tür schließt sich wieder.

Heinz steht im dritten am Fenster wie bestellt und nicht abgeholt. Auf den Fluren auch Funzellicht.

»Hallo. Es ist die letzte Wohnung hinten links.«

Er zeigt den Flur runter, düster, kein Fenster am Ende, auf jeder Seite fünf Türen.

»Ich war schon mal dran, hab aber nichts gehört.«

Hingehen, leise treten. Ernst hält den Finger vor den Mund, geht wie auf Watte zur Tür, drückt sein Ohr an den Kunststoff. Er atmet kaum, horcht lange, schüttelt den Kopf.

»Man hört absolut nichts. Was machen wir? Eigentlich ist das 'ne Lage für die Spezialeinheiten.«

»Das dauert mir zu lange. Je eher wir wissen, ob das dahinter ist, was wir denken, desto besser.«

»Schlüsseldienst?« Heinz mit Falten auf der Stirn.

»Kannst du nicht machen, den vor die Tür hocken und zu werkeln anfangen lassen. Wenn er wirklich drin ist, und es passiert was, können wir das nicht verantworten. Wer weiß, was er dann macht. Ich bin dafür, wir gehen jetzt rein, okay?«

»Sollen wir einen Streifenwagen kommen lassen, die haben wenigstens Westen dabei?«

»Das müssen wir schon selbst machen, Heinz. Außerdem glaube ich nicht, dass er da ist. Wenn er abgehauen ist, weil er gehört hat, dass ich Grashoffs Namen genannt habe, wäre er blöd, wenn er hier wäre. Und blöd ist er nicht. Aber man kann nie wissen. Habt ihr alle Waffen dabei?«

Beide nicken.

»Ich nicht. Ich gehe grad zu Edda und leih mir ihre.«

Edda sitzt wieder im Wagen. Hat ihre Waffe dabei, ja, verleiht sie auch. Sie schüttelt amüsiert den Kopf.

Die beiden stehen noch am alten Platz.

»Wir hätten uns bei Frau Zeller eben mal den Grundriss zeigen lassen sollen. Wäre jetzt ganz hilfreich.«

»Wer denkt denn auch an so was?« Ernst zieht einen Mundwinkel hoch.

»So, kurze Absprache. Heinz bleibt ein paar Meter zurück Richtung Treppenhaus, Ernst, du links vom Eingang, ich trete, stell mich dann rechts. Die Tür hat nur ein Schloss, müsste klappen. Hab ich zwar vor zehn Jahren das letzte Mal gemacht, aber … Andere Vorschläge?«

Doppeltes Kopfschütteln, sie nehmen Position ein, Waffe in der Hand.

Mit dem Rücken an die gegenüberliegende Wand, Anlauf, ein Tritt, lautes Krachen, die Tür splittert in Schlossnähe, bleibt geschlossen. Verdammt! Noch ein Tritt, sie fliegt auf, ein Blick, schnell zur Seite. Horchen, alles still.

»Kleiner Flur, drei Quadratmeter, zwei Türen. Eine nach rechts, eine geradeaus, beide halb geöffnet.«

Ernst zeigt in den Flur.

»Licht.«

Er atmet einmal tief durch, blitzartige Bewegung, aus der Tür fällt gelber Schein in den Flur, an der Wand gegenüber ein helles Rechteck. Ernst löst sich ein wenig von der Wand, bewegt den Kopf, versucht was zu erkennen.

»Ich kann das Bad einsehen, die Tür ist relativ weit auf, da ist niemand drin.«

Gut. Noch einmal ein schneller Blick.

»Die Tür geradeaus steht halb auf, öffnet nach rechts, niemand zu sehen.«

Wollen wir? Ernst erwidert das Nicken. Waffe in Mundhöhe, rein. Drei Schritte, Ernst kommt hinterher, Heinz dahinter, stehen bleiben. Er macht die Tür zum Bad ganz auf, Licht an, geht zwei Schritte rein.

»Das Bad ist sauber.«

Links ein Wandschrank. Tür auf, nur Kram, wieder zu. Weiter. Heinz hat seine Waffe hoffentlich unten. Geradeaus gibt der Türspalt immer größeren Einblick in den Raum. Nichts zu sehen. Ernst kommt an die Seite, die Waffe im Anschlag. Hand an die Tür, langsam aufdrücken. Das Türblatt gibt allmählich den Blick frei, immer mehr, die Tür schlägt an. Kleiner als erwartet. Gegenüber das Fenster, links ein Tisch, zwei Sessel, rechts ein Bett. Alles in roten Tönen. Noch einen Schritt vor, der tote Winkel rechts wird kleiner. Heinz zischt. Nur einer umdrehen.

»Das Bad geht bis hier.« Er zeigt an der rechten Wand eine vertikale Linie. Alles klar. Größerer toter Winkel. Weiter. An der Wand über dem Bett Bilder. Ernst tastet mit der Hand um die Ecke, nickt, es klackt, das Licht geht an. Schon viel besser. Langsam weiter. Rechts ein Vorhang, dahinter eine Nische, ein Küchenschrank, ein Hängeschrank, weiter, eine Spüle, noch ein Meter toter Winkel, ein Kühlschrank, weiter, Schluss.

»Alles sauber.«

Durchatmen. Die beiden anderen auch. Die Hand tut weh, Stechen im Magen, der Rücken ist nass.

»Sieh dir das an.« Ernst zeigt in den Raum.

An den Wänden zwei Bilder von nackten Männern, auf dem Tisch eine Messingfigur mit einem Riesenständer. Es ist der Wahnsinn, Oli hatte recht.

»Ich schlage vor, wir sehen uns nur flüchtig um, ob uns im ersten Augenblick was auffällt, was uns bei der Fahndung weiterhilft, und lassen es dann lieber, wegen der Spuren. In den Raum mit dem Teppich würde ich überhaupt nicht gehen. Hast du Handschuhe?«

Ernst schüttelt den Kopf.

»Siehst du, ein bisschen was hab ich auch dabei.«

Er nimmt ein Paar, streift sie über, Heinz hat eigene.

Ernst macht doch einen Schritt Richtung Bett, bückt sich, streicht über ein paar dunkle Flecken im Teppichboden.

»Blut?«

»Schwer zu sagen, könnte aber sein.« Er richtet sich wieder auf, kommt mit zur Küchenzeile.

In den Hängeschränken nur Gläser, kein Geschirr. Ernst zieht eine Schublade auf, Besteck, Korkenzieher, drei größere Messer. Nächste Schublade. Klebeband, Schnur, große Kabelbinder. Er sieht auf, atmet hörbar durch die Nase aus, nickt.

Im Kühlschrank nur Flaschen. Wein, Sekt, Wasser, in der Tür zwei Sorten Schnaps. Drei-Sterne-Gefrierfach. Aufmachen. Eine Form für Eiswürfel, daneben eine Plastiktüte. Ist die leer? Rausnehmen. In der Tüte drei andere Plastiktüten. Was ist das? Ganz vorsichtig. Die sind leer. Oder? Nein. Einmal gegen das Licht halten. Wie eine Mondsichel krümmt sich eine dünne Locke darin.

»Blut im Auswurf, oder was hat Klöpper immer gesagt?«

Ernst kommt einen Schritt, guckt mit zusammengekniffenen Augen, schüttelt ungläubig den Kopf.

»Ich verwette mein linkes Ei darauf, dass ich weiß, wessen Haare das sind.«

»Du sollst nicht meine Sprüche klauen, Ernst.«

»Er nimmt, verdammt noch mal, die Haare seiner Opfer.«

Kopfschütteln. »Man lernt nie aus. Raus hier, los. Das ist unser Tatort, jede Wette.«

Die Tüten zurück in den Kühlschrank, vorsichtig raus in den Flur. Heinz kommt aus dem Bad, zeigt Richtung Fenster.

»Seht euch den mal genau an.«

Unter dem Badezimmerfenster steht das Gestell eines Putzwagens. Über dem Gestänge ein blauer Müllsack, ein Kittel, im oberen Fach stehen Plastikflaschen mit Putzmitteln.

»Keine Ahnung, was meinst du?«

Er geht wieder vorsichtig hinein, zeigt auf verschiedene Stellen am Gestänge.

»Das sind Schweißnähte. Er hat das Ding mit verschiedenen Streben verstärkt.« Heinz macht ein Alles-klar?-Gesicht. »Damit kann man auch ganz schwere Müllsäcke transportieren, ohne dass es zusammenknickt. So hat er die Opfer hier rausgekriegt. Ganz unauffällig, als Reinigungsmann. Damit kannte er sich ja aus. Mit dem Fahrstuhl in die Tiefgarage und ab.«

Er kommt zurück, geht vorsichtig mit raus, zieht die Tür bis auf einen Spalt zu.

Ernst wählt schon auf seinem Handy.

»Ulla? Hier ist Ernst. Wir sind reingegangen in die Wohnung. Michels ist nicht hier und war es wahrscheinlich auch nicht. Aber es ist unser Tatort, ziemlich sicher. Wir brauchen dringend den ED, den Fotografen und einen für den Tatort.«

Er hört zu, nickt, brummt Zustimmung.

»Reinkommen, entscheiden wir da. Gut, machen wir das so.«

Er drückt das Gespräch weg.

»Ihr habt mitgehört. Heinz und Edda bleiben hier und

warten auf den ED und den Fotografen. Wir bleiben so lange hier, bis Mark und Sonja kommen, falls Michels doch noch aufkreuzen sollte. Fahren dann rein und besprechen, was noch zu machen ist.«

Heinz nickt, einverstanden.

Die Tür hat in der Nähe des Knaufs einen Riss.

Ich hab's gewusst. Immer.

20 Uhr 07

Ulla streicht sich mit den Fingern durch die Haare, versucht Unmögliches.

»Eine Wäsche würde helfen.«

Sie streckt die Zunge raus.

»Weiß ich auch, Konni.« Dann doch mit Lächeln. »Aber wenn ich Misswahlen gewinnen könnte, wäre ich nicht zur Polizei gegangen.« Sie schlägt mit der Hand auf den Tisch. »Los jetzt, Leute, sucht euch einen Platz und kommt zur Ruhe.«

Der Rest der Mannschaft setzt sich hin, einige holen noch schnell einen Kaffee.

»So, als Info für alle, wer es noch nicht mitbekommen hat: Wir sind sehr sicher, dass wir den Tatort für die Tat an Werner Kunz gefunden haben. Ist eine Wohnung am Kapellenweg. Der ED ist seit zwei Stunden da, Edda macht den Tatort, und ein Team erste Befragungen im Haus. Wir sind ebenfalls sicher, dass Michels unser Täter zumindest für Kunz und damit auch für die Leverkusener Geschichte ist. Bei den anderen müssen wir noch abwarten. Michels ist weg, das wisst ihr auch. Seit der Haftbeschwerde heute Mittag ist er nicht mehr gesehen worden. Blöd, klar, aber das war eine ganz unglückliche Überschneidung, zu dem Zeitpunkt sah es ja fast so aus, als könnte er als Tatverdächtiger rausfallen. Wir wissen nicht, ob er noch in der Stadt ist, und haben an allen Punkten, also Wohnung, Firma und Kirche, Observationen stehen, an der Wohnung sogar mit zwei Fahrzeugen, weil die hinten schlecht einsehbar ist. Da das MEK heute einen Rauschgifteinsatz fährt, müssen wir das selbst machen, und ich dachte, wir ziehen das zumindest die Nacht noch durch. Die Wache hier unten und die PI Nord unterstützen uns heute Nacht freundlicherweise mit je einem Zivilwagen, das hilft uns sehr. Bis morgen früh hat also die Fahndung nach ihm Vorrang, dann entscheiden wir neu. Damit die Kräfte nicht die ganze Nacht dasitzen, man muss ja mal aufs Klo und was essen, lösen wir gegen eins ab. Konni und Ernst, ihr zur Wohnung …«, sie schüttelt den Kopf, »muss ich nicht alles erzählen, schaut einfach an die Pinnwand, da hängt es. Michels ist ausgeschrieben, wir haben alle relevanten Stellen informiert, also Taxi, Mietwagenfirmen, die örtlichen Flughäfen und so weiter, auch die Kollegen von der Bahnpolizei. Die Telefonüberwachung bei seiner Frau läuft, die Beschlagnahme des Kontos kriegen wir leider erst morgen früh hin, dann aber als Erstes.« Sie sieht auf ihren Zettel. »Ich weiß, Leute, dass die meisten von euch schon seit heute Morgen auf den Beinen und mit den Kräften langsam am Ende sind. Wir kriegen es nur nicht anders hin. Bis morgen früh müssen wir es irgendwie so durchziehen, Helmut ist auch schon auf dem Weg und wird uns die Nacht unterstützen. Danke schon mal dafür. Mehr hab ich im Augenblick nicht. Vielleicht läuft er uns ja noch über den Weg.«

»War einer in den Räumen am Güterbahnhof, Ulla?«

In ihren Augen ein großes Fragezeichen.

»Ne, Konni, hatte ich nicht auf dem Plan. Kann er da denn rein ohne Schlüssel?«

»Vielleicht hat er ja Schlüssel. Er hat da ja mal für die Firma gearbeitet.«

Sie zuckt mit den Schultern.

»Ich fahre hin, schau mir das mal an, den Schlüssel habe ich noch bei mir. Ich brauche noch drei Leute.«

Thorsten hebt die Hand, Mark und Sebastian auch.

»Mit zwei Wagen? Ist das nicht zu wenig bei Dunkelheit?«

»Ich frage mal unten auf der Wache. Die haben bestimmt einen Wagen für 'ne Stunde frei.«

»Die werden begeistert sein.« Aber sie ist einverstanden.

Thorsten wedelt mit dem Schlüssel, hat ein Auto.

Grad noch zum Waffenschrank.

21 Uhr 44

»Wie abgemacht, Mark und Sebastian bleiben draußen, Carla und Henning, ihr zwei kommt mit uns rein. Drinnen öffnet sich der Raum nach rechts, ist ziemlich lang, bestimmt dreißig, vierzig Meter. Zwischen den gelagerten Sachen sind zwei Gänge, ihr den rechten, Thorsten und ich den linken. Der eigentliche Raum, der von der Firma genutzt wird, ist hinten links. Alles klar? Dann los.«

Sebastian und Mark nehmen ihre Waffen, gehen die Rampe runter, Mark geht weiter an die Rückseite.

Lampen an, aufschließen, das Rolltor rumpelt zur Seite.

Alle mit Waffe, in der anderen Hand die Taschenlampe. Links der Lichtschalter, wieder das kalte Neonlicht. Die beiden Uniformierten nehmen ihre 360-Grad-Stellung ein, verschwinden im ersten Gang. Thorsten stellt sich Rücken an Rücken, weiter. Die Dunkelheit aus den Ecken lässt sich von den Funzeln nicht vertreiben. War da was? Einmal ausleuchten. Nein. Langsam weiter. Im Nebengang hört man Carla was sagen, das Funkgerät rauscht. Weiter. Thorsten hält am Rücken Kontakt. Was ist das da? Liegt da einer? Ausleuchten. Ist nur ein alter Kittel. Lag der da letztens auch schon? Wäre doch aufgefallen, so, wie der da liegt. Könnte einer aus dem Schrank sein. Langsam weiter, Thorsten bleibt dran. Die Lichtkegel von den anderen beiden sind über den Kisten zu sehen. Hat was von Flakscheinwerfern. Die dunkle Ecke, ausleuchten, alles klar. Links hohe Kisten, ein schmaler Gang dazwischen, einmal leuchten, nichts. Dahinter beginnen die abgetrennten Räume, die erste Tür, probieren, verschlossen. Gut. Weiter. Thorstens Schulter schabt am Rücken. Die zweite Tür, probieren, ist offen, verdammt. Haben wir beim letzten Mal nicht kontrolliert. Ganz aufschlagen, vorsichtig reinleuchten, schneller Blick, der Raum ist leer, zum Glück. Weiter. Henning und Carla sind einmal rum, kommen entgegen, machen das sehr zügig.

»Auf der anderen Seite ist alles klar.« Sie gehen wieder normal.

»Dann nur noch der Raum hier. Ist gute hundert Quadratmeter groß und wird in der Mitte von einem hohen Regal geteilt. Das Blöde ist, der hat kein Licht, die letzte Lampe haben wir Dienstag gekillt.«

Aufschließen, alle gehen rein, vier Lichtbündel lassen die Schatten tanzen.

»Auf den Regalen kann keiner sein, lasst uns höchstens die Schränke genauer ansehen.«

Henning geht vor. Er stellt sich in zwei Meter Abstand auf, leuchtet, rechts die Waffe.

»Ich sichere, von euch kann einer öffnen.«

Im ersten nichts, im zweiten auch nicht. Der dritte klemmt, ein Ruck, verdammt, stärker, die Tür fliegt auf. Auf den Bügeln bewegen sich die Regenjacken, der Kittel ist noch da. Oder waren hier zwei drin?

»Alles klar.«

Carla leuchtet noch in die Ecken neben dem Sofa, nichts.

»Okay. Hätten wir das auch.«

Alle schlurfen raus, abschließen. Der Kittel ist eigenartig. Könnte man im ersten Moment wirklich für einen Menschen halten. Das Rolltor geht leichter auf als zu, der Atem ist weiß.

»Danke für die Unterstützung, ihr zwei.«

Sie heben kurz die Hand, steigen in den Streifenwagen, rollen vom Gelände.

Im Schnee vor der Rampe reichlich Reifenspuren. Scheint am Tag doch noch mehr los zu sein, als es den Anschein hat.

»Bis gleich.«

Mark und Sebastian steigen auch ein, fahren ab.

Kein Mond, man sieht reichlich Sterne.

FREITAG

04 Uhr 26

Alles ruhig vor 77.

Die weiße Katze kommt zurück, ist auf dem Schnee schwer zu erkennen. Über die Straße, federnder Gang, sie verschwindet zwischen den Häusern. Weiter hinten springt ein Bewegungsmelder an, wahrscheinlich auch eine Katze.

Ernst auf dem Beifahrersitz zuckt heftig, atmet einmal tief durch, reibt sich mit der Hand durchs Gesicht.

»Kleines Nickerchen, Ernst?«

»Hält doch keiner aus.«

Die Kälte kriecht an den Beinen hoch, Motor starten. Das Gebläse summt, die Wärme steigt von unten aus dem Fußraum hoch. Im Rückspiegel Scheinwerfer, kommen näher, silberner Daimler. Er setzt den Blinker, fährt vor Nummer 84 unter den Carport, schließt ab, verschwindet im Haus.

Ernst schiebt den Kopf nach vorn, nimmt das Nachtglas, schaut in Richtung Haus.

»War was?«

Er schüttelt den Kopf.

»Ne, war mir nicht sicher.« Er nimmt das Handy, wählt. »VG, habt ihr jetzt grad hinten was gesehen? Ich war mir nicht sicher.« Er brummt, drückt das Gespräch weg. »War nichts. Was bedeutet eigentlich VG?«

»Ach, Gott. Ist schon uralt. Gärtner und ich haben zusammen Ausbildung gemacht vor tausend Jahren. Er war zwei Jahre älter als die meisten anderen, hatte schon Auto und Freundin und nur Thema Nummer eins drauf, um uns Junge zu ärgern. Da haben wir ihn Vögel-Gärtner getauft. VG ist die gesellschaftlich entschärfte Form. Hat sich aber bis heute gehalten.«

Ernst schüttelt den Kopf, grinst.

»Ausbildung. Auf so was kommt man nur in der Ausbildung, wenn man vierundzwanzig Stunden aufeinanderhockt. Wir hatten damals einen, den nannten sie Dreifuß. Weißt du, warum?«

»Keinen Schimmer.«

Er muss schon vorher lachen.

»Weil zwei Füße nicht so stinken können.« Er hustet ein Lachen, schließt die Augen.

Alles ruhig vor 77.

»Kein schlechter Plan, was? Mietet sich mit fremdem Konto auf fremden Namen eine Wohnung an, tötet da mindestens einen Menschen, vielleicht wissen wir ja noch nicht alles, und löst dann alles auf. Die Wohnung gibt es nicht mehr, das Konto nicht mehr, nirgendwo sein Name. Als wenn es das alles nie gegeben hätte. Kein schlechter Plan.«

Ernst sieht rüber.

»Kennste den Film ›Das Boot‹? Ja, nicht? Da sind sie getroffen worden, liegen in dreihundert Meter Tiefe und arbeiten bis zur Erschöpfung, um das Ding wieder flottzukriegen. In einer Szene sitzen der Wennemann und Grönemeyer in

’nem stillen Moment völlig groggy zusammen und unterhalten sich über die Taktik vom KaLeu, in Gibraltar durchzubrechen. Und da sagt der leitende Ingenieur: ›Kein schlechter Plan, nur: Klappen muss er.‹« Er zieht die Augenbrauen nach oben, nickt. »Darf zum Beispiel kein Computerschaden bei der Volksbank dazwischenkommen oder solche Sachen.«

»Du mit deinen Filmen.«

Von manchen Dächern steigen dünne Rauchsäulen senkrecht nach oben. Im Seitenfenster steht die Mondsichel über den Häusern, sieht aus wie in einem arabischen Märchenfilm. Das gehörte immer dazu, dicke Sultane, Turbane, Wasserpfeifen und die Mondsichel.

»Er ist weg, Ernst. Ich bin sicher, er ist weg.«

»Ach, weißt du, da draußen laufen so viele rum, die eigentlich eingesperrt gehören, da kommt es auf den einen auch nicht mehr an.«

Er sieht den erstaunten Blick, zuckt mit den Schultern.

»Kann man denn mit dieser Einstellung Polizist sein?«

Er lässt sich einen Augenblick Zeit.

»Ich glaube, es ist die einzige, die möglich ist.«

An den Füßen wird es zu warm, Motor aus. Die Müdigkeit zieht an den Augenlidern, einmal die Sitzposition verändern, es hilft nur kurz.

»Darf ich einen von deinen Zigarillos schnorren, gegen die Müdigkeit?«

Er hält wortlos den Kasten hin, noch drei Stück.

»Ne, nicht die letzten.«

»Nimm, bitte, ich muss mir morgen, ich meine heute, eh neue besorgen.« Er steckt sich auch eine an. »Und ich müsste dringend zur Bank und was regeln.«

»Ich müsste dringend ein original Schalke-Trikot besorgen.«

»Für dich?« Amüsierter Unterton.

»Blödmann. Nein, ich habe was gutzumachen bei meinem Neffen. Sind nur ziemlich teuer, die Dinger. Fünfundsechzig Euro.«

Er nimmt einen Zug, inhaliert tief.

»Wär schon nicht schlecht, wenn man alles im Leben mit fünfundsechzig Euro wiedergutmachen könnte.«

»Mein Gott, Ernst, große Sätze am frühen Morgen?«

Stimmt aber.

Fünf Uhr. Sechs kommt die Ablösung.

Die weiße Katze ist wieder da.

08 Uhr 19

Die Kaffeemaschine liegt in den letzten Zügen, hört sich fast ein wenig an wie ein kranker Mann. Die meisten Kollegen haben Gesichter wie alte Schuhe, hängen rum, tun eigentlich nichts. Ulla kommt rein, schwungvoll, sieht besser aus als gestern Abend.

»So, Leute, bleibt sitzen, stehen, liegen, wie ihr wollt. Nur ganz kurz, dann könnt ihr ins Bettchen. Wir können jetzt nämlich sicher sein, dass Michels weg ist, denn seit zehn Minuten weiß ich, dass er gestern Abend um kurz vor zehn in Hamburg mit seiner Karte zweitausend Euro gezogen hat.«

Erschöpftes Fluchen in der Runde.

»Hätten wir uns das alles sparen können, nun gut. Die örtliche Fahndung ist damit natürlich zu Ende. Atze und ich leiern…«

Die Tür geht auf, Oliver kommt rein, grüßt, fast verlegen. Einige bringen letzte Energie für Sprüche auf, anerkennendes Frotzeln.

„Was machst du denn hier?« Ulla beendet es. »Müsstest du nicht im LKA sein an einem Freitagmorgen?«

Oli setzt sich auf eine Tischkante neben Edda.

»Ich mache ein verlängertes Wochenende bei meinen Eltern. Außerdem hatte ich einige Infos für euch, und ich wollte sowieso noch mal persönlich vorbeikommen.«

»Was Wichtiges?«

»Ich will eure Besprechung nicht stören, aber ich habe mir die Akte Neumann angesehen und ich glaube, dass der nicht von Michels getötet worden ist.«

»Warum meinst du das? So eine Idee hatten wir auch schon.«

»Die wichtigsten Punkte sind«, er zählt mit den Fingern auf: »Er ist anders erwürgt worden, nämlich mit einer Schnur, er ist eindeutig heterosexuell, und – das spricht am meisten dafür – die Täter waren anschließend in seiner Wohnung, es ist also ein eindeutiger Raubmord.«

Keiner sagt etwas, einige nicken.

»Dann gibt es noch verschiedene andere Details. Zum Beispiel ist Neumann größer und schwerer als die anderen Opfer, die alle relativ klein und schlank waren. Könnte auch ein Kriterium für Michels gewesen sein.«

»Okay, Oli«, wieder Ulla, »wir haben die Nacht durchgemacht und hängen etwas in den Seilen, wie du siehst. Wir treffen uns heute Nachmittag um fünfzehn Uhr wieder und sortieren dann die Sache neu. Kannst du dann auch dabei sein?«

Er nickt.

»Wahrscheinlich werden wir die Verfahren wieder trennen und für Neumann eine eigene MK bilden. Bei Michels könnte es gut sein, dass ihr dafür in der nächsten Woche den ganz offiziellen Antrag für eine vergleichende Fallanalyse bekommt.« Wieder für Oli, der nickt. »Ach ja, die Hamburger Kollegen sind natürlich informiert, aber der ist mit Sicherheit schon nicht mehr in Hamburg. Wenn sonst keiner mehr was hat, schlage ich vor, wir gehen jetzt nach Hause und schlafen. Atze und ich sind um fünfzehn Uhr wieder hier und planen das Wochenende. Seht mal, ob ihr das schaffen könnt.«

Sie wartet noch zwei Sekunden, ein Blick in die Runde, Aufbruch. Die Stimmung ist träge, einige bleiben noch stehen, trinken ihren Kaffee aus. Oliver kommt rüber.

»Morgen, Konni. Siehst ganz schön müde aus.«

»Um die Zeit geht es fast schon wieder, fühlt man sich mehr wie auf Koks.«

Er lacht, bringt den Geruch von Rasierwasser mit.

»Hast du wahrscheinlich schon gehört, wir haben ihn durch die Lappen gehen lassen, ganz schön blöd.«

»Irgendwann läuft er uns über den Weg.« Er klingt wie ein alter Hase.

»Was ich noch sagen wollte: Gute Arbeit, Oli. Wir waren in der Wohnung, in der er es gemacht hat. Sexualität war wirklich das Thema. Warum sind wir so lange von was Falschem ausgegangen?«

Er zuckt mit den Schultern.

»Keine Ahnung, Konni. Weißt du, mein Chef, der hat öfter

einen Spruch drauf, wenn wir wie die Wilden Hypothesen bilden. Der sagt immer: ›Wenn wir die Blutspur eines Täters verfolgen und uns ein Bild von ihm machen, dann handelt es sich immer nur um Konturen, Skizzen. Die Wirklichkeit ist viel komplexer, bunter, viel größer. Das ist der Grund, weshalb wir uns irren können.‹«

Er lächelt, gibt einen Schulterklaps.

»Geh schlafen, Konni.«

»Hast Recht, aber vorher muss ich noch was erledigen.«

Im Büro kann das Fenster offen bleiben, Heizung aus. Noch den Computer abschalten. Im Flur fällt die Sonne schräg auf den Boden, es blendet.

Edda kommt aus ihrem Büro, schließt ab.

»Du bist ja noch da, Konni. Da war eben ein Anruf für dich, von einer Frau.«

»Hat sie einen Namen gesagt.«

»Ja, hab ich aber vergessen. Ich habe ihr gesagt, dass du nach Hause bist und erst mal schlafen musst.«

Keine Ahnung.

Welche Straßenbahn fährt denn am Krankenhaus vorbei? Müsste die 9er sein.

09 Uhr 05

Irgendwo draußen auf dem Flur das Verkehrsfunkjingle von WDR II.

Die beiden anderen Betten sind leer, die Sonne wirft auf seiner Decke kleine Schatten. Er atmet ruhig und tief. Im linken Handrücken steckt eine Nadel mit Schlauch, der Tropf steht daneben. Ein weißer Verband verdeckt die Glatze vollkommen, sein Jochbein ist blau, unter der Nase eine Borke.

Die Tür geht auf, eine Schwester kommt rein, fängt an zu räumen.

Sie grüßt mit freundlichem Blick.

»Sind Sie der Vater?«

»Der Vater? Nein, nein.«

»Oder sonst ein Verantwortlicher?«

»Verantwortlicher?«

»Ja.« Sie lächelt, »Sie haben grad so ausgesehen.«

»Nein. Ich…, ich wollte eigentlich nur sehen, wie es ihm geht.«

»Schon wieder ganz gut.« Sie macht nebenbei die anderen Betten. »Am Anfang hatten wir den Verdacht auf Schädel-Hirn-Trauma, hat sich zum Glück nicht bestätigt.«

»Ja, zum Glück.«

»Aber eine gehörige Gehirnerschütterung ist es schon noch. Darum ist er auch so ruhiggestellt und schläft viel.«

Er atmet ohne ein Geräusch, sein Gesicht ist völlig faltenlos, die Lippen geschwungen. Unglaublich lange Wimpern hat der und dunkle Brauen. Hat wahrscheinlich auch dunkle Haare, wenn er mal wieder welche hat. Wirklich ein Mädchengesicht. Dass man das übersehen konnte.

Mach's gut, Junge.

»Ich geh dann mal.«

»Soll ich ihm was bestellen, wenn er wach wird? Dass Sie da waren?

»Bestellen? Lassen Sie man, ich komme die Tage noch mal wieder.«

»Er bleibt ja noch eine Zeit hier.« Sie behandelt das Bett, als wenn sie jemanden zusammenschlagen würde.

Draußen schiebt eine kleine Asiatin einen riesigen Wagen mit Essenstabletts über den Flur, verschwindet völlig dahinter.

10 Uhr 01

Die Straßenbahn hält, die Tür öffnet sich mit einem Zischen. Eine Vierstrahlige teilt den Himmel, klares Blau, im Rinnstein hat der Frost den schmutzigen Schneematsch glasiert. Der Atem ist immer noch durchsichtig weiß, die Kälte fasst an die Ohren.

Vor der Tür ein dunkler Mantel mit grauen Haaren. Das ist doch …, das ist doch der Bruder von Siele. Er schellt, wartet, beim Näherkommen verwandelt Erkennen sein Gesicht, letzte Traurigkeit bleibt.

»Guten Morgen, Herr Kirchenberg.«

Er gibt die Rechte, den Handrücken nach oben. Er ist tot. Er ist tot. Um seine Augen ein dünner roter Rand.

»Wann ist es passiert?«

»Gestern Morgen, ganz leise, ganz ruhig, fast gelassen.«

Die Hand drücken, besser nichts sagen. Er löst das Schweigen nach einigen Momenten.

»Der Grund meines Hierseins ist aber einer seiner letzen Wünsche. Er wollte, dass ich Ihnen das hier gebe.«

Er zieht eine Flasche aus seiner Baumwolltasche, reicht sie mit einem Gesicht wie aus Knete modelliert, dann noch einen Umschlag.

»Wenn Sie den Brief lesen, seien Sie nicht verwundert, es ist meine Schrift. Er war schon zu schwach, er hat mir die Sätze diktiert, kurz nach Ihrem Besuch. Es war ihm noch wichtig.« Er geht, bleibt nach ein paar Schritten stehen, wendet sich um. »Die Beerdigung ist am nächsten Mittwoch. Er hätte sich gefreut, wenn Sie dabei wären.« Er dreht sich ohne Gruß, seine Schritte sind leicht.

Aufschließen, Briefkasten später, die Wohnungstür.

Aus dem Badezimmer rauscht es, was ist das denn? Auf dem Küchentisch liegt der Schlüssel von Frau Gierth. Tür auf, durch die milchige Seitenwand der Dusche scheint es braun und schwarz. Ayse? Sie zieht die Tür auf, ihr nasser Kopf erscheint.

»Hallo. Ich habe bei dir im Büro angerufen, da sagten sie mir, du wärst unterwegs nach Hause. Bin gleich fertig.«

Tür zu. Ist ja der Wahnsinn, was wird das denn jetzt?

Das Rauschen hört auf. In der Schublade ein spitzes Messer, glatter Schnitt, der Umschlag klafft auseinander. Die Tür geht auf, sie trocknet sich die Haare mit einem Handtuch ab, krempelt die Ärmel des Bademantels auf.

»Guten Morgen erst mal.«

Sie kommt in die Küche, kommt näher, ein Kuss, etwas länger.

»Sieht gut an dir aus, mein Bademantel.«

»Bisschen groß.« Sie zupft wieder an den Ärmeln.

»Wie komme ich zu dieser unglaublichen Überraschung?«

»Da unser letztes Essen irgendwie, ja, in die Hose ging …«

»… das ist gemein …«

»… dachte ich mir: Mach ich mal einen zweiten Versuch mit einem Frühstück. Wie das mit dem Schlüssel geht, wusste ich ja schon. Habe für den Anfang jetzt aber was ganz Ungefährliches mitgebracht.«

Sie zeigt auf den Tisch, auf zwei nackten Tellern zwei trockene Brötchen.

»Und was hast du da?«

»Das? Einen Brief…« Entfalten.

Lieber Konstantin,
ich wollte Ihnen noch einmal sagen, welch ein Geschenk unsere Freundschaft für mich war. Sie begann mit einer Flasche Wein, erinnern Sie sich?
In Ihrem Leben begegnet Ihnen so häufig der Tod. Trinken Sie diese Flasche doch in einem Moment, der für Sie Leben bedeutet.

Ihr
Hans Siele

Kein Gruß, kein Abschied.

»… einen Brief von einem Freund, der gestern gestorben ist.«

»Oh, das tut mir leid.« Ihr Gesicht wird ernst. »So was Ähnliches wie ein Totenbrief?«

Totenbrief. Ist das ein Totenbrief?

»Nein, eigentlich nicht. Ist eigentlich mehr so etwas wie ein Lebensbrief.«

Sie lächelt weich, kommt näher, streicht über die Wange.

»Sollen wir den Wein dazu trinken? Ich meine, es ist zwar morgens, aber vielleicht peppt der das karge Frühstück etwas auf.«

1998, Zinfandel, California.

»Und du musst ja hinterher eh schlafen.«

»Ja. Ja, warum eigentlich nicht?«

Sie nimmt die Flasche, sucht einen Korkenzieher, findet ihn in der rechten Schublade. Sie zieht, hat Mühe, stöhnt, nein, keine Hilfe. Noch ein Anlauf. Der Korken gibt nach, sie verliert fast das Gleichgewicht, präsentiert die Flasche triumphierend. Wie von selbst löst sich der Gürtel, der Bademantel fällt auf. Alles an ihr lächelt. Eingießen, sie reicht ein Glas, stellt sich rückwärts an die Arbeitsplatte, setzt sich darauf.

»Zum Wohl.«

Die Senfgläser klingen stumpf, der Wein ist schwer und würzig.

Ihre Haare haben durch die Nässe fast einen blauen Schimmer. Aus einer Locke am Hals löst sich ein Tropfen, hinterlässt auf ihrer Haut eine kleine, glänzende Spur. Nimmt die Hürde ihres Schlüsselbeins, zeichnet die Form ihrer Brust nach, rinnt weiter hinab. Ihr Atem riecht nach Wein. Auf ihrem Zahnschmelz spiegelt sich das Licht vom Küchenfenster, in ihren Augenwinkeln ganz kleine Fältchen.

GLOSSAR

12/26 und ähnliche	Funkrufnamen für Polizeifahrzeuge
Aktenführer	Besondere Funktion innerhalb einer Kommission
BKA	Bundeskriminalamt
DGL	Dienstgruppenleiter
Durchläufer/in	Bezeichnung für Polizeibeamte, die in der Ausbildung verschiedene Dienststellen durchlaufen.
ED	Erkennungsdienst
EKHK	Erster Kriminalhauptkommissar
EMA	Einwohnermeldeamt
Exi	Exhibitionist
FS	Fernschreiben
FX-Waffen	Trainingswaffen zum Verschießen von Farbmunition
Grukw	Alte Abkürzung für Gruppentransportfahrzeuge
K	Interner Sprachgebrauch für »Kriminalpolizei«
K-Wache	Kriminalwache
KBA	Kraftfahrtbundesamt
KHK	Kriminalhauptkommissar
KK	Kriminalkommissar oder Kriminalkommissariat

KK/Ain	Kriminalkommissarsanwärterin
KOK	Kriminaloberkommissar
KOM	Kriminalobermeister
KTU	Kriminaltechnische Untersuchung
KV	Körperverletzung
Leiter-GS	Leiter Gefahrenabwehr und Strafverfolgung (Polizeichef einer Behörde)
Live-TÜ	live mitgehörte Telefonüberwachung
LKA	Landeskriminalamt
MEK	Mobiles Einsatz Kommando
MK	Mordkommission
Obs	Observation
OFA	Operative Fallanalyse
PI	Polizeiinspektion
PK	Polizeikommissar
POK	Polizeioberkommissar
Polas	Polizeiliches Auskunftssystem
Rotakte	Eine staatsanwaltschaftliche Ermittlungsakte mit rotem Umschlag
S	Interner Sprachgebrauch für »Schutzpolizei«
Schufa	Schutzgemeinschaft für allgemeine Kreditsicherung. Eine privatwirtschaftliche Auskunftei für finanzielle Daten von Bürgern
Spurenkörbchen	Ablage für ausermittelte Spuren
Tabellierbänder	Auf Endlospapier (Bändern) gedruckte Listen von Kfz
TO	Tatort

TO-Aufnahme	Tatortaufnahme
ViCLAS	Analysesystem zur Verknüpfung von Gewaltdelikten
X400	Elektronisches Fernschreibsystem
ZEVIS	Polizeiliche Auskunftsdatei für Fahrzeuge
ZKB	Zentrale Kriminalitätsbekämpfung, neuerer organisatorischer Name der Kripo

DANK

Ich bin in der glücklichen Lage, mit Ralf Östermann, Dietmar Heyer und Kay Spiekermann von der Bielefelder Kripo drei Kollegen zu haben, die als erfahrene Spezialisten ihr großes Wissen jederzeit mit mir teilten. Ganz herzlichen Dank dafür. Gleiches gilt für eine geheimnisvolle Unbekannte, die ich jederzeit – neuerdings auch per E-Mail – in Fragen der Rechtsmedizin behelligen darf.

Ich danke meinem Teampartner Uwe Arndt für die produktiven Gespräche und das Ertragen der einsamen Pausen.

Großer Dank, wie immer, an meine Lektorin Barbara Heinzius für ihr Vertrauen in meine Texte und die wunderbare Zusammenarbeit.

Ebenso an Susanne Grünbeck für die freundschaftliche »öffentliche« Betreuung, die beim Schreiben viel Gutes bewirkt.

Allein für sein untrügliches Urteil in Fragen der Literatur, seine unglaubliche Kenntnis und seine Hilfsbereitschaft zu jeder Zeit ist der Dank an meinen Freund Thomas F. Schneider besonders groß – und es ist noch vieles mehr.

Und ich danke meiner Familie, meiner Frau Elke und unseren Kindern Julia und Lukas, dass sie mich in der Zeit des intensiven Schreibens nicht nur ausgehalten, sondern mit vielen kleinen und großen Hilfen unterstützt haben.